Sammlung Luchterhand 195

Günter Grass
örtlich betäubt
Roman

Luchterhand

Sonderausgabe in der Sammlung Luchterhand, September 1978
Lektorat: Klaus Roehler
Umschlaggraphik von Günter Grass
4. Auflage April 1981

Gesamtherstellung bei der
Druck- und Verlags-Gesellschaft mbH, Darmstadt
ISBN 3-472-61195-2

1

Das erzählte ich meinem Zahnarzt. Maulgesperrt und der Mattscheibe gegenüber, die, tonlos wie ich, Werbung erzählte: Haarspray Wüstenrot Weißeralsweiß . . . Ach, und die Tiefkühltruhe, in der zwischen Kalbsnieren und Milch meine Verlobte lagerte, Sprechblasen steigen ließ: »Halt du dich da raus. Halt du dich da raus . . .«

(Heilige Apollonia, bitte für mich!) Zu meinen Schülerinnen und Schülern sagte ich: »Versucht, nachsichtig zu sein. Ich muß zum Zahnklempner. Das kann sich hinziehen. Also Schonfrist.«
Kleines Gelächter. Mittlere Respektlosigkeiten. Scherbaum breitete skurrile Kenntnisse aus: »Sehr verehrter Herr Starusch. Ihr leidgeprüfter Entschluß legt es uns, Ihren mitfühlenden Schülern, nahe, Sie an das Martyrium der Heiligen Apollonia zu erinnern. Im Jahre 250, unter der Regierung des Kaisers Decius, wurde das gute Mädchen in Alexandria verbrannt. Weil die Meute ihr vorher mit Kneifzangen alle Zähne gezogen hatte, ist sie die Schutzheilige aller Zahnwehleidenden und ungerechterweise auch der Dentisten. Auf Fresken in Mailand und Spoleto, in den Gewölben schwedischer Kirchen, aber auch in Sterzing, Gmünd und Lübeck sieht man sie mit Zange und Molar abgebildet. Viel Spaß und fromme Hingabe. Wir, Ihre 12 a, werden die Heilige Apollonia um Fürbitte ersuchen.«
Die Klasse murmelte Segenssprüche. Ich bedankte mich für den mäßig witzigen Unsinn. Vero Lewand verlangte mir sogleich eine Gegenleistung ab: mein Votum für die seit Monaten geforderte Raucherecke neben dem Fahrradschuppen. »Das kann ja kaum in Ihrem Sinn sein, wenn wir unbeaufsichtigt auf dem Klo qualmen.«
Ich versprach der Klasse, während der nächsten Konferenz und dem Elternrat gegenüber eine zeitlich begrenzte Raucherlaubnis zu befürworten, wenn Scherbaum bereit sei, die Chefredaktion der Schülerzeitung zu übernehmen, falls ihn der Schülerausschuß der SMV dazu auffordern sollte: »Entschuldigen Sie den Vergleich: meine Zähne und euer Wurstblättchen müssen behandelt werden.«
Aber Scherbaum winkte ab: »Solange aus der Schülermitverantwortung keine Schülermitbestimmung wird, tu ich nix. Einen Blödsinn kann man nicht reformieren. Oder glauben Sie etwa an reformierten Blödsinn? – Na also. – Das mit der Heiligen stimmt übrigens. Können Sie nachschlagen im Kirchenkalender.«

(Heilige Apollonia, bitte für mich!) Denn die einmalige Anrufung schlägt bei den Märtyrern nicht zu Buch. So machte ich mich am späten Nachmittag auf den Weg, verzögerte die dritte Anrufung, und erst auf dem Hohenzollerndamm, wenige Schritte vor jenem Hausnummernschild, das mir in der zweiten Etage des bürgerlich bemessenen Miethauses die Praxis des Zahnarztes versprach, nein, im Treppenhaus erst, zwischen vaginalen Jugendstilornamenten, die, zum Fries geordnet, gleich mir treppauf stiegen, entschloß ich mich, wider besseres Wissen, zur dritten Anrufung: »Heilige Apollonia, bitte für mich . . .«

Irmgard Seifert hatte ihn mir empfohlen. Sie nannte ihn zurückhaltend, behutsam und doch bestimmt. »Und stellen Sie sich vor: er hat Fernsehen in der Praxis. Zuerst wollte ich nicht, daß es läuft während der Behandlung, aber jetzt muß ich zugeben: es lenkt fabelhaft ab. Man ist ganz woanders. Und selbst die blinde Mattscheibe ist noch anregend, irgendwie anregend . . .«

Darf ein Zahnarzt seinen Patienten nach seiner Herkunft fragen?
»Ich verlor meine Milchzähne im Hafenvorort Neufahrwasser. Die Leute dort, Stauer und Schichauarbeiter, hielten es mit dem Kautabak; so sahen auch ihre Zähne aus. Und wo sie hintraten, setzten sie ihre Marken: teerhaltigen Qualster, der bei Frost nicht gefrieren wollte.«
»Jaja«, sagte er in Segeltuchschuhen, »aber mit Kautabakschäden haben wir heute kaum mehr zu tun.« Und war schon woanders: bei Artikulationsstörungen und bei meinem Profil, dem seit der Pubertät ein progener Unterkiefer mehr Willensstärke zuspricht, als eine dentale Frühbehandlung hätte verhindern können. (Meine ehemalige Verlobte verglich mein Kinn mit einer Schubkarre; neben einer Karikatur, die Vero Lewand in Umlauf gebracht hatte, wurde meinem Kinn eine weitere Funktion zugemutet: als Tieflader.) Jadoch ja. Wußte ich immer schon: Ich habe einen Hackbiß. Ich kann nicht mahlen. Der Hund reißt. Die Kuh mahlt. Der Mensch kaut mit beiden Bewegungen. Mir fehlt diese normale Artikulation. »Sie hacken«, sagte mein Zahnarzt. Und schon war ich froh, daß er nicht sagte, Sie reißen, wie der Hund reißt. »Deshalb machen wir einen Röntgenstatus. Schließen Sie ruhig die Augen. Wir können aber auch den Fernseher . . .«

(»Danke, Doktor.« – Oder verschliff ich die Anrede schon anfangs zum vertraulichen »Dokter«? Später, abhängig, rief ich: »Hilfe, Doktä! Was soll ich denn machen, Doktä? Sie wissen doch alles, Doktä . . .«)
Während er mit seinem elfmal summenden Handgerät meine Zähne erfaßte und dabei plauderte – »Ich könnte Ihnen Geschichten aus der Vorzeit der Zahnmedizin erzählen . . .« – sah ich auf milchiger Wölbung viel, zum Beispiel Neufahrwasser, wo ich einen Milchzahn, dem Holm gegenüber, in der Mottlau versenkte.
Sein Film fing anders an: »Man muß bei Hippokrates beginnen. Er empfiehlt Linsenbrei gegen Abszesse im Mundmilieu.«
Und mein Muttchen schüttelte den Kopf auf der Mattscheibe: »Nai, nech väsenken wolln wä. Aufbewahrn mechten wä se em Schmuckkastchen auf blaue Watte.« Leicht gewölbt breitete sich Güte aus. Wenn

mein Zahnarzt in historischen Lehrsätzen sprach – »Das Gurgeln mit Pfefferlösung soll, nach Hippokrates, gegen Zahngeschwulst helfen« – sprach mein Muttchen inmitten unserer Wohnküche: »Ond Granatbrosche leg ech zu Bärnstain ond Opa saine Orden. Ond daine Melchzähne sammeln wä fleißich, damit schpäter Frau ond Kinderchen mechst sagen kennen: so sahn se aus.«
Er aber hatte es auf meine Prämolaren, auf meine Molaren abgesehen. Denn von allen meinen Backenzähnen standen die Weisheitszähne, acht plus acht – acht minus acht, am sichersten: Brückenpfeiler sollten sie werden und mir, dank korrigierender Brücke, den Hackbiß mildern. »Eingriff«, sagte er. »Wir werden uns zu einem größeren Eingriff entschließen müssen. Darf ich nun, während meine Hilfe den Röntgenstatus entwickelt und ich Ihren Zahnstein entferne, Bild und Ton hineingeben?«

Immer noch: »Danke.«
Er gab Prinzipien auf: »Vielleicht das Ostprogramm?« Mir genügte die alles duldende Mattscheibe, auf der ich mich langsam und immer wieder, dem Holm gegenüber, einen Milchzahn in der Hafenbrühe versenken sah. Noch gefiel mir meine Familiengeschichte, denn mit den Milchzähnen hatte es angefangen: »Bestimmt, Muttchen, habe ich einen Beißer – denn einer fehlt ja – im Hafen versenkt. Und den hat ein Fisch, kein Zander, ein Grundwels verschluckt, der alle schlimmen Zeiten überstanden hat. Immer noch liegt er auf Lauer, denn Grundwelse werden alt, und wartet auf weitere Milchzähne. Aber die restlichen Beißer perlen milchig und ohne Zahnstein auf roter Watte, während die Granatbrosche samt Bernstein und Opas Orden verloren ging . . .«
Mein Zahnarzt befand sich mittlerweile im elften Jahrhundert und berichtete von dem arabischen Arzt Albukassis, der in Cordoba als erster vom Zahnstein gesprochen hatte. »Absprengen muß man ihn.« Auch erinnere mich an Sätze wie diesen: »Wenn der Säurerest im Alkalischen, also unter ph sieben liegt, bildet sich Zahnstein, weil die Speicheldrüsen im Unterkiefer gegen die Schneidezähne und die Ohrenspeicheldrüse gegen sechs plus sechs den Speichel entleeren, besonders stark bei extremen Mundbewegungen, etwa beim Gähnen. Gähnen Sie mal. Ja, ja, schön . . .«
Ich machte das alles mit, gähnte, ließ Speichel spritzen, der Zahnstein erzeugte, und konnte meinen Zahnarzt doch nicht bewegen, Anteil zu nehmen: »Nun, Doktor, wie heißt meine kleine Produktion? – Die geretteten Milchzähne. Denn mein Muttchen hat, als sie im Januar fünfundvierzig packen mußte – mein Vater war ja beim Lotsenamt und konnte vorsorgen – mit dem letzten Truppentransporter Neufahrwasser verlassen können. Doch bevor sie verließ, packte sie das Allernotwendigste, also auch meine Milchzähne in Vaters großen Seesack, der, wie es

bei überstürzten Fluchtvorbereitungen zuzugehen pflegt, irrtümlicherweise auf die Paul Beneke, einen Rad- und Vergnügungsdampfer, verladen wurde, der nicht auf eine Mine lief und heil wie überladen Travemünde erreichte, während mein gutes Muttchen weder Lübeck noch Travemünde zu sehen bekam; denn jener Truppentransporter, von dem ich behaupte, er sei der letzte gewesen, lief südlich Bornholm auf eine Mine, wurde torpediert und ging – wenn Sie bitte hinter sich schauen und vom Zahnstein ablassen wollen – mit meinem Muttchen, wie damals inmitten Eisgrütze, so heute auf Ihrer Mattscheibe, regelrecht unter. Nur einigen Herren von der Gauleitung soll es gelungen sein, rechtzeitig auf ein Torpedoboot umzusteigen . . .«

Mein Zahnarzt sagte: »Nun spülen Sie mal.« (Während andauernder Behandlung bat, forderte er mich auf, rief er: »Nochmal!« erlaubte er mir, den Blick abzuziehen.) Nur selten gelang es den Bildchen meiner Produktion, mitzufliehen und in der Speischale den Auswurf, etwa die abgesprengten Zahnstein-Konkremente, zu überblenden: die Distanz zwischen Mattscheibe und Speischale, dieses Nachflimmern bei gleichzeitigem Speichelandrang, war reich an Stolperdrähten und gab eingeklammerte Sätze her: Zwischenrufe meines Schülers Scherbaum, private Streitereien zwischen Irmgard Seifert und mir, alltäglichen Schulkram, Fragen an den Kandidaten der zweiten Staatsprüfung für Lehrämter und Seinsfragen, in Zitate verpackt. Doch so schwierig es war, von der Mattscheibe zur Speischale zu finden und nach dem Spülvorgang wieder einzublenden, es gelang mir fast immer, Bildstörungen zu vermeiden.

»Wie das so zugeht, Dokter: lange lagerten meine Milchzähne; denn was einmal gerettet wird, geht so schnell nicht wieder verloren . . .«
»Doch machen wir uns nichts vor: gegen Zahnstein gibt es kein Mittel . . .«
»Als der Sohn die Eltern suchte, wurde ihm ein Seesack zugestellt . . .«
»Deshalb wollen wir heute den Zahnstein oder den Feind Numero eins bekämpfen . . .«
»Und jedes Mädchen, das in mir ihren zukünftigen Verlobten vermutete, bekam meine geretteten Milchzähne zu sehen . . .«
»Denn die instrumentelle Beseitigung des Zahnsteins gehört a priori zu jeder Zahnbehandlung . . .«
»Doch nicht jedes Mädchen fand Eberhards Milchzähne schön oder interessant . . .«
»Neuerdings gibt es Ultraschallbehandlung. Nun spülen Sie mal.«

Ein, wie ich zuerst meinte, ärgerlicher Zwischenschnitt, denn beinahe wäre es mir gelungen, mit Hilfe der geretteten Milchzähne meine

ehemalige Verlobte auf den Bildschirm zu locken und anzufangen (wie ich auch jetzt endlich anfangen will mit meinem Lamento), aber mein Zahnarzt war dagegen: Zu früh.
Während ich ausgiebig spülte, unterhielt er mich mit Anekdoten. Er erzählte von einem gewissen Scribonius Largus, der für Messalina, die erste Frau des Kaisers Claudius, ein Zahnpulver erfunden hatte: gebranntes Hirschhorn plus chiotisches Harz und Ammoniaksalz. Als er zugab, daß schon bei Plinius zerstoßene Milchzähne ein beliebtes Glückspülverchen hergegeben hätten, klopfte mir wieder meines Muttchens Satz im Ohr: »Hiä Jonkchen, auf griene Watte leg ich diä. Das mecht diä mal Glick bringen . . .«
Was heißt hier Aberglaube! Schließlich entstamme ich einer Seemannsfamilie. Mein Onkel Max blieb auf der Doggerbank. Mein Vater überlebte die »Königsberg« und stand bis zum Ende der Freistaatzeit im aktiven Lotsendienst. Und mich haben die Jungs von Anfang an Störtebeker genannt. Bis zum Schluß blieb ich ihr Anführer. Moorkähne durfte die zweite Geige spielen. Wollte deswegen die Bande sprengen. Aber das habe ich nicht geduldet: »Mal herhören, Jungs.« – Und das so lange, bis unser Laden aufflog, weil das spirrige Aas gesungen hatte. Ich sollte mal auspacken und alles der Reihe nach, so wie es wirklich gewesen ist, flimmern lassen. Doch nicht mit den üblichen Spannungseffekten – Aufstieg und Fall der Stäuberbande – mehr wissenschaftlich analytisch: Jugendbanden im Dritten Reich. Denn die Akten der Edelweiß-Piraten im Keller des Kölner Polizeipräsidiums hat bis jetzt noch niemand gelüftet. (»Was meinen Sie, Scherbaum? Das müßte Ihre Generation doch interessieren. Wir waren damals siebzehn, wie Sie heute siebzehn sind. Und gewisse Gemeinsamkeiten, kein Eigentum, das gruppeneigene Mädchen und die absolute Frontstellung gegen alle Erwachsenen lassen sich nicht übersehen; auch der vorherrschende Jargon in der 12 a erinnert mich an unseren Betriebsjargon . . .«) Allerdings war Krieg damals. Da ging es nicht um Raucherecken und ähnliche Kindereien. (Als wir das Wirtschaftsamt ausräumten . . . Als wir den Seitenaltar in der Herz-Jesu-Kirche . . . Als wir auf dem Winterfeldplatz . . .) Wir leisteten richtigen Widerstand. Mit uns wurde keiner fertig. Bis Moorkähne uns verpfiffen hat. Oder die Zaunlatte mit ihren Schneidezähnen. Hätte beide hopsgehen lassen sollen. Oder striktes Verbot: Keine Weiber! Übrigens hab ich damals meine Milchzähne in einem Säckchen auf der Brust getragen. Wer aufgenommen wurde, mußte bei meinen Milchzähnen schwören: »Das Nichts nichtet unausgesetzt.« Hätte sie mitbringen sollen: »Sehen Sie, Dokter. So schnell geht das. Gestern noch war ich Chef einer im Reichsgau Danzig-Westpreußen gefürchteten Jugendbande; und heute schon bin ich ein Studienrat für Deutsch und also Geschichte, der seinen Schüler Scherbaum überreden möchte, vom jugendlichen Anarchismus abzulassen: ›Sie sollten die Schülerzei-

tung übernehmen. Ihre kritische Begabung verlangt nach einem Instrument.‹ Denn ein Studienrat ist ein umgepolter Jugendbandenführer, den – wenn Sie mich als Maßstab nehmen wollen – nichts mehr schmerzt als Zahnweh, seit Wochen Zahnweh . . .«

Mein Zahnarzt begründete meine wenn auch erträglichen, so doch anhaltenden Zahnschmerzen mit Kieferknochenrückgang, der den Zahnfleischschwund gefördert und die empfindlichen Zahnhälse freigelegt habe. Als ein weiteres Anekdötchen bei mir nicht verfing – »Plinius hat gegen Zahnschmerz empfohlen: Streuet euch Asche vom Schädel des tollen Hundes ins Ohr« – wies er mit seinem Spezialkratzer über die Schulter: »Vielleicht sollten wir doch den Fernseher . . .« – Aber ich bestand auf dem Schmerz: Wehgeschrei. Ein Lamento, das sich niemals vertagt. (»Entschuldigt bitte, wenn ich zerstreut bin.«)
Mein Schüler führte sein Fahrrad durchs Bild: »Sie mit Ihren Zahnschmerzen. Und was ist im Mekong-Delta los? Haben Sie das gelesen?«
»Ja, Scherbaum, das habe ich gelesen. Schlimm. Schlimmschlimm. Doch muß ich zugeben, daß mich dieses Ziehen, diese auf immer den gleichen Nerv gerichtete Zugluft, daß mich dieser zu lokalisierende, gar nicht mal schlimme, doch auf der Stelle tretende Schmerz mehr würfelt, trifft und bloßstellt als der fotografierte, unübersehbare und dennoch abstrakte, weil nicht meinen Nerv berührende Schmerz dieser Welt.«
»Macht Sie das nicht zornig oder wenigstens traurig?«
»Oft versuche ich, traurig zu sein.«
»Empört Sie das nicht, dieses Unrecht?«
»Ich gebe mir Mühe, empört zu sein.«
Scherbaum verging. (Er stellte sein Rad im Fahrradschuppen ein.) Mein Zahnarzt war da in Zimmerlautstärke: »Wenn es schmerzt, bitte ein kleines Zeichen . . .«
»Es zieht. Ja. Da vorne zieht es.«
»Das sind Ihre bloßstehenden, vom Zahnstein angegriffenen Zahnhälse.«
»Himmel, das zieht.«
»Wir nehmen dann Arantil später.«
»Darf ich mal spülen, Dokter, nur mal kurz spülen.«

(Und Abbitte leisten. Nie wieder will ich . . .) Da hatte ich schon meine Verlobte im Ohr: »Du mit deinem Wehwehchen! Schmerzlicher Abschied, wenn ich das höre. Sag mir dein Konto, und ich überweise ein Pflästerchen. Steht dir doch zu, die Rente. Fang was Neues an. Fütter dein Hobby: keltische Grabornamente.«
(Weg von der Speischale zur Basaltgrube auf dem Mayener Feld. Nein, auf dem Friedhof in Kruft flimmert sie. Oder ist es das Bimslager, und sie zwischen Hohlbausteinen . . .)

»Sei nützlich. Ich wette, du gibst einen prima Pauker ab.«
(Kein Bims: Andernach. Die windige Rheinpromenade. Zwischen dem Bollwerk und der Autofähre gestutzte Platanen zählen. Hin und her mit abrechnenden Worten.)
»Wieviel Pädagogik hast du auf mich geträufelt? Kau keine Nägel. Lies langsam und systematisch. Fasse zusammen, bevor du abschweifst. Mich mit Hegel und deinem Marxengels gefüttert . . .«
(Ein starres Ziegengesicht, aus dem Sprechblasen steigen, platzvoll gefüllt mit Zahnsteinsplitt Gedächtniskies Hasschotter. Ach, Lois Lane!)
»Ich bin erwachsen. Bin dich los. Endlich los. Du Memme Versager Superfeigling!«
(Und hinter der Sprechmaschine Bewegung, flußauf flußab: Keuch! Keuch!)
»Du warst ein guter, etwas weinerlicher Lehrer.«
(Rechtsrheinisch Leutesdorf mit dem doppelt gebuckelten, braunschwarz verregneten Wachstum Rosengarten: Seufz! Seufz!)
»Mach was aus deinen Talenten. Raus aus dem Bims und Zement, bevor es zu spät ist. Wie willst du die fuffzehntausend haben?«
(Zu Füßen des Wachstums: Güterzüge und Autoverkehr. Bewegung strengt sich als Hintergrund an. Worte, links rechts an mir vorbei, auf die leere Terrasse des Hotels Traube gespuckt: Bla! Bla!)
»Auf Stottern oder als richtigen Batzen?«
(Da steh ich in meinem Windfang, dem Trenchcoat: Supermans Handgeld.)
»Nun los schon. Sag mir dein Konto.«
(Früher einmal war das Andernacher Bollwerk die Rheinzollbastion der kurkölnischen Landesfürsten gewesen . . .)
»Nimm es als Lastenausgleich und hör auf mit dem Flennen.«
(. . . später wurde es Kriegerdenkmal für die von vierzehn bis achtzehn. Die Kamera schwenkt. Ein Regieassistent hat meine Verlobte überredet, Möwen zu füttern: Schrey! Schrey!)

Sie hat mich ausgezahlt. Und ich legte das Geld zielbewußt an. Ein später Student sattelte um. Die Universität Bonn – ich wollte in ihrer Nähe bleiben – verwandelte den Betriebsingenieur und Spezialisten für Fliehkraftentstauber in einen Referendar, später Assessor, der seit Herbst letzten Jahres Studienrat für Deutsch und Geschichte ist. »Wäre es nicht besser«, wurde dem Umschüler nahegelegt, »bei Ihrem Fachwissen Mathematik als Hauptfach zu belegen?« – Und auch er in Segeltuchschuhen nahm Abstand von meinem Zahnstein: »Wie konnten Sie nach abgeschlossenem Maschinenbaustudium darauf verfallen? Das dauert doch ewig.«

Ich spülte gründlich: Wenn schon umschulen, dann total. Soll ihr Geld nicht umsonst rausgeworfen haben. Blieben sogar runde dreitausend übrig (die ich später auf sein Konto überweisen mußte, denn die Kasse wollte nur die Hälfte übernehmen). Soviel sollte mir mein Hackbiß wert sein. Dafür setzte ich mich in seine halbautomatische Instrumatik, Ritter genannt, die ihm die Vielzahl der Instrumente ins kunstfertige Händchen lieferte, damit er, während ich, nein, wir beide in meinem Köpfchen, das gerne Besuch hat: »Was meinen Sie, Dokter, hätte ich mir die Taschen zunähen sollen?«

Meine Verlobte sagte die Sendung aus Andernach ab: »Soeben sahen wir, welch verheerende Wirkung grüner Kryptonit auf Supermans Zahnschmelz hat. Wie aber werden Supermans Zähne auf roten Kryptonit reagieren? – Darüber wird unsere nächste Superman-Schau berichten. Inzwischen werfen wir einen Blick in die Werkstatt des Kryptonitmannes . . .«

Sie zeigte mir mein Milieu: »Dieser schön geformte Speichelabsauger mit versenkbarem Schlauch wird durch eine Wasserstrahlpumpe betrieben und wirbt auf allen Dentalmessen dank seiner außerordentlich hohen Absaugleistung.« – Mit einem Stimmchen, als wollte sie Christbaumschmuck anpreisen, pries sie die Speischalenspülung und des Ritters zweigelenkigen Speifontänenarm: »Er macht die Schale auch vertikal beweglich.« – Und sie auf der Mattscheibe und seine Hilfe mit klammen Griffeln, beide erteilten Weisungen mittels Drucktaste an der Vorderseite des Schwebetischchens. Wie sie mich bedienten. Wie sie den Absauger aus der Versenkung lockten. Es machte mir Spaß, wie er schlurfte blubberte durstig tat, bevor er mir in die Spucke gehängt wurde.
»Und die Zunge bitte locker hinten unten lassen.«
Mein Zahnarzt beugte sich über mein Angebot, verdeckte vier Fünftel der Mattscheibe, suchte mit dem rechten Ellenbogen Halt zwischen Rippe und Hüfte und stocherte zwischen den zahnsteinverkrusteten Hälsen meiner oberen Schneidezähne: »Nicht schlucken, das macht der Absauger. Durchatmen, so. – Soll ich vielleicht doch . . .« Neinneinneinnein. (Heute noch nein.) Das wollte ich hören, wie er den Muschelbelag von den Beißern sprengte . . .

Schauen Sie, Scherbaum, auch das will ich beschrieben werden: ich sammle Speichel Schaum Blut mit allen körnig knirschenden Absprengseln, lasse, nachdem ich die Zunge neugierig werden, erschrecken ließ, den Reichtum in die Speischale fallen, greife das handliche, klein gehaltene Glas – es soll den Patienten nicht zum mehrmaligen Spülen verführen – spüle, schaue dem Auswurf zu, sehe mehr als da ist, nehme Abschied von meinem zermürbten Zahnstein, stelle das Glas zurück und

erlebe belustigt, wie es sich selbsttätig mit lauem Wasser füllt. Der Ritter und ich, wir arbeiten planvoll zusammen.
Denn schauen Sie, Scherbaum, die Gleichzeitigkeit einer Vielzahl von Tätigkeiten will beschrieben werden: während ich mich mauloffen gebe und inwendig die Klagelieder des Jeremias zitiere, balanciert der Ritter linkshändig das schwebende Instrumententischchen und läßt er in Segeltuchschuhen den gleitenden Instrumententräger ausfahren, in dem das Werkzeug auf Abruf wartet. Zum Beispiel das Schwachstromhandstück für den Elektronen-Zahnprüfer, der sich automatisch auflädt und nicht ortsgebunden ist; er könnte ihn in der Tasche, auf Waldwegen um den Grunewaldsee, am Teltow-Kanal, auch beim Besuch der Grünen Woche geladen spazieren führen, wo immer ein Zahnarzt sich anpirscht und sein Wild zu erlegen hofft: »Darf ich mal schnell? Hier mein Kärtchen. Sie haben, frei heraus gesagt, einen Hackbiß. Der gibt Ihnen, bei vorgeschobenem Unterkiefer, ein übertrieben markantes Aussehen. Brutalität wird vermutet. Hemmungen suchen Ausgleich. Deshalb sei Ihnen zu Degudentbrücken geraten. Anruf genügt. Wir machen einen beiderseits günstigen Termin aus. Nur sechs bis sieben Sitzungen, wenn keine größeren Komplikationen Erschwernisse bringen. Vertrauen Sie mir und meiner diskreten Gehilfin. Zudem wird ein Fernsehgerät für Ablenkung sorgen. Ja, selbst die blinde Mattscheibe vermag Ihren Gedankenflug einzublenden; nur muß ich Sie bitten, mit mir an meine Ritterbohrmaschine mit ihren Schnellaufhandgelenken zu glauben – und an die dreihundertfünfzigtausend Umdrehungen pro Minute, die der Turbinenkopf meiner Airmatik bei abgeschwächtem Geräusch garantiert!«
»Wirklich?«
»Spielend leicht wechsle ich Bohrer und Schleifer.«
»Und all mein Schmerz?«
»Wird örtlich betäubt.«
»Muß das denn sein?«
»Wenn wir zum Schluß noch einmal nachpolieren, werden Sie anerkennen, daß Ihre Verlobte nicht sinnlos Abstand gezahlt hat.«
»Immerhin sind wir zweieinhalb Jahre lang verlobt gewesen.«
»Packen Sie aus, mein Lieber, packen Sie aus!«
»Es war im Jahre vierundfünfzig . . .«
»Ein schöner Anfang . . .«

Das erzählte ich meinem Zahnarzt: »Aber ich warne Sie, Dokter, hier wird von Traß, Bims, Kalk, Mergel und Ton, von Schiefer und Klinker, von Dörfern, die Plaidt, Kretz und Kruft heißen, vom Ettringer Tuff und von den Kottenheimer Basaltlava-Fertigerzeugnissen, von den Bimsgruben am Korrelsberg und von den jungvulkanischen Basaltvorkommen auf dem Mayener Feld, zuerst aber – bevor von mir, Linde und

Schlottau, von Mathilde und Ferdinand Krings die Rede sein wird – wird, ich warne Sie, Dokter, vom Zement die Rede sein.«
Mein Zahnarzt sagte: »Nicht nur Gips, bestimmte Spezialzemente bilden die Grundlage meiner Arbeitsmaterialien; wir werden damit zu tun bekommen.«
Also begann ich: »Zement ist ein industriell gewonnener Nutzstaub. Er entsteht durch Mahlung von Rohmehl und Rohschlamm aus Kalkstein, Mergel und Ton, durch Mahlung von gebranntem Zementklinker, durch Schwemmung und durch das Zerstäuben von Wasser und Rohschlamm im Drehofen ...«
(Wie gut ich noch alles parat hatte. Schon klingelte der Gedanke, meine Schüler mit diesem Detailwissen zu überraschen. Gewiß hielt mich Scherbaum für einen weltfremden Spinner; und meinem Zahnarzt empfahl ich, seinen dentalen Arbeitsstaub absaugen zu lassen. Er wies darauf hin, daß durch gleichzeitige Verschlemmung beim Schleifen der Staubanfall erträglich bleibe.) »Mag sein. Aber das Ziel ist die totale Entstaubung. Zementwerke werden entstaubt durch Staubkammern in den Öfen, durch Fliehkraftentstauber, durch Filter, Brecher, Granulierungseinrichtungen und durch das Wegführen und Verteilen von Zementstaub über den Rhein zwischen Koblenz und Andernach ...«
»Ich kenne die Voreifel. Eine Mondlandschaft.«
»Doch, wie Sie sehen, geeignet für Außenaufnahmen.«
»Von einem Dentistenkongreß in Koblenz machte ich mit Kollegen einen Abstecher nach Maria Laach.«
»Das lag noch innerhalb unserer Staubablagerungszone; denn die beiden Kamine der Kringsschen Zement-Traß- und Schwemmsteinwerke hatten vor meiner Zeit eine Höhe von nur achtunddreißig Metern. Während sich damals der Auswurf nur in unmittelbarer Nähe des Werkes verteilte, kann Krings-Zement heute, nach der Erhöhung der Kamine, besonders aber nach dem Übergang zur Mahltrocknung mittels Schwebegasaustauschern und der Zwischenschaltung des Kühlturmes, auf einen Rückgang des Zementstaubauswurfes bis zu 0,9 Prozent und eine gleichmäßige Verteilung des Staubes über den Rhein hinweg auf das gesamte Neuwieder Becken hinweisen ...«
»Welch vorbildlicher Gemeinsinn der verantwortlichen Fabrikherren.«
»Sagen wir lieber: Gesundes Profitstreben; denn die im Elektrofiltersystem zurückgewonnenen Staubmengen betragen bis zu 15 Prozent der Zementklinkerproduktion ...«
»Und ich kleiner, auf die Tageszeitungen angewiesener Zahnarzt habe gedacht, die Entstaubung der Industriewerke habe ausschließlich gemeinnützige Bedeutung ...«
(Später habe ich meine 12 a mit den Problemen der zunehmenden Luftverschmutzung bekanntgemacht. Sogar Scherbaum war beeindruckt: »Verstehe nicht, warum Sie Lehrer geworden sind, wo Sie doch

bei der Entstaubung viel mehr hätten leisten können . . .«)
»Ich glaube, Dokter, wir dürfen von einer Doppelwirkung sprechen. Dank meiner frühzeitigen Initiative ist es Mitte der fünfziger Jahre gelungen, einerseits durch Nutzung des hochwertigen Staubes rationeller zu arbeiten und andererseits jene Welle von berechtigten Gemeindeeingaben einzudämmen, die den Führungskräften unseres Werkes zu schaffen machte. Anfangs wehrte Krings meine Vorschläge ab: ›Was dem Altertum Vulkanausbrüche, Erosionen und Staubstürme gewesen sind, das sind uns heute die Rauch- und Staubauswürfe der Industrieballungsgebiete. Wir leben nun mal von Bims, vom Traß, vom Zement; also leben wir auch mit dem Staub!‹«
»Ein moderner Stoiker.«
»Krings kannte seinen Seneca.«
»Ein Philosoph, der uns auch heute einiges sagen könnte.«

»Um meine Gutachten anschaulicher zu gestalten – denn Krings war nur mit praktischen Beispielen zu überzeugen – fügte ich einem Vortrag über die luftintensive Wirtschaft der Bundesrepublik das folgende Bild ein: Wenn der Wirtschaft die Atmosphäre hauptsächlich als Vorfluter für schwebfähige, feste und gasförmige Stoffe dient, und wenn die Luftbeeinflussung sich weiterhin in jener bodennahen Luftschicht abspielt, die gleichzeitig Atemraum nicht nur der Menschen und Tiere ist, wird es Zeit, die Natur als Zeugen der Anklage zu laden! – Sie sehen hier, Dokter, mit einer Handkamera aufgenommen, die alte Buche im Park der Villa Krings, der vom Volksmund ›Der graue Park‹ genannt wird. Dieser weitverzweigte Baum hat etwa hundertfünfzig qm Blattoberfläche. Da ein Hektar Buchenwald während eines Jahres, bei andauernder Beschichtung, von etwa fünfzehn Tonnen Feinstaub belastet wird, fällt es nicht schwer, anhand dieser einen Buche die Belastung des einen Hektar großen Parks, dessen Baumbestand zur Hälfte Nadelbäume sind, zwingend vor Augen zu führen; zumal ein Hektar Fichtenwald bis zu zweiundvierzig Tonnen Feinstaub im Jahr zu ertragen hat . . . Ich gebe zu, daß mein Vortrag Krings bewogen haben mag, der Installierung elektrischer Ofenentstauber zuzustimmen.«
»Alles in allem: Sie hatten Erfolg.«
»Dennoch wird der Kringssche Park, bedingt durch seine betriebsnahe Lage, immer ›Der graue Park‹ bleiben, wenn auch, dank meiner Hartnäckigkeit, dem Buchengrün größere Hoffnung gemacht werden konnte.«

Mein Zahnarzt stellte sein Interesse durch den Nachsatz »Die Natur wird es Ihnen danken« in Frage. (Diese Angst, nicht ernst genommen zu werden, ist Beisitzer auch meiner Unterrichtsstunden: das Lächeln einiger Schüler – oder wenn Scherbaum, als sei er um mich besorgt, den

Kopf schräg hält – läßt mich stocken, abschweifen, und oft genug muß mich einer der Schüler, muß mich Scherbaum mit einem lässigen »Wir waren bei Stresemann stehengeblieben« zurückrufen; wie mich mein Zahnarzt mit aufmunternder Frage »Und was wurde aus Ihrem Krings?« wieder zur Sache kommen ließ.) »Wenn Sie zuvor noch einmal spülen wollen . . .«

Es kam nicht mehr viel. Steinschlamm. Notizengeraschel. Angelesener Überdruß. Danach der Versuch, auf der Ablegefläche des Instrumententischchens zwischen dem Ampullenwärmer und dem schwenkbaren Bunsenbrenner frühsommerliche Landschaft zu erinnern. Die gesammelten Bedenken eines Studienrates. Vergebliche Versuche, traurig, zornig, betroffen zu sein. Zugluft zwischen den Zahnhälsen. Scherbaums Lachgrübchen.
»Jedenfalls so, Dokter, hat es anzufangen . . .«

Totale der Voreifellandschaft von Plaidt aus in Richtung Kruft. Der Titel »Verlorene Schlachten« steht vor sommerlichen Wolkenformationen. Während langsamer Fahrt durch das zernagte, geklüftete und grob vernarbte Bimsabbaugebiet auf das doppelkaminige Krings-Werk zu die weiteren Titel. Jetzt spreche ich wie bei einer Betriebsführung:
»Die Krings-Werke erzeugen im Dienste der neuerstandenen bundesdeutschen Bauwirtschaft aus den reichen und mannigfaltigen Bodenschätzen der vulkanischen Eifel Baustoffe für den Hoch-, Tief- und Straßenbau. Der Aufschwung der Zementindustrie vor dem letzten Krieg und während des Krieges – ich darf an die Autobahnbauten, darüber hinaus an die Befestigung unserer Westgrenze, darüber hinaus an die Entwicklung des Luftschutzbetons und nicht zuletzt an die Betongroßbauten an der Atlantikküste erinnern – hat sich erfreulich auf die nunmehr friedliche Weiterentwicklung der Traßzemente und auf die Spannbetonbauweise ausgewirkt. Da das Gebot der Stunde Investieren heißt, muß Investieren Modernisieren bedeuten. – Auch unsere Krings-Werke werden sich diesem Prozeß fügen müssen. Wenn Tonnen und Abertonnen hochwertigen Zementstaubs heute noch durch die Schlote wandern und so dem Produktionsgang verloren gehen, werden schon morgen elektrische Ofenentstauber . . .«
Die Stimme des Betriebsingenieurs wird langsam ausgeblendet. Die Kamera folgt dem Kaminrauch. Totale der Abgase und ihrer wolkenden Dynamik. Danach rauchverhangene Vogelflugtotale der Voreifel zwischen Mayen und Andernach bis über den Rhein, die sich im Sturzflug auf den Kringsschen Park neben der schiefergedeckten, basaltgrauen Krings-Villa verengt: groß Zementstaub auf Buchenblättern. Knoten und Krater. Verschlemmte porige Inselchen vom letzten Regen. Rieselnder Staub verlagert sich. Rissige Zementstrukturen auf verkrampften

Blättern. Rutschende wandernde Staublawinen über motivlosem Jungmädchengelächter. Überladene Blätter geben nach. Gelächter Staubfahnen Gelächter. Und jetzt erst die Mädchengruppe in Liegestühlen unter der Zementstaub tragenden Buche. Stehende, dann gleitende Kamera. Inge und Hilde haben ihre Gesichter mit Zeitungspapier bedeckt. Sieglinde Krings, allgemein Linde gerufen, sitzt aufrecht im Liegestuhl. Ihr länglich verschlossenes Gesicht, dem ziegenhafte Starre Ausdruck gibt, hat keinen Anteil an dem zweistimmigen Gelächter unter Zeitungspapier. Inge hebt sich den Bogen vom Gesicht: sie ist glatt ungeprägt hübsch. Hilde macht es ihr nach: weich und gesund verschlafen blinzelt sie gerne. Auf dem Nähtischchen, zwischen den mit Kollegheften abgedeckten Coca-Cola-Gläsern, liegt ein dritter Zeitungsbogen, auf dem sich ein Tasseninhalt Zementstaub häuft. Die Kamera haftet an dem Stilleben. Angeschnittene Schlagzeilen verkürzen die Namen Ollenhauer, Adenauer und den Begriff Wiederbewaffnung. Lindes Freundinnen kichern, während sie den Zementstaub von den Zeitungsbögen auf das Häufchen rieseln lassen.
Hilde: »Bald haben wir ein Pfund Krings-Zement gerettet.«
Inge: »Schenken wir Hardy zum Geburtstag.«
Jetzt plaudern sie über Ferienpläne. Inge und Hilde sind sich nicht schlüssig, ob Positano der Adria vorzuziehen sei.
Hilde: »Und wohin will unser kleiner Hardy?«
Inge: »Interessiert er sich neuerdings etwa für Höhlenmalerei?« Gelächter.
Hilde: »Und du?« Pause.
Linde: »Ich bleibe hier.« Pause und rieselnder Zementstaub.
Inge: »Weil dein Vater kommt?« Pause Zementstaub.
Linde: »Ja«.
Inge: »Wie lange war er eigentlich da unten?«
Linde: »Knapp zehn Jahre. Zuerst in Krasnogorsk, dann isoliert in den Gefängnissen Lubjanka und Butyrska, zum Schluß im Lager Wladimir, östlich Moskau.«
Hilde: »Meinst du, das hat ihn gebrochen?« Pause und Zementstaub.
Linde: »Ich kenne ihn nicht.« Sie steht auf und geht umweglos in Richtung Villa davon. Die Kamera schaut zu, wie sie kleiner wird.

Ein Denkmal. Erst in der Praxis meines Zahnarztes gelang es mir, meine statuarische Verlobte zu zerlegen: zwischen Schnitt und Schnitt wechselte sie die Röcke, selten den Pullover; sie wollte alleine oder mit ihrem Hardy, mal zwischen Ginster in einer verlassenen Basaltgrube, mal im Gasthof ›Wilder Mann‹, knapp hinterm Neuwieder Deich, mal auf der Andernacher Rheinpromenade, auch zwischen Bimsfelder im Nettetal und immer wieder im Schwemmsteinlager eingeblendet werden; während Hardy nach Einblendungen verlangte, die ihn als kunstgeschichtlichen Spurenleser zwischen römische und frühchristliche Basaltbrocken führten, oder er erklärte Linde an einem selbstgebastelten Modell sein Lieblingsprojekt, den elektrischen Zementofenentstauber. Schnitt: beide weit weg am gegenüberliegenden Ufer des Laacher Sees. Schnitt: beide treibt Regen in eine verlassene Steinmetzbude auf dem Bellfeld. (Streit, der zum Koitus auf dem wackeligen Holztisch führt.) Schnitt: sie im halbaufgebauten Mainz nach der Vorlesung. Schnitt: Hardy fotografiert das Geroldkreuz . . .

»Wer ist denn Hardy?« fragte mein Zahnarzt. Auch seine Hilfe verriet durch naßkalten Fingerdruck Neugierde. »Jener vierzigjährige Studienrat, den seine Schüler und Schülerinnen gutmütig herablassend ›Old Hardy‹ nennen, jener Old Hardy, dem Sie, unterstützt vom klammen Dreifingergriff Ihrer Hilfe, den Zahnstein Schicht um Schicht abbauen, jener Hardy . . .«

Ich: mit meinem rechtzeitig abgebrochenen Studium der Germanistik plus Kunstgeschichte, mit meinem in Aachen gebauten Maschinenbau-Ingenieur, mit meinen damals achtundzwanzig Jahren, mit meinen abgelegten Verhältnissen und meinem beinahe krisenfreien Verlöbnis: ein erfolgreicher junger Mann inmitten erfolgreicher junger Nachkriegsmänner. Nach halbbegriffenen Fronterfahrungen wird der achtzehnjährige Hardy im August fünfundvierzig in Bad Aibling, zu Füßen immer verregneter Berge, aus amerikanischer Kriegsgefangenschaft entlassen – seitdem hängt ihm der Kurzname Hardy an; der Ostflüchtling Hardy, mit dem Flüchtlingsausweis A, nistet bei einer Tante in Köln-Nippes und beeilt sich, sein Abitur nachzuliefern; der Werkstudent im ersten Semester erinnert sich an das Wort seines Vaters: »Die Zukunft der Menschheit liegt im Brückenbau!« – Also strebt er in Aachen dem Vaterwort nach: er büffelt Statik, pflegt nachlässig wechselnde Bekanntschaften, tritt kurz vor dem Examen einer studentischen Verbindung bei und wird sogenannten Alten Herren vorgestellt: der Maschinenbau-Ingenieur Eberhard Starusch, durch Kriegseinwirkung elternlos und deshalb doppelt tüchtig, faßt, sogleich nach dem ersten Absprung, Fuß bei Dyckerhoff-Lengerich, einem Werk, das Zementklinker im Naßverfahren produziert; so besucht Hardy, der seinen kunstgeschichtlichen Neigungen nicht abgeschworen hat, die Extern-Steine im nahen Teutoburger Wald, so lernt er das Lepol-Rostverfahren kennen; denn bei Dyckerhoff wurde die Umstellung aller Werke vom Naß- zum Trockenverfahren schon frühzeitig projektiert. Hardy wird gefördert; Hardy fertigt eine Studie über Erfahrungen mit Tiefbohr- und Traßzementen beim U-Boot-Bunkerbau in Brest an; Hardy darf die erweiterte Studie auf einer Zementer-Tagung der breiteren Öffentlichkeit, das heißt, den Führungskräften der bundesdeutschen zementproduzierenden Industrie vortragen; ein für sein Alter kenntnisreicher, gutaussehender und erfolgreicher Hardy macht in Düsseldorf, anläßlich der mittlerweile historischen Zementer-Tagung, die Bekanntschaft der zweiundzwanzigjährigen Sieglinde Krings und am folgenden Tag – beim Tee, während einer Tagungspause – der Tante Mathilde Krings, jener einsilbig in Schwarz regierenden Chefin der Krings-Werke. Hardy kommt mit beiden Damen wie zufällig ins Gespräch. Hardy wird von einem Alten Herren seiner Aachener Studentenverbindung der Krings-Chefin gegenüber lobend erwähnt. Hardy nimmt den Schlußball im Hotel Rheinischer Hof wahr: er tanzt mehrmals, aber nicht zu oft mit Sieglinde Krings. Hardy versteht es, nicht nur von Fliehkraftentstaubern, sondern auch von der Schönheit romanischer Basaltarchitektur zwischen Mayen und Andernach zu plaudern. Hardy läßt es nach Mitternacht, während ringsum schon feucht-fröhliche Zementer-Stimmung herrscht, nur zu einem einzigen Küßchen kommen. (Sieglinge Krings spricht den bedeutenden Satz aus: »Sie, wenn ich mich in Sie verknallt habe, kommt Sie das teuer zu stehen . . .«) Jedenfalls macht Hardy Eindruck und verläßt bald darauf Dyckerhoff-Lengerich mit den günstigsten Referenzen: voll und ganz, das heißt, erfolgreich steigt er in die Krings-Werke ein; denn wie er sich rasch und umsichtig im größten geschlossenen Zementverbraucherkreis Europas einlebt, gelingt es ihm ähnlich einfühlsam zugreifend, im Frühjahr vierundfünfzig eine Verlobungsfeier fällig werden zu lassen; aus Rücksicht auf den immer noch kriegsgefangenen zukünftigen Schwiegervater wird sie abseits im Ahrtal, in der Lochmühle gefeiert: auf graugestufter Mattscheibe stellen sich Sieglinde im schiefergrauen Kostüm und Hardy im basaltgrauen Einreiher vor; ein weltoffenes, etwas zu glattes Paar, rascher sichernder Blicke aus Augenwinkeln fähig, als skeptische Generation eingestuft und der gesteigerten Leistung mehr und mehr verdächtig; denn Sieglinde begann, unter meinem Einfluß, in Mainz Ernst zu machen: sie studierte systematisch und unbeteiligt Medizin, – während ich mich gründlich, leidenschaftlich und gleichfalls unbeteiligt mit dem Nettetaler Traß, der Kringsschen Traßzement-Produktion, besonders aber mit unseren veralteten Schwemmsteinautomaten, also mit dem Bims vertraut machte . . .

Als mich mein Zahnarzt noch einmal zum Spülen aufforderte – »Und dann wollen wir nachpolieren, damit der Zahnstein nicht so schnell neuen Ansatz findet« – nutzte ich die Pause als Einladung für einen kleinen Vortrag zuerst über den Traßabbau der Römer zwischen fünfzig und hundert vor Christi – »Noch heute finden sich zwischen Plaidt und Kretz Untertagestollen mit lateinischen Kritzeleien römischer Bergleute« – um dann, während er nachpolierte, vom Bims zu sprechen: »Der Bims gehört geologisch zu den Laacher Trachyttuffen . . .«

Er sagte: »Das gründliche Nachpolieren verbürgt, daß das Schmelzoberhäutchen geschlossen wird . . .«
Ich erzählte vom mittleren Alluvium, von weißen Trachyttuffen und der zwischengelagerten Britzbänke; er wies noch einmal auf meine freiliegenden Zahnhälse hin und sagte: »So. Erlöst, mein Lieber. Nun wollen wir mal den Spiegel . . .«
Auf die Frage meines Zahnarztes: »Was sagen Sie nun?« blieb mir nichts übrig als »Fabelhaft, einfach fabelhaft!« zu sagen.
Er rettete sich in den mittlerweile entwickelten Röntgenstatus, den seine Hilfe, als wollte sie einen Dias-Abend veranstalten, Bildchen um Bildchen abzog. Der Status zeigte wirrstehende transparente Geisterzähne. Nur die Lücken im Backenzahnbereich, links rechts – oben unten, bewiesen mir, daß mein Gebiß zur Ansicht freistand. Ich sprach dagegen an: »Schon unter einem Meter Humus liegt der Bims . . .« – aber mein Zahnarzt blieb bei der Sache: »Zwar ergibt unser Status, daß die zu überbrückenden Zähne positiv sind, doch muß ich sagen: Sie haben eine echte, und echt heißt angeborene Progenie, auf deutsch: einen Vorbiß.«
(Ich bat meinen Zahnarzt um das reguläre Fernsehprogramm.)
Werbung lief und eroberte sich ein Achtel Blick. Er pinselte mein angegriffenes Zahnfleisch ein und wertete immer noch aus: »Beim normalen Schlußbiß steht der Unterkiefer einen bis eineinhalb Millimeter hinter den oberen Schneidezähnen. Bei Ihnen jedoch . . .«
(Seitdem weiß ich, daß meine falsche Bißlage, die er echt nannte, weil angeboren, an einer horizontalen Bißstufe von zweieinhalb Millimetern zu erkennen ist: mein markantes Profil.)
Weiß dieser Zahnklempner eigentlich, daß seinen Schleif- und Poliermitteln Bimsstein in Pulverform beigemengt ist? Und weiß diese Werbeziege, die mir bekannt vorkommt, verdächtig bekannt vorkommt, daß ihre Putz- und Scheuermittelchen Bims enthalten, unseren Voreifel-Bims?
Mein Zahnarzt blieb bei meiner Progenie: »Das führt, wie unser Röntgenstatus deutlich zeigt, zu einem Rückgang des Kieferknochens oder des Alveole-Kammes . . .«
Sie wollte mir eine Tiefkühltruhe verkaufen. Während mein Zahnarzt chirurgische Lösungen vorschlug – »Indem wir ganz einfach den aufsteigenden Ast des Kieferknochens durchsägen und zurückverlagern, können wir Ihren Vorbiß beheben . . .« – sang Linde ihren Refrain: »Immer frisch und im Vollbesitz aller Vitamine . . .« und schlug Ratenzahlungen vor. Dann öffnete sie die Tiefkühltruhe, in der zwischen Brechbohnen, Kalbsnieren und kalifornischen Erdbeeren meine Milchzähne und Schulaufsätze, mein Flüchtlingsausweis A und meine Studie über Traß- und Tiefbohrzemente, meine eingedickten Wünsche und meine auf Flaschen gezogenen Niederlagen reifberaucht lagerten; und ganz zuunterst, zwischen Rotbarschfilet und eisenhaltigem Spinat, lag nackt und

frostüberzogen sie, die soeben noch in Rock und Pullover geworben hatte: Oh Lindelindelindelinde . . . (Das werde ich morgen meiner 12 a als Aufsatzthema stellen: Sinn und Nebensinn einer Tiefkühltruhe.) Ach, wie sie dauert im kalten Rauch. Ach, wie der Schmerz sich tiefgekühlt frischhält. Ach, wie ist das Gold so gar verdunkelt . . .

Mein Zahnarzt bot sich an, das Fernsehen wieder abzustellen. (Irmgard Seifert hatte ihn mir als einfühlsam empfohlen.)
Ich nickte. Und als er auf meine Progenie zurückkam – »Doch von einem chirurgischen Eingriff möchte ich abraten . . .« – nickte ich abermals. (Und auch seine naßkalte Hilfe nickte.)
»Darf ich jetzt gehen?«
»Deshalb rate ich zur Überkronung der Zähne im Backenzahnbereich.«
»Jetzt gleich schon?«
»Der Zahnstein hat uns genug beschäftigt.«
»Also übermorgen, kurz vor der Abendschau?«
»Und nehmen Sie noch zwei Arantil auf den Weg.«
»Es hat ja kaum wehgetan, Doktor . . .«
(Seine Hilfe – und nicht meine Verlobte – reichte mir Tabletten, das Glas.)

Als ich heimkam und meine Zunge hinter den Zähnen verlorene Reibung suchte, fand ich auf meinem Schreibtisch neben dem Aschenbecher die korrigierten Aufsatzhefte der 12 a, einige Bände Angelesenes, meine begonnene Denkschrift zur Schülermitverantwortung mit dem polemischen Absatz »Wo und wann darf der Schüler rauchen?«, daneben, zwischen Drucksachen, die Richtlinien zur Oberstufenreform und vor dem leeren Wechselrahmen, verdeckt von Zeitungsausschnitten und Fotokopien, die ärgerlich dünne Mappe mit dem Arbeitstitel in Großbuchstaben. Unter römischen Basaltbrocken – Mörserfragmente zumeist – die ich als Briefbeschwerer benutze, fand ich Papier . . .

Weh, mein Zahn. Weh, meine Haare im Kamm. Weh, meine fingerlang kurze Idee. Ach – und die vielen verlorenen Schlachten. Immer das Nächste schmerzt lauter. Oder was hochkommt und sich erinnert: Das ist der Karpfen vom Vorjahr, Silvester . . . Weh, Schatten, weh. Kieselstein weh. Weh, Zahnweh, weh . . .

Dabei wollte ich nur meinen Zahnstein entfernen lassen, obwohl ich ahnte: Der findet bestimmt was. Die finden doch immer was. Kennt man schon.
Als Irmgard Seifert kurz nach meiner Rückkehr anrief – »Na, wie war es? Halbsoschlimm. Oder?« – konnte ich ihr bestätigen: Kein Sadist. Dabei unterhaltsam und dennoch diskret. Nicht ohne Bildung. (Kennt

seinen Seneca.) Bei Schmerzen unterbricht er sofort. Ein bißchen naiv fortschrittsgläubig – hofft auf Heilzahnpaste – aber erträglich. Und der Fernseher ist wirklich fabelhaft, wenn auch komisch.
Irmgard Seifert gegenüber, mit der ich seitdem den Zahnarzt teile, lobte ich ihn durchs Telefon: »Seine Stimme ist sanft und nur, wenn er ins Dozieren gerät, von pädagogischer Bestimmtheit . . .«

Wie sagte er: »Feind Numero eins ist der Zahnstein. Während wir laufen, zögern, schlafen, gähnen, die Krawatte umbinden, verdauen und beten, fördert der Speichel ihn unentwegt. Das lagert ab und ködert die Zunge. Sie, immer nach Muschelbelag unterwegs, mag das Rauhe und spendet Nahrung, die unseren Feind, den Zahnstein, stärkt. Krustig würgt er die Zahnhälse. Blindlings haßt er den Schmelz. Denn mir können Sie nichts vormachen. Ein Blick genügt: Ihr Zahnstein ist Ihr versteinerter Haß. Nicht nur die Mikroflora in Ihrem Mundmilieu, auch Ihre krausen Gedanken, Ihr inständiges Rückwärtsschielen, das immer abrechnet, wo es aufrechnen wollte, also die Neigung Ihres schwindenden Zahnfleisches, bakterienfangende Taschen zu bilden, das alles – die Summe aus Zahnbild und Psyche – verrät Sie: eingelagerte Gewalttätigkeiten, Mordanschläge auf Vorrat. – Spülen Sie nur! Spülen Sie nur. Es bleibt noch Zahnstein genug . . .«

Ich streite das alles ab. Als Studienrat für Deutsch und also Geschichte sind mir Gewaltaktionen verhaßt, zutiefst verhaßt. Und zu meiner Schülerin Vero Lewand, die vor Jahresfrist in den Bezirken Zehlendorf und Dahlem das sogenannte Sternchenpflücken betrieb, sagte ich, als sie ihre Sammlung abgesägter Mercedessterne im Klassenzimmer zur Schau stellte: »Ihr Vandalismus ist bloßer Selbstzweck.«
Scherbaum klärte mich auf, seine Freundin habe für zeitgemäßen Christbaumschmuck sorgen wollen: »Für die Schulfeier in der Aula.«
Kurz nach Weihnachten war Vero Lewands Metallsäge schon aus der Mode. (Später hat Scherbaum einen Song geschrieben und auf der Gitarre begleitet: »Als wir Sternchen pflücken gingen, pflücken gingen, pflücken gingen . . .«)

Ohne Anrufung der Schutzheiligen aller Zahnwehleidenden näherte ich mich dennoch gut vorbereitet: mit fertigen Sätzen, ihm in den Mund zu legen. Wenn schon Eingriff bei mir, dann mußte er auch sich Korrekturen gefallen lassen: »Nicht wahr, Dokter, Sie interessieren sich doch für Bims?« – »Wie Sie sich für den Karieszuwachs im Pflichtschulalter interessieren . . .«

Am Vormittag hatte ich Fragen meiner 12 a beantworten müssen. (Vero Lewand: »Wie viele hat er Ihnen gezogen?«) Ich antwortete: »Was fiele

euch ein, wenn ihr beim Zahnarzt maulgesperrt einem Fernsehapparat gegenübersitzen müßtet, es liefe Werbung, und man böte euch, sagen wir mal, eine Tiefkühltruhe an . . .«
Die Antworten zappelten unergiebig. Ich verzichtete auf einen Aufsatz zum Thema, obgleich Scherbaums Einfall, man müßte bestimmte Ideen und Pläne, die noch nicht fertig seien, einfrieren lassen, damit sie eines Tages aufgetaut, zu Ende gedacht und in die Tat umgesetzt werden könnten, einen Ansatz geboten hätte.
»An was für einen Plan denken Sie, Scherbaum?«
»Sage ich ja: kann man noch nicht drüber sprechen.«
Auf meine Frage, ob der zur Zeit noch eingefrorene Plan auf die Übernahme der Schülerzeitung als Chefredakteur ziele, winkte er ab: »Das ist Ihr Bier. Kann auf Eis bleiben.«
Als ich mich gegen Ende der Stunde über die Karies verbreitete – »Das Wesen des Zahnkaries ist die irreparable Zerstörung der harten Zahngewebe . . .« – hörte die Klasse, wie versprochen, nachsichtig zu; Scherbaum hielt spöttisch den Kopf schräg.

Mein Zahnarzt war weniger rücksichtsvoll: »Das machen wir auf einmal ab, die vier Backenzähne im Unterkiefer: acht und sechs minus sechs und acht . . .«
(Dieses geschäftige Klirren mit den sterilen Instrumenten, als hätte er keinen Wimpernschlag lang an meiner Wiederkehr gezweifelt: »Legen Sie los, Dokter. Ich werde stillhalten.«) Seine Hilfe hatte die Spritze schon aufgezogen: »So. Nun der kleine häßliche Pieks. Hat kaum wehgetan – oder?«
(Hätte ich, behängt mit dem Speichelabsauger, verbeult von Mullpölsterchen und gesperrt vom Dreifingergriff, mit ihm plaudern sollen: »Nicht die Rede wert, Ihr Pieks. Aber die in Bonn. Haben Sie das gelesen: Talsohle, enger schnallen, auf Verderb und Gedeih . . . Und die Studenten, schon wieder haben die Studenten auf einer Vollversammlung . . .«)
Sein Hinweis auf den zu erwartenden Pieks wuchs sich zur zweiten Stereotype aus: »Und jetzt wollen wir nachspritzen. Merken Sie kaum mehr . . .«
(Nun mach schon mach. Und laß das Vollbild, doch ohne Ton, flimmern.)
»Zwei drei Minuten werden wir warten müssen, bis sich das Zahnfleisch taub anfühlt und Ihre Zunge pelzig wird.«
»Sie schwillt!«
»Das täuscht.«
(Eine gedunsene Schweineniere. Wohin damit?)

Das tonlose Bild zeigte einen kirchlich anmutenden Herrn, der, da es

Sonnabend war, ein Wort zum Sonntag sprechen mochte, wenngleich diese Sendung nach zweiundzwanzig Uhr und nie vor der Berliner Abendschau ausgestrahlt wird: »Jadoch, mein Sohn, ich weiß, es tut weh. Aber selbst aller Schmerz dieser Welt vermag nicht . . .«
(Seine schöngegliederten Finger. Wenn er mokant eine Braue hob. Oder ein verzögertes Schütteln des Hauptes. Scherbaum nennt ihn: Die Silberzunge.)
Danach läuteten die Glocken den Sonntag ein: Bim! – und es schreckten die Tauben auf. Bam! – Ach, und die kleinen blechernen Satelliten in meinem Köpfchen, das alles besser weiß, bimmelten Bims.

Während das verkniffene Ziegengesicht die Reportage: Bims – Gold der Voreifel! ansagte, begann mein Zahnarzt mit dem Abschleifen von acht minus: »Schön locker lassen. Wir beginnen mit der Kaufläche, und dann wird rundum zur Kaufläche verjüngt geschliffen . . .«
Mein Bimsfilm zeigte, wie das Rohmaterial aus den Gruben in die Wäscherei befördert, von schweren Bestandteilen befreit, zuhauf gelagert, mit dem Einheitsbindemittel Eibi gebunden, in Betonmischern zu Bims-Betonspeis bereitet und in Steinautomaten zu Bimsbauelementen verarbeitet wurde.
Mein Zahnarzt sagte: »Na, sehen Sie. Ihren acht minus hätten wir.«
(Bevor er mich zum Spülen aufforderte, gelang es, wenn auch hastig, zuerst das Lagern der geformten Bimsbauelemente in Lagerhallen, dann auf Arken im Freien zu zeigen.)

»Und hier, Dokter, zwischen unseren Einheitshohlblocksteinen, Bimsbetondecken, Hohl- und Füllkörpern, zwischen unseren eisenarmierten Steg- und Kassettenplatten, die neben dem leichten Gewicht folgende Vorteile bieten: hohe Dämmwirkung, atmende Wände, Schwammsicherheit, Feuerbeständigkeit, Nagelbarkeit und rauhe Oberfläche, die festen Haftgrund für Putz- und Fugenmörtel bildet, zwischen diesen modernen Baustoffen, die eine reibungslose Integration der späteren Wohnraumkonsumenten in die pluralistische Gesellschaft verbürgen, genauer gesagt: zwischen unseren enggestapelten Normalformaten, auch Vierzöller genannt, trafen sich Linde Krings und der Betriebselektriker Schlottau . . .«

Mein Zahnarzt sagte: »Ich sehe . . .«, und ich hatte mich gründlich vorbereitet: Aus der Vogelflugperspektive erstreckt sich das Schwemmsteinlager zwischen dem Werk und der Krings-Villa samt Park. An der Grenze zwischen Werk und Park bildet eine Gruppe zivil gekleideter Besucher einen lockeren Halbkreis. Der Betriebsingenieur Eberhard Starusch, im weißen Kittel mit Schutzhelm, erklärt den Herstellungsvorgang der Bimsbaustoffe. Vom ›Grauen Park‹ her nähert sich Sieglin-

de Krings. Ihr kleingeblümtes Sommerkleid verrät, daß außerhalb des Parks ein Wind geht. Vom Werk her betritt der Elektriker Heinz Schlottau das Schwemmsteinlager. Während Sieglinde auf den Zubringerwegen ohne Ziel ist, nähert sich Schlottau, als suche er sie, zielbewußt.
Über dieser langsamen und durch Zufälle verzögerten Annäherung liegt, von Wind gedehnt, der Text des Ingenieurs: »Als es vor über sechstausend Jahren zum Ausbruch der Eifelvulkane kam, müssen West-Nordwest-Stürme geherrscht haben, sonst wäre es nicht zu den Bimsablagerungen östlich und südöstlich der Ausbruchstellen gekommen. Während früher die Bauern der Voreifel gleichzeitig Bimsproduzenten gewesen sind, hat heute die Firma Krings das umliegende Abbaugebiet in Pacht übernommen. Hier nun befinden wir uns am Rande unseres weiträumigen Schwemmsteinlagers . . .«
Jetzt verengt sich die Totale auf den Treffpunkt Sieglinde-Schlottau zwischen den enggestapelten Normalformaten. Sie halten Distanz. Sie schätzen einander ab, in dem sie aneinander vorbeisehen. Schlottaus Verlegenheit grinst. Hinter dem Rücken suchen Sieglindes Hände die Oberfläche des Schwemmsteins. Schwach und immer ferner die Stimme des Ingenieurs Starusch, der gerne und oft Betriebsführungen mit freiem Vortrag einleitet; ein Nachhall seiner Jugendbandenzeit, als er Störtebeker genannt worden war und das große Wort geführt hatte, eine frühe Vorwegnahme seiner späteren Tätigkeit als Studienrat für Deutsch und Geschichte . . .

»Und welchen Stoff behandeln Sie zur Zeit mit Ihren Schülerinnen und Schülern?«
»Wir versuchen, den sozialen Hintergrund des Schillerschen Räuber-Schauspiels bewußt zu machen . . .«
»Also immer noch Anklänge an Ihre Bandenführertätigkeit?«
»Ich gebe zu, von Frühprägungen nicht frei zu sein.«
»Und Ihre Schüler?«
»Scherbaum will mit seiner Freundin die Räuber in comic-strips umschreiben. Es geht um Mercedessterne, die im gesamten Bundesgebiet abgesägt werden. Mary Lane soll die Rolle der Amalie übernehmen, während Superman . . .«
»Ein interessanter Versuch . . .«
»Aber Scherbaum hat keine Geduld. Nur Ideen. Nur Ideen . . .« – (die er einfrieren lassen will, damit er sie eines Tages auftauen, zuende denken und in die Tat umsetzen kann . . .) – ». . . wie dieser Schlottau im Schwemmsteinlager . . .«

Linde: »Sind Sie beschäftigt bei uns?«
Schlottau: »Betriebselektriker seit einundfünfzig. Stand mal zu Ihrem Herrn Vater in einem gewissen Arbeitsverhältnis.«

Linde: »Können Sie sich bitte klarer ausdrücken?«
Schlottau: »Aber gern doch, Frollein. Mittelabschnitt fünfundvierzig. Und Ihr Herr Vater meinte: Breslau muß gehalten werden. Mal was gehört von Heldenklau, Frollein?«
Linde: »Was wollen Sie?«
Schlottau: »Na zum Beispiel mit Ihnen ins Kino. Und kurz in Erfahrung bringen, wann er nun endlich kommt, der Herr Generalfeldmarschall.«
Linde: »Sparen Sie sich Ihr Kinogeld. Der Transport wird Ende der Woche im Lager Friedland erwartet. – Was haben Sie vor?«
Schlottau: »Och, nischt Großes. Paar Kumpels und ich, wir freuen uns auf das Wiedersehen.«
Linde: »Was Sie vorhaben, will ich wissen.«
Schlottau: »Vielleicht sollten wir doch ins Kino nach Andernach.«
Linde: »Es gibt keine Veranlassung . . .«
Schlottau: »Kennen Sie überhaupt Ihren Herrn Vater?«
Linde: »Seinen letzten Urlaub hatte er vierundvierzig.«
Schlottau: »Da hat er in Kurland gewirkt.«
Linde: »Er blieb nur drei Tage und schlief meistens . . .«
Schlottau: »Um die Zeit war ich bei den Elchköpfen. Elfte Infanteriedivision. Lauter Ostpreußen. – Kann Ihnen sagen: Einen dollen Pappi haben Sie, Frollein.«
Linde: »Jetzt werde ich ihn wohl kennenlernen.«
Schlottau: »Könnte Ihnen ne Menge erzählen. Auch Lustiges . . .«
Linde läßt Schlottau stehen: »Später mal, falls ich Lust haben sollte, ins Kino zu gehn.«

(»Was meinen Sie, Dokter: soll oder kann der Betriebselektriker, allein gelassen zwischen den Schwemmsteinen, die Szene mit dem Satz ›Sie schlägt dem Alten nach‹ beenden?«)
Mein Zahnarzt sagte: »Brav durchgehalten. Mit unten links sind wir fertig.«
»Also was nun? Gefällt Ihnen der Szenenschluß oder nicht?«
»Und jetzt wollen wir unten rechts vorspritzen. Werden Sie kaum bemerken, weil die ersten Spritzen breit streuten. – Na also.«
»Oder verlangt der Dialog eine gehobene Diktion? Anklagen. Grobkörniger Haß, der Rache will . . .«
»Sagen Sie, dieser Schlottau, von dem Sie mit verdächtig viel Anteilnahme erzählen, scheint das Zeug zu einem Revolutionär zu haben . . .«
»Sobald Sie die landesüblichen Maßstäbe anlegen . . .«
»Also mehr der kurzatmige Revoluzzer.«
»Es gab ihn nur, weil es Krings gab.«

(Mein Zahnarzt bat mich, während die Spritzen zu wirken begannen und im ersten Programm wieder der Bims-Film lief, um ein kurzgefaßtes Doppelporträt der beiden aufeinander angewiesenen Helden: »Ich werde inzwischen einen Kupferringabdruck der abgeschliffenen Zähne nehmen, der uns die Kontrolle über die Beschleiftechnik garantiert.« Vorsorglich spülte ich und hatte Mühe mit dem Wasserglas, weil das Gefühl des Verschwollenseins und die Unempfindlichkeit meiner Unterlippe eine falsche Einschätzung der Distanz zwischen Glas und Lippe förderten: ich plemperte. Die Hilfe meines Zahnarztes mußte mich mit einer Papierserviette abtupfen. Peinlich.)

»Heinz Schlottau wurde 1920 im Ermland, einem katholischen Keil im protestantischen Ostpreußen, geboren; der spätere Generalfeldmarschall Ferdinand Krings erblickte in Mayen, als Sohn eines Steinmetzmeisters, dem mehrere Basaltlager auf dem Bellfeld gehörten, im Jahre 1892 das Licht der Voreifel. Beide wuchsen auf, ohne das besondere Interesse ihrer Umwelt zu erregen. Auch unsere Anteilnahme muß später einsetzen, es sei denn, wir wollten von Schlottaus Lehrlingszeit in Frauenburg, von Krings' abgebrochenem Philosophiestudium, von Schlottaus Elektriker- und Foxtrottänzertätigkeit in Allenstein oder von den Erfolgen des Reserve-Leutnants Krings im ersten Weltkrieg, zum Beispiel während der zwölften Isonzo-Schlacht, erzählen. Da uns jedoch bis zum Abschleifen der beiden Zähne rechts unten nur eine kurze Frist gesetzt ist, überspringen wir einige Sprossen der Kringsschen Reichswehr- und der Schlottauschen Elektrikerkarriere und sagen: Die Friedensgarnisonen der berühmten elften Infanterie-Division, auch Elchkopf-Division genannt, waren die ostpreußischen Städte Allenstein, Ortelsburg, Bischofsburg, Rastenburg, Lötzen und Bartenstein. Und zum Infanterieregiment 44, das in Bartenstein Garnison bezogen hatte, wurde der Rekrut Heinz Schlottau im Herbst achtunddreißig berufen, während der Oberstleutnant und Kommandeur eines Gebirgsjägerregiments, das den Anschluß Österreichs und die Besetzung des Protektorats Böhmen und Mähren verlustlos hinter sich gebracht hatte, in Memmingen Garnison bezog.
Schlottau und Krings, beide bereiteten sich vor. Der eine auf dem sandigen Truppenübungsplatz Stablak, der andere, laut Order, über Meßtischblättern, die ihm Kenntnisse von den Straßen- und Befestigungsverhältnissen der Karpatenpässe vermitteln sollten.
Schlottau und Krings, beide starteten am 1. September bei freundlichem Spätsommerwetter gleichzeitig. Während sich der Infanterist am Durchbruch der Mlawa-Grenzbefestigungen, beim Kampf um die Narew-Übergänge und an der Verfolgung durch Ostpolen bis zur Übergabe von Modlin beteiligte, setzte der andere zum Sturm auf Lemberg an: er fand auf den Höhen um Lemberg, beim Abwehrkampf gegen polnische Ulanenregimenter, zum ersten Mal Gelegenheit, seinen späteren Ruf als Durchhaltegeneral zu beweisen. Schlottau, ein mittelvorsichtiger Drauf-

gänger, handelte sich beim Kampf um die Festung Modlin eine leichte Verwundung – Oberarmstreifschuß – und das Eiserne Kreuz II. Klasse ein; der Held von Lemberg wurde im Wehrmachtsbericht genannt, blieb unverwundet und durfte auf geräumiger Brust, neben den Auszeichnungen des ersten Weltkrieges, dem neuerlichen E. K. I Halt geben. Schlottau und Krings, beide schrieben Briefe und Feldpostkarten nach Hause. Noch zeichneten sich keine Gründe ab, warum der Infanterist und spätere Betriebselektriker Heinz Schlottau im Juni des Jahres 1955 begierig sein sollte, dem Oberst und späteren Generalfeldmarschall Ferdinand Krings auf dem Hauptbahnhof Koblenz einen Empfang zu geben.«

Mit dem Doppelporträt schien mein Zahnarzt zufrieden zu sein, seiner Arbeit versagte er die Zustimmung: »Anhand der Kupferringabdrücke wird deutlich, daß wir etliche Kerben geschliffen haben. Wir werden die Kleinigkeiten nachschleifen müssen: ein Abwasch . . .«
»Was meinen Sie, Dokter. Sollten wir den Hauptbahnhof Koblenz und die Massenszenen in den immer noch laufenden Bims-Film einblenden . . .«
»Schön locker. Und die Zunge hinten unten lassen . . .«

Die Totale der Vorderfassade des Hauptbahnhofs Koblenz. Geschwärzter Sandstein. Überm Granitsockel grob gespitzt. Bahnhofsskulpturen. Kriegsschäden, immer noch. (Auf die Teerpappendächer drückt, ein zu naher Hintergrund, die Karthause, Teilanlage der Festung Koblenz.) Die Unruhe auf dem Vorplatz befiehlt der Kamera Ruhe. Sie hält fest: unorganisierte Gruppenbildung, Überschneidungen gleichzeitiger Bewegungen, Transparente, die hier hochgehalten, dort entrollt, woanders wieder eingerollt werden. (Tauben, die ihren Vorplatz besetzt sehen und auf Fassadensimsen die Köpfe schräg halten.) Dazu Geräusche: Unverständliche Sprechchöre, Zurufe (»Mal rüber Schorsch . . .«), Gruppengelächter, gluckerndes Flaschenbier, das reihum gereicht wird. (Taubengurren.) Polizisten halten sich neben der Stadtsparkasse in Bereitschaft. Nur zwei Einsatzwagen. Hausfrauen nach dem Einkauf. Halbwüchsige mit ihren seitlich geführten Fahrrädern. (Der Losverkäufer mit den Zwanzigmarkscheinen am Hut.) Presse. Auf einem Kistenpodest baut die Wochenschau ihre Kamera auf. Kommandoähnliche Rufe. Sich fortpflanzende Bewegung: jetzt werden die Transparente leserlich entfaltet. »Arktis ist nicht!« – »Kraft durch Terror!« »Kurland läßt grüßen!« – »Durchhaltekrings!« Die Sprechchöre finden ihren Rhythmus: »Nie wieder Heldenklau! Nie wieder Heldenklau!« – »Ohne uns! Ohne uns!« (Enttäuschung bei einigen, weil die Wochenschau nicht mitdreht. Schimpfen: »Denn packt doch ein, ihr Heinis!« – An- und Abflüge der Tauben.) Die Halbtotale faßt eine Gruppe, die von dem Betriebselektri-

ker Schlottau angeführt wird. Er dirigiert: Krings soll in Sibirien bleiben! Krings soll in Sibirien bleiben!«
Ecke Markenbildchenweg, zwischen Hausfrauen, steht Sieglinde Krings. Sie trägt eine Sonnenbrille. Langsam schiebt sie sich durch die in der Mehrzahl kriegsversehrten Männer. (Krücken, Glasaugen, leere Ärmel, Gesichtsverstümmelungen.) Unruhe und Zurufe beim Bahnhofsportal. Die Menge drückt in die Halle. Strudel bilden sich. Geschimpfe. Schubsen. Ansätze einer Schlägerei. Gelächter bei den Schaltern: Bahnsteigkarten werden gelöst und verteilt. (Marktschreiermethoden: »Werwillnochmalwerhatnochnicht!«)
Die Polizisten schreiten nicht ein und folgen der Menge durch die Fahrtkartensperre, bei der es abermals Gedränge gibt. Ein Polizist regelt den Durchlaß: »Immer mit der Ruhe, Herrschaften, euer Krings läuft euch nicht weg . . .« Laufen, auch rasches Humpeln durch den Haupttunnel, von dem die Treppen zu den Bahnsteigen abzweigen, bis auf den Bahnsteig vier. Während der Bewegung vom Vorplatz zum Bahnhof mischen sich Satzfragmente. »Daß der Iwan den laufen läßt.« – »Kameradenschinder!« – »Mann, das ist dochn Minenhund.« – »In der Zone ham se ihm . . .« – »Mittem Nuschke soller in einem Zug . . .« – »Wegen Wiederbewaffnung . . .« – »Sag dir, Salonwagen.« »Soll denen die Armee drüben, wenn die bei uns . . .« – »Ohne mich!« –»Werden schon Dumme genug . . .« – »Kenn das Schwein vonner Eismeerfront . . .« – »Nachhut in Nikopol . . .« – »Mich hat die Sau in Kurland . . .« – »Wann kommt denn . . .« – »Hau ihm doch die Prothese . . .« – »Uns hatter in Prag . . .« – »Einfahrt!« – »Holzauge, Kumpel!« – »Zug hat Einfahrt . . .«
Schweigend wird die Einfahrt des Zuges abgewartet. Blicke werden mitgerissen, schnellen zurück, wieder vor. Nur wenige Reisende steigen aus. Sehschlitze fahnden nach Ähnlichkeit. Einige Männer durchsuchen die Abteile. Der den Zug begleitende Schaffner ruft vom Trittbrett des abfahrenden Zuges: »Regt euch nicht auf, Leute. Euer Krings ist mit seinem Pappkoffer schon in Andernach ausgestiegen.«
Die Eisenbahngeräusche liegen über einzelnen Protestpfiffen. (Sie deckten die hohe Stimmlage des Airstar zu, mit dem die Kaufläche meines minus acht abgeschliffen wurde. Grund genug zum Spülen. Auch mein Zahnarzt war gegen das Auswerten der bahnsteiglangen Enttäuschung.)

»Mit einem Wort, die Protestversammlung löste sich auf, wie sich letzte Woche die Protestversammlung gegen Kiesinger aufgelöst hat: geordnet. Ich war dabei mit einigen Schülern und mit meiner Kollegin. Auch so ein Schlag ins Wasser, denn der Herr legte sein Kränzlein nicht, wie angekündigt, vor dem Mahnmal auf dem Steinplatz, sondern verstohlen in Plötzensee nieder. Irmgard Seifert war trotzdem zufrieden: ›Unser Protest wird nicht verhallen.‹ Scherbaum blieb nüchtern: ›Ist doch nur

Dampfablassen.‹ Und als ich am nächsten Tag vor der 12 a die moralische Geste des Protestes, auch des scheinbar erfolglosen, verteidigen wollte, stoppte mich Vero Lewand mit einem Marxengels-Zitat (immer hat sie Zettelchen bei sich): ›Die kleinbürgerlichen Revolutionäre nehmen einzelne Etappen des Revolutionsprozesses für das Endziel, um dessentwillen sie sich an der Revolution beteiligen . . .‹ – Der Kleinbürger, das bin ich. Und auch Sie, Dokter, müßten sich diese Einstufung gefallen lassen, wenn Sie vor meiner Klasse womöglich mit Ihrem Seneca . . .«

»Sie hätten Ihrer zettelkundigen Schülerin mit Nietzsche antworten sollen: ›Eine Umwertung von Werten wird nur erreicht, wenn eine Spannung von neuen Bedürfnissen, von Neu-Bedürftigen da ist . . .‹«

»Was immer die Leute auf die Straße gebracht hat: ob vor einer Woche gegen Kiesinger, ob im Sommer fünfundfünfzig gegen Krings, nichts als Sprechblasen . . .«

»Wir, immerhin, haben Ihren minus acht verjüngt zur Kaufläche abgeschliffen.«

»Und in den Zeitungen stand: ›Generalfeldmarschall Krings weicht Landserprotest aus!‹ – Auch spöttisch: ›Krings sagte: Ohne mich!‹ – Und lakonisch: ›Koblenzer Moritat blieb ohne Hauptdarsteller.‹ – Sachlich stellte der Generalanzeiger fest: ›Fahrplanmäßig, doch ohne den Generalfeldmarschall, fuhr der Zug ein; ein Protest mehr verlief sich im Sande . . .‹«

»Und Ihr Kumpel Schlottau?«

Mit dem Anschleifen der Kaufläche von minus sechs setzte ich den Zwischenschnitt: Die ehemaligen Landser räumen den Bahnsteig vier. Im Gedränge vor der Treppe zum Haupttunnel stoßen Linde und Schlottau aufeinander.

Linde: »Soll ich Sie mitnehmen?«

Schlottau: »Scheiße, verdammte!«

Linde: »Mein Wagen parkt hinterm Hotel Höhmann.«

Schlottau: »Mit euch Kroppzeug soll fahren, wer Lust hat.«

Linde: »Dachte, Sie wollen mit mir ins Kino.«

Schlottau: »Das sieht ihm ähnlich, vorher die Kurve kratzen.«

Jetzt schon Schnitt, während beide im Tunnel treppab verschwinden. Denn natürlich fahren sie gemeinsam. Und zwar in einem Borgward, den es heute kaum noch gibt. Zwar hatte er sie auf dem Bahnhofsvorplatz abrupt stehen lassen, nein, wortlos scherte er (zwischen Tauben) aus und ließ sie ihren schnurgeraden Weg allein fortsetzen, aber das muß man nicht zeigen. Auch die kurzen Sätze hin und her zwischen Schlottau und seinen Kumpels von früher – ›Hat uns eingeseift, der Alte‹ – ›Ich stoß ihm schon noch Bescheid‹ – sind Verschnitt. (Übrigens kaufte er sich ein Los auf dem Bahnhofsvorplatz: Niete.)

Das ist die Bundesstraße Andernach Richtung Mayen, auf der sich der Borgward mit Sieglinde Krings am Steuer und Heinz Schlottau als Beisitzer bewegt. Im Rücken der Autoinsassen fährt die starre Kamera mit.
Linde: »Hätte mir denken können, daß er in Andernach nicht auf mich warten wird.« – Pause für Spekulationen über den Abstecher nach Andernach und über den Konkurs der Borgward-Werke im Jahre weiß nicht mehr wann.
Schlottau: »Vielleicht ist er in der Zone geblieben. Der Iwan wollte ihn bestimmt anheuern. Die suchen jetzt Leute mit Erfahrung. Paulus ist auch drüben.« – Pause, in der die konterrevolutionäre These des Teng T'o als Sprechblase aufgehen könnte: »Wir grüßen die buntgemischten Gelehrten . . .«, und dazu Bildchen: Krings wird auf dem Berliner Ostbahnhof von hohen DDR-Funktionären begrüßt.
Linde: »Wann kommt denn nun Ihre Kinoeinladung?«
Schlottau: »Angenommen, Krings baut denen eine Armee hin . . .«
Linde: »Wann Ihre Einladung kommt, will ich wissen. Bin ganz verrückt nach Kino und so.« – Pause, angefüllt mit Überlegungen, welche Filme Mitte der fünfziger Jahre liefen: Sissi, Förster im Silberwald . . .
Schlottau: »Und Ihr Verlobter, Frollein, ich meine . . .«
Linde: »Der ist dankbar für jede Entlastung.« – Pause, in der es Schlottau überlassen bleibt, eine Anspielung aus Lindes Befund herauszuhören. Ich spüle, weil mich mein Zahnarzt darum bittet: Kreidiger Schaum, kein Blut, aber ein Zwischenruf meines Schülers Scherbaum: »Ich hab das alles kapiert: NSKK, BDM, RAD, HKL – aber was ist im Mekong-Delta los . . .« – »Gewiß, Scherbaum. Gewiß. Doch erst wenn wir begriffen haben, warum das Attentat im Führerhauptquartier, kurz FHQU genannt . . .«
Schlottau: »Übrigens, kennen Sie den Witz, Frollein, von dem ostpreußischen Bauern, der mit seiner Kuh zum Bullen ging. Und als seine Frau ihn fragte . . .«
Linde: »Außerdem interessiert sich mein Verlobter nur noch für die Basalt- und Tuffsteinverarbeitung während der Römerzeit . . .« Pause, die für Reflexionen über die hochentwickelte Mühlsteinindustrie der Römer, besonders nach dem mißlungenen Aufstand der Treverer, keinen Raum läßt, weil der Borgward einen Radfahrer überholt. Schlottau blickt hinter sich. In seinem Gesicht spiegeln sich: Erstaunen Beklommenheit Haß. – Nach einer längeren Pause, die Überlegungen über das Ende des Kuhwitzes gehört, spricht Schlottau ohne besondere Betonung: »Das war er. – Nun halten Sie schon. Ich will raus.« Linde bremst: »Sie könnten mich meinem Vater vorstellen.«
Schlottau: »Schiß vor dem Alten, was?«
Linde: »Ja. – Angst habe ich. – Genau wie Sie. – Los, ziehen Sie Leine.«
Schlottau steigt umständlich aus: »Wenn Sie mal wieder ins Bimslager

wollen. Um zwei rum komme ich vom Kontrollgehen und kann dann auf ne halbe Stunde . . .« – Er schreitet mit dem Rest des Satzes in Richtung Plaidt davon.

Während Schlottau ging, ich mich weigerte, ihm zu folgen, und mein Zahnarzt den Airstar abzog, weil ihn eine Privatpatientin ans Telefon rief, stellte Linde den Scheibenwischer an, als wollte sie Schlottau löschen. Dabei lag ihr Blick in Richtung Rückspiegel fest; und im Rückspiegel fängt die Kamera den in einer sanften Kurve trampelnden Radfahrer ein. Er radelt bei Gegenwind. Der Wind, Lindes Atem und die Terminschwierigkeiten meines Zahnarztes am Telefon sind drei Geräusche, die miteinander auskommen.

Von heute zurückgerechnet: vor knapp zweiundzwanzig Jahren, von damals: vor mehr als zehn Jahren, am 8. Mai 1945, wenige Stunden vor der Kapitulation der großdeutschen Wehrmacht, verließ der Generalfeldmarschall Krings in grauer Zivilkleidung seine immer noch kämpfenden Armeen und sein Hauptquartier im Erzgebirge, indem er mit dem letzten verfügbaren Fieseler Storch nach Mittensill in Tirol flog, um dort – wie er später vor Gericht aussagte – laut Führerbefehl das Kommando der Alpenfestung zu übernehmen, die er jedoch, was Zeugenaussagen bestätigten, weder als Festung noch in Gestalt von kampfstarken Divisionen vorfand, weshalb er das graue Zivilzeug gegen die Landestracht, Sepplhosen und so weiter, eintauschte, in eine Almhütte flüchtete, dort auf ein Wunder oder auf die von ihm vor Gericht als natürlich bezeichnete Verbrüderung der amerikanischen Streitkräfte mit den deutschen Reststreitkräften wartete, um endlich, am 15. Mai, als weder natürlich noch wunderbar solche Allianz gegen die sowjetischen Armeen zustande gekommen war, das Fahrrad eines Bauern zu requirieren, auf dem er in Tiroler Landestracht, ohne Armee und Orden, nach St. Johann, in amerikanische Kriegsgefangenschaft radelte; wie er zehn Jahre später auf einem Fahrrad, das in Andernach zu leihen ihm nicht schwergefallen war, bei Gegenwind heimwärts in Richtung Mayen radelt: massiv und gleichmäßig trampelnd, sehen wir ihn im Rückspiegel des Borgward immer größer werden . . .
(»Was meinen Sie, könnte sollte Linde, allein gelassen im Borgward und nur auf den Rückspiegel angewiesen, jetzt irgendwas stammeln: ›Muß ich ihm um den Hals? Oder einfach heulen . . .‹«

Inzwischen hatte mein Zahnarzt mit Hilfe des Telefons einen Termin festgelegt. Der Bimsfilm schwelgte in Voreifellandschaften: ich und ein radfahrender Spätheimkehrer feierten Wiedersehen mit dem Korrelsberg. Als Linde den Wagen verließ, verkleinerte der Airstar meines Zahnarztes wieder ringsum meinen minus sechs. Sie öffnete den Ge-

päckraum. Sie verschob den Reservereifen. Sie drehte sich in Richtung immer größer werdender Radfahrer. Geschichte passierte: Hegels Weltgeist ritt querfeldein über Äcker, unter denen der Bims auf seine Ausbeutung wartete.
(»Doktä, jetzt! Doktä, jetzt!«)

Der Radfahrer bremst. Linde bleibt starr. Er steigt gewichtig ab und erlaubt sich und ihr zwei Schritt Distanz. (Wind, Blinzeln, Pause und Gedankensprünge zurück in die Zahnarztpraxis und von dort in meine 12 a, denn kürzlich noch sprachen wir über den Archetyp des Heimkehrers: »Meine Generation wurde von Borcherts Beckmann geprägt. Wie stehen Sie zu Beckmann, Scherbaum? Sagt Ihnen Beckmann heute noch etwas . . .«) Auch dieser Heimkehrer trägt eine Brille. Im grauen, zu engen Straßenanzug steht er, ohne Kopfbedeckung, in groben hohen Schnürschuhen. Die Klammern für die Hosenbeine mag er in Andernach geliehen haben. Neu und zu elegant sticht die Krawatte ab. Fusselnder Bindfaden zwingt seinen Pappkoffer auf den Gepäckträger. Sein muskulöses Gesicht sagt nichts.
Linde: »Wir können das Rad im Gepäckraum verstauen. Ich bin Ihre Tochter Sieglinde.«
Krings: »Aufmerksam, daß man mich abholt.«
Linde: »Wir müssen uns in Andernach verpaßt haben. Vorher war ich . . .«
Krings: »Ich wollte nicht ohne Krawatte kommen.« – Sein Kinn weist auf den Schlips.
Linde: »Hübsch.« – Aber sie lächelt nicht.
Krings: »Meine Schwester schrieb mir: du hast lange, zum Zopf geflochtene Haare.«
Linde: »Den habe ich mir vor meiner Verlobung abschneiden lassen. Darf ich?«
Krings: »Bitte.« – Mit praktischen Griffen versorgt Linde das Rad und den Koffer im Gepäckraum. Der Deckel schließt nicht. Krings schaut zum Korrelsberg. Etwas, wahrscheinlich die Tatsache, daß es den Berg immer noch gibt, amüsiert ihn. Inzwischen mag sich der Zuschauer Gedanken machen über den Inhalt des Koffers; auch darf man sich um den klaffenden Gepäckraumdeckel sorgen, den Linde mit dem fusselnden Bindfaden an die hintere Stoßstange zurrt. (Übrigens lernte ich Linde mit Mozartzopf kennen. Weil ich es wünschte, schnitt sie ihn ab.)
Linde: »Die paar Kilometer wird es auch so halten. – Vieles wird Ihnen verändert vorkommen.«
Krings: »Der Zementstaub auf dem Kartoffelkraut ist sich gleich geblieben.«
Linde: »Auch das kann sich bald ändern.«

Krings: »Dein Verlobter – nicht wahr, er kommt von Dyckerhoff? – will das Werk entstauben.«
Linde: »Zuerst soll auf Trockenverfahren umgestellt werden und dann ...«
Krings: »Zuerst wollen wir ankommen. In Augenschein nehmen. Oder? – Meine Tochter sollte mich duzen. Fällt das so schwer?«
Linde: »Ich habe vor, es zu versuchen.«
Krings: »Dann tu es.«
Linde: »Ja, Vater.« – Beide steigen ein.

Ob sich diese Szene, ohne Fahrrad, Landschaft und Auto, in den Grauen Park verlegen ließe?
»Was meinen Sie, Dokter? Krings kommt mit Koffer – vielleicht schiebt er doch das Rad – stößt unter der zementstaubtragenden Buche auf Linde und findet sogleich den ersten Satz: ›Wie aufmerksam, daß mich niemand abholt.‹ Darauf Linde: ›Ich war in Koblenz. Dort gab es einen Auflauf. Es sah nach Krawall aus.‹
Krings: ›Die Polizei dieses merkwürdigen Staates bat mich, schon in Andernach auszusteigen.‹
Linde: ›Ich war froh, als der Zug ohne Sie ankam, denn einige von den Typen ...‹
Krings: ›Meine Schwester hat mir geschrieben, du trägst lange zum Zopf geflochtene Haare ...‹« –
Mein Zahnarzt war gegen den Grauen Park; denn in Wirklichkeit hat Linde ihn unterwegs aufgelesen.
Beide fahren in Richtung Plaidt davon. Die Kamera blickt ihnen nach, bis nur noch der Korrelsberg und das Krings-Werk mit beiden tätigen Kaminen die Totale der Voreifellandschaft beherrschen.

»Erlöst, mein Lieber. Jetzt noch die Kupferringabdrücke zur Kontrolle. Dann stopfen wir mit Ruvarex aus und gewinnen so die Originalmodelle unserer Kronenstümpfe.«
Ich versuchte, zufrieden zu sein. Krings war angekommen. Nichts schmerzte. Das Spülen machte beinahe Spaß. Draußen, wußte ich, verlief der Hohenzollerndamm vom Roseneck bis zur Bundesallee. Und einer der üblichen Zwischenrufe meines Schülers Scherbaum: »Warum unterrichten Sie eigentlich?«, den Vero Lewand mit einem »Woher soll er das wissen!« stützte, verführte mich nicht, hilflose Antworten zu suchen.

Dann wurde Zahn um Zahn mit einer gewebefreudigen Tektor-Flüssigkeit isoliert. Während er alle vier abgeschliffenen Zähne mit Zinnkappen gegen äußere Einflüsse schützte – »Wird Ihnen anfangs fremd vorkommen, sobald die Betäubung nachläßt und Ihre Zunge die Metallkörper entdeckt« – warb sie schon streng nach Minuten, wie das Gesetz es vorschreibt. Sie begann mit Haarwaschmitteln, kam später mit Fichtennadeln und salbte sich zum Schluß mit einer Nachtcreme. Unter der Dusche, mit schäumendem Köpfchen, sah ich sie im Profil. Auf nackter Haut durfte es perlen, prickeln und kleine Lust verbreiten. Einspruch! Warum nur bei der Körperpflege? »Warum, Dokter, darf mit Hilfe des blanken Fleisches nicht für alles geworben werden? Etwa so: Hier schleift ein nackter Zahnarzt einer neununddreißigjährigen Studienrätin – Kollegin Seifert – unten links rechts je zwei Backenzähne ab, die später mit Zinnkappen gegen äußere Einflüsse geschützt werden. – Hier werbe ich für Grieneisen: nur mit dem Tragegurt bekleidete Sargträger tragen einen noch offenen Sarg, in dem ein hochdekorierter Generalfeldmarschall endlich still liegt. – Und hier werbe ich für die Oberstufenreform der Berliner Gymnasien: ein nackter und stark behaarter Studienrat unterrichtet vor individuell gekleideten Schülerinnen und Schülern deutsche Geschichte, da springt seine Schülerin Vero Lewand in farbiger Wolle auf: »Ihre Aufzählung der Merkmale des Totalitarismus paßt genau auf das autoritäre Schulsystem, in dem wir ...« – Oder ich werbe für Osram so: der nackte Betriebselektriker Schlottau steht auf einem Stuhl und schraubt eine 60-Watt-Birne ein, während ein sportlich gekleidetes Fräulein – Lindelindelinde – ihm zuschaut. Oder für Arantil: die nackten Liebenden sitzen auf der Couch und haben die Mattscheibe im Auge, auf der Bekleidete einen Kriminalfall abwickeln: der berüchtigte Verlobtenmörder befindet sich auf der Flucht, sucht eine Scheune auf, windet sich im Anzug im Stroh, stöhnt, weil er Zahnschmerzen hat und kein Arantil, während draußen – das sieht er durch ein Astloch – die nackte Magd entschlossen über den Hof geht, die schwarzweißen Kühe zu melken. – Überhaupt Tiere. Ich frage Sie, Dokter, warum wirbt der Zoo nicht, indem er den unbekleideten Familienauftrieb vor dem Käfig der Klammer-, Kletter- und Seidenaffen zeigt . . .«

»So, das sitzt. Die Größe der Zinnkappen wurde vorher schon festgelegt . . .« (Meine bekleideten Zahnstümpfe.)
»Und jetzt beißen Sie mal zu. Nochmal. Danke.« Rechtzeitig hatte seine Hilfe (im weißen Kittelchen) ihre Mohrrübenfinger draußen.
»Aber ist mein Gesicht nicht schief geschwollen verbeult?«
»Alles Täuschung. Mit einem Spiegel zu widerlegende Fiktion.« Mein Zahnarzt (in Segeltuchschuhen) gab mir den Rat auf den Weg, rechtzeitig Arantil zu nehmen: »Sonst haben sie ein ungemütliches Wochenende und keinen schmerzfreien Sonntag.«

(Seine Hilfe, so, im Korridor, wie sie mir in den Mantel half und mich mit sachlicher, nicht zu lauter Stimme bat, weder zu heiße Speisen noch zu kalte Getränke zu mir zu nehmen, weil das Metall leite – seine Hilfe gefiel mir nun besser, immerhin etwas besser.)

Als ich mit meinen vier Fremdkörpern heimkehrte, zog ich mich nach der Rasur um, schnürte mit Seidenband ein Geschenk (vegetatives Jugendstilglas), folgte, indem ich den neunzehner Bus bis zum Lehniner Platz nahm, einer Geburtstagseinladung, war anfangs lustig zwischen Kollegen (Beiträge zur Kulturpolitik), sagte der Gastgeberin (Geburtstagskind) Witziges über ihr Aquarium und dessen trübsinnig gefräßigen Inhalt – doch Irmgard Seifert wollte nicht lachen –, hielt es, mit Hilfe von Arantil, bis Mitternacht aus, ging, fand meinen Schreibtisch in Lauerstellung, schrieb auf ein Zettelchen: Mal sehen, was in dem Koffer schweigt . . . – schlief sofort ein, erwachte früh bei nachlassender Wirkung, nahm aber die beiden Tabletten erst nach dem Frühstück (Tee, Joghurt mit Corn-flakes) und begann schon während der Lektüre der Sonntagszeitungen mein Lamento fortzusetzen: Ach, der Sonntag . . . Ach, die Tapete . . . Ach, der Frühschoppen . . .

Das las ich in der WamS: Sie haben ihn. Nein. Er stellte sich. Denn niemals, selbst mit Steckbriefen auf Kunstdruckpapier nicht, hätten sie ihn, den Würger seiner lebenslustigen und nur bei Westwind launischen Verlobten, geschnappt. Er würgte – und ein Foto zeigte den Gegenstand – mit einer Fahrradkette. Sein beinahe Schwiegervater hatte sich, laut Aussage, das Rad in Andernach geliehen, als er nach zehnjähriger sowjetischer Kriegsgefangenschaft endlich heimkehrte und für die letzte Strecke keine andere Transportmöglichkeit fand. Die Fahrradkette, vielgliedrig wie ein Rosenkranz, wurde vor zwölf Jahren am Tatort (Lager für Hohlbausteine) gefunden; denn zwölf Jahre lang ernährte er sich von Einbrüchen, die er ohne besonderes Werkzeug, dennoch perfekt, wenn auch lustlos, betrieben hatte. (Die Welt vergaß ihn – aber das Morddezernat in Koblenz konnte ihn nicht vergessen.) Flüchtig wurde er älter; seine sekundenschnelle Tat wollte nicht verjähren. Da ihm nicht nur Lebensmittel fehlten, griff er nach philosophischer Lektüre: besonders vertiefte er sich in die Lehre der Stoa (und könnte heute als Seneca-Spezialist gelten). Versteckt und doch auf dem Sprung las und schlief er in Scheunen und Wochenendhäuschen, in denen er oft genug, zumeist hinter den Büchern seiner Lieblingsautoren, Bargeld in Scheinen und Münzen fand. Also reiste er, während die Polizei in ihm einen Tramper vermutete, mit der Bundesbahn. Sorgfältig gekleidet und lesend, das Polster der ersten Klasse im Rücken, lernte er Westdeutschland zwischen Passau und Flensburg, Coburg und Völklingen kennen. Sooft er den Ort wechselte, sooft wechselte sein Habit; denn diese äußerst widerwillig, weil gegen seine Natur ausgeführten Diebstähle mußten nicht nur für Naturalien, für Bücher und fürs Reise- und Taschengeld sorgen, sie hatten auch die Kostümfrage zu lösen: sein Wuchs – auch älter werdend hätte er seine Anzüge bequem von der Stange kaufen können – erleichterte die Suche nach seiner Konfektionsgröße. Oft erneuerte er den Koffer. Doch da ihm wenig am Besitz lag – Hemden und Unterwäsche zum Wechseln, dazwischen die Bücher – reiste er immer mit leichtem Gepäck.

Ließ er sich alle drei Wochen die Haare schneiden? – Das tat er auf Flugplätzen und Hauptbahnhöfen, wo immer er gewiß sein konnte, einem italienischen Friseur im Spiegel zu begegnen. (Das Interesse an Steckbriefen ist national begrenzt.) Den Fassonschnitt verdrängte der modische Messerschnitt; zum Schluß bevorzugte er die scheitellose amerikanische Kürze.

Und trotzdem – das las ich vor Monaten in der WamS – ich sah sein Foto: ein gepflegter Enddreißiger, der sich um eine leitende Stellung in der zementproduzierenden Industrie bewerben könnte – trotzdem stellte er sich.

»Neun Jahre lang habe ich die Unannehmlichkeiten der Flucht, gestärkt durch die Lehre der Stoa, ertragen können; aber seit zweieinhalb Jahren verfolgt mich der Zahnschmerz . . .«

(»Nicht wahr, Dokter, es sind die Rezeptoren im Nervenzentrum, die gedämmt werden müssen . . .«) Da Arantil rezeptpflichtig ist, blieb der Verlobten-Mörder auf schwächere, nach kurzer Zeit erschöpfte Mittelchen angewiesen. Er wagte es nicht, einen Zahnarzt aufzusuchen. Zahnärzte lesen illustrierte Zeitungen. Zahnärzte sind auf dem laufenden und kennen jeden flüchtigen Mörder, also auch ihn, den Quick und Stern, die Bunte und die Neue mit Fotos gefeiert hatten. Diese Gattung Zeitschrift tritt wie Wölfe in Rudeln auf: alle hatten ihn serienlang durch das Treibjagdgelände des Lesezirkels Daheim gehetzt. Tiefdruckfotos mit Untertiteln. Er und seine Verlobte, als sie noch falsche Perlen und keine Fahrradkette am Hals trug. Er und sie am schattigen Ufer des Laacher Sees. Beide auf der Rheinpromenade zu Andernach unter gestutzten Platanen. Auch mit seinem zukünftigen Schwiegervater – kurz vor dem Mord – neben dem Modell eines elektrischen Fliehkraftentstaubers. Und Solobildchen aus glücklichen Zeiten. Der Verlobten-Mörder ohne Hut, mit Hut, im Profil, Halbprofil. Einmal lacht er, entblößt die Zähne. (Das mußte doch jedem Zahnarzt auffallen. »Das wäre auch Ihnen über Jahre hinweg in Erinnerung geblieben: diese Lücken zwischen den oberen Schneidezähnen und dieser Vorbiß, diese – das sieht doch jeder – echte, weil angeborene Progenie.«)

Ohne dentale Behandlung mußte er zweieinhalb Jahre lang mit einem Schmerz leben, der die Wiederholung liebte, der sich in der Wiederholung zu steigern verstand, den selbst des Seneca goldene Worte – Nur der Arme zählt sein Vieh – allenfalls beschwichtigen konnten, der den anderen ursächlichen Schmerz um die erdrosselte Verlobte verdeckte und überschrie. Ohne Arantil und – da Seneca manchmal versagte

– zynisch getröstet vom späten Nietzsche – »Moralisch ausgedrückt, ist die Welt falsch. Aber insofern die Moral selbst ein Stück dieser Welt ist, so ist die Moral falsch . . .« – schleppte er sich von Wochenendhäuschen zu Wochenendhäuschen, suchte und fand er in den Hausapotheken brave Mittelchen, aber niemals das rezeptpflichtige Arantil. (Also wälzte ich mich, als sei der Schmerz eine Lust, in verlassenen Steinmetzbuden auf dem Mayener Feld, in den zugigen Scheunen der Voreifel und hielt meine Verlobte, ein Bündel krachendes Stroh – Oh Lindelindelinde! – im Arm und hörte auch ihr Gezischel: Halt du dich da raus. Das ist zwischen Vater und mir. Ich werde es ihm beweisen. Das geht dich so gut wie nichts an. Und wenn ich mit diesem Schlottau zehnmal. Laß doch das Drohen mit dieser lächerlichen Fahrradkette . . .)
Da suchte er in Koblenz das Morddezernat auf und sagte: »Ich bin es!« Korrekt legte der Verlobten-Mörder, ein gebürtiger Westpreuße, seinen mittlerweile verfallenen Flüchtlingsausweis A vor.

Die Beamten wollten nichts glauben. Erst als er lachte, bei allem Schmerz lachte und die Lücke zwischen den oberen Schneidezähnen sowie die unübersehbare Progenie entblößte, wurden sie freundlich bis zur Gutmütigkeit: »Wurde auch Zeit, alter Junge.«
Ich will hier nicht von den Verdiensten des sogenannten Verlobten-Mörders berichten. (Er übergab der Polizei ein in zwölf Jahren gewachsenes Manuskript von beträchtlichem Umfang: »Der frühe Seneca als Erzieher des späteren Kaisers Nero. – Philosophische Anmerkungen eines flüchtigen Mörders.«) Nur seine protokollierte Not soll zu Wort kommen: »Hiermit beantrage ich, als Untersuchungshäftling dem Gefängniszahnarzt vorgestellt zu werden. Ein Eingriff, notfalls die Extraktion der schmerzenden Zähne, ist angebracht. Falls sich der Eingriff verzögern sollte, bitte ich höflichst um Arantil. Denn Arantil ist rezeptpflichtig . . .«

Dank Arantil – zwanzig Dragées zu zwodreißig – schrieb ich schmerzfrei und durch Nebenwirkung beflügelt: Abgelegt sind die Niederlagen. Nun denken wir nach und gewinnen . . .
Kurz vor der Frühschoppenrunde gefiel ich mir noch in Lamentierlaune – Ach, der Sonntag . . . Ach, die Tapete . . . – alten Geschichten, dem ewigen Andernacher Promenadengeflüster hing ich nach, da halfen mir zwei Tabletten, die sonntägliche Selbstbefragung auf den privaten Fall einer Kollegin anzuwenden: (Ach, wie ertappen wir uns . . . Ach, wie schlägt es zurück . . .) – denn hätte Irmgard Seifert nicht die Briefe gefunden, wäre sie glücklicher und wüßte so gut wie nichts über sich; aber sie fand und weiß nun Bescheid. . . .

Ein Besuch übers Wochenende bei ihrer Mutter in Hannover, der

Zwang, ihrem Lieblingsgericht, Sauerbraten und Kartoffelklößen, immer wieder lobend zusprechen zu müssen – »Nun nimm noch was, Kind. Früher konntest du nie genug bekommen . . .« – der Nachmittagsschlaf ihrer Mutter (als sei sie ein Stündchen lang tot) – das plötzliche Alleinsein zwischen Möbeln und Tapeten, die ihr eigentlich hätten vertraut sein müssen, der überall stehende, seit Jahren unbewegte Bohnerwachsgeruch, plötzlicher Streit der Sperlinge in der Vorgartenhecke, und noch beim Mittagessen, während die eingemachten Birnen schon süßlahm nachschmeckten, ein Wort der Mutter über Schulzeugnisse, Klassenfotos, Aufsatzhefte und Briefe der Tochter, Kramzeug, das sich gebündelt in einem Koffer auf dem Trockenboden befände, insgesamt Zufälle fügten sich und bestimmten Irmgard Seifert, die gleich mir Deutsch, Geschichte (und zusätzlich Musik) unterrichtet, unter das Dach des Einfamilienhauses zu steigen, vorher, auf Staub gefaßt, Mutters Mantelschürze anzuziehen und den großen, nicht einmal verschlossenen Fiberkoffer zu öffnen.

Auf meinem Zettel reihen sich Stichworte: Schräger Sonnenlichteinfall durch die Dachluke. Die verrosteten Kufen ihres Kinderschlittens. Familiäres: der verstorbene Vater der Seifert war Abteilungsleiter der Versandabteilung bei Günther Wagner. (Noch heute bezieht sie ihre Bleistifte verbilligt.) Irmgards Aquarium: Zebrafische, Schleierschwänze und Guppys, die ihre Jungen fressen.

Irmgard Seifert und ich sind ein Jahrgang. Bei Kriegsende zählten wir siebzehn, waren aber erwachsen. Was immer uns übers Berufliche hinaus einander nicht näherkommen läßt, einig sind wir uns in der Beurteilung der jüngsten deutschen Geschichte und ihrer Auswirkungen bis in unsere Tage hinein. Nur auf die Große Koalition und auf Kiesingers Kanzlerschaft reagieren wir im Tonfall verschieden: ich mehr zynisch, abgebrühter; Irmgard Seifert neigt zum Protest.
Bestimmte Aussprüche im Fernsehen, Schlagzeilen in der Tagespresse fördern ihren stehenden Kommentar: »Dagegen sollte protestiert, scharf und eindeutig protestiert werden.«
Ihre und meine Schüler – sie betreut meine 12 a musikalisch – nennen Irmgard Seifert gutmütig »Erzengel«; ihre Rede gleicht oft dem flammenden Schwert. (Und nur wenn sie ihre Zierfische füttert, macht sie sich der Anmut verdächtig.)
Ein Zeichen setzen. Ein Beispiel geben. Noch vor zwei Jahren marschierte sie mit den Ostermarschierern. Da in Westberlin die DFU nicht zur Wahl steht, enthielt sie sich bei den regionalen Wahlen, aus Protest, der Stimme. Vor ihrer Klasse, aber auch vor meiner 12 a, berief sie sich gelegentlich auf Marxengels und verblüffte aufbegehrende Schüler mit scharfer Kritik an Ulbricht, den sie einen bürokratischen Altstalinisten

nannte. Wenn auch nicht meinen Schüler Scherbaum, so hat sie doch dessen Freundin, die kleine Lewand, nachhaltig beeinflußt.
Damals liebte Irmgard Seifert das Streitgespräch. Sie ließ sich in fruchtlose Auseinandersetzungen über Schulreformpläne mit konservativen Kollegen, ja, mit unserem Direktor ein, der sich für liberal hält; denn allen Streit mit dem »Erzengel« begrub er mit einem Satz, der Redensart wurde: »Wie immer Sie über das Hamburger Modell der Ganztagsschule denken, was uns verbindet, liebe Kollegin, ist der kompromißlose Antifaschismus.«

Da fand Irmgard Seifert zwischen belanglosen Aufsätzen und den üblichen Klassenfotos ein überkreuzverschnürtes Bündel Briefe, die sie im Februar und März des Jahres fünfundvierzig als BDM-Führerin und stellvertretende Leiterin eines Lagers für evakuierte Stadtkinder geschrieben hatte. In Sütterlinschrift kreisten ihre Gedanken auf liniiertem Papier um die Gestalt des Führers, die sie mehrmals »hehr« nannte. Der Bolschewismus galt ihr als jüdisch-slawische Versippung, der sie mit flammendem Protest (schon damals der »Erzengel«) entgegentreten wollte. Und das bekannte Baumann-Zitat: ». . . Ein Hunger ist in die Augen gesetzt: Neue Lande, neue Lande wolln wir uns gewinnen . . .« gab einem der Briefe, im März geschrieben – die sowjetischen Armeen standen an der Oder – das Motto. (Wie überhaupt die rechtsextremen Blüten des Spätexpressionismus ihren Stil bestimmten; bis auf den heutigen Tag ist Kollegin Seifert stark in steilen, nun die Linke stützenden Adjektiven: »Der jochbrechende Sieg des Sozialismus ist das klar in die Zukunft gesetzte Ziel aller unbeirrbaren Friedensfreunde . . .«)
»Mein blonder Haß«, schrieb damals das mittlerweile graudurchwirkte Fräulein Seifert, »ist ohne Grenzen und streift im Gesang die Sterne!«
Ich versuchte zu lachen, als sie mir diese Verstiegenheiten, kurz nach ihrem Wochenendbesuch in Hannover, immer noch erregt zitierte; doch mit geweitetem Blick sagte sie: »Es gibt Stellen in diesen Briefen, die ich selbst Ihnen gegenüber nicht aufdecken möchte.«

(»Mit einem Wort, Dokter: Es fand bei Irmgard Seifert ein Eingriff statt.«) Gewiß hatte sie nicht vergessen, beim BDM Ringführerin gewesen zu sein. Die Zeit im Harz war ihr in vielen Details deutlich und nacherzählbar geblieben: die Sorge um die evakuierten Großstadtkinder aus Braunschweig und Hannover; die übergroße Verantwortung bei zunehmend schwieriger Ernährungslage; tagtägliche Jabo-Angriffe auf das nahegelegene Dorf; das Ausheben von Splittergräben und ihre Empörung über den Ortsgruppenleiter, der Anfang April die 13- bis 14jährigen Schulbuben aus dem Kinderlager holen und für den Volkssturm rekrutieren wollte.
Oft hatten wir auf gemeinsamen Spaziergängen um den Grunewaldsee

oder bei mir zuhaus, bei einem Glas Mosel, über diese Episode ihrer Jugendzeit – wie über meine Stäuberbandenzeit – mehr geplaudert als gesprochen. Sie erinnerte sich, unüberhörbar gegen den Mißbrauch der Kinder durch den Ortsgruppenleiter protestiert zu haben. »Flammenden Protest legte ich ein.« Bis aufs Wort wiederholte sie mir ihre Verteidigungsrede von damals. »Am Ende verdrückte sich der Kerl. Einer dieser widerlichen Parteibonzen. Sie erinnern sich an den Typ, lieber Kollege . . .«

Sogar als Unterrichtsstoff wertete Irmgard Seifert ihre verjährte Zwangssituation: sie hat vor ihren und (beim Musikunterricht) auch vor meinen Schülern »Vom Mut als der überwundenen Feigheit« gesprochen.

Um und um kehrte sie den Inhalt des Koffers und fand doch nicht, was sie suchte: frühe aggressive, sie sagte »antifaschistische« Äußerungen, die sie nicht nur ausgesprochen, sondern auch notiert haben wollte. Nur diese Briefe fanden sich. Und im letzten Brief las sie ihren Triumph, nun auch, auf eigenen Wunsch, nach ihrer Ausbildung an der Panzerfaust, Ausbilderin geworden zu sein. Da stand es: »Unumstößlich ist unsere Bereitschaft. Alle Jungens, die ich gemeinsam mit dem Ortsgruppenleiter an der Panzerfaust ausgebildet habe, werden mit mir das Lager bis zum Letzten verteidigen. Stehen oder fallen. Alles andere zählt nicht.«

»Aber Sie haben das Lager doch gar nicht verteidigt.«

»Natürlich nicht. Wir kamen nicht mehr dazu.«

Ich lenkte ab, sprach von meiner Stäuberzeit: »Stellen Sie sich das vor, liebe Kollegin: Ich als Bandenchef. Zwischen soviel organisierter Volksgemeinschaft blieb uns nichts übrig, als asozial zu sein, oft nahe dem Verbrechen.«

Nichts konnte den Abbau meiner Kollegin aufhalten. »Es gibt noch andere Briefe, schlimmere . . .«

Sie erzählte von einem Bauern, der sich geweigert hatte, seinen Acker, der an das Kinderlager grenzte, für das Ausheben eines Panzergrabens herzugeben: »Diesen Bauern habe ich bei der Kreisleitung in Clausthal-Zellerfeld denunziert, schriftlich.«

»Hat das Folgen gehabt? Ich meine, hat man ihn . . .«

»Nein, das nicht.«

»Na also!« hörte ich mich sagen. (Diese Unterredung fand bei mir statt. Ich goß Mosel nach. Legte eine Platte auf.) Aber auch Telemann konnte Irmgard Seifert nicht hindern, Wort für Wort ihren Selbstbefund auszusprechen: »Ich erinnere mich, enttäuscht, ja, empört gewesen zu sein, als meine Denunziation ohne Folgen blieb.«

»Bloße Spekulation!«

»Ich werde den Schuldienst quittieren.«

»Das werden Sie nicht.«

»Ich darf nicht mehr unterrichten . . .«
Und schon begann ich, Worte zum Sonntag zu reihen: »Gerade Ihre Mitschuld, liebe Kollegin, befähigt Sie heute, der Jugend den Weg zu weisen. Manch einer läuft Zeit seines Lebens mit einer Existenzlüge herum und ahnt nicht . . . Bei Gelegenheit werde ich Ihnen von mir und von einem Eingriff erzählen, dessen Konsequenzen ich erst heute zu überschauen vermag. Plötzlich ein Wort wie Traß oder Bims oder Tuff. Oder Kinder spielen mit einer Fahrradkette. Und schon ist alle Übereinkunft zunichte. Nackt und verletzlich stehen wir da . . .«
Da weinte sie. Und weil ich Irmgard Seiferts Beherrschtheit zu kennen glaubte, wagte ich zu hoffen: Tränen sind auch Arantil.

»Ach Dokter, welch ein Name! (Ich nehme noch zwei.) Es könnte Arantil die Schwester der etruskischen Prinzessin Tanaquil gewesen sein. Als blutjunge Verlobte wurde die jüngere Arantil von der älteren Tanaquil gehaßt und deshalb – auch weil der Verlobte der Arantil plötzlich Tanaquil hörig wurde – von den Mauern der Stadt Perugia zu Tode gestürzt. Später übernahm eine Sängerin ihren Namen. Sie erinnern sich, wie die Tebaldi, wie die Callas sang sich die Arantil in viele Herzen und Diskotheken. Doch war es wohl mehr ihr Gesicht. (Also hübsch ist es nicht aber schön.) Ob es die Augenstellung war, der verzweigte Blick? Wer unter uns könnte sich an ihren Körper erinnern? Ihr Talent war ihr Gesicht. Vergrößert, auf kirchhohen Werbewänden, bestand es nur noch aus Punkten, die unser Auge, Abstand nehmend, zu sammeln bemüht war. In einem Provinznest, in Fürth, sah ich es auf einer Litfaßsäule: verregnet eingerissen verjährt, weil drei Wochen nach der Vorstellung. (Jemand hatte dem Plakat beide Augen zerkratzt.) Und was wurde nicht alles mit ihrem Foto versucht! Es lag in Gebetbüchern. Gerahmt stand es auf den Schreibtischen vielvermögender Direktoren. Reißzwecken zwangen es in die Spinde unserer Bundeswehrrekruten. Es war da: in Postkartengröße und auf Breitwand. Es schaute uns zu, nein, durch uns durch. Über jeglichen Schmerz schaute es leergefegt, zwingend und lindernd hinweg. (Und diese schmerzdämmende Wirkung mag später eine Arzneimittelfirma bewogen haben, ein gleichnamiges Spezialanalgetikum gegen Zahn- und Kieferschmerzen auf den Markt zu werfen, das Sie, Dokter, tagtäglich verschreiben: »Ich habe Ihnen eine Doppelpackung Arantil aufgeschrieben . . .«) – dabei war ihr Antlitz fürchterlich und ihr Ende tragisch . . .

Übrigens hat man von dem jungen Mann, den die Boulevardpresse ihren Mörder genannt hatte, lange nichts mehr gehört. Er soll mit ihr verlobt gewesen sein. Dabei sind es die Abendzeitungen und Illustrierten, besonders die Quick, immer wieder die Quick, gewesen, die den Schnappschuß des Fotografen der Öffentlichkeit preisgegeben haben.

Und sie, die Presse, schuldig an ihrem Tod, nannte nun ihn einen Mörder. Was angeblich Kriminelles hatte er getan? Ein Fotograf im Berufskampf wie wir alle.
Trotz Schwierigkeiten fand er in ihre Hotelsuite. Dort verbarg er sich mit seinem Gerät unter ihrem Bett, um in unbequemer Haltung ihre Rückkehr abzuwarten. Mehr noch: er wartete, bis sie sich zur Nacht gekleidet hatte und endlich – er vertraute seinem Gehör – eingeschlafen war. Jetzt erst verließ ich mein Versteck. (Sie hatte immer schon einen guten Schlaf.) Ich nahm mit meiner Arriflex kurze Distanz und schoß eine, nur eine einzige Blitzlichtaufnahme. Geschellt (und wohl auch geschrien) hat die Gute erst, als ich schon im Fahrstuhl unterwegs war zu meiner Dunkelkammer. Aus meiner Kenntnis – und ich kannte sie gut, allzu gut – war sie jetzt schon tot. Denn meine Ablichtung hat mir nicht nur eine mehrstellige Summe eingetragen (die mir heute hilft, unsere Degudentbrücken zu finanzieren), meine Ablichtung hat sie das Leben gekostet. Fortan fand sie keinen Schlaf mehr. (Weggeblitzt hatte ich ihn.) Als ihr Verlobter habe ich in ihrer Krankengeschichte blättern dürfen: sieben Monate, zwei Wochen und vier Tage, nachdem ich das schlafende Antlitz meiner Verlobten Arantil im Hilton Hotel Berlin fotografiert hatte, verdämmerte, schmolz sie in Zürich weg: einundvierzig Kilo.«

Dabei war ihr schlafendes Antlitz schön, wenn auch anders schön als das wache. Zu beliebigem Nutzen bot es sich jedermann an; und diese kindlich trotzige Entspanntheit gelang auch, so ziegenhaft starr ihr waches Gesicht vorherrschte, meiner Verlobten Sieglinde Krings, wenn ich sie schlafend, zwischen ihren militärischen Schmökern, im Grauen Park fand. Doch habe ich ihren Schlaf niemals fotografiert. Nicht einmal von der wachen, immer ein Ziel fixierenden Linde besitze ich ein Foto. Wozu auch. Das ist vorbei. Das Leben geht weiter. Irmgard Seifert unterrichtet nach wie vor. Es machte Mühe, ihr die geplante öffentliche Beichte auszureden: »Warum wollen Sie die Jungs und Mädchen damit belasten? Jeder muß seine eigenen Erfahrungen sammeln.« – Am Ende gab sie nach: »Zur Zeit fehlte mir auch der Mut, so ungeschützt vor die Klasse zu treten . . . .«

Mein Sonntag hörte auf, als ich bei Reimann ein Bier an der Theke zu trinken versuchte. Seine Sprechstundenhilfe, die vor zu heißen Speisen und zu kalten Getränken gewarnt hatte, behielt recht: die metallenen Fremdkörper – vier Zinnkappen auf meinen abgeschliffenen Kronenstümpfen – leiteten; ich zahlte bei halbvollem Glas.

Mein Zahnarzt, der mein Freund ist, erklärte mir den Schmerz: »Wußten Sie das nicht? In jedem Zahn befindet sich ein Nerv, eine Arterie und eine Vene.«

Seine Stimme trug und maß seine Praxis aus – fünf mal sieben, bei dreidreißig Höhe: »Auch das sollten Sie wissen: am Zahnbein, unter dem Schmelz, der nicht empfindlich ist, liegen in Dentinkanälchen jene Nervenausläufer, die beim Bohren oder Beschleifen schräg angeschnitten werden.«

(Nach einem langatmigen Wochenende hatte ich mir meinen Zahnarzt als etwas Bläßliches vorgestellt, und am Vormittag noch wurde mein Versuch, der 12a zu erklären, daß es nichts Unpersönlicheres gibt als einen freundlichen Zahnarzt, der, kaum ist man eingetreten, nach dem Befinden fragt, einmütig belacht; man fand mich komisch.)

Kaum daß er mich begrüßte. Vom Instrumententischchen her teilte er übergangslos mit: »Ihre betroffenen Zahnhälse schmerzen, weil dort die Dentinkanälchen gebündelt sind.«

Seine Methode, etwas (und sei es den Schmerz) anschaulich zu machen, sollte ich für den Unterricht übernehmen: »Schauen Sie, so: Der Nerv verbreitet sich in der Zahnkrone und geht ins Pulpahorn über.«

Als ich beiläufig die Voreifel und das Dörfchen Kruft im Bimsabbaugebiet erwähnte, gab er die Zahnnerven auf, damit Krings endlich heimkehren durfte.

»Mit einem Wort, Dokter, er besetzte die Villa hinter dem Grauen Park und versammelte die Familie – Tante Mathilde, Sieglinde und mich – in seinem Arbeitszimmer, das bislang verschlossen, mir aber als ›Vaters Sparta‹ ein Begriff gewesen war: Ein Feldbett, Bücherregale, gerollte Meßtischblätter. Auf aufgebockter Tischplatte der Weichselbogen vor dem Durchbruch bei Baranow. Und an der Wand, der Fensterfront gegenüber, zeigt eine aufgezogene Karte den Kurlandkessel mit abgestecktem Frontverlauf, wie ihn Krings übernommen hatte . . .«

Mein Zahnarzt erkannte sofort die Lage: »Da! Oktober vierundvierzig. Südostwärts Preekuln. Da hab ich gelegen . . .«

»Kein Stäubchen. Tante Mathilde hat das Zimmer für den heimkehrenden Krings gebohnert, gelüftet. Kurland im Rücken und den aufgebockten Mittelabschnitt zwischen sich und uns, verbietet er sich familiäre Sentimentalitäten. Seine Schwester, die ihre Freude über die gar nicht hinfällige, vielmehr straffe Gesamterscheinung des Generals äußert – ›Ich bin froh, Ferdinand, daß dir diese lange schreckliche Zeit nichts hat antun können . . .‹ – unterbricht er: ›Ich war weg. Jetzt bin ich wieder da.‹ Linde sagt nichts, bleibt aber schweigsam anwesend. Ich wage zu fragen, ob die Einsamkeit der russischen Landschaft den Menschen, besonders den gefangenen Menschen verändere. Zuerst sieht es aus, als werde ich keine Antwort bekommen. Krings prüft mit Zirkelschlägen die Lage im Weichselbogen, weist auf Baranow – ›Niemals hätte das passieren dürfen!‹ – und schaut mich jetzt an: Seneca sagt: ›Alle Güter des Lebens gehören anderen – nur die Zeit ist unser

Eigentum.‹ – Ich habe meinen Kopf beauftragt, das, zugegeben, eintönige Gelände südöstlich Moskau mit offensiven Bewegungen zu beleben ...‹ Er hätte auch sagen können ›Einsamkeit ist nicht!‹ wie er ›Arktis ist nicht!‹ gesagt hatte.«

Mein Zahnarzt spielte neben dem Instrumententischchen mit den vier aufgezogenen Spritzen. Sein Hinweis: »Wie Sie wissen, wurde Seneca unter Claudius nach Korsika deportiert; erst Neros Mutter, Agrippina, beendete die achtjährige Verbannung« sollte mir ins Gedächtnis rufen, daß die Lehre der Stoa mit Vorzug in der Gefangenschaft hat Reife und Schüler gewinnen können. (Mein Zahnarzt wurde erst Mitte neunundvierzig entlassen.) Ich wartete im Rittergestühl auf den kleinen häßlichen Pieks und fürchtete, es könnte die Lokalanästhesie ihn zu Varianten des Krings-Themas verführen – Schmerz ist nicht! – aber er blieb sachlich und lobte mich in Gegenwart der Sprechstundenhilfe: »Sie gehören zu den wenigen Patienten, die sich für die Ursachen und den Weg der Schmerzen mit Ausdauer interessieren: der Zahnnerv leitet weiter zum Nervus Mandibularis im Unterkiefer, also in den dritten Ast des Nervus Facialis, schließlich bis zur Großhirnrinde, die den Schmerz gelegentlich bis ins Hinterhaupt leitet ...«

Matt glänzte die Scheibe. Sollte ich den Verlobten-Mörder ... Oder Kollegin Seifert, wie sie in Mutters Fiberkoffer nach alten Briefen taucht ... Oder die schlaflose Sängerin Arantil ... Oder die Reise im Borgward, zu viert, in die Normandie ... »Denn sehen Sie, Dokter, so unausgesprochen unsere Ferienpläne vor Ankunft des Generals waren – ich wollte nach Irland – Linde sagte: ›Ich bleibe hier!‹ – Krings gab, kaum hatte er sein Sparta bezogen und über dem Meßtischblatt des Mittelabschnittes eine Karte der Invasionsfront entrollt, genaue Weisungen an alle: ›Sobald mein Paß vorliegt, fahren wir. Möchte mir mal den Abschnitt zwischen Arromanche und Cabourg ansehen und diesem Herrn Speidel, der wieder im Kommen ist, auf den Zahn fühlen.‹ – Mit frischem Kringspaß fuhren wir los. Die Franzosen machten keine Schwierigkeiten, denn während des Frankreichfeldzuges hatte er nur eine nebensächliche Rolle gespielt ...«

»Jedenfalls passieren wir die Grenze normal, Linde am Steuer. Eineinhalb Tage später sind wir am Ziel. Ich finde, bei der von Krings befohlenen Eile, wenig Gelegenheit, meinen kunstgeschichtlichen Interessen nachzugehen; als Lindes Beifahrer lasse ich es mir nicht nehmen, diese oder jene Kathedrale, die Vielzahl der französischen Schlösser und später die normannischen Besonderheiten zu kommentieren; eine Beflissenheit, die sich Krings (und auch Tante Mathilde) gefallen lassen. Linde winkt ab. Sie kennt meinen Zwang, Stegreifvorträge halten zu müssen: ›Hör endlich auf mit dieser elenden Kunsterziehung!‹«

(Sie hat jetzt noch recht. Erst an der Küste hätte ich aufblenden und die Zeugnisse deutscher Zementindustrie flimmern lassen sollen. Das müßte auch meine 12a interessieren. »Glauben Sie mir, Scherbaum, sie standen und stehen immer noch da: Großbunker, nach Schiffsartilleriebeschuß verkantet und manche glatt durchschlagen. Betonanlagen, die Teil der Landschaft geworden sind. Für jeden Kameramann Grund genug, die Optik schweifen zu lassen: ruhige, graue, sich selbst bestätigende Flächen. Entschiedene Schatten. Satte Tiefen. Im Licht unverwaschen Verschalungsstrukturen. Was wir heute Sichtbeton nennen. Es mag sein, daß Sie meine Beobachtungen als bloß ästhetische Betrachtungsweise verwerfen werden, dennoch neige ich dazu, von der stoischen Gelassenheit der Bunkerkonturen zu sprechen. Ja, ist nicht der Betonbunker das angestammte Gehäuse des Stoikers?«)

Und im Ernst schlug ich Krings, der sich meinen Vortrag über die Entwicklung der deutschen Traßzemente während des letzten Krieges mit Interesse angehört hatte, vor, unsere neue, für Stahlhochbauten entwickelte Sorte nach dem spätrömischen Philosophen Seneca zu benennen. Er ging nicht darauf ein. (Mag sein, daß er den Spott bemerkt hatte.) Denn als ich – wir standen am rechten Ufer der Ornemündung – den Großbunkerbau als die einzige architektonische Kunstform des zwanzigsten Jahrhunderts zu feiern begann, als ich einen Hymnus auf die Ehrlichkeit des Sichtbetons und auf die Wahrheit ornamentloser Schutzformen anstimmte, rief er mich mit einem »Bleiben Sie sachlich!« zur Ordnung.

Später sagte mein Zahnarzt: »Sie sprechen von Ihrem Krings mit nur mühsam ironisierter Begeisterung.«
Während wir die Steilküste bei Arromanche inspizierten, telefonierte er mit einem Kollegen über eine Vortragsreihe zum Thema Karies, die er an der Volkshochschule Tempelhof zu halten begonnen hatte: »Nur mäßig besucht, leider nur mäßig besucht . . .«)

Ich verließ die normannische Bunkerlandschaft und traf mich mit Hilde und Inge unter der zementstaubtragenden Buche. Die Mädchen plapperten über ihre italienischen Ferien.
»Und unser Hardylein?«
»Wie war es denn im rauhen Norden?«
Ich schilderte den Aufenthalt in Cabourg und die Abstecher zu den Betonzeugen einstiger Kriegshandlungen.
»Ist ja spannend.«

»Und da stehen noch richtige Bunker rum, in die man rein kann, wenn man will?«
Ich sagte, daß man nicht nur die von Liebespaaren verschmutzten Innenräume besichtigen, sondern auch die Bunker besteigen könne, sei es, um eine Rede zu halten.
»Mach doch mal vor, wie Papa Krings vom Bunker herab . . .« Ich erklärte einen Gartenstuhl zum Bunker, bestieg das wackelige Möbel und machte Krings ziemlich gut nach: »Ins Meer geworfen hätte ich sie! Was heißt hier Lufthoheit. Haben wir in Kurland Lufthoheit gehabt? Stäbe und Zahlmeistereien, die gesamte Etappe hätte ich ausgehoben. Dieser Speidel mit seinem schöngeistigen Generalstab. Immer weit weg vom Schuß. Degradiert und in die vorderste Linie. Wie nördlich des Polarkreises, wie am Unterlauf des Dnjestr, wie während der dritten Kurlandschlacht, wie an der Oder hätten sie keinen Meter Boden gewonnen . . .«
Jetzt erst tritt Linde auf. So stumm meine Verlobte sich während der Ferienreise gab (Krings: »Was ist denn, Sieglinde? Siehst du die Lage anders?«), jetzt spricht sie, nein, spielt sie mit: »Wenn ich mich recht erinnere, hast du den Brückenkopf Nikopol geräumt. Deine Tätigkeit im Kurlandkessel begann mit der Rücknahme der Armee-Gruppe Narva. Es gibt keinen Beweis, daß du die Invasion hättest verhindern können, denn den Mittelabschnitt der Ostfront hast du auch nicht gehalten. Ich erinnere an Konjews Durchbruch zwischen Muskau und Guben. Erst so wurde der Angriff über Spremberg und Kottbus auf Berlin möglich. Lauter verlorene Schlachten. Du solltest aufgeben, Vater.«
Weder ich noch die Mädchen im Grauen Park kennen diese Linde (Sieglinde). Ich steige vom Stuhl und gebe meine Krings-Parodie auf. Hilde und Inge gaffen, kichern und frösteln. Sie sammeln ihre Modezeitschriften ein. Doch Linde erlaubt uns keinen verlegenen Abgang: »Was gibt's da zu staunen? Mein Vater will Schlachten gewinnen, die andere verloren haben. Weil unser kunstsinniger Freund Eberhard sich entschieden hat, ihn wie ein Geschichtsfossil zu bewundern, fällt mir die Aufgabe zu, meinen Vater zu schlagen, und zwar an allen Fronten, die ihm einfallen.«

Ich ließ das Bild stehen. (Leicht verkrampft schwieg Linde ihrem Entschluß nach. Die blinzelnden Freundinnen. Rieselnden Zementstaub ließ ich vermuten.) »Sie werden verstehen, Dokter, Lindes Entschluß verhalf mir zu einer schmerzlichen Erkenntnis.«
»Sie sollten nicht so leichtfertig mit dem Wort Schmerz umgehen.«
»Aber die Wandlung meiner Verlobten, diese plötzliche, von ihr gewollte Entfremdung – denn fortan war ich ihr lästig – wurde für mich zum anhaltenden Schmerz.«
»Bleiben wir doch beim Beispiel der Zahnnerven . . .«

»Wer erzählt hier, Dokter . . .«
»Im allgemeinen der Patient, aber wenn eine Gegendarstellung angebracht ist . . .«

». . . Wie die Krise Ihres Verlöbnisses, so die gefährdeten Zahnnerven: wenn die Pulpa infiziert ist, bilden sich Gase durch Bakterien, die nur durch Bohren Abgang finden. Wird jedoch der Gang zum Zahnarzt immer wieder hinausgeschoben, suchen sich die Gase in Richtung Wurzelspitze einen Weg. Sie lösen, unterstützt von eitriger Flüssigkeit, durch Druck den Kieferknochen auf. Das fördert die sogenannte Dicke Backe, die sich zum Abszeß oder – um auf Ihr Verlöbnis zurückzukommen – zur komplexhaften Haßwucherung entwickelt. Oft wächst sie sich Jahre später zur Tätigkeit (Ersatzhandlung) aus, das heißt, sie wuchert weiter; denn das macht Ihnen doch Spaß, nicht wahr, dieser selbstherrliche Umgang mit Fahrradketten und Blitzlichtlampen. Die Ursache: ein längst verjährtes Versagen. Das übliche Wehwehchen. Deshalb bitte ich um Zurückhaltung bei der Verwendung des Wortes Schmerz. Wirklich schmerzhaften Eingriffen wären Sie gar nicht gewachsen. Denken Sie nur an die Genreszenen holländischer Kleinmeister. Adriaen Brouwer, zum Beispiel. Mit Zangen, die wir heute nicht einmal in unseren Werkzeugkisten beherbergen mögen, greift auf seinen Bildern der Bader – so hießen im Mittelalter Dentisten – in das Maul eines Bauern, um einen Backenzahn zu brechen. Damals wurden die Zähne nicht gezogen, sondern gebrochen. Die Wurzel faulte langsam weg, wenn sie nicht lebensgefährliche Infektionen verursachte. Wir dürfen annehmen, daß der Tod durch faulende Zahnwurzeln vor dreihundert Jahren häufig gewesen ist. Ja, noch vor hundert Jahren war die Extraktion eines Backenzahnes ein Unternehmen. Hier, in der Berliner Charité, wurden vier Mann benötigt, damit einem fünften ohne Lokalanästhesie – allenfalls pinselte man Kokain – der Backenzahn gezogen werden konnte. Ich erinnere mich an die Erzählungen meines Doktorvaters: ein Mann hielt den linken Arm, der zweite stemmte sein Knie in die Magengrube des Patienten, der dritte führte die rechte Hand des Armen über eine offene Kerzenflamme, um den Schmerz zu teilen, und der vierte Mann arbeitete mit Instrumenten, deren Abbildungen ich Ihnen gerne bei Gelegenheit zeige. In unserem aufgeklärten Jahrhundert sind wir, dank der hochentwickelten Anästhesie-Technik, auf solche Gewaltakte nicht mehr angewiesen. Unsere erste Spritze wartet schon. Die Grundlage jeder örtlichen Betäubung ist die Injektionsflüssigkeit Novokain, ein Alkoholabkömmling. Doch damit Ihnen der häßliche Pieks nicht allzu gegenwärtig wird, kann ich unser Fernsehen um Hilfe bitten . . .«

(Im ersten Programm lief ein Film, in dem ein berühmter Hund Baracken durchschnupperte.) »Ist ja gleichgültig, wen er sucht. Gleichgültig, was in den Baracken lagert. Denn die nächste ist, wie auf Wunsch, leer. Und in solch einer ausgeräumten Baracke ließ Krings einen Sandkasten, lang genug für die Eismeerfront, breit genug für den Mittelabschnitt, aufstellen und mit Hilfe eines Elektrikers einrichten: ziemlich kompliziert wie eine dieser labyrinthischen Spieleisenbahnen, die irrsinnig viel Geld und Geduld kosten, also mit elektromechanischen Stellwerken, vierpoligen Hauptschaltern, Gruppenschaltern und Hauptlampenüberwachern, denn der gesamte Frontverlauf, alle Angriffe und Gegenangriffe, Frontzurücknahmen und Frontbegradigungen, Durchbrüche, rückwärtige Auffangstellungen und Sehnenriegel wurden durch verschiedenfarbige Lampensignale gezeichnet; Seite und Gegenseite verfügten über kommandierende Schaltungen des Lampensystems. Ein imponierender Aufwand. Und raten Sie mal, Dokter, wie der Elektriker heißt, der soeben den Fernsehhund aus der Baracke vertrieben hat und nun dem Krings das Spielzeug baut? – Nämlich Schlottau. Krings ließ den Betriebselektriker kommen und sagte: ›Können Sie das?‹ Und Schlottau, der Mann mit der unbeglichenen Rechnung, baute Männchen: ›Jawoll Herr Generalfeldmarschall!‹«

Mein Zahnarzt sagte: »Jetzt machen wir in Ihrem Unterkiefer eine Leitungsanästhesie, das heißt, der Nerv wird an der Eintrittstelle auf Zeit blockiert . . .«
(Noch heute bin ich stolz, dem häßlichen Pieks keine Bildstörung erlaubt zu haben: Neben Krings stand Linde, wie ich neben Linde stand, die sich Schlottau gegenüber aufgestellt hatte. Sie hatte ihn ihrem Vater empfohlen: »Du solltest dir den Betriebselektriker nehmen. Der Mann ist tüchtig . . .«)
»Zusätzlich muß jetzt, um das Zahnfleisch zu betäuben, eine Lokalanästhesie vorgenommen werden . . .«
(Zum Einüben nahmen sie sich die Metaxas-Linie vor, die Krings am sechsten April einundvierzig mit seiner sechsten Gebirgsdivision durchbrochen hatte: zwei Angriffskeile, stoßtruppartig.)
»Und nun die gleiche Prozedur links unten . . .«
(Schlottau baute dem Alten die erste und zweite Stellung, damit Krings sie durchbrechen konnte. Wie er die Bereitstellungen der griechischen leichten Brigaden mit den Stukaeinsätzen des Fliegerkorps von Richthofen eindeckte und dann, bei Grünlicht, das Gebirgsjägerregiment hunderteinundvierzig zum Angriff antreten ließ, einfach fabelhaft.)
»Gut gemacht, Schlottau. Und jetzt wollen wir uns Demjansk vornehmen . . .«
Schlottau sagte: »Da brauchen wir aber ein Ablaufwerk für . . .« Und mein Zahnarzt forderte mich auf, die Wirkung der Anästhesie im Wartezimmer abzuwarten.
»Gleich, Dokter, gleich! Die Lage der Angriffsbasis Demjansk ist gege-

ben durch die erfolgreichen Unternehmen ›Brückenschlag‹ und ›Fallreep‹. . .«

»Doch jetzt wollen wir bitte ins Wartezimmer . . .«

»Linde bediente zum ersten Mal Schlottaus zweites Schaltwerk. Sie schnitt ihres Vaters Angriffsspitzen ab und riß die Front in sechs Kilometer Breite auf . . .«

»Doch nun muß ich Sie ernsthaft bitten, lieber Freund . . .«

»Ich gehe ja schon, gehe ja schon . . .«

»Nebenan finden Sie Lesestoff . . .«

(Dabei hatte ich nur noch sagen wollen, daß Krings den Willen seiner Tochter zu spüren bekam. Mit Mühe – indem er die Etappe durchkämmte und selbst Feldküchen nach vorne warf – gelang es ihm, die Frontlükke zu schließen. Demjansk wollte er trotzdem nicht räumen. Doch wer interessiert sich heute noch für Demjansk? Etwa meine 12a?) Als ich die Praxis verließ, durchschnüffelte schon wieder der Fernsehhund Lassie die Baracke und suchte – na wen schon?

Quick, Stern, Bunte, Neue. (Schnell und mir voraus, denn ich erwartete etwas, blätterte ich im Lesezirkel Daheim. Schlappe bis trockene Papiergeräusche und einsilbiges Plätschern, als wollte er Blasendruck fördern. Sein indirekt beleuchteter Springbrunnen, der die Patienten beruhigen soll. Ich will das jetzt nicht bis zur Platzangst verengen, auch wenn das Papier immer lauter gegen den Springbrunnen kämpfte. Hören konnte ich noch. Nur der Gaumen, die Zunge bis in den Rachen, die ganze Schnauze mit Hammeltalg galvanisiert.) Fettes lesen: Für oder gegen die Pille. Krebs ist heilbar. Noch eine Variante des Kennedy-Mordes. Im Wartezimmer dabei sein und mit der Welt bangen, ob sie, die Loren, wieder ihr Kind verliert. Das geht uns an, wie selbst der winkligste Justizirrtum – es war – na wer schon? – nach zwölf Jahren aufgeklärt wird. Unrecht schreit fotografiert zum Himmel und wird rasch weggeblättert. Die Ölpest weg. Den Südsudan weg. Aber der bleibt und läßt Erinnerung schnurren: Schirach sagt, war verblendet, bereut und warnt, lügt ziemlich ehrlich, stellt richtig. Als er zum ersten Mal in Weimar. Ein fünfgängiges Menu im Kaiserhof. Bayreuther Frackbrüste und Glanzlichter. Liebevoll Familiäres. Kurzhosig. »So, Scherbaum, sah mein Reichsjugendführer aus . . .« Knallwaden in weißen Kniestrümpfen. Und erst in Spandau wurde er zum Stoiker. (Denn rät nicht schon Seneca seinem Schüler Lucilius, den Staatsdienst zu quittieren: »Niemand kann mit Gepäck auf dem Rücken in die Freiheit schwimmen . . .«) Also schreibt er sich fortlaufend den Ballast weg; das könnte Krings auch: immer schön vorne mit der schweren Jugendzeit anfangen. Der bekannte Generalfeldmarschall hat schon als Gymnasiast – »In Ihrem Alter, Scherbaum!« – das vom Vater heruntergewirtschaftete Steinmetzgeschäft vor dem Ansturm der Gläubiger schützen müssen.

Die Defensivhaltung blieb ihm. So wurde er zum Durchhaltegeneral. Von den Basaltbrüchen auf dem Mayener Feld über die Eismeerfront bis zur Oder-Barriere: Defensive. Niemals, außer beim Durchbruch der Metaxas-Linie, wollte ihm eine Offensive gelingen. Armer Krings! – So etwa ließe sich, wollte ich für Quick oder Stern schreiben, der Kringssche Komplex in Fortsetzungen darstellen. Auch andere Fälle (Napoleons Josef-Komplex) sollte man vergleichen und sich die Frage stellen: was wäre der Welt erspart worden, wenn die k. u. k.-Prüfungskommission der Wiener Kunstakademie den Prüfling Hitler, der eigentlich Kunstmaler werden wollte, nicht hätte durchfallen lassen, sondern ... Denn unser Volk verträgt das nicht: Abgewiesene Zukurzgekommene Versager. Überall hocken sie und lauern auf Rache. Sie erfinden sich Feinde und Geschichten, in denen ihre erfundenen Feinde tatsächlich vorkommen und liquidiert werden. Schnurgerade denken sie mit dem Maschinengewehr. Sie variieren den Tod immer des gleichen Widersachers. Sie bemalen ihre Rasierspiegel mit dem Wort Revolution. Aus Büchern lesen sie immer nur sich heraus. Und löffeln Suppen hin und zurück. Und vergessen das kleine verjährte Nein nicht. Und pflegen ihr dunkles Wollen. Und wollen ausmerzen abschaffen stillmachen. Und blättern bei überdecktem Zahnschmerz rasch und hungrig in Illustrierten ...

Da! – Da ist er und will Punkte mit einem Armeerevolver setzen, wie ihn die Wehrmacht des letzten Weltkrieges beim Nahkampf und zum Herumfuchteln benutzte. Mit ihr, der berühmten Nullacht, die heute noch in Nahoststaaten und in Lateinamerika Verwendung findet, mit der guten alten Sechsschüssigen, die ich als Taxifahrer, nachdem es in Hamburg zum dritten Mord an einem Taxifahrer innerhalb eines Monats gekommen war, ziemlich teuer erstanden hatte, mit diesem illegalen Selbstschutzmittel – denn auf Gaspistolen war und ist kein Verlaß, und von Trennscheiben habe ich nie viel gehalten – mit einem regelrechten Schießeisen verließ ich kurz nach siebzehn Uhr unser Schlafzimmer im Schlafanzug (vorher der Griff unters Kopfkissen: da hüpft sie mir schon in die Hand) und erschoß barfuß im Schlafanzug zuerst meinen dreijährigen Sohn Klaus, dessen vorsetzliches Quengeln und Kreischen meinen um sechzehn Uhr, nach der Zwölfstundenschicht begonnenen Schlaf mehrmals unterbrochen, dann verhindert hatte. Ich traf das Kind neben dem rechten Ohr, worauf es sich stürzend drehte und mir den tischtennisballgroßen, sofort überfließenden Ausschuß hinter dem linken Ohr zeigte. Jetzt erst erschoß ich mit drei rasch nacheinander abgegebenen Schüssen meine dreiundzwanzigjährige Verlobte Sieglinde, die aber von mir und allen unseren Freunden Linde gerufen wird. Beim Schuß auf das Kind sprang sie auf und wurde in den Bauch, in den Bauch, in die Brust getroffen, worauf sie in jenen Sessel sackte, in dem sie vor dem Aufspringen gesessen und die Illustrierten Quick, Stern, Bunte und Neue aus dem Lesezirkel Daheim gelesen hatte, ohne den kleinen Klaus mit halblauten Worten zu beruhigen, bis ich unters Kopfkissen greifen, unser Schlafzimmer barfuß verlassen und das Kind erschießen mußte, dann sie, die aufgesprungene Verlobte. Jetzt schrie nicht nur meine zukünftige Schwiegermutter, ich schrie: »Schlafen lassen! Verstanden! Schlafen lassen!« Worauf ich Muttchen mit den restlichen zwei Schuß (für mich blieb nichts mehr) lebensgefährlich verletzte, indem ich ihren linken Oberarm, dann ihren Hals durchschoß, ohne die Halsschlagader der siebenundfünfzigjährigen Witwe zu treffen, die am Nähtischchen neben der Nähmaschine gesessen hatte, denn nach den Schüssen schlug Muttchens Kopf mit den Lockenwicklern zuerst auf den Deckel der Nähmaschine und dann erst auf den Teppichvorleger. Sie kippte seitlich vom Stuhl, riß das Nähzeug mit sich und verursachte (nachdem sie nach dem Schuß auf Klaus und vor den Schüssen auf Linde mehrmals »Hardy!« gerufen hatte) gurgelnde und pfeifende Geräusche, die ich mit wiederholtem »Schlafen lassen! Verstanden! Schlafen lassen!« zu überdecken versuchte. Das passierte in einer Neubauwohnung, Berlin Spandau, im zweiten Stock. Die Miete der Zweieinhalbzimmerwohnung beträgt 163,50 DM kalt. Seit dreieinhalb Jahren bin ich mit Linde verlobt. Die Wohnung gehört eigentlich Muttchen und Linde mit Kind. (Mich haben sie wie einen Untermieter behandelt und ausgenommen.) Zuerst habe ich bei Siemens gearbeitet, um dann umzusatteln, weil ich hoffte, als Taxifahrer mehr verdienen und heiraten zu können, denn ich hänge an dem Kind. Die Zimmer sind ziemlich hell. Und manchmal haben wir abends im Sommer auf dem Balkon gesessen und über den Dächern der Neubausiedlung Leuchtkugeln gesehen, die im Ostsektor hochgingen, so nah ist der. Ich bin völlig unbescholten. Linde lernte ich bei Siemens kennen. Sie hat dort kurze Zeit Wicklungen gewickelt, mußte aber aufhören, weil sie Friseuse gelernt hat und von den Dauerwellen her immer leicht feuchte Hände bekommt. Krach, richtigen Krach haben wir selten gehabt. Und wenn, dann nur wegen der Wohnung, weil die so hellhörig ist. (Aber ich habe mich immer zusammengenommen. Nur als Siebzehnjähriger war ich aggressiv. Aber damals war Krieg und die Jugend überall verwildert.) Als ich noch bei Siemens war, hat Linde sogar gesagt: »Laß dir bloß nicht alles von denen gefallen.« Sie hatte recht: ich bin im Grunde zurückhaltend und sparsam. Zum Beispiel lese ich nur Zeitungen, die die Kundschaft im Wagen liegen läßt. (Auch keine zwei drei Bier nach Feierabend wie meine Kollegen.) Am liebsten fahre ich Spandau und Umgebung, doch, seitdem die Stadtautobahn fertig ist, auch ins Zentrum. Und zwar unfallfrei. Eigentlich wollte ich mich fortbilden, kam aber nie dazu. Die Wohnverhältnisse und der ewig quengelnde Junge. Auch habe ich seit zwei Jahren keinen richtigen Urlaub gemacht. Nur einmal, kurz nach unserer Verlobung, sind wir nach Andernach in Westdeutschland gefahren, weil Muttchen das kannte und schön fand. Dort standen wir auf der Rheinpromenade und sahen den Schiffen zu. Das war kurz vor der Geburt von dem Jungen. Ich bekam Zahnschmerzen, weil es windig war auf der Promenade. Aber Linde wollte ja unbedingt das Kind. Nach dem Krieg wollte ich eigentlich zum Zoll. Aber die ließen mich durchfallen. Danach ging alles ganz einfach. Mit dem Autoschlüssel, aber noch immer im Schlafanzug (nur die Hausschuhe fand ich im Korridor) verließ ich mit der leergeschossenen Nullacht die Wohnung und den Neubau, ohne auf Nachbarn zu stoßen. Den Wagen hatte ich unten, was aber nicht Absicht war, denn eigentlich hätte er auf Kontrolle gemußt. Ich fuhr bis kurz nach Mitternacht zuerst nach Neu-Staaken, dann über Pichelsdorf die Heerstraße lang bis Westend und von Charlottenburg hoch über Jungfernheide, Reinickendorf, Wittenau bis nach Hermsdorf raus und wieder retour. Jedenfalls habe ich gleich auf Empfang gestellt, denn schon ab einundzwanzig Uhr wurde ich von der Zentrale gerufen. Und auch meine Kollegen versuchten es mit Gutzureden. Die Streifenwagen stellten mich, als ich vom Theodor-Heuss-Platz wieder die Heerstraße und später die Havel-Chaussee hoch nach Hause wollte. Ich soll gesagt haben: »Ich war das nicht. Die ließen mich nicht. Meine Verlobte hat das mit Absicht gemacht, den Jungen quengeln lassen. Die wollten mich einfach fertig machen, immer schon. Warum hat man mich nicht zum Zoll? Da sind mir die Nerven durch. Außerdem hab ich Zahnschmerzen. Seit Tagen schon. Mit einer Nullacht, jawoll. Muß im Stößensee. Hab ich über die Brücke. Suchen Sie mal.« Eigentlich wollte ich diesen Sommer wieder nach Andernach. Hat uns gefallen damals. Der Firma schulde ich noch die Leerfahrt. Sollen sie abziehen und mich in Ruhe. Dabei hätte ich für das Geld (und fragen Sie mich nicht, was die Nullacht gekostet hat) auch zum Zahnarzt. Meiner hat Fernsehen zum Ablenken. Das sollten die ruhig mal zeigen, in Panorama zum Beispiel, über Sozialen Wohnungsbau und die Folgen. Ich mach denen vor, wie ich unters Kopfkissen. Oder für Quick oder Stern. Die bringen doch sowas. Kann man dann überall sehen, sogar beim Zahnarzt im Wartezimmer, wenn man neben einem Springbrunnen, der durch Plätschern beruhigen soll, immerzu rumblättern und wegblättern muß, bis die Spritzen wirken, die Zunge dick wird und die Sprechstundenhilfe in der Wartezimmertür steht: »So, nun wollen wir wieder . . .«

Mein Zahnarzt lobte mich: »Sie haben richtig beobachtet. Die Zunge wird bei der Leitungsanästhesie mitbetäubt, sobald man den Nervus Lingualis beim Einstich mittrifft.«
(Alles ließ nach, verjüngte sich, kaum zu erinnern. Es zog noch einmal – aber das mochte Reflex sein – schwieg.) Draußen schneite es von links nach rechts auf den Hohenzollerndamm. (Das war kein Fernsehen,

sondern die Praxis zur Straßenseite.) Unbewohnt schimmerte die Mattscheibe. Wie auch bei mir: alles pelzig und sagen wir mal gehörlos. (»Es soll vorgekommen sein, daß betäubte Zungen durch den Probebiß ungläubiger Patienten verstümmelt worden sind.«) Seine Stimme blieb hinter Folien. (»Und jetzt wollen wir mal die Zinnkappen abnehmen . . .«) Auch meine Rückfrage: »Was heißt abnehmen?« stieg gaumig und füllte Blubberblasen. Erst als er mich nah, zu nah anatmete: »Sie werden gezogen mit der Pinzette. Bitte gut öffnen«, ergab ich mich und machte mein großes Ja.

Da waren sie wieder, die Mohrrübenfinger. Hängten den Speichelabsauger ein, drückten die Zunge ins Hinterstübchen. (Zubeißen wollen. Tätig werden. Oder bei Seneca Muße suchen: »Was meinen Sie, Dokter, ob nicht gewisse geschichtliche Entscheidungen vom Zahnschmerz beeinflußt gewesen sein mögen; denn wenn belegt ist, daß Königgrätz von einem stark erkälteten Moltke gewonnen wurde, dann wäre zu untersuchen, inwieweit die Gicht den zweiten Friedrich gegen Ende des Siebenjährigen Krieges gehemmt oder beflügelt hat, zumal wir wissen, daß für Wallenstein die Gicht Stimulanz gewesen ist. Und von Krings ist bekannt, daß diesen äußerlich stattlichen Mann Magengeschwüre zum Durchhalten ermuntert haben. Zwar weiß ich, daß diese Interpretation der landläufigen Geschichtsauffassung widerspricht, denn selbst meine Schüler, besonders die kleine Lewand, nennen jedes Eingehen auf private Hintergründe eine unwissenschaftliche Personalisierung der Geschichte – »Sie betreiben schon wieder Personenkult!« – dennoch frage ich mich, ob nicht der Zahnschmerz im besonderen und der Schmerz im allgemeinen als Motor . . .«)
»Sollen wir vielleicht das Fernsehen dabei sein lassen?«

Nicht nur draußen, auch auf der Mattscheibe schneite es sanft von links nach rechts. (Ach, die Kinder wollen nicht schlafen gehen. Immer was Neues fällt ihnen ein: Sandmännchen sehen! Sandmännchen sehen!) In putziger Wattelandschaft weideten schmerzfreie Tiere. Es schneite Watte. Man mußte die Glöckchen nicht hören. Ohne Ton ruckte und ruckte es. (Sandmännchen West und Sandmännchen Ost durchlaufen in einer Sekunde fünfundzwanzig Bewegungsphasen und wollen einander nicht anerkennen.) Sandmännchen ist eine kleine bescheidene Lebenshilfe. Sandmännchen will nur beglücken. Es tupfte meiner armen Verlobten, die dreimal erschossen aufgebahrt lag, mit Watte das schmerzverlassene Antlitz. (Wachküssen wollen! Wachküssen wollen!) Und als mein Zahnarzt »Nun spülen, bitte, gut spülen!« sagte, wollte ich nicht, sondern Sandmännchen sehen, Sandmännchen sehen . . .

So wurde die Vision in die Speischale gestürzt: »Nein, Linde. Das hättest du nicht tun dürfen . . .«
»Was hätte ich nicht?«
»Mit diesem Elektriker, damit er dir verrät, welche Offensivbewegungen Papa nächstens im Sandkasten . . .«
»Es geht um Informationen.«
»Und dafür legst du dich über Zementsäcke . . .«
»Wenn ich ihn nicht lasse, sagt er keinen Pieps.«
»Das nenne ich käuflich sein . . .«
»Ach was. Ich denke dabei an irgendwas: Petsamo – oder an den Durchbruch bei Tula über die Oka bis Orjechowo.«
»Ekelhaft!«
»Ist ja alles nur äußerlich . . .«
(Da verkündete mein Zahnarzt das Ende der Spülung: »Hier noch ein Krümel. Und da. Und jetzt probieren wir die rohen Platingoldkronen. Wollen Sie mal in die Hand . . .«)

Das wog und paßte probeweise. Linde (auf den Zementsäcken) kam nicht ins Bild, solange ich die Platinkronen auf meinem rechten (nichtbetäubten) Handteller hüpfen ließ. (»Sehen Sie, Scherbaum, in Ihrem Alter ahnt man noch nicht, welches Gewicht Zahnersatz in der wägenden Hand eines vierzigjährigen Studienrates haben kann.«) – »Ganz schön schwer, Dokter.«
Als mein Zahnarzt ankündigte, er wolle nun mit rosa Spezialgips einen Gesamtabdruck der Zähne (und Zahnstümpfe) im Unterkiefer anfertigen – »Nach dem Erhärten wird der Gipsabdruck herausgebrochen und außerhalb des Mundmilieus wieder zusammengefügt« – klammerte ich mich an ein einziges Wort: »Sagten Sie, herausgebrochen?«
»Leider wird uns diese Prozedur nicht erspart werden können . . .«
»Was heißt herausgebrochen? Einfach so?«
»Es läßt sich nicht anders nennen.«
»Und ich?«
»Wir spüren ja nichts. Nur einen gewissen Druck und das lästige, doch täuschende Gefühl, es werde mit dem Gips auch das Gebiß herausgebrochen . . .«
»Nein. Ich will nicht mehr.« – (»Sie haben recht, Scherbaum. Dem bin ich nicht gewachsen. Die Klasse soll abstimmen, ob ich aufgeben darf . . .«)
»Meine Assistentin rührt schon den Gips an . . .«
»Ich habe genug gelitten . . .« (Doch meine 12a senkte den Daumen. Und Vero Lewand zählte die Stimmen aus.) »Wenn Sie meine Verlobte gekannt hätten . . .« (Nur Scherbaum stimmte für mich.) »Sprechen Sie sich getrost aus . . .«
»Mit dem Betriebselektriker hat sie sich eingelassen . . .«

»War nicht Schlottau sein Name?«
»Wie in einem richtigen Spionagefilm: Fleischeslust gegen militärische Geheimnisse. Da, Dokter! Rühren Sie nicht im Gips. Sie schleppt ihn ab. In das Traßlager. Zwischen die Arken. Er läßt die Hosen, sie ihre Schlüpfer runter. Nur im Stehen darf er sie stoßen. Sie guckt ihm über die Schulter und sieht die beiden Kamine der Krings-Werke und deren Zementstaubauswurf. Fertig. Er ist fertig!« (Mein Zahnarzt machte sachliche Einwürfe. Er bat mich, den Mund schön weit zu öffnen und durch die Nase zu atmen, während er mit zierlichem Spezialspachtel den rosa Spezialgips um meine Zähne und Zahnstümpfe im Unterkiefer bettete: »Und bitte nicht schlucken. Der Gips bindet rasch ab.«)
Armer Schlottau. Kaum ist er fertig, muß er plaudern: »Wo bei Tula? Mit welchen Divisionen? Wer übernimmt den Flankenschutz?« Linde notiert. (Und auch mein Zahnarzt zog sich zu seinen Karteikarten zurück: »Zwei drei Minuten müssen wir warten. Sie spüren die Wärme des anbindenden Gipses kaum. Entspannen und immer noch durch die Nase atmen . . .«)
Dabei lief Werbung; und Linde sagt zwischen Traßarken: »Osram – hell wie der lichte Tag!« Sie holt das letzte aus ihm raus: »Woher hat er die Winterbekleidung für die vierte Armee? Wo steht die zweihundertneununddreißigste sibirische Schützendivision?« Und Schlottau breitet über Lindes »Dippily-Du, Dippily-Du, der neue Haarfestiger . . .« die Kringssche Skizze des Umfassungsangriffes aus dem Raum Tula. Seine Elektrikerfinger erklären inmitten Wüstenrot-Reklame den Weg der Kringsschen Angriffsspitzen über Kaschira gegen die Moskwa. Linde lacht, sükkelt an einem Strohhalm und jubelt offensiv hell: »Laß dir mal ne Fanta schmecken, Fanta schmecken, Fanta schmekken . . .« Jetzt wirbt sie für kein herkömmliches Waschmittel: »Reinweichen mit Ariel!« – Jetzt verkündet sie: »Nicht über die Linie Tula-Moskau laß ich ihn kommen!« – Jetzt zeigt sie die Eisenbahnstrekke auf der Skizze und rät: »Probieren Sie mal Medicus-Schuhe und Sie werden selber sagen: Nur Medicus!« – Jetzt fotografiert sie mit ihrer Leica (als wollte sie auch für Leica werben) das Kringssche Geheimpapier: »Und ich habe geglaubt, Sie wollen mit meinem Vater abrechnen.« Schlottau grinst und macht Vorschläge: »Ich glaub, ich kann wieder . . .« Aber Linde ist im Besitz der notwendigen Informationen. Sie wischt Schlottau von der Mattscheibe – »Margarine – wertvoll wie das tägliche Brot!« – schiebt die Tiefkühltruhe ins Bild und legt sich zwischen Spinat, Hühnchen und Milch in Frischhaltebeuteln.

Wie sie sich konservierte. Wie sie sich treu und frisch blieb. Und wie sie Werbung für Tiefgekühltes, also für sich betrieb: ». . . zwar immer noch teuer, zum Beispiel Frischgemüse, doch wenn man bedenkt, daß bei küchenfertigem Fleisch weder Verschnitt noch Knochen anfallen, und

auch die lästige Putzarbeit – man denke nur an das Rotkohlbereiten – weitgehend wegfällt, dann sind selbst unsere Fertiggerichte, die unsere Tiefkühltruhe unter Reif und Rauch für die Hausfrau bereithält, relativ billig; auch sollten Sie nicht versäumen – und sei es nur für paar Stündchen – unser Frischhaltegerät persönlich aufzusuchen und als Jungbrunnen zu benutzen . . .«
Sportlich wippte sie sich aus der Truhe und begann, die tiefgekühlten Produkte auszupacken: »Hier zeige ich Ihnen, zum Beispiel, meinen einstigen Verlobten. Ich habe ihn ganz zu unterst, verdeckt von Hackfleisch, Schnittbohnen und Rotbarschfilet, gelagert. Noch sieht er ein wenig vereist und bejahrt aus, aber wenn wir ihn auftauen lassen, werden Sie rasch bemerken, wie gut sich der Vierziger gehalten hat. Bald wird er plappern: Jahreszahlen und Friedensschlüsse, Stilmerkmale und Grundsätzliches. Denn seine Gottesgabe, Stegreifvorträge über historische Wendemarken und über die Kunst an sich, über das Pädagogische und über das Absolute, über Archimboldi und Marxengels, auch über Traßzement und Fliehkraftentstauber zu halten, ist ihm, wie sein lausiger Charme und seine leicht verlogene Wahrheitsliebe, geblieben. Nur der Zustand seiner Zähne sollte auch ihn bedenklich stimmen. Sein sogenannter Vorbiß hat sich über all die Jahre konserviert. Er muß zum Zahnarzt gehen und einen Eingriff erdulden. Auch seine Schüler – denn er ist Studienrat, ein typischer Studienrat – sind meiner Meinung und haben gegen ihn gestimmt. Jezt muß er stillhalten und durch die Nase atmen. Wenn er nur nicht so feige und wehleidig wäre . . .«

Mein Zahnarzt stellte seinen ruhig atmenden Brustkasten vor den Bildschirm, sagte: »Nun wollen wir mal . . .« und griff mit beiden Händen in meine Maulsperre. (Warum hatte er mich nicht festgeschnallt?) Jetzt mußte mich seine Hilfe in das Rittergestühl drücken: Komm Junge, komm! (Nichts mehr von Automatik und Warmwasserspray; handgreifliches Mittelalter machte aus Arzt und Patient ein kräftemessendes Paar.) Weil ohne Schmerz, begann ich mir Schmerzen auszudenken: Eine Steißlagengeburt durch das Maul, einen gipsernen Embryo wollen sie fördern. Mein Siebenmonatsgeheimnis soll, herausgebrochen, ans Licht. (Ist ja gut, Dokter!) Ich gestehe und sage alles: Während Linde sich mit diesem Schlottau, habe ich mich lustlos mit ihren Freundinnen, zuerst mit Inge, nein, mit Hilde und dann erst mit Inge auf wechselnde Unterlagen gelegt; aber das half nicht, denn als ich zu Linde »Wiedumirsoichdir« sagte, verstand sie mich völlig: »Ich bin froh, daß du endlich Zerstreuung gefunden hast und dich zwischen Vater und mir heraushalten willst. Das geht dich nichts an. Das ist intern. Du hast sowieso keine Ahnung, wenn er vom Terek spricht, wo der Terek fließt, den er, aus dem Brückenkopf Mosdok heraus, hinter sich lassen will, um über die alten grusinischen Heerstraßen Tiflis und

Baku zu nehmen. Öl will er. Das kaukasische Öl. Halt du dich da raus. Oder besser: Hau ab. Ich mein es gut mit dir. Brauchst du Geld?«
Da klebte mir seine Hilfe den Handteller an die Stirn: keine Höllengeburt, nur der rekonstruierbare Abdruck meiner unteren abgeschliffenen und nicht abgeschliffenen Zähne lag auf der Glasfläche des Instrumententischchens und stellte sich geistreich, weil voller Widersprüche.

»Sagen Sie, Dokter, was halten Sie eigentlich vom Räte-System?«
»Was uns fehlt, ist eine weltweite und sozial integrierende Krankenfürsorge. – Bitte das Spülen nicht vergessen.«
»Aber in welchem System soll Ihre internationale Krankenfürsorge . . .«
»Sie soll anstelle aller bisherigen Systeme . . .«
»Aber ist Ihre Krankenfürsorge, die ich im Verhältnis zu meinem Entwurf einer weltweiten pädagogischen Provinz sehe, nicht auch ein System?«
»Die globale Krankenfürsorge ist, abseits jeder Ideologie, Basis und Überbau unserer menschlichen Gesellschaft.«
»Aber meine pädagogische Provinz, in der es nur Lernende und keine Lehrenden mehr gibt . . .«
»Auch sie ordnet sich zwanglos der neuen Therapie ein . . .«
»Aber eine Krankenfürsorge ist nur für kranke Menschen . . .«
»Bitte, zwischendurch spülen. – Alle sind krank, waren krank, werden krank, sterben.«
»Aber wofür das alles, wenn kein System den Menschen erzieht, über sich hinaus zu wachsen?«
»Wofür Systeme, die den Menschen hindern, zu seiner Krankheit zu finden, weil jedes System Gesundheit als Maß und Ziel setzt.«
»Aber wenn wir die menschlichen Fehler beseitigen wollen . . .«
»Dann beseitigen wir die Menschen. – Doch nun wollen wir wieder . . .«
»Ich will nicht mehr spülen.«
»Denken Sie an die Zinnkappen.«
»Aber wie wollen wir denn die Welt verändern ohne System?«
»Schaffen wir die Systeme ab, dann ist sie verändert.«
»Wer soll sie abschaffen?«
»Die Kranken. Damit endlich Platz wird für die große allesumfassende Weltkrankenfürsorge, die uns nicht regiert, sondern versorgt, die uns nicht ändern will, sondern helfen wird, die uns, wie schon Seneca sagt, Muße für unsere Gebrechen schenkt . . .«
»Also die Welt als Krankenhaus . . .«
». . . in dem es keine Gesunden mehr gibt und keinen Zwang zur Gesundheit.«
»Und wo bleibt mein pädagogisches Prinzip?«
»Wie Sie den Unterschied zwischen Lehrenden und Lernenden aufheben

wollen, so werden wir den Unterschied zwischen Arzt und Patient endgültig abbauen – und zwar systematisch.«
»Und zwar systematisch.«
»Doch nun wollen wir wieder die Zinnkappen aufsetzen.«
»Zinnkappen aufsetzen.«
»Ihre Zunge wird sich an die Fremdkörper gewöhnt haben.«
»Gewöhnt haben.«

(Ein pelziger Kloß. Seine Krankenfürsorge soll mir einen Apfel servieren.) Doch selbst zartes salbeigenährtes Lamm wäre meinem scheintoten Gaumen Gummi gewesen. Nicht mal Gips schmeckte ich, der ich alles vorschmecke schmecke nachschmecke. (»Ach, Dokter! Einen krachenden Boskop vernichten, zubeißen, jung sein, neugierig und mit lärmendem Gaumen . . .«)

Anstelle sah ich einen Fernsehkoch Kalbsnieren flambieren. Anzügliches Rezeptgeplauder – »Wer wird denn Angst vor Innereien haben?« – mischte sich mit Erläuterungen über die Schutzfunktion meiner Zinnkappen: »Und nicht vergessen. Weder Kaltes noch Heißes. Und auf keinen Fall Obst, weil die Obstsäure . . .«
Meinem abwesenden Gaumen gegenüber schnitt der Fernsehkoch die Kalbsniere an. Häppchenweise probierte er; und hätte nicht mein Zahnarzt die Behandlung beendet und durch Tastendruck den Koch eliminiert, wäre mir Kalbsniere für alle Zeit widerlich geworden. – Doppelt erlöst, versuchte ich ein Schlußwort: »Jedenfalls begann Krings Schlacht um Schlacht im Sandkasten zu schlagen. Seine Tochter wurde ihm zum natürlichen Gegner . . .«

Dann gab ich es auf (vorläufig) und rettete mich in das Recht auf Schmerzen, das jedem Patienten zusteht: »Es zieht, Dokter. Jedenfalls spüre ich etwas . . .«
Mein Zahnarzt (der noch immer mein Freund ist) spendete Arantil: »Damit Sie versorgt sind, mein Lieber. – Doch bevor ich Sie laufen lasse, wollen wir rasch, mit Hilfe des Zahnfarbringes, die Porzellanfarbe für unsere Degudentbrücken abnehmen. Ich glaube, dieses gelbliche, ins warme Grau spielende Weiß wäre angemessen – oder?«
Da seine Hilfe (die mich kennen mußte) die Farbwahl durch Kopfnicken bestätigte, gab ich mich zufrieden: »Schön, nehmen wir das.«
Mein Zahnarzt verabschiedete mich mit den (fürsorglichen) Worten: »Und draußen gut den Mund schließen.«
Ich verbeugte mich vor der Wirklichkeit: »Ach ja. Es schneit ja noch immer.«

Ein Helles, Ober, ein Helles! – und einen Gedanken, nicht wasserlöslich, einen, dem Blaulicht Vorfahrt schafft, einen kopfneuen, der den verzahnten Mief grundsätzlich teilt, damit wir alle – Ober, mein Helles! – alle die Rückwärtsschieler und Bodensatzschwenker über die Rollbahn, durch das gestapelte, links rechts gestapelte Rote Meer – Ober, mein Helles! – heimkehren dürfen . . .

»Denn was, Dokter, und wieviel können wir aus der Geschichte lernen? Gut, zugegeben: Ich war unfolgsam, hielt mich nicht an vermittelte Erfahrungen, habe, weil es draußen schneite, und weil ich Spuren im Schnee machte, noch auf dem Heimweg ein kaltes Bier getrunken und mußte mit lauem Wasser zwei weitere Arantil . . . Nichts können wir lernen. Es gibt keinen Fortschritt, allenfalls Spuren im Schnee . . .«

Mein Zahnarzt blieb auch zwischen meinen vier Wänden anwesend. Er reihte Erfolge der Zahnmedizin, Perlen, zum Kettchen. Meinen spöttischen Zwischenruf – »Wann kam die erste Zahnpaste auf den Markt? Vor oder nach der Bürste?« – nahm er mit kritischen Einwänden gegen Chlorophyll auf: »Gut, es erfrischt. Aber gegen die Karies?«

Als er mir die Entwicklung von der langsamtourigen Bohrmaschine bis zur hochtourigen Airmatik schilderte – »Und demnächst wird Siemens mit fünfhunderttausend Umdrehungen auf der Dental-Messe erscheinen. Dagegen ist mein Ritter ein träges Fossil« – als er Ultraschallbehandlung und den endlichen Sieg über die Karies in Aussicht stellte, räumte ich ein: »Bei Ihnen mag es voran gehen, aber die Geschichte – so absolut folgerichtig sie ihre Waffensysteme weiterentwickelt hat – kann uns keine Lehre vermitteln. Absurd wie Totozahlen. Beschleunigter Stillstand. Überall unbeglichene Rechnungen, frisierte Niederlagen und kindische Versuche, verlorene Schlachten im Nachherein zu gewinnen. Wenn ich, zum Beispiel, an den ehemaligen Generalfeldmarschall Krings denke, und wie zäh seine Tochter . . .«

Auch hinterm Schreibtisch und umgeben von privatem Kleinkram – Fetische, die mich schützen sollten – klatschte er mir, sobald ich »Linde« sagte, mehrere Löffel rosa Modellgips ins Maul. (Und selbst jetzt bittet er mich, nicht zu schlucken und immer noch durch die Nase zu atmen, solange der Gips in meinem Mundmilieu anzieht . . .)

Da fließt sowas Gleichmäßiges: Vater Rhein. Schiffe trägt er im Gegenverkehr. Und wir beide in windfangenden Übergangsmänteln hin und her auf der Rheinpromenade. (Wieder mal richtig aussprechen unter den kurzgeschnittenen Platanen, auf der Bastion zwischen Maria-Hilf-Täfelchen.)

»Was hast du gesagt? Sag das nochmal. Das möchte ich deutlich noch einmal hören.«

Zwei Profile, deren Unterbau eine Bank gefunden hat. (Sitzend ausspre-

chen.) Starr die Köpfe. Und nur die Haare täuschen Bewegung vor. Dazu Frachtschiffe, die von links nach rechts und von rechts nach links durch das Bild fahren.
»Hab dich nicht so. Wenn du das hören willst: Du bist besser. Zufrieden? Na also.«
Jetzt zählen sie Schiffe. Vier kommen von Holland bergauf. Drei haben durchs Binger Loch gefunden und fließen bergab. Zumindest das stimmt. Und die Jahreszeit: März. Braungrau tropft alle Lieblichkeit. (Gegenüber immer noch Leutesdorf.)
»Was meinen Sie, Dokter, soll ich mit meiner 12 a eine Schulreise nach Bonn planen: Bundestag. Gespräche mit lebenden Politikern. Und dann weiter nach Andernach . . .«
(Jetzt schweigen die beiden bergauf bergab.)

Der Gegenverkehr war stärker als meine Einwände: langgezogene Beharrlichkeit mit flatternder Wäsche am Heck und langsam erhärtender Gips über abgeschliffenen Zahnstümpfen, in denen die Nerven schwiegen. Was ich eigentlich hatte sagen wollen – Schlottau wollte mit Krings abrechnen, weil Krings ihn in Kurland vom Feldwebel zum Schützen degradiert hatte – das floß mit den Frachtkähnen aus dem Bild. Ich habe mich immer leicht ablenken lassen. (Beliebige Einblendungen: Irmgard Seifert füttert Zierfische.) Lange bevor es eine Verlobte gab . . . (Schwierigkeiten bei der Lehrmittelbeschaffung.) Bevor ich zu Dyckerhoff-Lengerich ging . . . (Zwischenrufe meiner Schülerin Veronika Lewand: »Das ist Subjektivismus!«) Als Student in Aachen verdiente ich mir meinen Unterhalt, indem ich Lebensmittelkarten treppauf treppab trug. Mein Revier war die Venloer Straße . . .

Es war einmal ein Student, der trug, gegen Gebühr, Lebensmittelkarten aus. Da schluckte ihn ein neunparteiiges Mietshaus, das zwischen Baulücken stehen geblieben war. Links klammerte der Student der Technischen Hochschule seine Wachstuchmappe mit den Brot-, Fleisch-, Fett- und Nährmittelmarken, mit der Liste zum Gegenzeichnen und einigen Büchern über Statik; rechts gehorchte die Klingel dem Daumen.
»Kommen Sie doch bißchen rein.«
Bei einer Witwe verlor der Student im ersten Semester einen Teil seiner Scheu und die Gewohnheit, rasch abschweifen zu wollen. Aus dieser Zeit blieb immerhin – denn ab und zu bekam er den Blick frei – das Bild eines unbesorgt lächelnden Oberfeldwebels auf dem Nachttischchen im Stellrahmen neben dem Krimskrams.
Die Witwe hieß, nein, Löwith nicht, das war die Partei gegenüber, die, als der rechte Daumen des Studenten den Klingelknopf traf, »Kommen Sie nur rein, junger Mann« sagte, »meine Schwester ist wegen Bezugscheine aufs Wirtschaftsamt, aber ich kann wohl auch.« Bald – und von

Woche zu Woche besser – lernte es der Student, die Lockenwickler aus ihrem Haar, das war ziemlich rot, zu fummeln.
Nein, rotblond war links in der ersten Etage das Haustöchterchen, dem der Student beim Schularbeitenmachen helfen mußte, bis es glücklich versetzt wurde. Gegenüber das Töchterchen blieb sitzen, weil ihm der Student nicht helfen durfte. Er mußte sich mit der Mutter auseinandersetzen, bis sich der Sohn einmischte und sein »Warte mal, wenn Vater aus der Gefangenschaft kommt . . .« zur Diskussion stellte.
Aber ich liebte schon als Student Streitgespräche, zumal Frau Podzum immer Bohnenkaffee hatte und auch andere Sächelchen, wie richtiges Schweineschmalz mit Grieben und Äpfeln drin, wovon der Student, ohne daß die Podzumsche etwas bemerkte – oder übersah sie es klug? – ein gutes Kilo nach und nach in die zweite Etage des Mietshauses getragen hat.
Dort bekam eine Studentin in Untermiete, die Schweineschmalz nicht vertragen konnte, Pickel von dieser Mitgift. Sie war auch sonst verklemmt, schämte sich wegen nichts und führte ein Tagebuch, das der Student ungeniert las und solange »Zum Brüllen komisch« fand, bis die Studentin weinte.
Da war Heide Schmittchen, rechts gegenüber, ganz anders. Sie besaß eine Schreibmaschine, auf der sie den Studenten tippen ließ, sooft er wollte. Nur wenige Jahre älter als er, hatte sie schon was Mütterliches, vielleicht weil sie kinderlos war und ihr Mann (den ich heute noch, wenn ich mich eintreten sehe, gerade weggehen sehe) an all diesen Sachen desinteressiert war.
In der dritten Etage jedoch – das hörte man schon in der zweiten – ging es kinderreich zu und roch es nach Rosenkohl. Dort sagten zwei unterschiedlich verbrauchte Frauen in verschieden gemusterten Morgenröcken: »Kommen Sie ruhig rein, junger Mann.« Und der Student lernte und lernte: jasagen, neinsagen, hinhalten, wegsehen, wasanderesdenken. Die Zeit verging unter einer Hängeuhr und neben einer Standuhr, die beide den Krieg überlebt hatten. Wo gab es die besseren Bratkartoffeln? Wo hielt man sich einen Wellensittich? (Ich behaupte, links, bei der Standuhr; denn rechts kommt mir außer der Hängeuhr nur das strenge Brillengesicht einer Mittvierzigerin auf die Mattscheibe.) Der Student muß bei Frau Szymanski längere Zeit verschwendet haben, denn erstens war der Wellensittich anfangs gesund (jetzt sehe ich ihn krank, er hockt trüb und geplustert auf seiner Stange) und als er nach langer Pflegezeit wieder munter und schöngefiedert seinen Bauer bewohnte, wollte Frau Szymanski zweitens, daß der Student bei ihr wohnen bliebe; aber er mußte noch links unterm Dach Lebensmittelkarten abgeben. Bei wem? Wie roch es da? Und die Tapeten?

(»Sie werden zugeben, Dokter, es boten sich mir Gelegenheiten, die sich auswerten ließen.«) Tonlos geht auf der Mattscheibe die Tür auf. Eine Hand mit drei überladenen Ringen winkt den Studenten müde ins Loch. Wie geschickt er zu zögern gelernt hat. Er riecht an der Hand. Den kleinsten Ring zieht er ab: seine Gebühr. Die Hand darf in seinen Nacken kriechen. Jetzt darf sie Spaß an seinen gelockten, immer ein wenig verfilzten Haaren haben. Jetzt knöpft sie ihn auf. Jetzt gießt sie was ein. Jetzt zerfetzt sie Papier. Jetzt ohrfeigt sie den Studenten mit den zwei restlichen Ringen. Jetzt masturbiert sie mit einem Ring. Und den zweiten Ring zieht er ab: seine Gebühr. Jetzt gießt sie wieder was ein. Jetzt kommt der Schlaf. Und eine Zeit vergeht. Jetzt gießt sie Kaffeewasser auf. Jetzt weint sie vor dem Spiegel und hat ein zersprungenes Gesicht. Wieder geht Zeit. Jetzt dreht sie am Radio. Jetzt legt sie den letzten Ring hin, unterschreibt jetzt (und ich hake ab: Nährmittel-, Brot-, Fleisch- und Fettmarken.) Jetzt macht sie die Tür auf, drückt den Studenten raus: er ist erwachsen und kennt die Unterschiede und Übergänge. Er weiß alles vorher und schmeckt die Mühsal danach. Er kann vergleichen und ist nicht mehr neu. Jemand hat ausgelernt. Vom Dachboden über Etagen treppab verläßt der Student das Mietshaus. (Ich zählte noch einmal nach, denn schon begann ich Eigentümliches, zum Beispiel Gardinenmuster und schadhafte Putzstellen zu vergessen.)

»Kein Student mehr, nein, Dokter, der fertige Maschinenbauingenieur Eberhard Starusch ist erstaunt, wie viele Neubauten in der soeben noch halbausgebombten Venloer Straße gewachsen sind. Auch beiderseits seines Mietshauses hat man die Lücken geschlossen (oder wie Sie sagen: überbrückt). In den Schaufenstern stoßen sich Warenangebote kurz vorm Schlußverkauf. Es wird konsumiert. (Und auch meine Wachstuchtasche, die ich, als dieses Märchen begann, links voller Lebensmittelkarten getragen hatte, ist nun, da Sie mir den Gips nochmal und immer wieder aus dem Gesicht brechen wollen, aus neuem Schweinsleder und geschwollen von meiner für gut befundenen Examensarbeit über die Entstaubung von Zementwerken; denn während ich ein neunparteiiges Mietshaus mit Lebensmittelkarten versorgte und sich der Gips Zeit nahm, abzubinden, war ich fleißig, bestand ich alle Prüfungen, wurde ich zum Mann, auch wenn später meine Verlobte gesagt hat: Kurze Hosen trägst du, immer noch.)«

»Was meinen Sie, wäre das nicht ein Aufsatzthema?« Mein Schüler Scherbaum möge sich vorstellen, er ist im Jahre siebenundvierzig Student und muß in einem Neuköllner Mietshaus Lebensmittelkarten austragen.
(Als ich mein Mietshaus im Jahre einundfünfzig verließ, begann für Scherbaum das Milchzahnalter.) Oder ich nehme noch zwei Arantil – es war leichtsinnig, ein kaltes Bier zu trinken – und rufe Irmgard Seifert

an; aber bevor ich mit ihr alte Briefe durchkaue, verdrücke ich mich nach Kretz, Plaidt und Kruft, durchwandre ich mit Linde das Nettetal, besteige ich mit ihr (noch verliebt) den Korrelsberg, krebse ich weiter (denn immer war etwas davor) und halte mein Traß-Referat auf der Zementertagung in Düsseldorf, fang ich noch einmal bei Dyckerhoff-Lengerich an, überspringe ich Aachen (das Mietshaus) bin ich, solange Arantil hilft (und Irmgard Seifert nicht anruft und wehklagt) fleißig im Krebsgang: Als ich achtzehn war, war ich in einem chlorgepuderten amerikanischen Lager, nahe Bad Aibling im Allgäu, ein kurzgeschorener Kriegsgefangener, der bei neunhundertfünfzig Kalorien pro Tag und mit vollständigem Gebiß (Ach, Dokter, hatte ich Zähne!) alle Angst vor dem Minenräumen ohne Feuerschutz hinter sich hatte und fleißig Lehrgänge besuchte.
Denn wir Deutschen verstehen es, selbst das eintönigste Lagerleben nutzbringend zu organisieren. (Sogar mir sagen Kollegen nach, ich sei ein Spezialist im Entwerfen von reibungslos funktionierenden Stundenplänen.)

Die Kriegsgefangenen rückten zusammen, damit eine Unterrichtsbaracke Platz und Gelegenheit bot, den vulgären Hunger durch Bildungshunger zu verdrängen: Sprachkurse für Anfänger und Fortgeschrittene. Die doppelte Buchführung. Deutsche Dome. Mit Sven Hedin durch Tibet. Der späte Rilke – der frühe Schiller. Kleine Anatomie. (Auch Sie hätten im Lager Bad Aibling mehr Zuhörer für Ihren Karies-Vortrag gefunden als zur Zeit auf der Volkshochschule Tempelhof.) Gleichzeitig entstand die Hilf-dir-selbst-Bewegung. Wie können wir aus Konservendosen, wenn schon nicht Panzerfäuste, dann doch Staubsauger herstellen? Die ersten Mobiles (aus amerikanischem Weißblech geschnitten) bewegten sich in der Warmluft über unseren Kanonenöfen. Zahlmeister hielten Vorlesungen zur Einführung in die Philosophie. (Sie haben recht, Dokter, besonders in der Gefangenschaft vermag Seneca Trost zu spenden.) Und jeden Mittwoch und Sonnabend gab uns ein ehemaliger Hotelkoch – den jetzt jedermann als Fernsehkoch schätzt – einen Kochkurs für Anfänger.
Brühsam gab vor, bei Sacher in Wien gelernt zu haben. Brühsam stammte aus Siebenbürgen. Seine Lehrsätze begannen: »In meiner Heimat, dem schönen Siebenbürgerland, nimmt die kochfreudige Hausfrau . . .«
Da Mangel den Lehrplan bestimmte, lehrte Brühsam das Kochen mit Zutaten aus der Luft gegriffen. Er imaginierte Rinderbrust Kalbsnieren Schweinebraten. Wort und Geste ließen die Lammkeule saftig bleiben. Sein Fasan auf Weinkraut und sein Karpfen in Biersoße: Spiegelungen von Spiegelbildern. (Ich lernte, mir vorzustellen.)
Während wir großäugig vergeistigt, dank Unterernährung markant, in

der Unterrichtsbaracke auf Schemelchen hockten und Brühsam lauschten, füllten sich unsere Oktavhefte – eine amerikanische Spende – mit Rezepten, die uns zehn Jahre später verfetten ließen.
»In meiner Heimat«, sagte Brühsam, »im schönen Siebenbürgerland, unterscheidet die kochfreudige Hausfrau beim Einkauf streng zwischen Mastgänsen und Laufgänsen.«
Es folgte ein lehrreiches Abschweifen über die natürliche Freiheit der zwar leichteren, aber fleischigen polnischen und ungarischen Laufgans und über das üble Los genudelter Gänse in Pommern: »Im schönen Siebenbürgerland, was meine Heimat war, wählte die kochfreudige Hausfrau die Laufgans.«
Dann machte Brühsam vor, wie die Gans mit dem Daumen- und Ringfingergriff zuerst an der Brust, dann am Bürzel geprüft werden muß. »Es müssen die Drüsen bei allem Fett, das sie einbettet, noch fühlbar sein.«
(Sie werden verstehen, daß mir der Dreifingergriff Ihrer Sprechstundenhilfe, der mir bei Anwendung Maulsperre befiehlt, Brühsams Bürzelprüfgriff in Erinnerung ruft; oder spiegelverkehrt: während ich, von Brühsam belehrt, die Drüsen einer imaginären Gans finde, sperren mich die Griffel Ihrer Hilfe.)
»Zu Hause angekommen«, sagte Brühsam, »gilt es die Gans auszunehmen, damit sie gefüllt werden kann.«
Und mit unseren Stummeln – drei Mann ein Bleistift, es wurde ja alles geteilt – schrieben wir mit: »Wie immer die kochfreudige Hausfrau füllt, ohne Beifuß, ohne drei Zweige raschelnden, streng duftenden Beifuß darf keine Gans gefüllt genannt werden.«
Uns, die wir glücklich waren, wenn es zwischen den Baracken ein wenig Löwenzahn für ein zusätzliches Süpplein zu rupfen gab, uns, den demütigen Topfkratzern, zählte Brühsam Füllungen auf. Wir lernten und schrieben nieder: »Die Apfelfüllung. Die Maronenfüllung . . .«
Und jemand mit sieben Kilo Untergewicht fragte: »Was sind Maronen?«
(So sollte heute der Fernsehkoch Brühsam im ersten Programm schwelgen:) »Glasierte Maronen. Kandierte Maronen. Maronenpüree. Kein Rotkraut ohne Maronen. Im schönen Siebenbürgerland, was meine Heimat gewesen ist, gab es Maronenverkäufer, die auf Holzkohlenfeuer . . . Wenn im Winter, auf frostigen Marktplätzen die heißen Maronen . . . Maronengeschichten: Als mein Onkel Ignazius Balthasar Brühsam mit seinen Maronen nach Hermannstadt zog, was im Siebenbürgischen liegt und meine Heimat gewesen ist . . . Und deshalb, im November, auf Martin, verlangt, ja, schreit unsere Laufgans nach Maronen, die, honigglasiert mit zimmetgepuderten Apfelkeilchen, dem raschelnden Beifuß – denn keine Gans ohne Beifuß! – und dem rosinengefüllten Gänseherz unsere Laufgans, die ungarische wie die polnische, straff füllen und dem Brustfleisch das geben, was Ober- und Unterhitze der

köstlichen Gänsehaut, bei aller knusprigen Bräune, nicht zu geben vermögen: den Stich sanfter Maronensüße . . .«
(Ach, Dokter, hätten wir doch Ihren Speichelabsauger in jener hohlwangigen Zeit gehabt!) Brühsam gab uns nicht aus dem Griff, er spannte die Folter: »Und nun zur Mastfüllung. Die kochfreudige Hausfrau in meiner Heimat nimmt dreihundertfünfzig Gramm Schweinemett, wiegt zwei Zwiebeln, drei Äpfel, die Innereien der Gans – bis auf die köstliche Leber – blättert Beifuß darüber – mengt drei vorher in warmer Milch geweichte Butterwecken dazwischen, reibt Zitronenschale und eine mittlere Knoblauchzehe dazu, schlägt darüber zwei Eier auf, bindet, damit die gutgewalkte und nur milde gesalzene Füllung schnittfest wird, mit drei gestrichenen Eßlöffeln Weizenmehl ab und füllt die Gans, füllt die Gans . . .«
(So begann die Umerziehung einer verführten Jugend.) Wir kamen aus dem Lernen nicht heraus. Aus Trümmern und Not erhoben sich unterernährte Pädagogen und verkündeten: »Wir müssen wieder zu leben lernen, richtig zu leben lernen. Zum Beispiel füllt man Gänse nicht mit Orangen. Uns bleibt die Wahl zwischen der klassischen Apfel-, der südlichen Maronen- und der sogenannten Mastfüllung. Aber in Notzeiten, wenn der Auftrieb an Gänsen zwar groß, an Schweinen jedoch gering ist, und die fremdländische Marone dem inländischen Markt fernbleibt, kann eine Kartoffelfüllung« – so sprach der einstige Hotel-, später Fernsehkoch Albert Brühsam – ». . . die Apfel-, Maronen- und Schweinemetmastfüllung durchaus ersetzen, zumal die Kartoffel, wenn ihr geriebene Muskatnuß den Geschmack adelt und Beifuß – keine Gans ohne Beifuß! – den Segen gibt, zur füllenden Köstlichkeit wird.«

Als meine Verlobte und ich im Herbst fünfundfünfzig – es war unsere letzte gemeinsame Reise – nach Posen zur Herbstmesse fuhren, wo ich Gelegenheit nahm, einigen polnischen Ingenieuren der zementproduzierenden Industrie von der Rentabilität der Fliehkraftentstauber zu berichten, machten wir nach der Messe einen Abstecher nach Ramkau, im Kreis Karthaus, südwestlich Danzig, um meine Tante Hedwig zu besuchen, die mir nach ausschweifenden Gesprächen über die Landwirtschaft im Kaschubischen, und nachdem es zu einer richtigen kleinen Familienfeier gekommen war, ähnliches über die Vorzüge der Kartoffelfüllung polnischer Laufgänse erzählte wie zehn Jahre zuvor Brühsam; nur wußte meine Tante wenig von Muskat, sie schmeckte mit Kümmel ab.

Meine Verlobte scheute die strapaziöse und gegen bürokratische Widerstände zu organisierende Reise, aber mein Hinweis: »Wenn ich mich deiner immerhin anstrengenden Familie anpasse, kannst auch du das bißchen guten Willen aufbringen . . .«, nötigte ihr ein mürrisches Einverständnis ab: wir besuchten die einfachen und ländlich-gastfreund-

lichen Leute. (Und da es sich um meine letzten noch lebenden Verwandten handelte, trat ich die Reise nicht ohne Rührung an: auch Neufahrwasser, den Danziger Hafenvorort, suchten wir auf; Sie erinnern sich, Dokter, dort, in der immer noch trüben Hafenbrühe, dem Holm gegenüber, versenkte ich einst einen Milchzahn.)
»Nai Jonkchen, best abä groß jeworden!« begrüßte mich meine Tante, die eigentlich meine Großtante, die Schwester meiner Großmutter mütterlicherseits ist, eine geborene Kurbjuhn, die den verstorbenen Kleinbauer Rippka heiratete, während ihre Schwester, meine Großmutter, in die Stadt hinein aufstieg und einen Sägewerkvorarbeiter namens Behnke ehelichte, denn meine Mutter wuchs schon städtisch auf und nahm sich einen Starusch, dessen Familie seit drei Generationen stadtansässig war, aber doch, wie die Kurbjuhns, aus dem Kaschubischen stammte: zu Beginn des neunzehnten Jahrhunderts wohnten die Storosz noch nahe Dirschau.
»Nu sach mal, was machst von Beruf?« fragte meine Großtante und rückte sich meine Verlobte ins Blickfeld. »Em Zemänt stäckste. Warom hast ons dänn kainen nich mitjebracht, wo wiä bräuchten neetich?« (Gegen lächerliche Widerstände, nicht nur auf polnischer, auch auf westdeutscher Seite, gelang es mir, gleich nach unserer Rückkehr zehn Sack Zement nach Ramkau zu schicken. Das war Lindes Idee.)
Meine Verlobte versprach Tante Hedwig den notwendigen Zement für den Wiederaufbau der immer noch zerschossenen Scheune, aber meine Tante ließ sich den Jammer nicht nehmen: »Waas wiä haben, is beßchen Roggen, aine Kuh, ain Kalbchen, saure Äppel wenn mechst, Bulwen natierlich, Hiehnerchen ond paar Laufgänse . . .«
Die gab es aber nicht. Gammelige Hühner aus Weckgläsern kamen auf den Tisch; konservierte fand Großtante Hedwig vornehmer als frischgeschlachtete, die man gehört hätte, kurz vorm Zuhacken hinterm Geräteschuppen. Vielleicht wollte Tante Rücksicht nehmen auf meine Verlobte, denn später, im Gemüsegarten zwischen dem Grünkohl, sagte sie: »Daas is abä faine Dame, die diä anjelacht häst.«
Natürlich wurde viel fotografiert. Besonders die Kinder von Onkel Josef, einem Cousin meiner Mutter, mußten immer wieder vor der zerschossenen Scheune stehen, weil Linde das so wollte. Und gegen Abend fuhren wir mit dem Bus nach Karthaus, Tantes Bruder, den Großonkel Clemens, der ein Bruder meiner verstorbenen Großmutter mütterlicherseits ist, und sein Lenchen besuchen, eine geborene Storosz: doppelt verwandt. War das ein Wiedersehen! »Nai Jonkchen! Ond waas fiern Jammer, daas dain armes Muttchen hädd so umkommen jemißt. Jans varrickt isse jewesen wejen daine Melchzähne, wo se jesammelt hädd. Alles draufjejangen. Miä is och nuscht jeblieben außerm Akkordjon unnem Klavier, wo Alfuns, waas onserm Jan sain Jingster ist, drauf schpielt. Mechten wiä heeren nachheer . . .«

Vor der Hausmusik gab es noch einmal Einweck-Hühner, dazu Kartoffelschnaps, den man, weil meine Verlobte so fein war, mit Pfefferminz widerlich gemacht hatte. (Dabei sind die Kaschuben ein altes Kulturvolk, älter als die Polen, den Sorben verwandt. Das Kaschubische, eine altslawische Sprache, droht langsam auszusterben. Tante Hedwig und Onkel Clemens mit seinem Lenchen sprachen es noch, während Alfons, ein phlegmatischer Endzwanziger, weder die alte Sprache noch die kaschubische Sprechweise des westpreußischen Dialektes beherrschte und nur maulfaul polnische Einwürfe wagte. Trotzdem wäre es für Altslawisten lohnenswert, eine immer noch fehlende Grammatik des Kaschubischen zu erarbeiten. Kopernikus – Kubnik oder Kopnik – ist weder deutscher noch polnischer, vielmehr kaschubischer Herkunft gewesen.)

Weil das Essen ein wenig still verlaufen war – Lindes Hochdeutsch hemmte, ich wagte nur unsicher einen Rückfall in die Danziger Vorstadtmundart – sagte mein Großonkel Clemens, von dem ich das aufmunternd Pädagogische über Mutters Seite mitbekommen habe: »Waißt, Jonkchen. Waas nitzt all dem Jammer. Freelich missen wiä sain ond lärnen zu läben. Ond singen missen wiä, daas de Tassen mechten klirren em Schrank.«

Das taten wir als Familie: meine Großtante Hedwig, ihre Tochter Selma – Cousine meiner Mutter – deren lungenkrank hüstelnder, deshalb arbeitsunfähiger Mann namens Siegesmund, Großonkel Clemens mit seinem Lenchen und ihrem Großsohn – mein Halbcousin – Alfons, der ein Abszeß am Gesäß hatte und deshalb nicht ans Klavier wollte – aber er mußte: »Nu los Fongs, ställ diä nech an. Hau inne Tasten« – und verwandtschaftlich wie beinahe angeheiratet in die Mitte genommen: meine Verlobte und ich. Wir sangen, begleitet vom Großonkel mit dem Akkordeon und dem nur halbärschig vorm Klavier hockenden Pianisten Alfons, etwa zwei Stunden lang zumeist das Lied: »Waldeslust, Waldeslust! Oh wie einsam schlägt die Brust . . .« und tranken dabei den vom Pfefferminz übertönten Kartoffelschnaps.

(In jedem Schluck dieses kaschubischen Nationalgetränks stritten mit wechselndem Erfolg die chemische Pfefferminzessenz mit dem fuseligen Geruch und Geschmack einer geöffneten Kartoffelmiete; meinte man eben noch übersüßen Likör zu kosten, schlug der ordinäre Sprit durch, und wollte sich der Gaumen gerade an den Bauernfusel gewöhnen, erinnerte die Essenz daran, was die Chemie alles zu leisten vermag. Doch über allem Streit in Geschmacksfragen lag verbindend versöhnend das Lied von der Waldeslust.)

»Mainst, Jonkchen«, sagte meine Großtante beim Nachgießen, »dä Fiehrer läbt noch?« (Dieser direkte Rückgriff in die Geschichte ist uns, die wir bemüht sind, den historischen Stoff wissenschaftlich kühl zu halten, nicht erlaubt; und meine Schüler werteten neulich, als ich

leichtsinnig Tante Hedwig zitierte, das politische Bewußtsein meiner Großtante als ein mangelhaftes, als hätte ich ihr mit Hegel antworten sollen.) »Gewiß nicht, Tante«, wagte ich zu sagen. Und meine Verlobte, in die sich das Lenchen des Onkel Clemens und der hüstelnde Eisenbahner Siegesmund eingehakt hatten – man schunkelte beim Waldeslustsingen – nickte bestätigend: Linde und ich waren einer Meinung.
»Na, siehst!« schlug meine Großtante auf den Tisch, »da hattä geräd ond geräd – ond waas is nu?« (Dieser Logik vermochte sich selbst Scherbaum nicht zu entziehen: »Einfach Klasse, die Tante . . .«) Und wir, meine Familie und Linde, sangen noch einmal und bis zur Neige: »Waldeslust, Waldeslust! Oh wie einsam schlägt die Brust . . .«
Zum Schluß kam ein richtiger Hausarzt dazu, den meines Muttchens Cousine Selma gerufen hatte, damit er eine Liste mit allen Medikamenten, an denen es meiner Familie mangelte, schön leserlich aufstellte: Goldtropfen für die Tante. Was für die Lunge des Eisenbahners Siegesmund. Etwas gegen die Zittrigkeit von Onkel Clemens. (Dabei zitterte er überhaupt nicht, sobald er Akkordeon spielte.) Und für alle, außer dem Eisenbahner, etwas gegen die Fettleibigkeit.
Der Arzt sagte hinter der hohlen Hand: »Das wollen die Leute nur, weil es sich um Westmedikamente handelt. Nützt aber nichts. Sollen sie weniger fressen und mehr Waldeslust singen. Sie müssen mal im November kommen, wenn es hier mit den Gänsen losgeht . . .«
Meine Großtante nahm den Arzt beim Wort: »Ja Jonkchen. Komm mech bald wiedä mit daine faine Välobte. Auf Martin kannst diä befressen hiä, daas nuscht mär mechst sagen. So ain kaschubsches Laufganschen. Hast jesähn heut auf Wiese. Ond waißt noch, wie wiä die fillen?«
Da zählte ich auf, was ich beim vormals Hotelkoch, heute Fernsehkoch Brühsam, im Kriegsgefangenenlager Bad Aibling gelernt hatte: »Es gibt eine Apfelfüllung, die feine Maronenfüllung, es gibt die sogenannte Mastfüllung. Und zu jeder Füllung gehört Beifuß. Keine Gans ohne Beifuß!«
Meine Großtante Hedwig freute sich: »Baifuß is richtich. Abä wiä fillen dem Ganschen mid Kartoffel, wo roh sind ond wiä dem Saft abjießen. Daas mecht diä Schmäckerchen sain, wänn kommst auf Waihnacht mid daine Välobte . . .«

Aber Linde wollte nicht mehr. Die Einweckhühner stießen ihr auf. Pickel, Sodbrennen und Magenkrämpfe bekam sie während der Rückreise. (Schon dachte ich, sie wollte abkratzen, ein mir nicht unvertrauter Gedanke.) Erst in Berlin wurde es besser. War sowieso bald Schluß zwischen uns. Denn im Frühjahr sechsundfünfzig zahlte sie mich aus: »Willst du das Geld in Raten oder auf einen Schlag?«
Ich entschied mich für die volle Summe. Finanziell waren wir quitt. Und

heute gestehe ich freimütig: Die Kunst des Gänsefüllens lernte ich bei Meister Brühsam. In einem neunparteiigen Mietshaus wurde ich zum Mann: wußte alles vorher und schmeckte die Mühsal danach. Letzten Schliff und Lebensart gab mir mein Großonkel Clemens auf den Weg: »Lärnen missen wiä, wiedä freelich zu sain ond zu läben!« Aber erst meine Verlobte finanzierte in mir den Pädagogen.

(Dabei habe ich lange gezögert, Geld anzunehmen, es zum Bruch kommen zu lassen.) Als es zwischen ihr und mir auf dem Mayener Feld, am Rande einer stillgelegten Basaltgrube, zur Aussprache kam, weil Linde mit Schlottau, gleich nach der Rückkehr von unserer Polenreise, wieder die sogenannte Betriebsspionage aufgenommen hatte, sagte ich: »Wenn du nicht Schluß machst mit dem, schlag ich dich tot.«
Linde lachte nicht etwa, sie machte sich Sorgen: »Du solltest so etwas nicht leichtfertig daherplappern, Hardy. Zwar bringt mich das nicht um, aber in deinem Köpfchen könnte sich das Wort totschlagen festsetzen und Geschichten produzieren, die Geschichten produzieren . . .«

»Ach, wie fließen wir über. Ach, wie sind wir umstellt. Ach, wie deckt uns die Fülle . . .«
Im Fernsehen wird aufgeräumt. Bulldozer, zuerst im freien Feld spielend, setzen sich in Bewegung, erfassen Fertigprodukte, Kosmetika, knautschen Sitzgarnituren, Camping-Gerät, stapeln Zweitwagen, Heimkinos und Einbauküchen, entziehen versetztem Persilgemäuer die Basis, stoßen die Kinderbar, dann die Tiefkühltruhe um, daraus fallen – mit und über Gemüse Fleisch Früchte – rasch auftauende Konsumenten: die totgesagte Verlobte, der alte Krings in Montur, unlustig Lindes Tante, Schlottau, die Hand am Geschlecht, auch meine Schüler Kollegen Verwandten krabbeln mit vier fünf neun Frauen über Artikel und Zusatzgeräte (dazwischen polnische Laufgänse) rollen und werden gerollt . . . Leer tobt die Wäscheschleuder. Rhythmisch klatschen die Schüler.
Und diesen Anhang und Überfluß schieben die Bulldozer aus der Entfernung über das Mittelfeld nah an den Bildschirm; sie sprengen die Wölbung, lassen es in den Raum kippen, bis die Praxis des Zahnarztes voll ist und ich über gestauchtes Gerümpel, durch eine enggestellte Gesellschaft, die mit mir sprechen will – »Was gibt es denn, Scherbaum?« – drängen und flüchten muß – wohin? – auf die rasch und kraft Glauben geheilte Mattscheibe: dort wartet mein Zahnarzt mit seiner Hilfe und bittet mich, Platz zu nehmen; heute sollen mir zwei Degudentbrücken eingesetzt werden, ein akustisch erträglicher Vorgang, der nur durch Spülgeräusche unterbrochen wird, während der nachträglich leicht redigierte Dialog zwischen Arzt und Patient jetzt schon in platonisch bemessenen Sprechblasen aufzusteigen beginnt: wenn der Arzt rät, Maß

zu halten und der beständigen Entwicklung zu vertrauen, fordert der Patient (ein Studienrat, den die Sprechchöre seiner Schüler vorwärts zu drängen versuchen) radikale Veränderungen und revolutionäres Verhalten.
Zum Beispiel will er mit Bulldozern den gesamten Ramsch mit seinem Zubehör und seinen Ersatzteilen, mit allen Zweitanfertigungen und Zahlungserleichterungen – »Auf Stottern! Auf Stottern!« – mit seinem Chrom und Werbeetat wegräumen und aus dem Blick der Konsumenten schaffen, damit sich (wie seine Schülerin Vero Lewand mit Kreide auf die Schultafel geschrieben hat) die Basis verändern läßt und Platz entsteht für ein befriedetes Dasein.
Aber der Zahnarzt ist ähnlich belesen: allen Mißbrauch der Macht führt er auf Hegel zurück, den er umständlich und mit Hinweisen auf den friedlich evolutionären Fortschritt der Zahnmedizin widerlegt. »Zu viele einander aufhebende Heilslehren und zuwenig praktischer Nutzen ...« sagt er und rät, an Stelle aller staatlichen Administration seine weltweite Krankenfürsorge zu setzen.
Da entdeckt der Studienrat eine gemeinsame Basis: »Im Grunde sind wir ja einer Meinung, zumal wir uns beide dem Humanismus, der Humanitas verpflichtet fühlen ...«
Doch der Zahnarzt verlangt, daß sich der Patient von seinen Aufrufen distanziert: »Allenfalls will ich dulden, daß Chlorophyll-Zahnpasten, die fälschlich vorgeben, ein wirksames Kariesschutzmittel zu sein, radikal abgeschafft werden.«
Der Studienrat zögert, schluckt, will nicht widerrufen. (Meine 12 a schaute mir feixend zu.) Wahllos zitiert er Marxengels und sogar den alten Seneca, der, was die Verdammung des Überflusses betreffe, einer Meinung sei mit Marcuse ... (Ich scheute mich nicht, dem späten Nietzsche das Wort zu geben: »Schließlich wird mit der Umwertung aller Werte ...«)
Aber der Zahnarzt besteht auf Gewaltverzicht und droht, bei ausbleibendem Widerruf, die Anästhesie des Unterkiefers zu unterlassen. Fürsorgeentzug. Das Zeigen der Folterwerkzeuge. Die dentale Bedrohung: »Das heißt, mein Lieber, wenn Sie weiterhin der Gewalt das Wort reden wollen, werde ich Ihnen die Zinnkappen ohne örtliche Betäubung abnehmen, und auch die Brücken, alle beide, werde ich ...«
Da kapituliert der an sich liberale und nur uneigentlich radikale Studienrat (Meine 12 a zischte mich nieder) und bittet seinen Zahnarzt, den Hinweis auf die aufräumenden Bulldozer nicht wörtlich zu nehmen, vielmehr die genannten, an sich nützlichen (ich sagte »lebensbejahenden«) Fahrzeuge als Gleichnis zu werten: »Selbstverständlich will ich keinen Bildersturm und alleszerstörenden Anarchismus ...«
»Sie widerrufen also?«
»Ich widerrufe.«

(Sogleich nach meiner Kapitulation entledigte sich das Praxiszimmer selbsttätig des Konsumgüterramsches und aller überflüssigen Figuren, die die Tiefkühltruhe erbrochen hatte.) Murrend zieht die 12 a ab. Spöttischer Abschied meiner Verlobten: »Und sowas darf unterrichten!« (Auch die polnischen beifußgefüllten Laufgänse räumten die Praxis.) Hübsch viereckig, fünf mal sieben, bei dreidreißig Höhe, ist sie wieder. Alles Zahnarztzubehör steht oder liegt an seinem Platz: der Patient im Rittergestühl darf zwischen dem Arzt und dessen Hilfe die Mattscheibe verlassen, auf der, kaum hat man sie geräumt, sogleich wieder für Konsumgüter, Sitzgarnituren, Wäscheschleudern, Camping-Gerät und auch – zwischen Bausparkassen- und Waschmittelwerbung – für Tiefkühltruhen geworben wird, in denen, verdeckt von Obst Kalbsnieren Fertiggerichten, die ehemalige Verlobte des Studienrates liegt und Sprechblasen steigen läßt: »Du Superfeigling . . .«

Wie nun der Zahnarzt die erste Spritze links unten ansetzen will, das Fernsehbild jedoch auf der Tiefkühltruhe besteht und deren Inhalt provozierend oft wiederholt, versucht der Patient, aus dem Rittergestühl heraus, noch einmal Aufräumungsarbeiten einzuleiten. »Bulldozer . . .«, sagt er, ». . . mehrere tausend Bulldozer sollen den gesamten Ramsch wegräumen, aus dem Blick schaffen.«
Doch das gewalttätige Wort will nicht mehr wirken. Zwar wird die Tiefkühltruhe von telegener Geisterhand aus dem Bild geschoben, aber keine Bulldozer wollen von links und rechts auftreten, den Hintergrund spielerisch beleben, dann das Mittelfeld besetzen und mit der großen Veränderung unserer Wirklichkeit beginnen. Nichts hat die Mattscheibe zu bieten. (Auch meine 12 a verweigerte den Auftritt.) Milchiges Flimmern. Das nichtende Nichts. »Sehen Sie etwas?« heißt die Frage des Zahnarztes, der wägend die Spritze hält.
»Nichts sehe ich«, antwortet der Patient. »Dann wollen wir mal so tun, als hätten Sie nicht abermals leichtfertig der Gewalt das Wort geredet. Freilich, das laufende Programm haben Sie gründlich verärgert. Auf die Berliner Abendschau werden wir verzichten müssen. Ersatzweise werde ich auf Raumbild umschalten. Besser als nichts.«

Die große Einstimmung: gerahmt von der Sprechstundenhilfe und dem Zahnarzt, aus seinem Rittergestühl heraus sieht der Patient, wie die Hilfe ihre Hand zum linkshändigen Dreifingergriff formt und ihm, dem Patienten, vor wie auf der Mattscheibe, zur Maulsperre verhilft: ihr mittlerer Finger drückt die Zunge zurück, ihr Ringfinger sperrt den Oberkiefer und ihr Zeigefinger preßt das Mullpölsterchen gegen das Zahnfleisch. Der Zahnarzt, hier wie dort, setzt im Unterkiefer die erste Spritze an.
Die Tonwiedergabe ist vorzüglich: gleichzeitig wird in der Praxis und

auf dem Bildschirm in Zimmerlautstärke gesprochen: »Wir beginnen mit der Leitungsanästhesie und blockieren den Nerv an seiner Eintrittsstelle.«
(Ich sah, wie schwer es ihm fiel, die Spritze anzusetzen.)
»Ihr Zahnfleisch ist, wie Sie sich denken können, von den zurückliegenden Injektionen ziemlich mitgenommen.«
Eine Kamera – es muß doch irgendwo eine Kamera geben! – holt jetzt das Zahnfleisch des Patienten ganz nah heran: der Dreifingergriff und die suchende Injektionsnadel in der Maulsperre füllen das Bild. Jetzt hat er ein noch nicht zerstochenes Fleckchen gefunden: Die Vorahnung holt das Jetzt ein. Der erlösende Pieks trifft mich (hat mich getroffen) im Bild und in Wahrheit: Jajajaja . . .
»Und erinnern Sie sich, was nun kommt?«
Die geheime Kamera gibt den zur mythologischen Landschaft gesteigerten Ausschnitt auf und zeigt den Patienten wieder im Rittergestühl, zwischen Arzt und Hilfe.
»Jetzt kommt die Lokalanästhesie . . .«
»Gut so. Gut. Dann sind wir ja auf dem laufenden . . .«
»Sagen Sie, Dokter, die restlichen Spritzen, das ist nichts Neues. Wir könnten uns Ihren Ton sparen, ich meine nicht nur den Bildton . . .«
»Wenn ich Sie recht verstehe, wollen Sie Ihr Planspielchen weitertreiben . . .«
»Meine Verlobte, Sieglinde Krings . . .«
»Wäre es nicht besser, Sie ließen Ihren Krings einen renitenten Sohn haben . . .«
»Bitte keine Ratschläge, Dokter . . .«
»Ganz wie Sie wollen . . .«
»Ich sage nicht mehr Bulldozer; und Sie versuchen nie mehr, dem Krings einen Sohn einzureden.«
»Abgemacht unter Zeugen . . .«
(Wenn auch, wie das Bild zeigte, ohne Handschlag.)

»Ich könnte Ihnen Linde portraitieren: eine zähe Bergziege, die auf Steilhängen Halt findet. Ihr Plan verlangt Opfer. Das Medizinstudium gibt sie auf. (Eigentlich wollte sie Kinderärztin werden.) Und auch Ihren Verlobten muß sie später fallen lassen. Die neue Materie nimmt von Linde Besitz. (Ich durfte ihr Wälzer über Strategie und Taktik besorgen.) So muß man sie zeigen: über Kriegstagebücher, Divisionsgeschichten, Fotokopien einstiger militärischer Geheimnisse, über Meßtischblätter gebeugt. Vergraben in ihrem Zimmer, das zunehmend alle Mädchenattribute verliert und bald Vaters Sparta ähnelt. Manchmal vereinsamt im Grauen Park. Oft erschöpft oder erdrückt von Fakten und widersprüchlichen Angaben. Soeben hat Linde – wir wissen schon wie – von dem Betriebselektriker Schlottau erfahren, daß ihr Vater vorhat, die

Panzerschlacht bei Kursk noch einmal zu schlagen – und zu gewinnen. Krings sieht sich gezwungen, gleichfalls Spionage zu betreiben und seinen zukünftigen Schwiegersohn anzuwerben. (Und ich lieferte ihm, was ich wußte, denn was ging mich das alles an.) Die Familie gerät offensiv in Bewegung: auch Lindes Tante wird vom General und seiner Tochter wechselseitig benutzt, dem Gegner falsche Informationen zuzuspielen. Figuren werden, laut Planspiel, verschoben. Finten. Anspielungen beim Abendessen. Ich kann mich nur behaupten, indem ich zum Doppelagenten aufsteige und auch Linde beliefere. Nicht ohne Gegenleistung. (Ich machte es wie Schlottau. Oder genauer: sie machte aus mir einen Schlottau und ließ mich nur, wenn ich mehr als er wußte.) Manchmal kaufe ich mir seine Informationen. Wie ja auch Krings mich kauft. Nur Tante Mathilde liefert umsonst und begreift nicht viel. Sieglinde Krings besucht regelmäßig das Koblenzer Militärarchiv. Eingeschriebene Briefe werden persönlich ausgehändigt an Fräulein Sieglinde Krings. So heißt sie nicht nur laut Taufschein, so wurde auch ein Entlastungsangriff an der Narva-Front, Ende vierundvierzig, getauft: Unternehmen Sieglinde. Zwar hat man später den Erfolg der kleinen Offensive dem Generaloberst Fließner zugesprochen, von dem Krings die Heeresgruppe Nord übernommen hatte, aber das hindert Krings nicht, nach der Rückeroberung Laubans, einen verlustreich gehaltenen Sehnenriegel ›Sieglindenstellung‹ zu nennen. (Schon in der Tundra hatte er versucht, seine langsam vereisende sechste Gebirgsdivision mit einer Siegesrune als ›Sieglinden-Division‹ auszuzeichnen; aber das Armeeoberkommando lehnte den Antrag ab.) Späten Ersatz bietet der Sandkasten: die Panzerschlacht bei Kursk, die unter dem Decknamen ›Zitadelle‹ im Sommer dreiundvierzig für Model, Manstein und Kluge verloren gegangen war, gewinnt Krings als Unternehmen ›Sieglindenzug‹, weil seine Tochter nicht über die Pläne der sowjetischen Minenfelder verfügt.

›Hör doch auf, Linde. Du schaffst es nicht. Nicht Schnepfen, Phantome werden gejagt. Frag dich doch mal, nein hundertdreimal nacheinander: Was ist das, ein General? Oder sag es ganz schnell: General General General General . . . Ein Pappendeckel bleibt übrig. Ein Wort wie Britzbänke. Aber Britzbänke bedeutet ja immerhin was, während das Wort General . . .‹

Sie kappt mir auf dem Korrelsberg meine Erklärung des Generals an sich: ›Bist du fertig? Ein General ist jedesmal anders. Dieser hier will sich nicht geschlagen geben.‹

›Und ich beweise dir, daß von diesem General nichts außer Prozeßkosten übriggeblieben ist. Sag ihm, er soll die Baracke räumen. Der Lagerraum wird benötigt. Soll er doch seine Memoiren schreiben. Jetzt endlich weiß ich, was das ist, ein General: Jemand, der nach einem wechselvollen todbringenden Leben seine Memoiren schreibt. Schön. Lassen wir ihn

siegen – in seinen Memoiren . . .‹
Ich spreche in Richtung Laacher See. Sie spricht in Richtung Niedermendig. (Dabei paßten wir eigentlich gut zusammen. Sie konnte ganz anders sein. Richtig albern und nicht so verkrampft. Auch aß sie gerne gut. Sogar sentimental konnte sie werden: Illustriertenromane schmökern. Und Kino: am liebsten Liebesschnulzen. Steward Granger war ihr Typ. Dabei nicht dumm. Politisch hatten wir eine Wellenlänge. Sie war mit mir der Meinung, daß die Menschheit durch Überproduktion und Konsumzwang terrorisiert wird.) Was heute meine Schülerin Vero Lewand als Klassensprecherin der 12 a verkündet, hat vor über zehn Jahren schon meine Verlobte – da, schauen Sie, Dokter! – auf dem Korrelsberg gefordert: ›All diesen Ramsch und Überfluß müßten zehntausend gewalttätige, alles niederreißende Bulldozer . . .‹«

Die List, über Zweitpersonen den Beginn radikaler Veränderungen zu proklamieren, verfing nicht. Als ich einzulenken versuchte – »Eigentlich wollte Krings vor dem ersten Weltkrieg Lehrer werden« – blieb meine Schleife tonlos. Zwar hielt sich das Raumbild. Zwar blubberte meine Sprechblase, aber leergefegt sagte sie nichts mehr. Seine Sprechblase füllte sich: »Hören Sie, mein Lieber. Während ich Sie mit vier Injektionen versorgte, habe ich mir das alles ohne Widerspruch angehört. Schließlich habe ich es Ihnen freigestellt, sich während der Behandlung den beliebigsten Fiktionen hinzugeben. Aber nun ist das Maß voll. Aufrufe zur Gewalt, selbst wenn sie Ihrer ehemaligen Verlobten oder einer unmündigen Schülerin in den Mund gelegt werden, finden in mir einen unversöhnlichen Gegner. Die Früchte des kleinen, oft sogar lächerlich kleinen Fortschritts, also auch meine Praxis, die im Sinne der vorbeugenden Zahnmedizin aufgebaut worden ist, lasse ich mir nicht zerstören, nur weil Ihnen die Verlobte davongelaufen ist, weil Sie ein Zukurzgekommener, ein Versager sind, der nun der Welt, mit Hilfe seiner krausen Fiktionen, das allgemeine Versagen andichten möchte, damit er sie rechtens vernichten kann. Ich kenne Sie. Eine Zahnsteinprobe genügt. Schon beim Röntgenstatus ahnte ich: Hier will jemand, wieder einmal, die Umwertung aller Werte. Hier will jemand, wieder einmal, über den Menschen hinaus. Wieder einmal will hier jemand mit dem absoluten Zollstock Maß nehmen. Zwar gibt er sich modern. Er hat nicht vor, den abgetakelten Übermenschen aufzuputzen, er vermeidet geschickt die Forderung nach dem neuen, dem sozialistischen Menschen, aber sein Überdruß, sein Gähnen angesichts geringfügiger, doch immerhin nützlicher Verbesserungen, seine Lust, Knoten mit raschem und gleichwohl ungezieltem Hieb zu durchhauen, seine Geilheit nach einem möglichst pompösen Untergang, seine altmodische Zivilisationsfeindlichkeit, die sich, fortschrittlich kostümiert, in Stummfilmzeiten zurückträumen möchte, sein Unvermögen, still und fleißig für die Versorgung der Menschen zu arbeiten, seine Pädagogik, die das Nichts bedingungslos gegen eine Utopie und solch ein Luftschlößchen gegen das dröhnende Nichts einzutauschen bereit ist, seine Unrast, sein launenhaftes Kleinhirn, seine Schadenfreude, wenn etwas nicht klappt, und seine sich wiederholenden Aufrufe zur Gewalt verraten ihn. Bulldozer! Bulldozer! Kein Wort mehr. Ab ins Wartezimmer. Erst wenn sich die Anästhesie voll ausgewirkt hat, sprechen wir wieder miteinander . . .«

(Ich gestikulierte. Es machte ihm Spaß, meine Sprechblase ohne Inhalt zu lassen. So baute er seinen Patienten auf, um ihn abschieben zu können. Doch auf keinen Fall wollte ich wieder zu den Springbrunnengeräuschen und zu den Illustrierten Stern Quick Bunte Neue . . . Nie wieder wollte ich lesen, woran sich mein ehemaliger Reichsjugendführer erinnern konnte und woran nicht. An allen Orten, warum nicht in einem Rittergestühl, sollte die Große Weigerung beginnen. Ich versteifte mich zu einem unbeweglichen Nein. Soll er doch die Polizei rufen! – Aber der Zahnarzt strafte seinen Patienten mit Toleranz und gab ihm mit kleinem Finger den Ton zurück.)
Zahnarzt: »Wollten Sie etwas sagen?«
Patient: »Ich fürchte mich vor dem Wartezimmer.«
Zahnarzt: »Ist es nicht vielmehr die Furcht vor Ihrer Flucht in immer neue Fiktionen?«
Patient: »Sie verkennen mich. Mein Bedürfnis, gelegentlich, wenn auch nur mit Worten, bestehende Ordnungen stürzen zu wollen, hat eine Vorgeschichte . . .«
Zahnarzt: »Die Sie als bekannt voraussetzen dürfen: Als Siebzehnjähriger, kurz vor Kriegsende, führten Sie eine der damals überall rasch entstehenden Jugendbanden.«
Patient: »Wir waren gegen alle und alles!«
Zahnarzt: »Aber heute, als ein vierzigjähriger Studienrat . . .«
Patient: »Meine 12 a durchläuft zur Zeit einen ähnlichen Klärungsprozeß. Der permanente Dialog mit meinem Schüler Scherbaum muß auch das Thema Gewalt streifen . . .«
Zahnarzt: »Bei aller Fürsorge, ich warne Sie . . .«
Patient: »Deshalb bitte ich, mir zu glauben, daß meine Schüler und ich im Umsturz nur die Vorbedingung für eine größere und zwar pädagogische Ordnung sehen. Nach einer relativ kurzen Zeit der Gewalt . . .«
Zahnarzt: »Ich werde wohl doch darauf bestehen müssen, daß Sie im Wartezimmer einigen Abstand gewinnen.«
Patient: »Bitte nein!«
Zahnarzt: »Sie erschweren mir die Fürsorge beträchtlich.«
Patient: »Im Grunde bin ich ein Mann der friedlichen Weiterentwicklung, wenngleich mir der Glaube an den Fortschritt schwer fällt . . .«
Zahnarzt: »Sie profitieren vom Fortschritt!«

Patient: »Das will ich gerne einräumen, wenn ich nur nicht ins Wartezimmer muß . . .«
Zahnarzt: »Der Zahnersatz hat eine Entwicklung hinter sich, die ich – wenn auch nicht in Ihrem verstaubten Wortsinn – revolutionär nennen möchte.«
Patient: »Zugegeben. Wenn ich nur nicht . . .«
Zahnarzt: »Also bleiben Sie schon.«
Patient: »Danke, Dokter . . .«
Zahnarzt: »Doch der Ton muß wieder weg, damit Sie nicht abermals mit dem dummen Wort zu spielen beginnen.«

(Da saß ich mundtot im Rittergestühl und sah mich: mundtot im Rittergestühl. Zwar meinte ich, die Leitungs- und die Lokalanästhesie meines Unterkiefers habe ein Schwellen der Zunge und beider Wangen bewirkt, werfe die Lippen auf und gebe mir ein gedunsenes Aussehen, aber die Mattscheibe wußte es besser: Nichts quoll, keine dicke Backe, und auch die Zunge – ich zeigte sie mir – war schmal, lang, beweglich, neugierig und zärtlich geblieben. Zungerausstrecken. Was meine Schülerin Vero Lewand mit siebzehn konnte, das schaffte ich noch mit vierzig. Meine Zunge lockte: Komm, Linde, Komm . . .)

Im modischen Jackenkleid, unter toupierter Frisur betonte sie an den richtigen Stellen: »Liebe Quizfreunde! In unserer heutigen Sendung: ›Wissen wir noch Bescheid?‹ geht es um militärische Schlachten, die das Schicksal Deutschlands, Europas, ja, das der ganzen Welt mitbestimmt haben . . .«
Ihr ernster Unterton machte einen Felgaufschwung in fröhliche Stimmlagen: »Ich darf nun mit der Vorstellung unserer Gäste beginnen. Diesmal kommen sie aus einem Berliner Gymnasium. Eine beängstigend junge Dame: Fräulein Veronika Lewand . . .«
In den Beifall des Publikums Zwischenschnitt: Da saßen die elften, zwölften und dreizehnten Klassen unseres Gymnasiums; und in den ersten beiden Reihen saßen der Elternbeirat und das Lehrerkollegium.
»Nun, Fräulein Lewand – ich darf Sie wohl Vero nennen – warum interessieren Sie sich für Geschichte?«
»Ich finde, für unsere Bewußtseinsbildung ist Geschichte enorm wichtig, besonders wenn es sich um unsere jüngste Vergangenheit handelt. Mein Freund denkt genau so . . .«
»Und damit, liebe Quizfreunde, stelle ich Ihnen Veros Freund, den jungen Philipp Scherbaum vor, von seinen Schulkameraden kurz Flip gerufen. Wie alt sind Sie, Flip?«
Scherbaums »Siebzehneinhalb« ging im Gelächter unter. Die vertrauliche Anrede »Flip« ließ Stimmung aufkommen, die Linde sogleich versachlichte: »Und wer hat Ihr Interesse an Geschichte geweckt?«

»Das war schon immer mein Hobby. Aber unser Geschichtslehrer, Studienrat Starusch . . .«
»Also der Lehrer war es. – Und nun die Gegenseite. Ein einzelner Herr. Ich begrüße den ehemaligen Generalfeldmarschall Ferdinand Krings.«
Nach dem höflichen Begrüßungsbeifall ließ Linde den Generalsrang fallen: »Herr Krings, Sie befehligten gegen Kriegsende die Armeegruppe Mitte . . .«
»Jawohl. Es gelang mir, die Front an der Oder zum Stehen zu bringen. Konjew, mein Gegner von damals, hat gesagt: Wenn Krings nicht gewesen wäre, wäre ich bis zum Rhein durchgestoßen . . .«
»Schon sind wir mitten im Kampfgeschehen und damit bei meiner ersten Frage. Zwei Jahrtausend zurückgedacht: Nach welcher Schlacht findet Caesar Briefe seines Gegners, und was tut er damit? Nun, Philipp? Dreißig Sekunden . . .«
»Es handelt sich um die Schlacht bei Larissa in Thessalien. Caesar besiegt Pompejus, findet in dessen Lager Briefe und verbrennt sie, ohne sie gelesen zu haben.«
»Und vielleicht kann uns Herr Krings sagen, wer uns über dieses noble Verhalten unterrichtet hat?«
Die Antwort des ehemaligen Generalfeldmarschalls: »Bei Seneca finden wir eine kurze Bemerkung darüber«, fand genau so viel Beifall wie Scherbaums Replik. Linde notierte die Werte: »Und nun zur eigentlichen Schlacht. Welche Aufstellung, Fräulein Lewand, nahm Caesar? Dreißig Sekunden . . .«
Meine Verlobte – blendend aufgelegt – leitete mit geschickt verbindenden Worten von Schlacht zu Schlacht. Ich gebe zu, daß mich jede richtige Antwort meines Philipp stolz machte. (Warum hier aufgeschlossen und beim Unterricht abweisend: »Was gehen uns Ihre Clausewitz Ludendorf Schörner an?«) Fabelhaft, wie sachlich er blieb. Mehrmals geriet ich in Versuchung, meinen Zahnarzt beim Karteikartenausfüllen zu stören: Sehen Sie, Dokter! Mein Schüler. Er schlägt den Krings. Sein Bericht über die Wetterverhältnisse während der Schlacht bei Königgrätz hat dem Alten die Sprache verschlagen . . . aber ohne Ton nahm ich mich zusammen, zumal Scherbaum beträchtlich Punkte verlor, als meine Verlobte nach der zwölften Isonzoschlacht fragte. Krings schilderte detailliert jede Phase der Erstürmung der Höhe 1114. Das Publikum – sogar Irmgard Seifert klatschte gemessen – entschloß sich zu fairem Applaus. Die Punktzähler stotterten das Zwischenergebnis: es stand vierundzwanzig zu einundzwanzig für den ehemaligen Generalfeldmarschall.
Meine Verlobte begann witzig: »Es gibt ein starkes Tier, das wir heutzutage nur noch im Zoo oder in Naturschutzgebieten finden; doch da wir uns nicht zu einem Tierquiz gefunden haben, will ich es ausplaudern: es handelt sich um den Büffel. – Und welche Truppenbewegung

fand unter dem Decknamen dieses Tieres im März dreiundvierzig statt?«
Krings lächelte aus seinem tiefgestaffelten Wissen heraus: »Es handelt sich um die Zurücknahme der neunten Armee und der Hälfte der vierten Armee aus der vorgeschobenen Angriffsbasis Rshew.« Lindes Zusatzfrage verriet ihre Bedenken: »Der Generalfeldmarschall sprach im Zusammenhang mit der Büffelbewegung von einer Angriffsbasis. Wie schätzen Sie Rshew ein, Philipp?«
»Selbst die Bezeichnung ›Rshew, Eckpfeiler der Ostfront‹, halte ich für übertrieben. Rshew war, genau wie Demjansk, immer der Abschnürungsgefahr ausgesetzt, und wenn Zeitzler, damals Chef des Generalstabes . . .«
Krings verletzte die Spielregeln, sprang auf und teilweise aus dem Bild: »Dieser verfluchte Drückeberger- und Etappengeist! Zeitzler, Model, alles Verräter! Degradieren und an die Front schicken! Niemals hätten wir den Brückenkopf an der Wolga räumen dürfen. Mit allen verfügbaren Reserven hätte ich . . .«
Ich bewunderte die Eleganz, mit der meine Verlobte den offensiv werdenden General abfing und das jugendlich zischende Publikum beschwichtigte.
Beim anschließenden Fragespiel wies Vero Lewand nach, daß Krings vorhatte, mit Divisionen zu operieren, die auf Bataillonsstärke zusammengeschmolzen oder zum Zeitpunkt der Kringsschen Offensive nicht greifbar waren: »Sie operieren mit Fehlanzeigen!«
Und Scherbaum sagte: »Sie haben das schon Mitte Februar einsetzende Tauwetter nicht berücksichtigt und außerdem eine Luftwaffenfelddivision an die Front gebracht, die in den Waldgebieten westlich Sytschewka zur Partisanenbekämpfung eingesetzt ist.«
Als meine Schülerin die Rollbahn Wjasma-Rshew schon ab 2. März für unterbrochen erklärte, befand die Quizmasterin Linde mit der zuschlagenden Geste eines Auktionators, die Kringssche Offensive sei verlustreich gescheitert. »Das inzwischen ermittelte Endergebnis liegt vor. Unsere Oberschüler sind eindeutige Sieger. Ich darf gratulieren!«
Natürlich freute ich mich über Scherbaums gutes Abschneiden. Als Preis wurde ihm und seiner Freundin eine Schiffsreise auf dem Rhein zugesprochen, inklusive Besichtigung des Militärarchivs in Koblenz. Linde lächelte teilweise: »Doch nun wollen wir den zweiten Sieger nicht vergessen.« Mit aufmunternden Worten – »Es liegt ja schon alles so lange zurück, Herr Generalfeldmarschall« – überreichte sie Krings als Trostpreis eine Dünndruckausgabe der »Briefe an Lucilius«. Er zitierte sogleich mit geschlossenem Buch; und die Kameraleute waren höflich genug, erst nach seinem Zitat – »Ohne Aussicht auf Gnade treten wir in das Leben« – die Quizsendung auszublenden.

Ach, war ich enttäuscht, wieder nur mich im Rittergestühl sehen zu müssen. Selbst meine Grimassen, betäubt und außer Kontrolle, mißfielen mir: Sendepause. Draußen fiel nicht mal Schnee. In meinem Rücken hörte ich die Schrift meines Zahnarztes über Karteikarten eilen. Seine Sprechstundenhilfe servierte ihm halblaut Zahlen, Befunde und zahnmedizinische Formeln. Satt hatte ich meinen Anblick. (»Dokter, lieber Dokter, ist es nicht so, daß das kapitalistische Wirtschaftssystem zwangsläufig . . .«). Aber innerhalb der Praxis, sieben mal fünf, bei dreidreißig Höhe, wie auf der Mattscheibe blieb meine Sprechblase leer. (Ich hätte das Wörtchen Bulldozer wagen dürfen.) Statt dessen plapperte es in meinem rückwärtigen Gebiet: ». . . echter Tiefbiß mit mesialer Ruhelage . . . Aktivierung der schiefen Ebene durch Beschleifen der Occlusalflächen . . . Extraktion von 4 plus 4 . . . offener Biß vorn . . . Kreuzbiß seitlich . . . palatinale Nonocclusion . . . echte Progenie . . .« – Dabei war es Sandmännchenzeit. Wehleidigkeit schlug immer den gleichen Akkord an. (Der einsame Patient versuchte zwei Tränen im Eigenbau gegen den Stillstand zu setzen.) Aber die Mattscheibe ließ mich nur blinzeln. Da wagte ich noch einmal die Zungenprobe, zeigte mir und allen müden Kinderchen meinen betäubten Kloß, der aber auf milchig himmlischer Wölbung immer noch zierlich zu turnen verstand und Lockvögelchen spielte: Komm Linde. Komm . . .

Und sie kam in schlichter Bluse, erschuf sich in der Braunschen Wunschkugel als Märchentante, taute mit heimeligem Stimmchen Tiefgefrorenes auf und ersetzte mir das Sandmännchen: »Es war einmal ein König, der hatte eine Tochter, für die er alles tat, um ihr Freude zu bereiten. Also begann er einen großen Krieg gegen seine sieben Nachbarn, deren sauber abgehackte Zungen er seiner Tochter zum Geburtstag schenken wollte. Aber seine Generäle machten alles falsch und verloren so lange Schlacht um Schlacht, bis der König den Krieg gegen die sieben Nachbarn verloren hatte. Müde, traurig, mit kaputten Schuhen und ohne das versprochene Geburtstagsgeschenk kehrte er heim. Finster setzte er sich hinter ein Glas Wein und guckte so lange finster, bis der Wein schwarz wurde und sauer. So sehr ihn seine Tochter trösten wollte – Aber das macht doch nix, Papa. Ich bin auch ohne die sieben Zungen glücklich und zufrieden – nichts konnte den verfinsterten König aufheitern. Als ein Jahr verstrichen war, ließ er mehrere Schachteln Bleisoldaten – denn seine richtigen Soldaten waren ja alle tot – in einem Sandkasten, den er extra für viel Geld bauen ließ, aufmarschieren und alle Schlachten gewinnen, die seine Generäle verloren hatten. Als der König nach jedem Sieg im Sandkasten immer ein bißchen lauter lachte, wurde seine Tochter, die immer lustig und sanft gewesen war, traurig und auch ein bißchen böse auf den Vater. Sie zog ein Mäulchen, legte ihr Strickzeug weg und sagte: Der ist aber langweilig, dein Sandkastenkrieg, weil du keinen richtigen Gegner hast. Laß mich mal die sieben Nachbarn spielen. Schließlich hast du mir ihre sieben sauber abgehackten Zungen zum Geburtstag versprochen. – Wie hätte der König nein sagen können? Er mußte alle Schlachten noch einmal schlagen, doch seine Tochter besiegte ihn jedesmal. Da weinte der König und sagte: Ach, wie schlecht habe ich diesen Krieg geführt. Ich bin noch unnützer als meine Generäle. Nur noch ins Glas starren will ich, bis der Wein schwarz und sauer wird. – Da wurde die Tochter, die soeben noch ein bißchen böse gewesen war, wieder sanft und lustig. Sie tröstete den Vater, stellte ihm das Weinglas aus dem finsteren Blick und sagte: Andere Könige sollen Kriege führen, ich will lieber heiraten und sieben Kindlein haben. – Zum Glück ging gerade an dem Schloß, in dem der teure Sandkasten stand, ein junger Lehrer vorbei, dem des Königs Tochter, die ja eine richtige Prinzessin war, gefiel. Also heiratete er sie eine Woche später. Und der König ließ den beiden aus dem Sandkastenholz eine schöne Schule bauen. Da freuten sich die Kinder der toten Soldaten. Und auch die sieben Nachbarn waren froh. Denn von nun an mußten sie nie wieder um ihre lustigen roten Zungen fürchten . . .«

(. . . und wenn der Lehrer des Königs Tochter nicht mit einer Fahrradkette oder ähnlichen Einfällen erwürgt hat, dann lebt sie heute noch.) Kaum hatte sie die Märchenstunde abgesagt und den Kindern vor dem Fernsehschirm eine gute Nacht gewünscht, kaum hatte ich mich wieder auf der Mattscheibe entdeckt, da trat sie – im Raum wie im Bild – abermals auf. Sie war es, die kurz befand: »Die Anästhesie ist voll zur Wirkung gekommen.« Sie war es, die mir mit gelerntem Dreifingergriff Maulsperre befahl. Sie hängte mir den Speichelabsauger über die pelzige Unterlippe. Und er, zurück von seinen Karteikarten, wollte mir, ob ich rechts links schielte oder den Bildschirm befragte, fremd und dennoch bekannt vorkommen. (Diesen Bocksgeruch kennst du doch.) »Dokter, sind Sie es wirklich?« Verdächtig intim gingen sie miteinander um. (Hat er sie nicht soeben geduzt, bevor er nach der Pinzette schnalzte?) Ich registrierte Blicke zwischen dem sauberen Paar, die sich mein Zahnarzt und seine zurückhaltende Hilfe niemals gestattet hätten. (Geile Vertraulichkeiten. Jetzt hat er sie ins Gesäß gekniffen.) »Warum schreiten Sie nicht ein, Dokter!« – Nichts kam und wollte sich mit meinem Protest füllen. Da versuchte ich es direkt: »Sagen Sie, Schlottau, wenn Sie sich schon als Zahnarzt aufspielen, dann lassen Sie mich wenigstens in die Röhre gucken. Gleich läuft die Tagesschau. Ich will wissen, was in Bonn los ist. Oder ob die Studenten wieder . . .«

Sieg! Es tönt! (Vielmehr Teilsieg. Die Mattscheibe bestand auf Raumbild.) Doch meine Sprechblase blubbert, und auch der Raum trägt, was ich mit Zimmerlautstärke verbreite: »Sofort läßt du das Fummeln, Linde. Verstanden!« (Sie gehorchte.) »Und auch Sie, Schlottau, unter-

lassen alle Zweideutigkeiten. Die Tagesschau, bitte!«
(Schlottau gab sich brummig: »Läuft ja noch Werbung momentan.« Doch Linde drückte die Taste: »Laß ihn doch gucken, solange wir ihm die Zinndinger abdrehen.«)

Sie hat abdrehen gesagt. (Noch heute wette ich, daß sie vom Abdrehen sprach.) Bevor ich Linde verbessern kann, wirft Schlottau die Pinzette meines Zahnarztes seitlich aus dem Bild und zieht sein Werkzeug, eine ordinäre Kombizange, aus der Tasche. Die Werbung läuft an und erspart mir den Anblick eines tätigen Elektrikers im Arztkittel. (»Komm, Junge, mach schon. Ich steh das schon durch.«)
Während mein rechtes Auge die hydromechanische Wirkung eines pulsierenden Wasserstrahls auf das Zahnfleischgewebe begreift – (»Sie, Dokter, waren es, der Mattscheibenwerbung betrieb: Aqua-Pik reinigt und belebt!«) – erfaßt mein linkes Auge den Betriebselektriker Schlottau, der seine Kombizange über dem Bunsenbrenner ausglüht. Er will doch nicht etwa?
»Schlottau! Was soll der Unsinn?«
Sie drückt mich mit trockenem Griff in den Ritter. Was ich zwischen den Rippen spüre, stark spüre (weil ich sonst nichts spüre) das ist ihr rechter spitzer Ellenbogen. Jetzt setzt Schlottau die glühende Zange an. (Sie sagten damals als Werbefachmann: »Es handelt sich um ein Präzisionsgerät. Aqua-Pik ist mit einer elektrisch betriebenen Pumpe ausgerüstet . . .« – Aber da roch es schon brenzlig.)
»Da riecht doch was, Schlottau!« (Nur Gaumen, Lippe, Zahnfleisch und Zunge waren betäubt, nicht mein Geruchssinn.) »Da riecht doch verbranntes Fleisch. Haben Sie meine Hängelippe mit Ihrem glühenden Greifer . . .«
Aber kein Schmerz, nur Wut. Er macht das mit Absicht. Will mir ein Brandzeichen aufdrücken. Weil sie das so wollte. (Meine Wut suchte Ausdrücke.) Während Aqua-Pik und mein Zahnarzt vom Vollkornbrot verdrängt werden, riecht es immer noch: Wut. Auch während die große Geschirrspülmaschine der lachenden Hausfrau die Arbeit abnimmt, steigert sich Wut und will Einbaumöbel zertrümmern. Wut, die Dunlop-Reifen schlitzen und Osram-Birnen abknallen will. Von den glattkrausen Socken durch beide Hosenbeine steigende, sich überm Gehänge bündelnde Wut. Artikellos Wut. Vorgeschmack Wut, der den Nachgeschmack Wut übertönt. Maulgesperrt Wut. Wut, die zum Himmel schweigt. (Nie hat mich meine 12 a – so sehr Vero Lewand zu provozieren versuchte – in solche Wut bringen können.) Vierzigjährige, abgelagerte, gestaute, den Korken treibende Wut. Denn das muß raus. Die Tinte Wut. Von keiner Farbe besänftigt, schwarzweiß gestrichelt, Lage auf Lage Wut. Über gegen auf alles Wut. Der Pinselschlag Wut. Entwürfe der Wut: Bulldozer! Ich zeichne, erschaffe zehntausend wüti-

ge Bulldozer, die im Fernsehen, nein, überall aufräumen, die den Ramsch, Überfluß und komfortablen Stillstand erfassen, knautschen, stapeln, umstoßen und aus dem Hintergrund über das Mittelfeld gegen die Mattscheibe schieben und – wohin? – in die Zahnarztpraxis, nein, in den Raum an sich, nein, in das Nichts kippen . . .

Es gelang mir noch einmal. Sie gehorchten. Beliebig viele Brigaden Bulldozer ebneten Einkaufszentren, Lagerhallen, Ersatzteilmagazine, Kühlhäuser, in denen Butterberge schwitzten, flächenballende Produktionsanlagen, inständig summende Forschungsstätten, ebneten, sage ich, Walzstraßen und Fließbänder ein. Warenhäuser fielen aufs Knie und entzündeten sich gegenseitig. Gesang lag darüber: Burn, ware-house, burn – und die Stimme meines Zahnarztes, der mich glauben machen wollte, er habe mir die Zinnkappen abgenommen, ihm sei das kleine Malheur passiert, seine ausgeglühte Pinzette habe mir das Brandzeichen gesetzt.

»Das tut mir aber leid. Ist mir sozusagen noch nie passiert. Doch mit Brandsalbe werden wir . . .«

Nichts tat ihm leid. Wer so schnell Brandsalbe sagt und sie auch griffbereit bei sich führt, der kennt kein Mitleid, der will, was er tut; aber auch ich hatte gewollt, was die Bulldozer getan hatten. So gründlich war mir das große Abräumen gelungen, daß selbst Linde und Schlottau verschwunden waren. Ich gebe zu, froh gewesen zu sein, als nicht der, sondern er die letzte Zinnkappe lüftete. Mit Vorzug ließ ich mich von seiner klammfingrigen Assistentin maulsperren. Und als sich mein Zahnarzt wieder und wieder entschuldigte, gab ich nach: »Sowas kann vorkommen, Dokter . . .«

Ich verzieh ihm, aber mein Zahnarzt konnte an der aufgeräumten Mattscheibe keinen Gefallen finden: »Da ist es Ihnen ja wieder einmal gelungen, das nichtende Nichts zu beschwören.«

»Es ist immerhin reizvoll, Dokter, und sei es nur theoretisch, wieder bei Null anfangen zu dürfen.«

»Gefällt Ihnen also – Ihr Nichts?«

»Vorerst habe ich Platz geschaffen . . .«

»Mit Gewalt, mein Lieber. Mit Gewalt!«

». . . und jetzt läßt sich etwas aufbauen, etwas Grundneues . . .«

»Und was, wenn ich fragen darf?«

»Die wirklich klassenlose Gesellschaft, der ich ein weltweit pädagogisches System als Überbau wünsche, das Ihrer weltweiten Krankenfürsorge nicht unähnlich ist . . .«

»Sie irren. Die weltweite Krankenfürsorge ist das Ergebnis langsamer und oft zu spät einsetzender Reformen und nicht dummer Gewalt, die nur das Nichts erschaffen kann. Wir haben uns erlaubt, Ihren Abräumungsprozeß aufzuzeichnen. Während meine Assistentin und ich das

Versetzen der beiden unteren Degudentbrücken vorbereiten – schauen Sie nur die vorzügliche Arbeit! – werden Sie erleben, wie sich nach dem Nichts – und aus dem Nichts – wieder der Zustand wie vor dem Nichts herstellt.«
(Als ich versuchte, ihn mit den Forderungen des radikalen Flügels meiner 12a bekannt zu machen – Raucherecke, Schülermitbestimmung, Abwählbarkeit reaktionärer Lehrkräfte durch den Schülerrat – ermüdete er mich mit klinischen Erfahrungsberichten über den Dentalzement EBA Nr. 2, der meinen Degudentbrücken Halt geben sollte.) »Da EBA Nr. 2 nicht aus dem Nichts erstanden ist, sondern als Ergebnis vieler und oft vergeblicher Versuchsreihen gewertet werden kann, dürfen wir ihm vertrauen, zumal EBA Nr. 2 dank seiner Quarzkomponente selbst gegen Eiswasser isoliert, was nicht von jedem Dentalzement, der auf den Markt kommt, gesagt werden kann. Aber Sie geben ja nichts auf Entwicklung. Selbstherrlich wollen Sie erschaffen. Bei Null beginnen. Einfach lächerlich. Aber bitteschön. Wir werden erleben, was Ihnen zum Nichts eingefallen ist . . .«

Mit einem Trick speiste er mich ab. Rückläufig wurde das Nichts zur Konsumentenweide. Die ausgebrannten Warenhäuser (Burn, ware-house, burn . . .) faßten wieder Feuer. Das Feuer legte sich und hinterließ platzvolle Warenhäuser. Meine Bulldozer, soeben noch fleißig im Einebnen von Produktionsstätten und Buttersilos, leisteten, rückwärts krebsend, Aufbauarbeit. Sie, die so geschickt gewesen waren im Umstürzen und Zerknautschen, richteten auf und entfalteten. Aus Abbruchspezialisten mauserten sich Meisterrestaurateure. Die zersplitterten Einbaumöbel, die ausgeweideten Sitzgarnituren, die gestauchten Zweitwagen und erschossenen Osrambirnen fügten, polsterten, streckten und erleuchteten sich wieder. Inständig summten die Forschungszentren. Auch fand die Tiefkühltruhe ihre alteingesessenen Untermieter. (Zuunterst hielt sich meine Verlobte frisch.) Das Hohelied der Werbung lief rückwärts wie vorwärts. Und als Vollkornbrot für sich warb, freute ich mich schon auf Aqua-Pik: »Schluß machen mit den reaktionären Zahnbürsten! Endlich aufräumen mit den parasitären Bazillenträgern! Wir beenden die Borstenära und verkünden die revolutionäre Epoche der pulsierenden Wasserstrahl-Zahnpflege. Ein neues klassenloses Zeitalter bricht an. Denn Aqua-Pik ist für jedermann und eignet sich auch für den Praxisgebrauch . . .«

Schon hielt mein Zahnarzt das handlich formschöne Gerät: »Und mit diesem fürsorglichen Geschenk an die Menschheit werde ich nun, bis unser Dentalzement auf gekühlter Glasplatte angerührt ist, noch einmal gut durchreinigen. Denn Aqua-Pik erfaßt jede Lücke, Rille und Tasche.«

Er säuberte und heilte gleichzeitig. Dann trocknete er mit Warmluft und setzte zuerst unten links, dann unten rechts die teuren Degudentbrücken.
»Wenn das kein Gewinn ist: vier Zähne haben wir zu Pfeilerzähnen geschliffen – und sechs neue Zähne montieren wir nun.«
Während ich mich auf den Hohenzollerndamm wünschte, nannte er seine Degudentbrücken »fortschrittlich« und sprach von »konventionellen« Jacketkronen.
»Wissen Sie überhaupt, warum die so heißen?«
Jetzt schon sprach ich auf Scherbaum ein: »Kann Sie das überhaupt nicht reizen, als Chefredakteur eine heruntergekommene Schülerzeitung wieder auf Trab zu bringen?«
»Man schleift eine Stufe, vergleichbar der Schulter, auf der die Jacke sitzt . . .«
»Das ist doch eine Aufgabe, Philipp!«
»Doch extremen Belastungen sind Jacketkronen nicht gewachsen.«
»Sie könnten Ihre Vorschläge zur Ablösung des Religionsunterrichtes durch Philosophieunterricht veröffentlichen . . .«
»Zum Beispiel im Herbst. Esssen Sie gerne Wildenten, Rebhühner, Hasenpfeffer? Na also. Ein Biß auf eine Schrotkugel, und das Porzellan platzt weg.«
Aber Scherbaum wich aus. Er habe andere Pläne. Könne man noch nicht drüber sprechen (»Die sind auf Eis gelegt.«) Mein Schüler ließ mich beim Zahnarzt sitzen.
»Bei unseren Degudentbrücken hingegen besteht keine Gefahr des Abplatzens, weil sich das Porzellan mit dem Platingold durch ein Oxyd verbindet. Da es sich um eine Speziallegierung handelt, hält die Degussa dicht: Staatsgeheimnis! – So, nun schalten wir wieder auf Raumbild. Doch seien Sie vorsichtig bei Ihrer Wortwahl. Die frischversetzten Brücken können Schaden nehmen. Alles wäre für die Katz gewesen. Wir müßten noch einmal – wie Sie sagen – bei Null anfangen. – Na? Sehen Sie? Eine wahre Pracht – oder?«

Jadoch ja. Wie das perlt und hungrig tut. Und wie er den Farbton, dieses gelbliche, ins Grau spielende Weiß hinbekommen hat. Ein Künstler! Die sind ja echter als echt. (»Was meinen Sie, Scherbaum? Hat sich das gelohnt? Oder soll ich gewisse Raupenfahrzeuge und Schaufellader . . .«) – »Nichts habe ich gesagt, Dokter. Nichts!«
(Jetzt erst sah ich, unter dem glasigen Film der Brandsalbe, das geprägte große L auf meiner Unterlippe. Er wollte mich zeichnen. Ich war schon gezeichnet. Oh, Lindelindelindelinde . . .)

»Wie ein Stoiker haben Sie durchgehalten.«
Pünktlich servierte mir seine Hilfe die zwei Arantil.

»Jetzt legen wir eine Woche Pause ein, und dann kümmern wir uns um den Oberkiefer.«
Die Versuchung, an der Brandsalbe zu lecken. »Mir wäre sehr daran gelegen, wenn wir die Pause auf zwei Wochen ausdehnen könnten.«
Man erwartete meinen Abgang.
»Auch in zwei Wochen sind noch Termine frei.«
»Ich muß mich um meine 12 a kümmern. Besonders ein Schüler macht mir Sorgen.«
»Rufen Sie an, wenn irgendwas ist. Ihr ziemlich strapaziertes Zahnfleisch neigt zur Entzündung.«
»Scherbaum soll die Schülerzeitung übernehmen, weigert sich aber vorläufig.«
»Brandsalbe habe ich aufgeschrieben. Und gleichfalls die übliche kleine Mitgift.«
»Dabei ist Scherbaum begabt. Er plant irgend etwas.«
»Mit einer Doppelpackung wird sich die Pause wohl überbrücken lassen . . .«

Ich ging. Und wie ich mich in der Tür noch einmal umdrehte, um ihn ein letztes Mal mit einer Anrufung der radikalen Bulldozer zu reizen, sah ich, daß ich mich auf der Mattscheibe, im Weggehen, umgedreht hatte, um etwas zu sagen: Ich sage nichts und gehe.

2

Als sich der Studienrat Eberhard Starusch in zahnärztliche Behandlung begeben mußte, wurde an ihm ein Eingriff vorgenommen, der seinen Unterkiefer wie seinen Oberkiefer betraf und seine Bißlage korrigieren sollte.

Nach der Behandlung des Unterkiefers vereinbarten der Zahnarzt und der Studienrat eine vierzehntägige Pause; und mit dem Wort Pause auf dicker Zunge verließ der Studienrat die Praxis des Zahnarztes bei nachlassender örtlicher Betäubung. Die halbe Lossprechung, das befristete Vakuum, der Zeitgewinn. »Sie wissen ja, was Ihnen noch bevorsteht. Erholen Sie sich ein wenig.«

Als sich der Studienrat in einem Taxi seinem Wohnbezirk näherte, wollten die beiden Arantil-Tabletten, die er in der Praxis des Zahnarztes zu sich genommen hatte, noch nicht wirken. Mit Schmerzen verließ er das Taxi und drückte seinen Haustürschlüssel. Vor dem Haus, neben den acht mal sechs Klingelknöpfen, wartete ein Schüler auf den Studienrat und wollte ihn sprechen, wie Schüler manchmal ihren Lehrer sprechen müssen: »Dringend.«

Der Studienrat mußte bei zwei Grad unter Null den Mund öffnen: »Jetzt nicht, Scherbaum. Ich komme vom Zahnarzt. Eilt das sehr?«

Der Schüler Scherbaum sagte: »Das hat auch Zeit bis morgen. Aber dringend ist es schon.«

Er führte einen Hund bei sich, einen Langhaardackel. Beide liefen davon, bevor ich das Haus betrat.

Er lehrt, geht spazieren, bereitet sich vor, hofft auf, faßt zusammen, denkt sich was anderes aus, nennt ein Beispiel, wertet, erzieht.

Der Lehrer ist ein Begriff. Vom Lehrer wird etwas erwartet. Von einem Lehrer erwarten wir etwas mehr. Es fehlen Lehrer. Die Schüler setzen sich und blicken nach vorne.

Als sich der Lehrer einer zahnärztlichen Behandlung unterwerfen mußte, sagte er zu seinen Schülerinnen und Schülern: »Nehmt bitte Rücksicht auf euren armen Lehrer. Er hat sich einem Zahnklempner ausliefern müssen, er leidet.«

Der Lehrer an sich. (Er sitzt im Glashaus und korrigiert Aufsätze.) Der Lehrer, in Kästchen verteilt, als Grundschullehrer, Realschullehrer, als Studienrat, Internatslehrer, auch Gewerbelehrer. Der Erzieher oder Pädagoge. (Wenn wir Lehrer sagen, meinen wir den deutschen Lehrer.) Er bewohnt eine noch nicht ausgemessene, im Entwurf schon reformbedürftige, bei aller Enge weltweit gedachte pädagogische Provinz.

Der Lehrer ist eine Figur. Früher war der Lehrer ein Original. Auch heute noch sagen die Schüler leichthin »Pauker«, wenn sie den Lehrer meinen: wie ich vor meinen Schülern von einem Zahnklempner sprach, als ich meinem Zahnarzt einen sadistischen Anstrich geben wollte. (Als wir noch miteinander plauderten, ließen wir den Klempner, den Pauker

dahingestellt sein, ohne unter diesen groben Klassifizierungen zu leiden.)
Er sagte: »Es gibt natürlich eine Unmenge Anekdötchen, in denen der Zahnarzt als moderner Folterknecht Pointen liefern muß. Der ewige Doktor Eisenbarth.«
Ich sagte: »Dem Lehrer steht, gleich, welche Schule oder Klasse, welchen Schulhof er betreten will, gleich, welcher Elternversammlung er Rede und Antwort stehen muß, die Figur des Lehrers im Wege. Lehrer haben an andere Lehrer zu erinnern. Nicht nur an solche, die man gehabt hat, auch an literarische Lehrerfiguren, zum Beispiel an Kluges Doktor Windhebel oder an irgend eine Lehrergestalt bei Otto Ernst; wie überhaupt die sogenannte Gestalt des Lehrers Maßstäbe setzt. Der Lehrer bei Jeremias Gotthelf. (Immer noch werden wir an den Freuden und Leiden eines Dorfschulmeisters gemessen.) Der Lehrer als Sohn eines Lehrers, wie ihn Raabe in der ›Chronik der Sperlingsgasse‹ sieht. Ich sage Ihnen, all diese Schulmeisterlein Wuz, diese schwindsüchtigen Karl Silberlöffel, selbst Flachsmann als Erzieher und die pädagogischen Brosamen des Schulrates Pollack, den Heideschulmeister Karsten, auch Grimms Lehrer Rölke, ach, und die Studienräte, von denen gesagt wird, sie nahmen, als Philologen, schon immer eine Sonderstellung ein, den Studienrat bei Wiechert, den Studienrat bei Binding, alle, alle müssen wir mitschleppen, damit wir an ihnen gemessen werden können: Meiner war ganz anders . . . Meiner erinnert mich an . . . Und meiner, haben Sie mal ›Feldmünster‹ gelesen? – Deshalb sage ich: Wie meine Lehrer in meine Erinnerung eingingen und sich, gemessen an literarischen Lehrergestalten, auch solchen, die im Film vorkommen, nahezu fiktiv benehmen – wie wollte mein armer Professor Wendt gegen einen Professor Unrat ankommen, zumal er an Unrat erinnerte und nicht Unrat an ihn – so werde auch ich meinen Schülern zur Erinnerung werden, verglichen womit?«
Mein Zahnarzt bemerkte, daß es mir an zeitgenössisch literarischen Lehrergestalten mangelte: »Machen Sie sich nichts draus. Auch Zahnärzte kommen in der Literatur kaum, nicht mal in Lustspielen vor. (Es sei denn in Spionageromanen: Der Mikrofilm in der Degudentbrücke.) Wir geben nichts her. Oder: Heute geben wir nichts mehr her. Allenfalls Nebenrollen. Wir arbeiten zu schmerzlos unauffällig. Die Lokalanästhesie hindert uns, Originale zu werden.«
Dabei kamen mir seine Reformbestrebungen reichlich verschroben vor; wie er meine revolutionären Aufschwünge komisch fand, wenn nicht albern. Seine weltweite Krankenfürsorge – meine weltweite pädagogische Provinz. Zwei betriebsblinde Utopisten, verschroben er und ich albern. (Bin ich das? Muß der Lehrende, winzig vor seinem Lehrstoff, den er in Häppchen aufteilen muß, den Spott seiner Schüler fördern?) Meine Schüler lächeln, sobald ich die Lehrbücher in Zweifel ziehe: »Da

ist aber kein Sinn, sondern nur organisiertes Chaos. – Warum lächeln Sie, Scherbaum?«
»Weil Sie trotzdem unterrichten und – das nehme ich ziemlich stark an – trotzdem einen Sinn in der Geschichte suchen.«
(Was soll ich machen? Aus dem Unterricht laufen, mich auf den Schulhof oder in die nächste Konferenz stellen und Aufhören! Aufhören! rufen? »Zwar weiß ich nicht, was richtig ist, weiß ich noch nicht, was richtig ist, aber das muß aufhören, aufhören . . .«)

Auf meinen Zettelchen steht: Ich mag diesen Schüler. Er beunruhigt mich. Was wollte er vorhin? Was hat Zeit bis morgen? (Will er nun doch die Schülerzeitung übernehmen? Will er Chefredakteur werden?)
Oft behandelt mich Scherbaum mit Nachsicht: »Sie sollten das mit der Geschichte und so nicht so tragisch nehmen. Der Frühling ist ja auch sinnlos – oder?«
Vielleicht bin ich doch ein Original. Ich hätte weghören sollen: Mein Lieblingsschüler hat einen Plan.

Zu meinem Zahnarzt sagte ich durch das Telefon: »Einer meiner Schüler hat einen Plan. Hören Sie sich das an. Nach der Stunde kommt der Junge zu mir und sagt: ›Ich hab was vor.‹
Ich darauf: ›Darf ich wissen, was? Etwa auswandern?‹
Er: ›Ich werde meinen Hund verbrennen.‹
Ich machte ›Soso‹, was auch hätte heißen können: ›Was Sie nicht sagen.‹
Er wurde genauer: ›Auf dem Kudamm, vor dem Kempinski. Und zwar am Nachmittag, wenn da Betrieb ist.‹
Jetzt hätte ich abwinken sollen. (›Ihre Sache, Scherbaum.‹) Einfach Kehrtmachen (›Was soll der Unsinn.‹) Aber ich blieb: ›Und warum gerade dort?‹
›Damit die kuchenfressenden Topfhüte was zu sehen bekommen.‹
›Ein Hund ist nicht zum Verbrennen da.‹
›Menschen auch nicht.‹
›Zugegeben. Aber warum ein Hund?‹
›Weil die Berliner Hunde am meisten lieben.‹
›Und warum Ihren Hund?‹
›Weil ich an Max hänge.‹
›Also ein Opfer?‹
›Ich nenne das: Demonstrative Aufklärung.‹
›Ein Hund brennt nicht so einfach.‹
›Ich werde ihn mit Benzin übergießen.‹
›Aber ein Tier. Es handelt sich um ein Tier!‹
›Benzin kriege ich noch. Ich werde die Presse, das Fernsehen hinbestellen und ein Schild malen: Das ist Benzin und kein Napalm. – Die sollen das sehen. Und Max wird, wenn er brennt, laufen. Auf die Tische zu mit

dem Kuchen drauf. Vielleicht fängt was Feuer. Vielleicht begreifen sie dann . . .‹
›Was sollen sie begreifen?‹
›Na wie das ist, verbrennen.‹
›Totschlagen wird man Sie.‹
›Schon möglich.‹
›Wollen Sie das?‹
›Nein.‹«

Ich sprach etwa zehn Minuten lang mit Scherbaum. Eigentlich war ich sicher, daß seinem Dackel nichts passieren konnte. Und zu meinem Zahnarzt sagte ich: »Was meinen Sie, soll man das ernst nehmen oder nur so tun . . .«
Er fragte, ob die Entzündung meines Zahnfleisches zurückgegangen sei und ob die kleine Brandwunde an der Unterlippe abzuheilen beginne. Dann dozierte er: »Fragen wir uns zuerst, warum soll etwas geschehen? Da nichts geschieht, soll etwas geschehen. Denn wie spricht Seneca über Zirkusspiele? ›Aber es ist doch Pause? – So soll man derweile den Leuten die Kehle durchschneiden, damit wenigstens etwas geschieht!‹ – Ein ähnlicher Pausenfüller ist das Feuer: Öffentliche Verbrennungen schrecken nicht ab, sondern befriedigen Lust.« (Das werde ich Scherbaum sagen, das werde ich Scherbaum sagen . . .)

Mach es doch. Wenn es keiner macht, geht alles so weiter. Ich hätte bestimmt. Ich hab noch ganz andere Sachen. Als, zum Beispiel, das U-Boot-Mutterschiff. Damals war Krieg. Immer ist Krieg. Gründe dagegen gibt es genug. Gab es genug. Zwar bin ich nicht sicher, ob wir oder unsere Schichau-Lehrlinge, die unter Moorkähne einen eigenen Verein aufgemacht hatten und aufs Werftgelände durften, weil ja das Mutterschiff ins Trockendock sollte, aber noch bewohnt war, als sich der Brand zuerst auf dem Deck ausbreitete und dann nach innen griff, deshalb versuchten die Fähnriche und Kadetten, sich durch die Bullaugen zu zwängen, und es hieß, man habe sie, weil sie so schrien, von Barkassen aus abgeschossen. Nichts hat man uns (und auch Moorkähne nichts) nachweisen können. Wir machten andere Sachen. Aber die machten wir wirklich. Wir hatten ja unser Maskottchen. Jesus nannten wir das. Jesus war gegen Feuer . . .

Auf dem Schulhof sagte ich zu Scherbaum: »Öffentliche Verbrennungen schrecken nicht ab, sondern befriedigen Lust.«
Er hielt den Kopf schräg: »Bei Menschenverbrennungen mag das stimmen, aber einen brennenden Hund halten die Berliner nicht aus.«
Meine Pause war länger. (Vero Lewand schob ihr Fahrrad auf Umwegen über den Schulhof.) »Sie sind also entschlossen, es zu tun?« (Dann schob

sie es zwischen uns.) »Stellen Sie sich die Zeitungen vor, etwa die Morgenpost.«
»Na und?« Das war Vero. »Kennt man doch.« Das war Scherbaum.
»Die werden sagen: Ein Feigling. Soll er sich doch selber, wenn er Napalm demonstrieren will.«
»Vorhin sagten Sie: Menschenverbrennungen befriedigen Lust.«
»Sage ich immer noch. Denken wir mal zurück. Die grausamen römischen Zirkusspiele. Seneca sagt . . .«
(Sie stoppte mich mit ihrem »Na und?«) Und Scherbaum sprach leise und sicher: »Ein brennender Hund, das trifft sie. Sonst trifft die nix. Die können darüber lesen, soviel sie wollen, und sich Bilder angucken mit einer Lupe, oder im Fernsehen ganz dicht dran sein, da sagen die bloß: Schlimmschlimm. Wenn aber mein Hund brennt, fällt denen der Kuchen raus.«
Gegen Vero Lewands Widerstand – »Paß auf, Flip. Jetzt beginnt er zu objektivieren« – versuchte ich im Geschichtenkästchen zu kramen: »Hören Sie mal gut zu, Scherbaum. Im Krieg, ich meine im letzten, wurde in meiner Heimatstadt ein U-Boot-Mutterschiff von Saboteuren in Brand gesteckt. Die Besatzung, durchweg Fähnriche und Kadetten, versuchte durch die Bullaugen das Schiff zu verlassen. Sie brannten, da sie mit den Hüftknochen steckenblieben, von innen weg ab – na, Sie verstehen schon. Oder in Hamburg, zum Beispiel, da brannten, nachdem man Phosphorkanister geworfen hatte, die Asphaltstraßen. Und die Leute, die aus den brennenden Häusern liefen, liefen auf die brennenden Asphaltstraßen. Mit Wasser war da nichts zu machen. In Sand eingegraben hat man sie, damit keine Luft rankam. Aber sobald wieder Luft rankam, brannten sie weiter. Das kann sich heute keiner mehr vorstellen, wie das ist. Verstehen Sie mich?«
»Genau. Und weil sich das keiner vorstellen kann, muß ich Max auf dem Kudamm übergießen und anstecken, und zwar am Nachmittag.«

Was uns verbindet, das Telefon: »Soll ich etwa Meldung erstatten?« Mein Zahnarzt bat mich, davon abzusehen.
»Könnte ich auch gar nicht. Ich, ausgerechnet ich, soll eine Meldung. Eher würde ich . . .«
Er mischte Zahnmedizinisches mit ironischen Fußnoten: »Lernen wir von den Katholiken und halten wir unser Ohr hin.«

Scherbaum verließ nach der Unterrichtsstunde rasch das Klassenzimmer. Ich beugte mich über Eintragungen. Vom Lehrerzimmer aus übersah ich den Schulhof: er mischte sich in Gruppen, die er vorher geschnitten hatte. Später stand er mit Vero Lewand abseits, nahe dem Fahrradschuppen. Sie sprach, er hielt den Kopf schräg.
Ich suchte ein Gespräch mit Irmgard Seifert. »Wissen Sie«, sagte sie,

»manchmal hoffe ich, daß etwas Reinigendes passiert; aber es passiert ja nichts.«

Ihr Austritt aus der lutherischen Landeskirche – sie datierte ihn auf den Zeitpunkt der Wiederbewaffnung vor mehr als zwölf Jahren und nannte ihn eine spontane Antwort auf das Ja ihrer Kirche zur Bundeswehr – dieser zornige Verzicht hatte ihr Verlangen nach Erlösung nur noch dringlicher werden lassen. (»Jetzt, jetzt müßte etwas passieren!«) Blindlings baute sie auf ihre siebzehn- und achtzehnjährigen Schülerinnen und Schüler: »Diese neue, unbelastete Generation – glauben Sie mir, Eberhard – wird dem überjährigen Spuk ein Ende bereiten. Diese Jungs und Mädchen wollen frisch beginnen und nicht mehr, wie wir, rückwärts schielen, hinter sich bleiben müssen.«
(Damals und jetzt: immer spricht sie in hallende Räume hinein.) »Wir dürfen unsere Hoffnung in den ungebrochenen, dabei so wohltuend sachlichen Wagemut der neuen Generation setzen.«
Was blieb mir übrig, als ein saures Gericht aufzutischen, das stehen geblieben war: »Schauen Sie sich um. Was wurde aus uns? Wie nüchtern und skeptisch entließ uns der Krieg? Wie wollten wir aufpassen und dem Wort der Erwachsenen, dem Erwachsenenwort mißtrauen? – Wenig blieb davon. Gesetzte Mittdreißiger bis Vierziger finden kaum Zeit, sich ihrer Niederlagen zu erinnern. Wir haben gelernt, die Lage zu sondieren. Ellenbogen einsetzen. Notfalls anpassen. Beweglich bleiben. Sich nur nicht festlegen. Verschlagene Taktiker, auch tüchtige Fachkräfte, die das Mögliche anstreben und – falls sich nicht unerwartet Widerstände ergeben – sogar erreichen. Das ist aber auch alles.«

Dieses Gespräch begann im Lehrerzimmer und wurde bei mir fortgesetzt. In meiner »Junggesellenhöhle«, wie Irmgard Seifert sagt. Alles stand da und hörte zu. Mein Schreibtisch mit dem Angefangenen. Das Regal voller keltischer Scherben. Dazwischen römische Stücke aus der Voreifel. Bücher, Schallplatten. Auch auf meinem neuen Berber lagen Bücher und Schallplatten.
Wir saßen, wie immer mit einem Glas Mosel in Reichweite, auf meiner Couch, ohne uns, doppel- wie eindeutig, näher zu kommen. Irmgard Seifert sprach über das Glas hinweg: »Ich gebe Ihnen, wenn auch ungern, recht. Zweifellos hat unsere Generation versagt. Aber war es nicht bequeme Ausflucht, in uns Hoffnung zu setzen, von uns das Befreiende zu erwarten? Wir, die man geopfert hatte, wir konnten das Opfer nicht bringen. Wir, mit siebzehn schon gezeichnet von einem verbrecherischen System, wir konnten die Zeit nicht wenden, wir nicht.«
Das war es – ist es wohl immer noch: Zeitenwende. Erlösung. Das Reinigende Befreiende. Das Opfer. Doch als ich von Scherbaum und

seinem Plan sprach, hörte sie nur zerstreut zu, griff nach Büchern und Schallplatten, die sie wieder auf dem Teppich verteilte. Ungeduldig wartete sie, bis ich Scherbaums Plan und die Konsequenzen seines Vorhabens übersichtlich geordnet hatte. Dann besang sie abermals sich und die Verworfenheit unserer Generation: »Wir hatten schon abgebaut, bevor wir versuchten, den ersten Stein zu setzen. Jetzt ist es zu spät. Jetzt wird man uns wegräumen.«
»Wer wird uns wegräumen?«
»Das Neue, noch Ungedachte, die kommende Generation . . .«
»Wenn ich an meinen Schüler Scherbaum denke . . .«
»Wegfegen wird man uns . . .«
». . . der ja auch Ihr Schüler ist, nicht wahr . . .«
». . . Unrat, der liegen blieb.«
». . . wenn ich an ihn und sein radikales Vorhaben denke . . .«
»Sie sollten begreifen, Eberhard. Als ich siebzehn zählte, eine, wie Sie sagen würden, gläubige BDM-Ziege, war ich schon gezeichnet, trug ich schon das Mal . . .«
»Trotzdem müssen wir Scherbaum hindern . . .«
»Und doch glaubte ich richtig zu handeln, als ich in jenem Bauern einen Feind vernichten wollte . . .«

Bevor sich Irmgard Seifert in ihr Kinderlandverschickungslager verlieren konnte, wechselte ich das Thema: wir plauderten bis kurz nach Mitternacht über Schulisches. Zuerst über Förderstufen und Begabungsfindung, dann über das Exemplarische in der Stoffmasse, nicht ohne Ironie über Erziehung als ein dialogisches Verhältnis, auch über die neue Prüfungsordnung für die zweite pädagogische Staatsprüfung. Es blieb nicht aus, daß wir uns Anekdoten aus unserer Referendarzeit boten. Heiterkeit, wenn auch bemühte Heiterkeit, erlaubte uns, den einen oder anderen Kollegen spöttisch zu sehen. Ich parodierte eine unserer Konferenzen, auf der es, wie üblich, um Lehrmittelbeschaffung ging. Irmgard Seifert lachte. »Ja, wir armen Praktiker an der Schulfront . . .« Und als wir uns bei unserem Lieblingsthema, beim Hamburger Versuch der integrierten Gesamtschule, gefunden hatten, als wir übereinstimmten, daß nur mit Hilfe dieser Konzeption die veralteten Formen der Aufnahmeprüfung und der Versetzung abgeschafft werden könnten, als wir uns so, auf dem Reformweg, einig sahen, meinte ich schon, meiner Kollegin Mut gemacht zu haben. Doch als sie ging – zwischen Wohnungstür und Fahrstuhl – suchte sie wieder Erlösung: »Haben Sie nicht auch, dann und wann, diesen irrsinnigen Wunsch, es möge etwas passieren, etwas Neues, das noch nicht Sagbare, etwas – bitte lachen Sie nicht, Eberhard – das uns umwirft, uns alle umwirft . . .«
(Auf ein Zettelchen schrieb ich: Wie schüchtern und stammelnd meine sonst so kühle Kollegin um ihren Untergang wirbt.)

Wer hält sich schon Zierfische? Sorgfältige Fütterung, wohltemperiertes Wasser, reichlich Sauerstoff, Mittelchen gegen Schmarotzer – und doch schwimmt heute ein Schleierschwanz, morgen ein Goldbarsch mit dem Bauch nach oben. Die Guppys fressen ihre eigenen Jungen. Widerlich trotz indirekter Beleuchtung. »Sie sollten den Unsinn aufgeben, Irmgard.«
»Geht es in Ihrer 12 a etwa manierlicher zu?«

Ich telefonierte mit meinem Zahnarzt, sagte, als er nach meinem Befinden fragte: »Ganz gut«, obgleich mein Zahnfleisch schmerzte und alle vier Stunden gespült werden mußte. Dann breitete ich meinen Plan aus, den er einen typischen Lehrerplan nannte, um mir dennoch zuzustimmen und praktische Ratschläge zu erteilen, sachlich knapp, als handelte es sich um eine Wurzelbehandlung. Er buchstabierte mir die Adresse eines ziemlich verhemmten Sonderlings, den ich in Reinickendorf aufsuchte: in seiner Privatsammlung vergilbter Scheußlichkeiten sowie im Ullstein-Archiv und bei der Landesbildstelle fand ich runde fünfundzwanzig Schwarzweiß- und Farbdias, die ich Scherbaum nachmittags in unserem Biologiesaal vorgeführt habe.
Zuerst winkte er ab: »Kann mir schon denken, was Sie mir vorsetzen wollen. Kenne ich alles.«
Erst als ich an seine Fairness appellierte: »Sie haben mich mit Ihrem Plan bekannt gemacht, Scherbaum, nun müssen Sie mir, dem Lehrer, auch eine Chance einräumen«, gab er nach und versprach, zu kommen: »Na schön. Damit Sie sich später sagen können: Ich habe alles versucht.«

Er kam mit seinem Langhaardackel. (»Max will auch was sehen.«) Also zeigte ich beiden mein Programm: zuerst primitive Holzschnitte, die mittelalterliche Hexen- und Judenverbrennungen zum Motiv hatten. Dann das Kochen in siedendem Öl zur Abtötung des lustvollen Fleisches. Dann die Verbrennung des Hus. Dann Verbrennungsgreuel der Spanier in Süd- und Mittelamerika. Dann Witwenverbrennungen in Indien. Dann dokumentarische Aufnahmen: die Wirkung der ersten Flammenwerfer, Phosphorverbrennungen im zweiten Weltkrieg, Details von Opfern bei Großbränden und Flugzeugabstürzen, Dresden, Nagasaki, zum Schluß die Selbstverbrennung einer vietnamesischen Nonne.
Scherbaum stand neben dem Bildwerfergerät und stellte keine Fragen, während ich meine Sprüche klopfte über die Holzbeschaffenheit bei Hexenverbrennungen (Ginster, des grünlichen Qualmes wegen) über den Topos der Reinigung durch das Feuer (Vorhölle) über das Brandopfer an und für sich (»Nicht nur die Bibel könnte uns Hinweise geben«) über Bücherverbrennungen von der Bannbulle bis zu den Barbareien der

Nationalsozialisten, über Sonnenwendfeuer und ähnlichen Hokuspokus, auch über Verbrennungsöfen. (»Sie werden verstehen, Scherbaum, wenn ich auf Auschwitz nicht näher eingehen möchte.«)
Als ich die Dias durchhatte, sagte er, mit Max auf dem Arm: »Alles nur Menschen. Ich will aber einen Hund. Verstehen Sie? Menschen, das ist bekannt. Das hat man geschluckt. Da sagen die nur: Schlimmschlimm. Oder: Wie im Mittelalter. – Aber wenn ich einen lebenden Hund, und zwar hier, in Berlin . . .«
»Denken Sie an die Tauben. Man hat sie vergiftet. Großaktion nannte man das, hier, in Berlin . . .«
»Das ist doch klar. Das war eine Masse. Die störte. Das wurde geplant und angekündigt. Jeder hatte Zeit, wegzugucken. Das sah man nicht. Also ging das in Ordnung . . .«
»Wovon sprechen Sie, Scherbaum . . .«
»Na vom Taubentod . . . Auch weiß ich, daß man früher Ratten, um die Ratten zu vertreiben, angesteckt hat. Soll auch vorgekommen sein, daß Brandstiftung versucht worden ist mit brennenden Hühnern. Aber einen brennenden laufenden jaulenden Dackel in einer Stadt wie Berlin, die nach Hunden verrückt ist, das hat es noch nicht gegeben. Nur wenn ein Hund brennt, werden sie kapieren, daß die Amis da unten Menschen verbrennen, und zwar jeden Tag.«
Scherbaum half mir, die Dias einpacken. Er stülpte die Wachstuchhaube über das Bildwerfergerät und bedankte sich für die Extravorstellung: »War eigentlich interessant.«

Als ich die entliehenen Dias wieder ablieferte (dem alten Herrn in Reinickendorf schickte ich sie per Einschreiben) begriff ich die Lächerlichkeit meiner Niederlage. (So also ist das, wenn Irmgard Seifert tagtäglich an ihrem Aquarium scheitert.)
Ich rief meinen Zahnarzt an und mußte mir sein Bedauern über das mißglückte Experiment anhören: »Aber wir wollen weder aufgeben noch dem blöden Schicksal seinen Lauf lassen.« Es folgten Seneca-Zitate, auch Beiseitegesprochenes – »Protrusion der oberen Frontzähne . . .« (Seine Hilfe füllte Karteikarten aus.) Dann war er wieder bei der Sache: »Haben Sie bei Ihrem Schüler Anzeichen von Mitleid mit dem Hund bemerkt?«
»Doch. Dochdoch. Scherbaum begleitete mich mit seinem Dackel – ein wirklich possierliches Tier – bis zur Bushaltestelle. Kurz bevor der Bus kam, beteuerte er, daß ihn das nicht kalt lasse mit Max – so heißt der Hund – er habe ihn immerhin schon vier Jahre.«
»Dann ist noch Hoffnung!« sagte mein Zahnarzt.
»Begleiter der Hoffnung ist die Furcht.«
Er interpretierte mein Zitat: »Seneca beruft sich hier auf Hekaton, der gesagt hat: ›Du fürchtest nicht mehr, wenn du nicht mehr hoffst.‹

– Doch da wir um Ihren Schüler besorgt sind und – alles in allem – Anlaß zur Furcht besteht, dürfen wir wohl auch hoffen, nicht wahr?«
»Ich hoffe, der Bursche fängt sich irgendwo eine handfeste Grippe ein und bleibt bettlägerig . . .«
»Immerhin hoffen Sie. Immerhin.«
Mein Zahnarzt gab zu verstehen, daß auf seinem Schreibtisch noch mehrere Dutzend Karteikarten lückenhaft seien: »Sie wissen, daß ich der zahnärztlichen Behandlung des Vorschulkindes besondere Aufmerksamkeit schenke. Die Karies ist im Vormarsch begriffen. Der Befall des Milchgebisses, erschreckend. Unsere Statistiken sprechen von neunzig Prozent im Postpubertätsalter. Zugegeben: eine Zivilisationserkrankung, aber der Urwald ist auch keine Lösung . . .«
Bevor wir auflegten, versäumte er nicht, nach meinem Vorrat an Arantil zu fragen: »Sind Sie noch ausreichend versorgt?«

(Mit Arantil war ich versorgt.) Und mit Zettelchen, die ich zu Zettelchen legte. – Der Junge ruiniert sich. Der Junge ruiniert mich. Wie steh ich da, wenn er es tut. Soll er doch Rücksicht nehmen. Als wenn ich keine Lust hätte. Oder dreinschlagen, abräumen. (Zehntausend Bulldozer . . .) Klare Verhältnisse schaffen. Wieder bei Null beginnen. Der revolutionäre Urtrieb kurz nach dem Zähneputzen, kurz vor dem Frühstück: Schluß machen mit den scheinheiligen Reformisten und den heißen Atem der Revolution wehen lassen, damit eine neue Gesellschaft . . . Jetzt sollte eine Schulreise eingeplant sein. Nach Bonn, meinetwegen. Wir könnten uns von der Galerie aus anhören, was es über die mittelfristige Finanzplanung zu erzählen gibt. Und hinterher Aufsätze: Wie arbeitet der Bundestag? – Oder: Wenn ich Bundestagsabgeordneter wäre. – Auch provokativ: Parlament oder Quasselbude? – Könnte natürlich von Bonn aus anrufen: »Linde, ich bin es. Na ich. Dein ehemaliger. – Ja, weiß ich. Ist lange her. Und nicht nur meine Stimme hat sich verändert. Aber deine überhaupt nicht. Wollen wir uns? Wo? Am besten in Andernach auf der Rheinpromenade. Ich warte an der Bastion zwischen den Maria-Hilf-Täfelchen, weißt du noch? Zwei drei Stunden lang bin ich abkömmlich. Du willst nicht mit mir allein? Der Geschäftsführer im Hotel Traube? Ach so. Verstehe. Soll ich als Anstandswauwau einen Schüler mitbringen? Hochbegabt, heißt Scherbaum. Habe ihm andeutungsweise von uns erzählt. Ich meine, von dir und mir damals. Vormittags waren wir im Bundestag. Ziemlich deprimierend. Und stell dir vor, der Junge will seinen Hund mit Benzin übergießen und verbrennen. Öffentlich. Nein. Nicht in Bonn. Bei uns auf dem Kurfürstendamm vor dem berühmten Hotel Kempinski. Weil die Berliner nach Hunden verrückt sind, sagt er . . .« – Aber das könnte ich Scherbaum vorschlagen, wenn er nicht abläßt von seinem Plan: Scherbaum, meine ehemalige Verlobte rät Ihnen, Ihren Hund nicht in

Berlin, wo Sie nur ein paar kuchenlüsterne Damen schockieren, sondern in Bonn, wo die politische Macht sitzt, öffentlich zu verbrennen. Genau plaziert, vor einer wichtigen Bundestagssitzung: wenn sie vorfahren, der Kanzler und seine Minister . . .

Als ich Scherbaum und seine Freundin Vero auf den Haupteingang des Bundeshauses hinwies, sagte er, das habe er sich auch schon überlegt.
»Und warum dann hier und nicht in Bonn?«
»Das geht da unter im allgemeinen Trubel.«
»Die lachen doch nur, wenn sie Max brennen sehen, und sagen: Na und? – Öffentliches Ärgernis nennen die das.«
»Aber in Bonn sitzt die Macht.«
»Doch nach Hunden verrückt sind sie nur in Berlin.«
Ich versuchte, Scherbaums lokale Festlegung lächerlich zu machen. Von einer fixen Idee sprach ich, von der üblichen Überschätzung der Berliner Situation.
Vero Lewand kam mir mit Zahlen: »Wissen Sie überhaupt, wie viele Hunde hier angemeldet sind? – Na also.«

Sie weiß alles beinahe. Gleichmäßig belehrend spricht sie durch die Nase. Fordernd tritt sie im Plural auf: »Wir verlangen Mitbestimmung bei der Lehrplangestaltung . . .« Sie gehört einer Gruppe an, der Scherbaum nicht angehört. Sie trägt zinkgrüne Strumpfhosen und fordert als Unterrichtsfach Sexualkunde, die sich nicht auf biologische Fakten beschränkt. Gestern noch ging sie mit einer Metallsäge um: Sternchenpflücken – heute spielt sie nicht mehr. Dabei anhänglich: eine Klette in Scherbaums Pullover. (»Hau ab, Mensch. Du stinkst nach Gruppenmief.«) Er duldet sie gutmütig; wie er mich gutmütig reden läßt: »Scherbaum, ich rate Ihnen dringend, von Ihrem irrationalen Vorhaben Abstand zu nehmen . . .«

Irmgard Seifert hörte mir mit offenem Gesicht und einer Kopfhaltung zu, die im allgemeinen Aufmerksamkeit verspricht. Sie nickte, während ich vor ihr den Fall Scherbaum ausbreitete, an den richtigen Stellen. Erstaunen Verständnis Bestürzung glaubte ich ihren Augen ablesen zu können. Als ich um ihre Meinung, wenn möglich, um ihren Rat bat, sagte sie: »Sie werden das vielleicht verstehen können: diese alten Briefe haben mein Leben grundsätzlich geändert . . .«
Sobald ich versuchte, mit einem Zwischensatz (»Das bedeutet Rückfall ins Ritual«) die Angelegenheit Scherbaum zu retten, hob sie nur leicht die Stimme: »Sie erinnern sich vielleicht. Während eines Wochenendbesuches bei meiner Mutter in Hannover stieß ich, beim Kramen in der Gerümpelecke unseres Trockenbodens, auf Schulhefte, Schülerzeichnungen und endlich auf Briefe, die ich kurz vor Kriegsende als stellver-

tretende Leiterin eines Lagers für evakuierte Stadtkinder geschrieben hatte . . .«
»Sie erzählten davon. Ein Lager im westlichen Harz. Damals waren Sie so alt wie unser Scherbaum heute . . .«
»Sie haben recht. Ich war erst siebzehn. Auch sei zugegeben, daß der blinde Glaube an Führer, Volk und Vaterland damals allgemein war. Dennoch stellt mich dieser hysterische Schrei nach der Panzerfaust heute noch in Frage. Ich hatte die Stirn, vierzehnjährige Buben an dem Mordinstrument ausbilden zu lassen . . .«
»Aber Ihre Kampfgruppe, liebe Irmgard, ist doch gar nicht zum Einsatz gekommen . . .«
»Nicht mein Verdienst. Die Amerikaner überrollten uns . . .«
»Und damit sollte auch Ihre Geschichte aus der Welt sein. Wer wollte heute ein siebzehnjähriges Mädchen von damals anklagen, wenn unser allerneuester Bundeskanzler, trotz seiner Vergangenheit, als zumutbar gilt ...«
»Ich habe jedes Recht verwirkt, den Fall Kiesinger zu beurteilen. Davon spricht mich niemand frei. Schließlich habe ich einen Bauern, einen einfachen Bauern, bei der Kreisleitung denunziert, nur, weil er sich geweigert, standhaft geweigert hatte, seinen Acker für das Ausheben eines Panzergrabens herzugeben.«
»Der gute Bauer starb, wie Sie mir kürzlich erzählten, ein Jahrzehnt später eines natürlichen Todes. Wenn Sie es nicht über sich bringen; ich spreche Sie frei.«
Dieser Freispruch gab mir Gelegenheit, Irmgard Seiferts Zorn kennen zu lernen. Soeben noch saß sie, jetzt stand sie: »Ich verbiete Ihnen, bei aller Freundschaft, derart oberflächlich meinen Konflikt lösen zu wollen.«

(Später, immer noch verärgert, notierte ich einige Seitenhiebe auf die chaotischen Zustände in ihrem Aquarium: »Und wie geht es Ihren lebenslustigen Zierfischen? Wer frißt da wen zur Zeit?«) Im Lehrerzimmer blieb ich verbindlich: »Ihre schuldhafte Verstrickung sollte Ihnen heute die Kraft geben, junge Menschen, die ihr wachsendes Mißtrauen noch nicht formulieren können, behutsam zu leiten.«
Sie schwieg, und ich sprach in das Loch hinein: »Bedenken wir bitte gemeinsam, daß unser Philipp Scherbaum knappe siebzehn Lenze zählt. Er leidet an der Welt. Das fernste Unrecht trifft ihn. Er sieht keinen Ausweg. Oder nur den einen: seinen Hund will er öffentlich verbrennen und so der Welt – oder zumindest den Berliner Hundeliebhabern – ein Zeichen geben.«
Da war sie wieder: »Das ist Unsinn!«
»Gewiß. Gewiß. Dennoch müssen wir die ausweglose Situation des Jungen begreifen lernen.«
Umgeben von der Ordnung des Lehrerzimmers sprach sie: »Das ist ein unverantwortlicher Unsinn.«

»Wem sagen Sie das. Dennoch ist es mir bisher nicht gelungen, den Jungen von seinem Vorhaben abzubringen.«
Der Erzengel sprach: »Dann sollten Sie sich veranlaßt sehen, Meldung zu erstatten.«
»Sie meinen . . .«
»Ich meine nicht, sondern rate Ihnen dringlich.«
»Etwa bei der Schulleitung?«
»Ach was. Drohen Sie dem Jungen mit der Polizei. Dann wollen wir weitersehen. Notfalls, wenn Sie nicht bereit sind, werde ich mich entschließen müssen.«

(Irmgard Seifert hat es mit der Polizei. Muß ich jetzt sagen: immer noch?) Mein Zahnarzt winkte am Telefon ab: »Wer wird denn gleich nach den Ordnungshütern rufen wollen. Setzen Sie das Gespräch mit dem Jungen fort. Gespräche verhindern Taten.«

So zum Komplizen der Ordnung werden. Er behandelt alles wie die Karies: »Vorbeugen muß man. Keine Revolution, sondern zahnmedizinische Prophylaxe. Entschließen wir uns endlich zur Frühbehandlung. Zur Lutschbekämpfung. Feldzüge wider das Mundatmen. Pusteübungen gegen den Distalbiß. Zu viele Taten und einäugige Erfolge. Der Griff nach dem Mond und immer noch keine wirksame Heilzahnpaste. Zu viele Täter und Knotenspalter!«
Ist die Tat etwa aktive Resignation? Etwas will sich entwickeln und bewegt sich minimal, da kommt der Täter und schlägt die Fenster zum Treibhaus ein. »Also leugnen Sie, daß frische Luft (Frischluft) in jedem Fall eine Wohltat ist?«
»Dadurch wurde ein Entwicklungsprozeß unterbrochen, dessen Vorergebnisse immerhin hoffen ließen . . .«
Die Tat als Ausflucht. Irgendwas muß geschehen. Der Täter, ein juristischer Begriff. Was heißt, sich zur Tat aufraffen, etwas in die Tat umsetzen? (Wenn mein Zahnarzt mit dem Gespräch Taten verhindern will, befindet er: Das Gespräch ist keine Tat.) Ich erinnere mich, wie er meinen Zahnstein nach erstem Blick einschätzte: »Das sieht ja bös aus. Den wollen wir radikal entfernen.« Wie, wenn ich den Kapitalismus mit dem zu entfernenden Zahnstein vergleiche?
Und trotzdem. War der Eingriff in meine Progenie, die mein Zahnarzt eine echte, weil angeborene nannte, nicht auch eine Tat? Er wird sagen: Erkenntnis plus Handwerk, während das voreilige Ziehen der Zähne, dieser Wahn, eine nicht mehr schmerzende Lücke schaffen zu wollen, eine Tat ohne Erkenntnis ist: Dummheit wird tätig.
Also Fleiß, Zweifel, Vernunft, Dazulernen, Zögern, mehrmaliger Neubeginn, kaum merkliche Verbesserungen, einkalkulierte Fehlentwicklungen, Evolution Schritt für Schritt: die Springprozession; während

der Täter langsame Abläufe überhüpft, das hemmende Wissen abwirft, leichtfüßig und faul ist: Die Faulheit als Sprungbrett der Tat.
Oder auch Angst. Die Entwicklung, so scheint es (ist es) ist nicht mehr abzulesen. Kein Zeiger schlägt aus und meldet den kleinen alltäglichen Fortschritt. Stillstand und Leerlauf atmen die berühmte Friedhofsruhe, in die meine Kollegin, Irmgard Seifert, ihr »Wenn doch etwas geschehen würde . . .« hineinspricht. Ruhe bei steigenden Verlustzahlen. Ein angstgeducktes Stillhalten, das Scherbaum mit seiner Tat aufscheuchen möchte: Angst treibt zur Tat.
Mein Zahnarzt lachte ins Telefon: »Kinder pfeifen im Wald. Schon die Erschaffung der Welt, als bloße Tatenfolge in Fortsetzungen, ist eine Angsttat gewesen, die sich als Schöpfung tarnte. Solch schlechtes Beispiel zeugt fort. Täter nennen sich Schöpfer. Man hätte vorher mit dem alten Herrn da oben reden sollen. Sie kennen meine These: Gespräche verhindern Taten.«
Muße als Summe der Erfahrung empfiehlt uns Seneca als alter Mann, der seinem Nero die Reden geschrieben und der Tat das Wort geliefert hat. (Ratschläge, die er mir erteilte.) Soll ich ein Aufsatzthema stellen: Was sind Taten? Oder soll ich Scherbaum zum Lucilius machen, damit er sich im Gespräch versäumt? – Ein tätiger Zahnarzt, der den Zahnstein, das Böse, entfernt und sich Eingriff um Eingriff erlaubt, hat gut reden. Täter raten zur Muße.

Sie standen in Gruppen, die Scherbaum rasch wechselte. Seit Jahresbeginn hielt die trockene Kälte an. Eng standen sie in Gruppen. (»Schlotter«, ihr Donald Duck-Wort für Frieren; diese Kürzelsprache: Mampf, Schmatz, Seufz, Stolper . . .) Vero Lewand ließ eine Zigarette kreisen. (»Na und?«) Auch die Sperlinge zwischen den Gruppen in Gruppen.
Als ich Scherbaum auf dem Schulhof stellte, richtig stellte, indem ich seinen Weg schnitt, als er von einer Gruppe zur nächsten wechseln wollte, sagte ich vorsätzlich: »Es tut mir leid, Philipp. Ich werde, falls Sie von Ihrem Plan nicht ablassen wollen, Meldung erstatten müssen, und zwar bei der Polizei. Sie wissen, was das bedeuten kann.«
Scherbaum lachte, wie nur Scherbaum lachen kann: nicht einmal verletzend, eher gutmütig überheblich und mit besorgtem Unterton, als wollte er mich wieder einmal schonen: »Das werden Sie sich bestimmt nicht antun. Dafür haben Sie eine viel zu große Achtung vor sich.«
»Dennoch überlege ich ernsthaft, wie eine solche Meldung notfalls zu formulieren wäre . . .«
»Das halten Sie gar nicht durch, den Weg zum Revier und so . . .«
»Ich warne Sie, Philipp . . .«
»Das paßt überhaupt nicht zu Ihrem Haarschnitt.«
(Sie ließ der Gruppe den Rest der Zigarette, näherte sich in zinkgrünen Strumpfhosen.) Planlos begann ich aufzuzählen: Die Sinnlosigkeit, den

Hochmut, die Gefahr, Bestialität, die Dummheit. Ich reihte Worte wie: einerseits, gerade weil, unglaubhaft, ohnmächtig, irreal. Scherbaum genügte kein Wort. »Kenne ich«, sagte er. »Sie müssen ja so reden als Lehrer.« Und Vero Lewand sagte, als ich vom falschen Beifall, vom törichten Kurzschluß sprach: »Na und?«
»Auch Frau Studienrat Seifert würde an meiner Stelle so sprechen, wenn Sie von Ihrem Vorhaben wüßte.«
»Ach so. Der Erzengel weiß schon.«
Bevor ich abschwächen konnte, war Vero Lewand dran: »Die. Die kann überhaupt nix sagen. Dauernd redet sie vom Widerstand und von der Pflicht zum Widerstand.«
Sie parodierte Irmgard Seifert, indem sie nicht ihren Stimmfall nachahmte, sondern ihren Aussagestil in Anführung setzte: »Aber in den dunkelsten Stunden unseres Volkes standen immer wieder Männer auf und schritten zur Tat. Sie setzten ein Zeichen. Sie boten dem Unrecht die Stirn!« Durch Fingerschnalzen gab mir Vero Lewand ein Zeichen: Jetzt sind Sie wieder dran.
Über Brücken wie: »Sie meinen jetzt sicher . . .« oder: »Sie könnten jetzt sagen . . .« baute ich mir einen langatmigen Kartenhausdialog, den Scherbaum, auf einmal ungeduldig, zerstörte: »Warum sagen Sie nicht: Mach es? Warum sagen Sie nicht: Du hast recht? Warum machen Sie mir keinen Mut? Denn Mut gehört dazu. Warum helfen Sie mir nicht?«
(Die Pause danach ließ sich schlecht ertragen. Keine Zuflucht in einem Satzgehege. Na, spring schon, spring!) »Scherbaum, mein letztes Wort. Ich werde mir im Tierheim Lankwitz einen Hund besorgen, werde ihn an mich gewöhnen, werde dann genau an der Stelle, die Sie mir bezeichnen, den Hund mit Benzin übergießen und anstecken. Auch Ihr Plakat werde ich mitführen. Und die Presse, das Fernsehen werden dabei sein. Wir werden gemeinsam ein Flugblatt aufsetzen, sachlich informierend über die Wirkung von Napalm. Das können Sie, nachdem man mich verhaftet oder womöglich fertig gemacht hat, mit Ihrer Freundin auf dem Kudamm verteilen. Einverstanden?«
Der Schulhof leerte sich. Schon kamen die Sperlinge. Meine Zunge prüfte die beiden Fremdkörper: Degudent, ein Spezialverfahren. Vero Lewand atmete mit offenem Mund. Und Scherbaum guckte in die durchlässigen Schulhofkastanien. (So stand auch ich mal, guckte, erfand mir aber feste Punkte nicht in der Luft, setzte sie in den Sand: Störtebeker entwirft schon wieder. Er hat einen Plan. Er hat einen Plan . . .) Das letzte Klingelzeichen. Darüber die Panam nach Tempelhof.
»Einverstanden, Philipp, einverstanden?«
»Paß auf, Flip. Mao warnt vor den buntgemischten Gelehrten.«
»Halt du dich raus. – Muß überlegt werden.«
»Nein jetzt, Philipp, einverstanden?«

»Das kann ich ohne Max nicht entscheiden.«
Beide ließen mich stehen. In meiner Tasche suchte meine Hand Arantil: die kleine Sicherheit.

»Verstehe, verstehe!« Mein Zahnarzt sagte: »Sie wollen Zeit gewinnen. Hund anschaffen. Hund an Herrchen gewöhnen. Scherbaums Plan überreif werden lassen. Vielleicht passiert zwischendurch was. Immer ist Hoffnung auf Waffenstillstand. Oder der Papst schenkt der Welt eine neue Friedens-Enzyklika. Die Börse reagiert nervös. Sonderbotschafter treffen sich an einem dritten Ort. Nicht übel Ihre Taktik, nicht übel.«
»Auf keinen Fall will ich zusehen, wie sich der Junge einer eventuellen Lynchjustiz ausliefert.«
Er war nicht zu überzeugen – »Sag ich ja: nicht aussichtslos, Ihr taktisches Vorgehen« – und auch ich glaubte jeweils nur einen halben Satz lang an meinen Schülerrettungsversuch. (Und war doch beim Rasieren vor dem Spiegel entschlossen gewesen, es zu tun, es zu tun . . .) Er mußte mich kennen. Er hatte meinen abgesprengten Zahnstein analysiert: »Sie sollten sich in Lankwitz um eine gedeckte Hündin bemühen. So geben Sie ihrem Schüler Gelegenheit, Sie von Ihrem Versprechen zu entlasten. Denn niemals wird er verlangen, daß Sie ein tragendes Tier verbrennen.«
»Ihre zynischen Vorschläge verraten medizinische Herkunft.«
»Ach was. Konsequent führe ich Ihren Gedanken weiter. Jedenfalls dürfen wir gespannt sein, was der Junge und der Dackel gemeinsam beschließen.«

Und wenn er jetzt ja sagt. Wenn das auf mich zukommt? Wenn er ganz einfach zwischen Anführung und Abführung »ja« sagt? – Das nimmt mir Entscheidungen ab. (Auch private.) Ich kann einen Schlußstein setzen: Westberliner Studienrat, 40, protestiert gegen Krieg in Vietnam, indem er einen Hund, Spitz, öffentlich verbrennt . . . Aber nicht auf dem Kudamm. Da komme ich lieber auf den Bundestag zurück. Das ist, wenn man von der Wirksamkeit des Protestes ausgeht, seriöser. Müßte gut vorgeplant sein. Mit Presseerklärung über alle Agenturen. Vor einer Großen Anfrage. Könnte vorher meiner ehemaligen Verlobten schreiben: »Liebe Linde, komm doch, bitte, nach Bonn vor das Bundeshaus, Haupteingang. Und bring, bitte, die Kinder mit. Auch Deinen Mann, wenn es sein muß. Ich will Dir was zeigen, nein, beweisen, damit Du endlich begreifst, daß ich nicht der liebenswerte wehleidige Underdog bin, aus dem Du unbedingt einen Studienrat machen wolltest, sondern vielmehr ein Mann, das heißt, ein Täter. Komm, Linde, komm! Ich gebe der Welt ein Zeichen . . .«

Mein Unterricht profitierte von dem gespannten Lehrer-Schüler-Ver-

hältnis. Ich versuchte, immer auf Fakten gestützt, Scherbaum mit dem Chaos der Geschichte bekannt zu machen. (Außer ihm und Vero Lewand zählt die Klasse kaum: das hockt sich so durch oder vorwärts und genügt mittleren Ansprüchen.) Ich legte es darauf an, die Absurdität vernünftig gemeinter Handlungen bloßzulegen. Außerplanmäßig behandelten wird die Französische Revolution und ihre Auswirkungen. Ich begann mit dem Ursachenzusammenhang. (Die Ideen der Aufklärung: Montesquieu, Rousseau. Die Kritik der Physiokraten am merkantilistischen Wirtschaftssystem und am ständischen Stufenaufbau der Gesellschaft.) Bis zur Ermüdung machte ich Scherbaum auf die Auseinandersetzungen zwischen den Vertretern der liberalen und der totalen Demokratie aufmerksam. (Ableitungen auf die späteren Gegensätze zwischen parlamentarischer – formaler – Demokratie und dem Räte-System.) Wir sprachen über die moralische Rechtfertigung des Terrors. Eine Stunde lang nahm ich den zeitlosen Slogan »Friede den Hütten, Krieg den Palästen!« auseinander. Schließlich dokumentierte ich, wie – und wie unersättlich – die Revolution ihre Kinder frißt. (Büchners Danton als Zeuge der Absurdität.) Und wie alles in Reformismus endete. Das hätte man, bei Geduld, billiger haben können. So wurde Napoleon möglich. Die Revolution als Reproduktion. Kleine Ausflüge: Cromwell – Stalin. Absurde Zwangsläufigkeiten: Revolution schafft Restauration, die durch Revolution beseitigt werden soll. Desgleichen Auswirkungen außerhalb Frankreichs: Forster in Mainz. (Wie ihm die Luft ausgeht. Wie er verreckt. Wie ihn Paris einnimmt und ausspeit.) Und am Schweizer Beispiel zeigte ich, wie sich Pestalozzi von der Revolution abkehrt, weil sie in Reformen und Reförmchen stecken bleibt, während er die große Veränderung wollte, die neue Menschwerdung. (Ähnlich Marcuse. Flucht in die Heilslehre: befriedetes Dasein.) Vorsichtig zitierte ich Seneca, bevor ich den resignierenden Pestalozzi zitierte: »Bessere Menschen werden einst auch bessere Menschen an ihre Spitze rufen . . .«
Zuvor notierte ich meine Bedenken: Es kann sein, daß Scherbaum lacht, wenn ich ihm vorsichtig mit Seneca und ausführlich mit Pestalozzi komme. Soll er lachen. Auch Gelächter verhindert Taten.
Aber er blieb aufmerksam und wie immer skeptisch. Keine Lachgrübchen.

Ein Hundefriedhof flankiert die Zufahrt zum Tierheim Lankwitz. Grabsteine (Format Kindergrabstelle) erzählen von Putzi, Rolf, Harras, Bianka. Alte Frauen kommen immer wieder und zupfen am Efeu. Manchmal sind Fotos im Marmor eingelassen. Inschriften sprechen von Treue, von unvergeßlicher Treue.

Scherbaum wartete vor Beginn des Unterrichtes an der Bushaltestelle: »Wir haben es uns überlegt. Es geht nicht.«

»Darf ich den Grund, die Gründe wissen?«
»Ihr Vorschlag hätte uns beinahe schwach gemacht.«
»Eine verständliche Schwäche . . .«
»Ich gebe ja zu: Natürlich haben wir Angst . . .«
»Lassen Sie es mich machen, Scherbaum. Auch wenn das jetzt zu großartig klingt: Ich habe keine Angst.«
»Genau. Und deswegen geht es nicht.«
»Spitzfindigkeiten . . .«
»So etwas darf nur jemand machen, der Angst hat.«
»Früher hatte auch ich Angst . . .«
»Denn das ist mir klar geworden: was man ohne Angst macht, das zählt nicht. Sie wollen das nur machen, damit ich das nicht mache. Sie glauben nicht dran. Sie sind ein Erwachsener und wollen immer nur Schlimmeres verhüten.«
(Da stand ich: der angstfreie und das Schlimmere verhütende Studienrat Eberhard Starusch mit meinem arantilüberdeckten Wehwehchen. Das hätte ich sagen sollen: Zahnschmerzen, immerhin, fürchte ich. – Und wenn er zur Lokalanästhesie ansetzt: Furcht vor dem kleinen häßlichen Pieks . . .)
»Sie meinen also, als Erwachsener habe ich die Reinheit verloren und damit die Angst. Folglich könne ich als Unreiner kein Opfer bringen.«
Scherbaum suchte Punkte in der Luft und fand sie wohl auch: »Also mit Reinheit und Opfer hat das überhaupt nix zu tun. Manchmal reden Sie, wie der Erzengel redet, richtig geschwollen. Opfer, das ist doch was Sinnbildliches. Was wir machen wollen, hat einen Zweck. Aber das klappt nur, wenn man Angst hat.«
Es ging um Worte: »Scherbaum, wenn jemand Angst hat, etwas zu tun, und es trotzdem tut, weil es einen politischen oder sagen wir, humanitären Zweck erfüllen soll, dann bringt er ein Opfer, dann opfert er sich.«
»Na schön. Auf jeden Fall muß die Sache absolut sauber sein.«

Wie mich Vero Lewand auf dem Korridor stoppte – »Wenn Sie nicht endlich aufhören, Flip mit Ihren unsauberen Machenschaften zu verunsichern . . .« – so stellte mich Irmgard Seifert während der Freistunde: »Ihre Art, Eberhard, meinen Problemen leichtfertig mit Vorschlägen zu begegnen, gefällt mir nicht. Wenn es für mich eine Lösung gibt, dann muß sie absolut sauber sein. Verstehen Sie mich?!«

Mein Zahnarzt tröstete mich mit wissenschaftlichen Widerlegungen der Reinheit, die mir bekannt waren. Ich hatte ihn aufgesucht: »Zur Kontrolle.« – Er lächelte allwissend und ärgerte mich mit seinem kollegialen Plural, als er »Wir zwei Unreinen« sagte und auf meine Degudentbrükken im Unterkiefer anspielte: »Selbst dieses Platingold, das Ihnen zu einer normaleren Artikulation verhelfen soll, ist, im übertragenen Sinn,

nicht rein, weil es sich bei dieser Speziallegierung um ein Patent der Degussa handelt, die ziemlich suspekte Geschäftsverbindungen zu Südafrika unterhält. Wo man auch hinblickt, ein Haar in der Suppe. Aber erstaunlich, daß selbst Ihr Schüler, den ich, bei aller jugendlichen Verstiegenheit, für einen nüchternen Burschen gehalten habe, solch absolute Forderungen stellt.«
Bevor er die Degudentbrücken überprüfte, mir mein immer noch entzündetes Zahnfleisch einpinselte, und auch die langsam abheilende Brandwunde an der Unterlippe mit glasiger Salbe bedeckte, waren wir uns einig: »Da wächst eine neue Generation heran, die, bei aller zur Schau getragenen Sachlichkeit, einen neuen Mythos sucht. Vorsicht Vorsicht!«

(Sie ist meinen Vorhaben voraus. An den Fingern zählt sie sich meine Wünsche ab: heute ist der dran.) Kurz vor Mitternacht stand sie neben mir an der Theke meiner Eckkneipe und sagte: »Hab ich mir gedacht, daß Sie entweder bei Reimann sind oder hier.«
Ich durfte für sie eine Coca und einen Getreidekorn bestellen. (Nur keine Fragen reihen. Schön kommen lassen. Alte Bauernregel: Wer ein Schwein kaufen will, muß vom Wetter reden.) »Ich habe früher mal, bevor ich das Vergnügen hatte, als Pädagoge zu wirken, in der Zementindustrie gearbeitet. Und die Zementer, so nennt man die Zementarbeiter, tranken schon zum Frühstück ein zwei Korn, allerdings ohne Coca zum Nachspülen. Dafür mehrere Flaschen Nette-Bier. Die Nette ist ein Flüßchen in der Voreifel. Sie schlängelt sich malerisch durch Deutschlands größtes Bimsabbaugebiet. Bims macht durstig. Ich weiß natürlich nicht, ob Sie sich für Bims interessieren. Jedenfalls gehört der Bims geologisch zu den Laacher Trachyttuffen. Mit dem Auswurf dieser Tuffe fand die Vulkantätigkeit im Laacher Seengebiet ihren Abschluß . . .«
»Warum lassen Sie Flip nicht in Ruhe?«
(Da ist sie und macht sich nichts aus Bims.) »Soviel ich weiß, Fräulein Lewand, nennen Sie sich eine Marxistin. Deshalb kann ich nicht begreifen, warum Sie für die Bedingungen der Arbeiter in der bimsverarbeitenden Industrie so wenig Interesse zeigen. Auch ich sehe mich als Marxist . . .«
»Sie sind ein Liberaler. Und Mao sagt von den Liberalen: ›Sie erklären sich zwar für den Marxismus, sind aber nicht bereit, ihn in die Praxis umzusetzen.‹ Sie können sich nicht entscheiden.«
»Stimmt. Ich bin ein liberaler Marxist, der sich nicht entscheiden kann.«
»Sie führen den Marxismus im Munde, handeln aber im Sinne des Liberalismus. Deshalb versuchen Sie auch, Flip in die Ecke zu reden. Aber das wird Ihnen nicht gelingen.«
(Wollen wir Hälmchen ziehen? Dabei kann sie hübsch sein in ihrem Kapuzenmäntelchen . . .)

»Ober, ein Helles!«
»Mir einen Einfachen.«
»Liebe Veronika. Es muß auch in Ihrem Interesse sein, wenn ich Ihren Philipp auf die Folgen eines so sinnlosen Opfers aufmerksam mache.« (Diese nasale Eindringlichkeit.) Vero Lewand sprach leise – ich sag mal verinnerlicht – zu den Flaschenbatterien hinter der Theke: »Im ›Yü Gung versetzt Berge‹ sagt Mao: ›Fest entschlossen sein, keine Opfer scheuen und alle Schwierigkeiten überwinden, um den Sieg zu erringen.‹ – Das ist es. Ich geh jetzt. Sie können alles immer nur interpretieren, verändern, das können Sie nicht. Dabei stehen wir an der Schwelle der dritten Revolution. Nur ein paar Reaktionäre haben das noch nicht begriffen.«
Als sie ging, kam mein Helles. Ich hätte ihr gerne von der Traurigkeit meines Besserwissens erzählt. Vom Zögern und von der Scheu, Worte auf Barrikaden zu stellen. (Auch wie mir das Wörtchen Opfer das Ohr verstopft: Nach monatelangem aufopferungsvollen Einsatz hat die sechste Armee . . . Ein kleines Opfer für die Winterhilfe . . . Opfergang Opfergang . . .) Ach, wie ist das Gold so gar verdunkelt.

Immerhin hat mein Vorschlag Scherbaums reine und doch zweckbestimmte Opferidee getrübt: er klingelte bei mir, wollte nicht eintreten, hatte Max an der Leine und sagte: »Das mit dem Hund aus dem Tierheim leuchtet uns ein. Es muß nicht unbedingt Max sein. Ich fahr nach Lankwitz raus und kauf mir, wenn sie den haben, einen weißen Spitz. Haben Sie eine Ahnung, was sie für einen Spitz ohne Stammbaum verlangen?«
Er wollte Geld bei mir leihen, ziemlich direkt – »Gegen Monatsende bin ich immer knapp« – und weigerte sich trotzdem, meine Wohnung zu betreten, als ich um kurze Bedenkzeit bat: »Ich gieße uns rasch einen Tee auf, Philipp, und dann wollen wir den Fall nüchtern besprechen.«
»Vero wartet unten. Sie können mir das Geld ja auch morgen geben.«
»Sie verlangen viel von mir, wollen Geld geliehen haben, damit Sie einen Spitz kaufen, mit Benzin übergießen und öffentlich verbrennen können, und erlauben mir trotzdem nicht, Einblick zu gewinnen in Ihre, wie ich gestehen muß, reichlich sprunghaften Gedanken. Das ist unfair.«
»Na wenn Sie nicht wollen . . .«
»Gestern noch mußte alles ›absolut sauber‹ sein, und heute schon bereiten Sie einen faulen Kompromiß vor, indem Sie das Geld eines Erwachsenen erbitten, der nicht dran glaubt und nicht einmal Angst hat. Warum verfälschen Sie Ihr Opfer?«
»Sie sollen nicht fragen, Sie sollen helfen.«
»Gut. Sie haben Angst um Max. Verständliche Angst. Und jetzt sollen ich und ein namenloser Spitz aus dem Tierheim Lankwitz, womöglich

eine Hündin, die gerade gedeckt worden ist, Ihre, ich muß schon sagen, jämmerliche Feigheit bezahlen.«
»Das mit Lankwitz war Ihre Idee.«
»Für die ich in Ihrem Interesse voll einstehen könnte.«
»Aber Sie hätten womöglich auch einen Spitz gekauft.«
»Nicht um Ihren Max zu retten. Um Sie geht es, Scherbaum, um Sie! Ihr Plan hingegen ist Ausbeutung, waschechter Imperialismus. Den eigenen Hund schonen und irgendein Viech draufgehen lassen. Mir gefällt diese Rechnung nicht.«
»Mir auch nicht. Wahrscheinlich haben Sie recht.«
Scherbaum ließ mich in der offenen Tür stehen, übersah den Fahrstuhl und lief, nein, flüchtete treppab mit seinem Max. – Ich goß mir einen Tee auf, trank zwei drei Schluck und ließ ihn dann kalt werden.

(Ich bin zufrieden mit mir. Bin ich zufrieden mit mir? Kleine Gewinne am Nachmittag, die bei Eintritt der Dämmerung abbröckeln.)
»Sie hätten dem Jungen das Geld leihen sollen«, sagte mein Zahnarzt. »Diese zeitraubenden Umstände: die Fahrt nach Lankwitz. Das Aussuchen und Kaufen des Hundes. Der Kauf einer Leine. Die Anwesenheit des weißen Spitzes in der Wohnung der Eltern. Erklärungen der Mutter gegenüber, die es dem Vater erklären soll – oder umgekehrt. Dann, nehmen wir den günstigen Fall: die beginnende Freundschaft zwischen dem Dackel und dem Spitz. Drolliges Balgen, Schnappen und Schöntun. Womöglich hat Ihr Schüler eine kleine Schwester . . .« – »Hat er nicht. Hat er nicht.« – »Nur angenommen. Und das Kind findet Gefallen an dem Spitz, beansprucht ihn, unterstützt von den Eltern, für sich. All diese unberechenbaren Auswirkungen hätten den Plan Ihres Schülers mehrmals und zunehmend durcheinander gebracht.« – Spekulationen, Dokter. Bloße Spekulationen.« – »Doch damit nicht genug: die neue Situation hätte Ihnen erlaubt, den Dackel gegen den Spitz auszuspielen. Etwa mit Fangfragen: ›Warum nicht beide Hunde verbrennen?‹ – Oder: ›Sollten beide Hunde mit der Schnauze nicht ein Los ziehen dürfen?‹ – Oder: ›Ist es nicht unfair, so selbstherrlich über Leben und Tod des einen wie des anderen Hundes entscheiden zu wollen?‹ – Eine einfache Rechnung, mein Lieber: zwei Hunde sind eben mehr als einer. Alles wird komplizierter und damit der praktischen Vernunft immerhin näher gerückt . . .«
Unser Telefongespräch streifte noch Zahnmedizinisches, am Rande die Tagespolitik (»Dieser Lübke ist wirklich untragbar . . .«) und mündete in den üblichen Zitatenaustausch.
Er: »Übrigens sagt Seneca zur Sittenlehre: ›Unsere menschliche Gesellschaft gleicht einem Bogengewölbe: es würde zusammenstürzen, wenn nicht die einzelnen Steine . . .‹«

Ich: »Dieses Gewölbemotiv nimmt später Kleist in einem Brief an seine Schwester auf . . .«
Er: »Und weiter. Hören Sie: ›Wichtig ist nur die sittliche Ehrenhaftigkeit des Lebens, nicht seine Länge. Oft aber liegt sie gerade darin, nicht zu lange zu leben!‹«
Ich: »Wenn das Scherbaum hört, wird er zum Stoiker: Ihr oller Seneca hat gar nicht so unrecht. Morgen verbrenne ich Max. Siebzehn Jahre sind mehr als genug.«
Mein Zahnarzt lachte. Also nahm ich das Lachen auf. (Zwei lachende Männer in einer Leitung.) Er hatte angefangen und fing sich zuerst: »Sie haben natürlich recht. Der altrömische Sittlichkeitsfimmel reduziert die Lebenserwartung. – Doch was den Jungen angeht: Sie hätten ihm das Geld leihen sollen.«

(Immer noch, wenn ich bei Reimann mein Bier ansetze, melden sich seine Degudentbrücken: Nichts Heißes! Nichts Kaltes! Die Fremdkörper leiten . . . Seine Ratschläge sind zu vernünftig, als daß man sie vor dem ersten Schaden befolgen könnte. Ich rate Ihnen . . . – Raten Sie mir lieber nicht, Dokter. – Ist Ihnen überhaupt noch zu raten? – Was soll ich denn machen, Dokter?)

Tags drauf – ich hatte Freistunde – rief ich Scherbaum aus dem Musikunterricht, den Irmgard Seifert meiner 12 a gibt. Er machte sein wohlerzogenes Milchgesicht.
»Ich habe es mir überlegt, Philipp. Sie können das Geld haben. Ich habe in Lankwitz angerufen. Zwischen siebzig und achtzig DM kostet ein Spitz ohne Stammbaum.«
»Das war nur eine momentane Schwäche gestern, für die ich mich vielmals entschuldigen möchte. Entweder Max oder überhaupt nicht . . .«
»Aber mein Angebot verpflichtet Sie in keiner Weise . . .«
»Dann kann ich auch einen Stoffhund. Oder mehrere. Vero Lewand hat eine Sammlung davon. Übrigens gar nicht so schlecht die Idee. Werde mal fragen, ob sie sich trennen will von dem Zoo. Sollte damit beginnen, ganz harmlos, damit die Topfhüte denken: Naja Stoffhunde, Kindereien. Eins von den albernen Happenings. Und dann opfere ich Max – und der Kuchen fällt denen aus dem Gesicht.«
Ich schaute mir seine Vorstellung an. Die Stoffhundidee riß ihn mit. Er mimte Steifftiere, gab Donald Duck-Töne von sich (Pluff Schmatz Brüll) und deutete auch das Erbrechen des Kuchens an: »Ächz Rülps Stöhn.« Ich hätte ihn stehen lassen sollen. Aber mit elegischem Schlußsatz – »Schade, Philipp, ich haben Ihnen helfen wollen« – bot ich ihm Gelegenheit, mich stehen zu lassen: »Ich weiß, daß Sie es gut mit mir meinen.«
Mein Schüler ging wieder Musik machen. Ich hörte vom Gang aus die Klasse was Orffsches singen.

Er ist begabt. (Jeder meint es gut mit ihm.) Er hat eine leichte Auffassungsgabe. (Zu leichte Auffassungsgabe.) Er macht nur mit, wenn es ihm Spaß macht. (Seine vorzügliche Arbeit über das Symbol in der Werbung: »Der Mercedesstern als Christbaumschmuck.«) Er ist so groß wie ich, wächst aber noch. (Störtebeker war etwas kleiner.) Wenn er lacht, hat er Grübchen. Seine Eltern leben beide. Der Vater hat eine leitende Stellung bei Schering. Die Mutter kenne ich aus den Elternversammlungen: eine gutaussehende Mittvierzigerin, die ihren Sohn für »noch reichlich kindlich« hält. Er hat zwei ältere Brüder, die beide in Westdeutschland studieren. (Der eine in Aachen: Maschinenbau.) Trotz überdurchschnittlicher Leistungen in meinen Fächern und im musischen Bereich (er spielt Gitarre) wird er sich auch diesmal nur mit Mühe versetzen lassen. Seine Freundschaft mit Vero Lewand hat ihn nicht radikalisieren können. (Allenfalls fordert er – durchaus vernünftig – die Abschaffung des Religionsunterrichtes und die Einführung von Philosophie und Soziologie als vollbewertete Unterrichtsfächer.) Sein Hang zur Satire verführt ihn oft zur Überpointierung. In einem Aufsatz schrieb er: Mein Vater war natürlich kein Nazi. Mein Vater war nur Luftschutzwart. Ein Luftschutzwart ist natürlich kein Antifaschist. Ein Luftschutzwart ist nichts. Ich bin der Sohn eines Luftschutzwartes, also bin ich der Sohn von einem Nichts. Jetzt ist mein Vater Demokrat, wie er früher Luftschutzwart gewesen ist. Er macht alles richtig. Auch wenn er manchmal sagt: »Meine Generation hat vieles falsch gemacht«, sagt er das immer an den richtigen Stellen. Wir streiten uns nie. Manchmal sagt er: »Du wirst auch noch deine Erfahrungen machen.« Auch das ist richtig, denn es läßt sich voraussehen, daß ich Erfahrungen machen werde. Und zwar als ein Nichts oder als Luftschutzwart, was, wie ich bewiesen habe, dasselbe ist. (»Was machen Sie denn zur Zeit?« – »Ich mache Erfahrungen.«) Meine Mutter sagt oft: »Du hast einen großzügigen Vater.« Manchmal sagt sie: »Du hast einen zu großzügigen Vater.« Dann sagt mein großzügiges Nichts: »Laß mal den Jungen, Elisabeth. Wer weiß, was noch kommt.« Auch das ist schon wieder richtig. Ich mag meinen Vater. Er kann so schön traurig aus dem Fenster gucken. Dann sagt er: »Ihr habt es gut. In einer beinahe friedlichen Welt. Hoffentlich bleibt es dabei. Unsere Jugend sah anders aus, ganz anders aus.« Ich mag meinen Vater wirklich. (Mich mag ich auch.) Als Luftschutzwart soll er Menschenleben gerettet haben. Das ist schön und richtig. Ob ich ein guter Luftschutzwart sein würde? Wenn wir im Sommer am Wannsee baden gehen . . .
Es fiel schwer, diesem Aufsatz eine Zensur zu geben. (Mit einem Hinweis auf zu starke literarische Abhängigkeit versuchte ich, die Zensur zu ersetzen.) Dabei ist er wirklich begabt.

Auch Irmgard Seifert hält Scherbaum für begabt. (»Der Junge ist musisch veranlagt . . .«) Doch bevor ich Gelegenheit fand, mit ihr über Scherbaum zu sprechen, hatte sie sich wieder einmal (und immer im gleichen nagenden Tonfall) über jene alten Briefe verbreitet, deren Entdeckung und Auswertung sie immer wieder neu entdeckte und auswertete. Diesmal war ihr eine Briefstelle »Endlich bin ich zum Opfer bereit!« besonders fündig gewesen, weil das Wort »endlich« ihr zu beweisen hatte, sie müsse vorher nicht zum Opfer bereit gewesen sein, sie habe gezweifelt. Ich redete ihr zu, dem Zweifel Bedeutung zu geben: »Er hebt die nachgestellte Bereitschaft auf, zumindest macht er sie fragwürdig.«

Dieses Gespräch fand zwischen dem Jagdschloß und der Waldgaststätte Paulsborn statt. Sie hatte mich mit ihrem VW zu einem Spaziergang um den Grunewaldsee abgeholt. Wir parkten den Wagen am Roseneck und liefen vor uns hin. Nichts Ungewöhnliches, denn während meiner Assessorenzeit hatte es zu unseren Gewohnheiten gehört, vor Schulbeginn einmal den Grunewaldsee zu umkreisen. Wir führten Gespräche, wie sie nur eine Studienrätin und ein gleichaltriger Studienassessor führen können: ernsthaft bis heiter distanziert, nicht ohne Ausflüge in einen burschikosen, leicht angestrengten Übermut, der oft ins Gegenteil, in frostige Verlegenheit umzuschlagen drohte. (Ich fühlte mich verpflichtet, der Natur und der Zweisamkeit wegen, unsere freundschaftliche Kollegialität um die immerhin denkbare Möglichkeit eines Verliebtseins gegen Ende Dreißig zu erweitern; die aufkommende Peinlichkeit ließ sich nur durch forcierten Witz überspielen.) Anfangs hielten wir auf unserem Trott um den See, ohne uns besonders anstrengen zu müssen, Distanz; nachdem Irmgard Seifert die Entdeckung auf dem Trockenboden ihrer Mutter gemacht hatte – das brachte sie aus dem Lot, sie rauchte wieder – wurden die Spaziergänge »Einmalrundumdensee« zu einer Belastung unseres Verhältnisses. Ich begann (aus Laune und halber Lust) Situationen zu suchen und zu fördern, die den intimen Verkehr zumindest ermöglicht hätten. Auch sie ließ es darauf ankommen. Wir besuchten uns gegenseitig unangemeldet. Aus irgend einem Gespräch heraus küßten wir uns übergangslos, um nach dem Kuß ähnlich hastig wieder dem sachlichen Ton zu verfallen. Wir ironisierten unsere »tierchenhafte Geilheit« und verspotteten unser Nichtkönnen: »Das ist blinder Alarm, Eberhard. Ersparen wir uns die jetzt schon vorschmeckende Melancholie.«

So ironisch und spöttisch, auch bissig, der frühen Morgenstunden wegen, begannen wir unseren Spaziergang, den wir am Vorabend beschlossen hatten. Ich hatte sie, wieder einmal, unangemeldet besucht. Spät war es geworden und wollte kein Ende finden.

»Sind Sie gut nach Hause gekommen?«

»Ich erlaubte mir noch zwei Bier und probierte eine neue Kombination aus: eine Cola neben einem ordinären Getreidekorn.«

»Welch ein Leichtsinn. So kenne ich Sie gar nicht. Jedenfalls zeichnet sich unser Verhältnis durch leidenschaftliche Mäßigkeit aus.«
»Vielleicht fürchten wir uns, diesen offenen Zustand durch Tätigkeit zu zerstören.«
»Ach was! Wir sind doch nur mit dem Sprechwerkzeug und mit einem Quentchen ungenutzter Sympathie anwesend. Sie krebsen mit Vorliebe rückwärts und suchen Nahrung in Ihrer, wie ich zugeben muß, anstrengenden Verlobungszeit, während ich, seitdem mir diese Briefe in die Hände gefallen sind, alle Anstrengung mache, eine Siebzehnjährige zu verfolgen, die etwas getan hat, in meinem Namen getan hat, das ich niemals . . .«
»Sie vergessen, Irmgard, daß ich zum Zeitpunkt meiner Verlobung siebenundzwanzig Lenze zählte, also, weiß Gott, als Erwachsener versagt habe . . .«
»Was besagen schon Altersunterschiede, wenn es um Niederlagen geht, die weder Sie noch ich in Siege umschwindeln können. Zum Beispiel versuche ich seit Tagen, eine Briefstelle, das kurze unerträgliche Sätzchen ›Endlich bin ich zum Opfer bereit!‹ zu meinen Gunsten auszulegen. Einfach lächerlich, meine Situation: Ankläger und Verteidiger in eigener Sache sein zu müssen. Was sagen Sie dazu? Dieses vorgestellte ›endlich‹ ist doch immerhin interessant – oder?«
Da hatten wir das Jagdschloß im Rücken und tippelten Paulsborn entgegen. Es dämmerte lustlos, wollte nicht Tag werden. Der über Nacht gefrorene Schnee gab Laut. Wo das Lange Luch, eine zugefrorene Verbindung zwischen der Krummen Lanke und dem Grunewaldsee, mündete, hackte ein Forstarbeiter, der Enten wegen, das Eis auf. Sein Atem schlug ihm weiß über die Schulter. Mir fielen, gleich nachdem wir rechts eingebogen waren und den Trampelpfad längs der Nordwestseite des Sees, nun streckenweise hintereinander, verkürzten, beflissene Worte zum Sonntag ein: »Denn sehen Sie: der fruchtbare Zweifel, all das, was vor dem Wort ›endlich‹ liegt, ist Ihnen geblieben, während die dumme, und wie wir wissen, folgenlose Tat hinter Ihnen liegt und für immer abgetan sein sollte.«
Aber Irmgard Seifert war schon wieder biberhaft fleißig: bis zum Ende des Sees, genau, bis zur Holzbrücke über den Bach, der unseren See mit dem Hundekehlesee verbindet, baute sie ihre Niederlage aus. Und auf der Brücke, zwischen den geräuschvollen Enten in ihren Eislöchern, als ich sie wütend küßte, um ihr das Maul zu stopfen, jawohl, das Maul zu stopfen, bekam ich, kaum weg von ihr, das Ende eines unterbrochenen Satzes zu hören: ». . . dabei bin ich mir mehr und mehr gewiß, daß ich enttäuscht gewesen sein muß, als auf meine Meldung hin nichts passierte. Ich muß annehmen, eine zweite Meldung, nein, sagen wir doch, Denunziation gemacht zu haben. Ich verdoppelte meine Schuld.«
Da wir uns verspätet hatten, drängte ich Richtung Roseneck: »Aber der

Bauer überlebte Ihre erste, wie Ihre zweite, nur angenommene Meldung . . .«
»Darum geht es nicht, Verstehen Sie doch!«
»Und ob ich verstehe!«
»Worte, angeblich kausale Zusammenhänge.«
»Genau. Der Bauer starb, wie Sie mir sagten, zehn Jahre später nach seinem zweiten Schlaganfall. Sie leben, ich überlebte rein zufällig auch, und mein Schüler, nein, unser Philipp Scherbaum ist in Not . . .«
»Hören Sie doch endlich mit diesem affigen Schulkram auf. Nichts spricht mich frei. Diese Briefe, besonders diese eine entsetzliche Briefstelle . . .«

(Es kam zu Eintragungen: Heute früh, kurz nach acht Uhr dreißig, nachdem ich sie geküßt und mir dabei die nur langsam heilende Wunde an meiner Unterlippe eingerissen hatte, ohrfeigte ich meine Kollegin Irmgard Seifert. Bei vier Grad unter Null, zwischen verschneiten Kiefern und Birken, oberhalb der vereisten Waldstiege, die zum Verbindungsweg Richtung Clay-Allee führt, kappte ich ihren Satz mit einer linkshändig geschlagenen Ohrfeige. Es knallte richtig, doch flogen keine Vögel auf. In meiner Luftwaffenhelferzeit, als ich Störtebeker genannt wurde, habe ich einmal ein Mädchen geohrfeigt, seitdem nie wieder. Ich wünschte mir, sogleich nachdem es getan war, Zuschauer hätten, nein, Linde hätte gesehen, wie ich . . . So lächerlich eine Ohrfeige ist, ist sie doch eine Tat. Ein Stein trifft die Wasseroberfläche und wirft Kreise: in rascher Schnittfolge traf ich noch einmal einseitig Irmgard Seifert, doch dann immer wieder links rechts Linde, links rechts Linde, mal auf der Rheinpromenade, mal im Schwemmsteinlager, mal auf dem Mayener Feld zwischen Basaltblöcken, auch in Hotelzimmern – und einmal in Gegenwart ihres Vaters: diese beliebig wiederholbare Tat. »Großartig!« sagte er. »Großartig. Nur so wird sie zu Vernunft kommen.«)

Irmgard Seifert suchte sofort nach einer Zigarette: »Du hast recht. Entschuldige.«
Mit der gleichen Hand gab ich ihr Feuer: »Es tut mir leid. Aber ich konnte nicht anders.«
Sie zog dreimal und warf weg: »Du wolltest von Scherbaum sprechen.«
Bis zum Roseneck blieben wir beim Du. Erst im VW, kaum hatte sie den Motor gestartet, ging sie wieder zum Sie über: »Wie Sie bin ich der Meinung, der Junge ist hochbegabt, zumindest ist er musisch veranlagt.«
»Sagt nicht sogar Dr. Schmittchen, der über Scherbaums Mitarbeit Grund zum Klagen hat: Auch in meinem Fach könnten seine Leistungen, bei größerer Konzentration, erheblich gesteigert werden; seine Begabung läßt mehr erwarten.«

Es gelang uns zu lachen. Sie fuhr sicher und etwas zu schnell: »Vor einem halben Jahr noch hat mir Scherbaum selbstverfaßte Lieder zur Gitarre gezeigt und – als ich ihn darum bat – sogar vorgetragen: diese Zwischenlage. Weltschmerz plus Engagement. Ein bißchen Brecht, vermittelt über viel Biermann, also Villon. Doch durchaus eigen und – wie gesagt – hochbegabt.«
(Scherbaums Song »Sternchenpflücken« sollte sogar in einer Anthologie – Schülerlyrik – abgedruckt werden.)
»Aber er schreibt nicht mehr.«
»Dann sollten wir dafür sorgen, daß er wieder zu schreiben beginnt.«
»Also Gedichte gegen Napalm, damit der Hund nicht verbrannt wird.«
»Wenn ich es auch nicht so direkt gemeint habe, könnte dennoch eine intensive künstlerische Beschäftigung seiner wirren und noch ziellosen Kritik Form geben und – da der Schaffensprozeß ihn ausfüllen wird – jenen Nebennutzen bewirken, den wir uns wünschen.«
»Sie meinen, Kunst als Beschäftigungstherapie . . .«
»Lieber Eberhard, darf ich Sie vielleicht daran erinnern, daß Sie mich gebeten haben, mit Ihnen gemeinsam einen Weg, einen Ausweg für den jungen Scherbaum zu suchen?«
»Ich bin Ihnen natürlich dankbar . . .«
Den Rest der Strecke fuhren wir schweigend. Auch nachdem sie den Wagen geparkt hatte, kein Wort. Auf dem kurzen Stück Weg zum Schulportal sprach sie leise und beinahe schüchtern: »Sagen Sie, Eberhard, können Sie sich vorstellen, wie ich als Siebzehnjährige an einem gescheuerten Holztisch sitze und mit Sütterlinbuchstaben eine Denunziation schreibe, die einem Menschen das Leben kosten soll?«

Was zwingt mich, sie hartnäckig von sich abzulenken. (Laß sie doch baden gehen in ihrem abgestandenen Tümpel.) Sie hat schmale intelligente Finger, mit denen sie ihre Guppys, wenn sie bauchoben schwimmen, aus dem Aquarium fischt. (Das ließe sich unterschreiben: Ich mag ihre Hände, die ich vom Händchenhalten her kenne, wenn wir auf meiner Couch sitzen und oben reden, immerzu reden . . .)

Die Klasse schrieb. (Flüstern, Schreibgeräusche, Gehüstel, die unterteilte Stille.) Ich stand zum Fenster und übte gegen die Scheibe: Sagen Sie, Scherbaum. Ich habe schon lange nichts mehr von Ihren lyrischen Versuchen gehört. Auch Frau Studienrat Seifert meint, Sie sollten besonders die Liedform pflegen, zumal Sie Gitarre spielen. Also schreiben Sie, Scherbaum, schreiben Sie! Sie wissen wie ich, welche Kraft, welch politische Kraft dem lyrischen Wort innewohnen kann. Denken Sie an Tucholsky, Brecht, an Celans Todesfuge. Immerhin hat das politische Chanson bei uns seit Wedekind Tradition. Deshalb sollte der

Protestsong, besonders hier in Deutschland, neue Impulse bekommen. Ich wünsche mir, daß Sie bei Ihrer Begabung . . .

Und etwa so sprach ich auf dem Pausenhof zu Scherbaum. Er stand in der Nähe des Fahrradschuppens neben Vero Lewand. Ich übersah, daß sie rauchte. Sie blieb und übersah mich. »Sagen Sie, Scherbaum. Ich habe schon lange nichts mehr von Ihren lyrischen Versuchen gehört . . .«

Er unterbrach mich erst, als ich ins Detail des Protestsongs ging, von der message, von Joan Baez, von If I had a hammer und von flower-power sprach. »Das ist doch zum Einlullen. Da glauben Sie doch selber nicht dran. Das bewegt doch nichts. Damit kann man, wenn's gut geht, Geld verdienen. Drückt doch nur auf die Tränendrüsen. Hab ich mit Vero ausprobiert, stimmts? Als ich dir meinen härtesten Song geboten habe – Bettellied heißt der und nimmt sich die Masche Brot für die Welt vor – da hast du geheult und fantastisch gesagt, einfach fantastisch!«

»Der ist auch fantastisch. Aber du verträgst das ja nicht, wenn man was gut findet.«

»Weil du das nur von der Stimmung her nimmst. Reine Gefühlssache bei dir, reine Gefühlssache.«

»Na und? Wenn es mir gefällt.«

»Paß auf. Ich will mit dem Song sagen, daß Almosen nur das Elend vergrößern, und daß Almosen nur denen nützen, die sie geben, nämlich den Besitzenden und Unterdrückern . . .«

»Genau das hab ich kapiert. Und das finde ich einfach fantastisch.«

»Pißnelke.«

(Wenn auch herablassend, klang es doch gutmütig. Eigentlich ein zärtliches Wort. Wenn sie von Basis und Überbau faselte – »Wir haben heut Gruppe, Flip. Wir machen Mehrwert heut abend. Komm doch mit« – sprach aus seiner geduldigen Ablehnung gleichzeitig Zuneigung: »Du bist und bleibst eine Pißnelke.« Auch das leichthändige Erfinden von Übernamen – Philipp führte ›Old Hardy‹ ein – bewies mir seine Begabung; niemand anders als Scherbaum konnte darauf verfallen, Irmgard Seifert Erzengel zu nennen; und Irmgard Seifert – oder Der Erzengel – hatte Scherbaums Bettellied mehrmals lobend erwähnt.)

»Auch Frau Studienrat Seifert meint, Sie sollten in dieser engagierten Richtung fortfahren . . .«

»Warum? Wenn nicht mal Vero kapiert . . .«

Ich gab einerseits Scherbaum, andererseits Vero Lewand recht und lobte ihren Streit, den ich eine legitime Diskussion nannte, die eigentlich schon beweise, welch infragestellende Kraft dem engagierten Song gegeben sei: »Aber gut, Scherbaum. Sie glauben nicht an das Wort. Sie wollen Aktionen, die Tat. Nehmen wir an, Sie machen, was Sie vorhaben. Sie verbrennen Ihren Max vor dem Kempinski. Die Leute schlagen

Sie wenn nicht tot, dann doch krankenhausreif. Das wollen Sie ja: Reaktion der Öffentlichkeit. Schlagzeilen. Strafanzeige vom Tierschutzverein. Die Schule befindet, trotz Gegenstimmen, Rausschmiß. Wahrscheinlich muß auch ich gehen, was nicht das Schlimmste wäre. – Und vierzehn Tage später spricht kein Mensch mehr davon, weil etwas anderes läuft und Schlagzeilen macht, womöglich ein Kalb mit zwei Köpfen. – Dagegen: Sie setzen sich hin und schreiben die Ballade vom Dackel Max. Naiv volkstümlich und dennoch genau. Station für Station gehen Sie durch. Max als verspielter kleiner Hund. Max wächst heran. Philipp liest Max aus der Zeitung vor. Max gibt zu verstehen: Verbrenne mich. Philipp sagt nein. (Womöglich mit meinen untauglichen Argumenten.) Doch Max will es. Er folgt Philipp nicht mehr, weil er ihn verachtet. Und so weiter, und so weiter. Wenn Ihnen der Song gelingt, wird er bleiben und alle Schlagzeilen überleben.«
Beide hatten ohne Reaktion zugehört. (Mag sein, daß mich der Entwurf der Ballade mitgerissen hatte.) Jetzt hob Scherbaum die Schultern, ließ sie fallen und klärte seine Freundin auf: »Old Hardy glaubt an Unsterblichkeit. Haste gehört: ich soll für die Ewigkeit schreiben.«
»Das sind seine üblichen Deutschlehrersprüche. Er ist ein Papiertiger.«
»Auch gut. Und euer Papiertiger gibt sogar zu, daß dem Gedicht die plötzliche Wirkung zumeist versagt ist, weil es langsam wirkt und oft zu spät . . .«
»Wir wollen aber jetzt wirken, sofort!«
»Also Schlagzeilen, die durch Schlagzeilen verdrängt werden.«
»Ich weiß nicht, was morgen ist . . .«
»Das ist billig, Philipp, und Ihrer nicht würdig . . .«
»Ich weiß nicht mal, was würdig ist.«
»Zumindest sollten Sie versuchen, die Welt in ihrer Vielgestalt und Widersprüchlichkeit zu verstehen . . .«
»Ich will nicht verstehen. Verstehen Sie mich!« (Diese Strenge auf einmal. Eine steile Falte und keine Lachgrübchen mehr.) »Weiß ich doch, daß sich alles erklären läßt. Wie heißt es schon? Weil die vitalen Interessen der Amerikaner berührt sind . . .« (Und mein mieses, schon im voraus abgeurteiltes Beschwichtigen.) »Genau so ist es. Leider. Als vor mehr als zehn Jahren beim Aufstand in Budapest die vitalen Interessen der Sowjetunion berührt wurden, hat man mit aller Härte . . .« (Sein Zorn baute sich leise auf.) »Weiß ich. Weiß ich. Alles ist zu erklären. Alles ist zu verstehen. Weil dieses, muß das. Einerseits schlimm, aber um Schlimmeres zu verhüten. Der Frieden hat seinen Preis. Unsere Freiheit wird uns nicht geschenkt. Wenn wir heute nachgeben, sind wir morgen dran. Hab ich gelesen: Napalm verhindert den Einsatz nuklearer Kampfmittel. Die Lokalisierung des Krieges ist ein Sieg der Vernunft. Mein Vater sagt: Gäbe es nicht die Atombombe und

so weiter, wäre der dritte Weltkrieg schon längst. Recht hat er. Läßt sich beweisen. Wir sollten dankbar sein und Gedichte schreiben, die erst übermorgen wirken, wenn sie wirken, wenn sie wirken. Nein. Nichts wird bewegt. Menschen verbrennen jeden Tag langsam. Ich mach es. Ein Hund, das trifft sie.«
In die so sorgfältig vorbereitete Stille hinein sagte Vero Lewand: »Fantastisch, wie du das sagst, Flip. Fantastisch.«
»Pißnelke!«
Scherbaums linke Hand wurde von mir behindert (nur ich durfte das) und zurückgebogen. Ich machte beide darauf aufmerksam, daß der Schulhof leer, die Pause vorbei sei. Sie gingen, und Philipp Scherbaum legte nach wenigen Schritten seinen linken Arm um Veronika Lewands Schulter. Langsam folgte ich ihnen und spürte mein Zahnfleisch, die beiden Fremdkörper.

Da ich Freistunde hatte, rapportierte ich meinem Zahnarzt. Er hörte ohne Ungeduld zu und wollte Details wissen: »Ist die Freundin Ihres Schülers etwa Mundatmerin?«
Ich bejahte überrascht und sprach von Polypen. Als ich meinen Bericht ins Grundsätzliche erweitern wollte – »Nur wenn es gelingt, weltweit ein pädagogisches Prinzip anzuwenden . . .« – schloß er trocken ab: »Der Junge gefällt mir.«
»Aber er macht es. Er macht es wirklich!«
»Wahrscheinlich.«
»Was soll ich tun? Als Klassenlehrer bin ich verantwortlich . . .«
»Sie denken zu viel an sich. Nicht Sie, der Junge will es machen.«
»Und wir müssen ihn hindern.«
»Warum eigentlich?« Mein Zahnarzt fragte durchs Telefon: »Was ist gewonnen, wenn er es nicht tut?«
»Sie werden ihn erschlagen. Die Weiber aus dem Kempinski mit ihren Kuchengabeln. Zertreten werden sie ihn. Und das Fernsehen wird die Kamera draufhalten und um Arbeitserleichterung bitten: ›Seien Sie doch vernünftig. Nur ein klein wenig zurücktreten. Wie sollen wir denn objektiv berichten können, wenn Sie uns behindern . . .‹ Ich sage Ihnen, Dokter: Sie können heute Christus auf dem Kurfürstendamm während der Hauptverkehrszeit, sagen wir mal, Ecke Joachimsthaler kreuzigen und gekreuzigt aufrichten, die Leute gucken zu, machen ihr Foto, wenn sie das Ding bei sich haben, drängeln, wenn sie nichts sehen, und sind auf den besseren Plätzen zufrieden, weil sie mal wieder ergriffen sein können; aber wenn sie sehen, wie jemand einen Hund, hier, in Berlin einen Hund verbrennt, da schlagen sie zu, immer wieder zu, bis nichts mehr zuckt, und auch dann noch hauen sie drauf.«
(Das war meine Golgatha-Nummer, die ich von Irmgard Seifert übernommen hatte. »Glauben Sie mir, Eberhard, tagtäglich wird an irgend-

welchen Straßenkreuzungen Christus ermordet, und die Leute schauen zu, nicken bestätigend.«)
Mein Zahnarzt blieb kühl. (Religiöse Anspielungen waren ihm peinlich.)
»Ich nehme an, Ihr Schüler weiß, was ihn, bei der extremen Tierliebe weiter Bevölkerungskreise, erwarten könnte.«
»Dann werde ich also doch Meldung erstatten müssen.«
»Ich kann verstehen, daß Sie um Ihre Stellung als Studienrat besorgt sind.«
»Aber was soll ich denn . . .«
»Rufen Sie mittags noch einmal an. Sie begreifen, die Sprechstunde. Mein Betrieb hier läuft und läuft. Auch wenn die Welt still stehen würde, die Leute kämen trotzdem, den Mund voller Klage und Wehgeschrei . . .«

Meinen Berberteppich ausschreiten: die Neuanschaffung. Jeremias zitieren: Ach, wie ist das Gold so gar verdunkelt . . . Vom Schreibtisch belauert, auf dem das Angefangene in seiner Mappe neue Geschichten hecken möchte: Nun komm schon, komm. Erfinde dir einen kleinen, hübsch ausgefallenen Mord. Du kannst doch nicht deine Verlobte mit diesem Schlottau. Du könntest einen Sprengkörper an die elektrische Signalanlage des Sandkastens anschließen, und sobald Linde bei Kursk zum Gegenangriff ansetzt, könnten sie, er und Krings mitsamt der Baracke . . . Oder streng sachlich bei Schörner bleiben . . . Oder lieber bei Reimann auf ein zwei Bier . . . Oder die neue Kombination: eine Coca und einen Klaren . . .

Was soll ich denn tun? Meinem Senator für das Schulwesen schreiben? »Sehr geehrter Herr Evers, ein besonderer Fall, der mir die Grenzen meiner pädagogischen Möglichkeiten und Fähigkeiten offenbar macht, zwingt mich, Ihren Rat zu erbitten; denn wer, wenn nicht Sie, sollte dazu berufen sein, hier ein klärendes Wort zu sprechen. – Darf ich zu Anfang daran erinnern, daß Sie in einem Interview mit unserer ›Berliner Lehrerzeitung‹ gesagt haben: ›Ich gehe davon aus, daß es die einzelne menschliche Person und die Gesellschaft gibt. Keines ist dem anderen vorgeordnet. Beide sind voneinander abhängig und werden voneinander geprägt.‹ – Und solch eine einzelne menschliche Person, einer meiner Schüler, ist entschlossen, seinem Protest gegen die Gesellschaft drastischen Ausdruck zu geben: er will an exponierter Stelle seinen Hund mit Benzin übergießen und verbrennen, damit die Bevölkerung dieser Stadt, von der er annimmt, sie verhalte sich teilnahmslos, erkennen möge, wie das ist: lebendig verbrennen. Der Schüler hofft, er könne so die Wirkung des modernen Kampfmittels Napalm demonstrieren. Er erwartet sich aufklärende Wirkung. Die berechtigte Frage, warum ein Hund und kein anderes Tier, etwa eine Katze, verbrannt

werden müsse, beantwortet er dahin: Die besondere und weithin bekannte Hundeliebe der Berliner Bevölkerung läßt keine andere Wahl zu, denn die öffentliche Verbrennung von Tauben, zum Beispiel, würde in Berlin allenfalls zu einer Diskussion führen, die sich mit der Frage zu beschäftigen hätte, ob es nicht sinnvoller sei, die Tauben, wie bisher üblich, während Großaktionen zu vergiften, zumal aufflatternde brennende Tauben zu einer öffentlichen Gefahr werden könnten. – Meine Versuche, den Schüler einerseits mit Argumenten zur Vernunft zu bringen und ihn andererseits vor den Folgen seiner Tat zu warnen, verliefen ergebnislos. Obgleich der Schüler zugibt, Angst zu haben, ist er bereit, die Gewalttätigkeiten einer Bevölkerung, die auf Mißhandlungen von Hunden besonders erregt zu reagieren pflegt, in Kauf zu nehmen. Jede Vermittlung wertet er als beschwichtigenden Kompromiß, der die Kriegsverbrechen in Vietnam, die er ausschließlich den amerikanischen Streitkräften zur Last legt, nur verlängern könne. – Ich bitte Sie, mir zu glauben, daß ich nicht bereit sein kann, auf dem Dienstweg eine Meldung zu erstatten; denn der spontane Gerechtigkeitssinn des Schülers findet meine Anteilnahme. (So sehr wir, besonders als Berliner, der amerikanischen Schutzmacht dankbar sein müssen, die gleichen Verbündeten verletzen anderen Ortes tagtäglich unser moralisches Empfinden; nicht nur mein Schüler, auch ich leide unter diesem tragischen Widerspruch.) – Im Juli des vergangenen Jahres haben Sie, sehr verehrter Herr Senator, auf einer Veranstaltung ausgerufen: ›Mögen wir die Zivilcourage Adolf Diesterwegs haben!‹ Ihr so dankenswert offenes Wort hat sich mir eingeprägt. Ich möchte Sie bitten, mit mir gemeinsam meinen Schüler auf seinem schweren Weg zu begleiten, damit durch Ihre Anwesenheit die öffentliche Verbrennung eines Hundes jenen aufklärenden Sinn erhält, den wir alle unablässig suchen, den auch mein Schüler sucht, und den wahre Bildungspolitik, die nach Ihren Worten ›immer Gesellschaftspolitik ist‹, zu jeder Zeit anstreben sollte. In kollegialer Hochachtung, Ihr . . .«
(Es gibt keine Statistik über nicht abgeschickte Briefe. Hilferufe, die unfrankiert bleiben. Zahnschmerzen gibt es – und Arantil.)

Zusätze, weil ich mein Versagen, während ich versagte, schon zu verteidigen begann: Mir geht es um Scherbaum, weil er ein Mensch ist; doch den Berlinern wird es um den Hund gehen, weil er kein Mensch ist. Mehrere Versuche, das Wort »Mensch« und die Verallgemeinerung »Berliner« zu ersetzen oder ersatzlos zu streichen: Mir geht es um Scherbaum; doch die öffentliche Anteilnahme wird dem Hund gelten. (Ist etwa mein Verhältnis zu Scherbaum vergleichbar dem Verhältnis eines Hundeliebhabers zu seinem Hündchen? – Ich besitze ein Scherbaum-Foto. Aus einer Klassenaufnahme ließ ich ihn und seine Lachgrübchen vergrößern. In einen Wechselrahmen, der seit Jahren leer-

steht, schiebe ich manchmal, wie etwas Verbotenes, das postkartengroße Porträt: mein Scherbäumchen, wie es den Kopf schräg hält ... Und sagte nicht Irmgard Seifert: »Ihr Verhältnis zu Scherbaum ist mir nicht distanziert genug. Sie können den Jungen nicht an der Leine führen ...«)
Projektionen. Ersatzliebe. Hunde, angeblich treuer als Menschen. Der Friedhof in Lankwitz. Grabsteininschriften: Meine geliebte Senta ... Mein unvergessener einziger Freund ... Treue um Treue ... Könnte (fragen wir uns) eine Statistik über die Verluste an Hunden während des Vietnam-Krieges die Berliner Bevölkerung mehr erschüttern als die addierten Verluste an Menschenmaterial im gleichen Kriegsgebiet? Bodycount. Nach offiziellem Bodycount ...
Seneca sagt über Hunde: »Auch das stumme Tier hat etwas Gutes, es hat eine Art Tugend, eine Spur Vollkommenheit, aber es hat dies Gute, die Tugend, die Vollkommenheit, nie in absolutem Maße. Dieser Vorzug wird nur vernunftbegabten Wesen zuteil; ihnen allein ist es gegeben, das Warum, Inwiefern und Wie der Dinge zu erkennen. Daher lebt Gutes nur in vernünftigen Geschöpfen ...«
So einfach ist das. Ich könnte (sollte werde) mit Hilfe der Eltern Scherbaum den Langhaardackel Max vergiften und so dem Schüler Scherbaum das Demonstrationsobjekt nehmen. (Auf ein radikales Vorhaben radikal reagieren.)

Als ich über Mittag meinen Zahnarzt anrief, hörte er sich meinen, wie ich sagte »notwendigerweise gewaltsamen Lösungsvorschlag« nicht bis zu Ende an. Nach einem schroffen »Das reicht!« wurde er unhöflich: »Ich wäre Ihnen dankbar, wenn Sie sich diese Kapitulation so rasch wie möglich aus dem Kopf schlagen wollten. Fast könnte man meinen, Sie hätten den Ehrgeiz, die Verwirrungen Ihres Schülers mit solch kindischen Ungereimtheiten zu überbieten. Einfach lächerlich: Hund vergiften!«
Ich wies auf meine ausweglose Lage hin, gab zu, einigermaßen hilflos zu sein, erwähnte meine bereits abgelegte Idee, den Schulsenator Evers anzuschreiben – er lachte laut und rücksichtslos – sprach beiläufig von ziehenden, auch leicht pochenden Schmerzen und zunehmendem Arantilverbrauch – und verlor dann am Telefon die Fassung: »Um Himmelswillen, Doktä! Was soll ich denn machen, Doktä! Helfen Sie mir. Verdammt nochmal. Helfen Sie mir doch!«
Nach einigem Ein- und Ausatmen hieß sein Ratschlag: »Bitten Sie Ihren Schüler, er möge mit Ihnen den vorgesehenen Tatort besichtigen. Vielleicht ergibt sich da was.«

Noch vor Schulschluß schlug ich Scherbaum die Tatortbesichtigung vor. »Na gut. Aber machen Sie sich bloß keine übertriebenen Hoffnungen.

Was tut man nicht alles für seinen Lehrer.«
Ich fragte ihn, ob er seine Freundin mitbringen wolle.
»Vero hat damit nix zu tun. Außerdem hab ich ihr alles aufgezeichnet. Die soll sich raushalten.«
Wir verabredeten uns für den Nachmittag. Zu Hause goß ich mir einen Tee auf.

Präparieren oder unbefangen bleiben, es darauf ankommen lassen? Auf und ab gehen, den Teppich vermessen, Bücher aufschlagen, anlesen? Beim Rasieren gegen den Spiegel sprechen, bis er beschlägt?
»Was soll ich denn noch sagen, Philipp? Auch wenn du recht hast, das lohnt nicht. Als ich siebzehn war, hab ich auch. Wir waren gegen alle und alles. Nichts wollte ich erklärt bekommen, wie du. Und wollte nicht so werden, wie ich jetzt bin. Auch wenn ich so bin, und du siehst, wie ich bin, genau wie ich es gesehen habe bei anderen, wie sie waren, weiß ich doch, daß ich geworden bin, wie ich nicht sein möchte, und wie du nicht sein möchtest. Aber wollte ich so sein, wie du bist, müßte ich sagen: Mach es! Warum sage ich nicht: Laß ihn brennen!?«
»Weil Sie eifersüchtig sind und selber möchten, aber nicht können. Weil mit Ihnen nichts mehr los ist. Weil Ihnen die Angst fehlt. Weil es gleichgültig ist, ob Sie es machen oder nicht. Weil Sie fertig sind. Weil Sie schon alles hinter sich haben. Weil Sie sich Ihre Zähne für später reparieren lassen. Weil Sie immer Abstand gewinnen wollen. Weil Sie sich die Folgen ausdenken, bevor Sie handeln, damit die Folgen Ihren Berechnungen entsprechen. Weil Sie sich nicht mögen. Weil Sie vernünftig sind, dabei sind Sie dumm.«
»Gut, Philipp. Mach es. Mach es für mich. Ich kann nicht mehr, weil ich schon. Früher mit Siebzehn konnte ich auch. Da war ich ein Täter. Damals war Krieg . . .«
»Immer ist Krieg.«
»Gut. Jetzt bist du dran. Aber das nützt nichts. Es wird dir Erinnerung werden, riesengroß. Du wirst nicht mehr drüber kommen. Immerzu wirst du sagen müssen: Als ich siebzehn war, hab ich. Als ich siebzehn war, war ich ein Täter. Aber gut. Jetzt geh ich mit dir da hin, damit du siehst, was auf dich zukommt vor dem Kempinski . . .«

Wir hatten uns ohne Hund verabredet, aber Scherbaum brachte den Dackel mit. Der kalte sonnige windstille Januarnachmittag erlaubte es uns, den Atem als Fähnchen zu führen. Wer uns entgegenkam, überholte oder schnitt, gab gleichfalls Rauchzeichen: Wir leben! Wir leben!
Der weitausladende Vorplatz, Ecke Kudamm – Fasanenstraße, bot sich an. Sein Pflaster wurde von schwarzgeränderten Schneehaufen gesäumt, die von Hundeurin gezeichnet waren und Scherbaums Langhaardackel anregten. (Ordnung und Heiterkeit.) Die Kempinskiterrasse war vollbe-

setzt. Unter dem Terrassendach glühten Heizkörper; sie gaben einer Ansammlung füllig straffer Damen, die Gebäck in sich hineinlöffelten, jene Oberhitze, die kalte Füße fördert. Zwischen schwindenden Törtchen stießen sich Zuckerstreuer, Sahnekännchen, Kännchen Kaffee, auch Mocca double-Filter, und – wie sich vermuten ließ – Kännchen voll Kaffee Hag. Die Kleidung adrett und die Fülle betonend, maßgeschneidert, auch Maßkonfektion. Pelze, zumeist Persianer, aber auch viel Kamelhaar, dessen Milchkaffeeton mit Sachertorte und Mohrenköpfen, mit hauchdünnen Baumkuchenschnitten und der beliebten Nuß-Sahnetorte übereinstimmte. (Vero Lewand hatte die Kurzfassung geprägt: kuchenfressende Pelztiere.) An einigen Stühlen, die Leine ums Stuhlbein, zerrten Hunde, sobald wir mit Max die von Scherbaum als Tatort vorgesehene Stelle gefunden hatten. Sonst fielen wir nicht auf, da den Damen das Zerren am Stuhlbein vertraut sein mußte; es wurden viele Hunde vorbeigeführt. (Insgesamt gibt es in Westberlin 63 705. Auf 32,8 Einwohner kommt ein Hund. Es sind weniger geworden: noch im Jahre dreiundsechzig wurden in Westberlin 71 607 gehalten; auf 29,1 Einwohner kam ein Hund. Ich halte das nicht für übertrieben viel. Eigentlich hatte ich mit mehr gerechnet. Überall die gleiche rückläufige Tendenz: die Berliner Auszehrung. Das hätte ich Scherbaum sagen sollen: »Durchaus normal, Philipp. Im Bezirk Kreuzberg kommen sie nahezu spärlich vor: auf 40,6 Einwohner ein einziger Hund. Diesen Zahlen gegenüber von einem Berliner Hundetick sprechen zu wollen, heißt eine Legende stützen, die sich überlebt hat.«) Wir fixierten die Terrasse, was uns als Suchen nach einem Bekannten ausgelegt werden mochte. Kuchen wurde weniger. Neues Gebäck wurde serviert. Ich begann ironisch, um der Tatortbesichtigung das feierlich Endgültige zu nehmen: »Wenn wir davon ausgehen, daß ein Berliner Pfannkuchen zweihundert Kalorien enthält, erübrigt sich die Frage nach dem Kaloriengehalt einer Portion Schwarzwälder Kirschtorte mit Schlagsahne.« (Vero Lewand hatte richtig geschätzt: »Jede mindestens drei Pfund Schmuck. Und wovon reden die, wenn die reden? Na vom Gewicht und vom Abnehmenwollen, Ihhh!«)

Die Damen mit Hüten blickten, aßen und sprachen gleichzeitig. Ein unappetitliches, oft karikiertes und doch harmloses Bild. Der abseitsstehende Beobachter, etwa Scherbaum mit seiner vorgefaßten Meinung, konnte angesichts so gleichzeitiger und unablässiger Gefräßigkeit nur die Entsprechung folgern: den gleichzeitigen und unablässigen Stuhlgang; denn diese sich aufdrängende Fülle Apfelstrudel, Mandelhörnchen, Sahnebaiser und Käsetorte konnte nur durch ein Gegenbild, durch dampfenden Kot aufgewogen werden. Ich steigerte mich: »Stimmt, Philipp. Eine kolossale Schweinerei. Eine monumentale Widerwärtigkeit . . . Und trotzdem, das dürfen wir nicht vergessen: Nur ein Teilaspekt.«

Scherbaum sagte: »Da sitzen sie.«
Ich sagte: »Sie futtern aus Kummer.«
Scherbaum: »Ich weiß. Mit Kuchen pappen sie alles zu.«
Ich: »Solange sie ihre Törtchen essen, sind sie zufrieden.«
Scherbaum: »Das muß aufhören.«
Wir starrten eine Weile auf den Mechanismus der auf- und abladenden Kuchengabeln und registrierten die Vielzahl der kleinen Schlucke bei weggespreiztem Kleinstfinger. (»Konditern gehen« nennen sie es.)
Ich versuchte Scherbaums Ekel (und auch meinen) abzubauen: »Eigentlich ist es nur komisch.«
Doch Scherbaum sah Zusammenhänge: »Das sind die Erwachsenen. Das war ihr Ziel. Jetzt haben sie es erreicht. Auswählen können und nachbestellen, das verstehen sie unter Demokratie.«
(Hätte ich seinem überspitzten Vergleich mit komplizierten Auslassungen über die pluralistische Gesellschaft begegnen sollen? Na, Dokter? Was hätten Sie an meiner Stelle?)
Ich versuchte ihn aufzuheitern: »Stellen Sie sich vor, Philipp, diese Damen in ihrer überbordenden Fülle säßen nackt da . . .«
»Die werden keine Torte mehr spachteln. Und wenn sie danach wieder beginnen wollen, wird ihnen das Bild von Max, wie er brennt und sich wälzt, im Wege sein.«
Ich sagte: »Irrtum. Hier, wo Sie stehen, wird man Sie zusammenschlagen. Töten wird man Sie mit Regenschirmen und Schuhabsätzen. Schauen Sie nur die Fingernägel. Und die anderen, die nur mal flanieren wollten, werden einen Kreis bilden, drängeln und sich am Ende streiten, ob jener Klumpen Mensch auf dem Pflaster einen Schnauzer, Terrier, Dackel oder Pekinesen verbrannt hat. Einige werden Ihr Plakat lesen, die Worte Benzin und Napalm entziffern und ›Wie geschmacklos!‹ sagen. Gewiß wird die Mehrzahl der kuchenessenden Damen, nachdem man Sie erschlagen hat, sofort zahlen, sich beim Geschäftsleiter beschweren und die Kempinskiterrasse verlassen. Aber andere Damen in ähnlichen Pelzen, unter ähnlichen Hüten werden nachrücken und Apfeltaschen, Sahnebaiser und Bienenstich bestellen. Mit ihren Kuchengabeln werden sie einander erklären, wo es passiert ist. Hier, hier, wo wir stehen.«
Da Scherbaum nichts sagte, immer nur guckte, wie der Kuchen weniger wurde, wie neue Torte nachwuchs, blieb ich bei meiner Ausmalung der Konsequenzen: »Man wird das Ganze eine unmenschliche Barbarei nennen und sich bei Sahnetörtchen und Mocca den gesamten Vorgang genüßlich wiederholen, denn Ihr Max wird nicht still, duldsam und rasch verbrennen. Ich sehe, wie er springt und sich wälzt. Ich höre ihn winseln.«
Scherbaum sagte immer noch nichts. Max blieb ruhig unter meinen Worten. Ich ließ mich von Einfällen tragen. Reden, immerzu auf ihn einreden: »Dabei wäre es durchaus vernünftig, wenn man versuchte,

ihren Kuchenkonsum zu reduzieren. Doch dann müßte man die Kalorienwerte der einzelnen Leckereien auf Tafeln schreiben und hier auf und ab tragen. Zum Beispiel: Ein Stück Rosinenkuchen gleich 424 Kalorien. Wobei man in Kohlehydrate, Eiweißstoffe und Fette unterteilen müßte. Das wäre etwas, Philipp. Ein Aufklärungsfeldzug gegen die Gesellschaft im Überfluß . . .«
Als ich die Zutaten und Kalorienwerte der Schwarzwälder Kirschtorte aufzuzählen begann, erbrach sich Scherbaum heftig und in mehrmaligen Stößen auf das Pflaster vor der Kempinskiterrasse. Der Mechanismus einiger Kuchengabeln setzte aus. Scherbaum würgte. Es kam nichts mehr. Bevor sich ein Kreis bilden konnte – schon stockte der Fußgängerverkehr – zog ich Philipp und den winselnden Max über die Fasanenstraße ins Gewühl der Nachmittagsflaneure. (Wie rasch man untertauchen kann.)
Im Bus sagte ich: »Das war wirksamer, als wenn Sie den Hund verbrannt hätten.«
»Aber die wissen doch gar nicht, warum ich gekotzt habe.«
»Ein Spaß war es trotzdem. Wie die geguckt haben, Philipp, wie die geguckt haben . . .«
»Nicht ich, die sollen kotzen, wenn Max brennt.«
»Nunja nunja. Das kann vorkommen. Die innere Erregung . . .«
»Sie wollen das bloß nicht zugeben: Ich bin ein Versager.«
Ich schlug ihm vor, nicht gleich nach Hause zu gehen, sondern bei mir einen Tee zu trinken. Er nickte und blieb stumm. Im Fahrstuhl – er hielt Max auf dem Arm – stand ihm Schweiß auf der Stirn. Ich setzte sofort Wasser auf; aber dann wollte er keinen Tee, nur den Mund spülen. Als ich ihm vorschlug: »Ruhen Sie sich ein wenig aus, Philipp«, war er folgsam und legte sich auf meine Couch. »Eine Decke?« – »Nein, Danke.« Er schlief ein. Ich setzte mich an meinen Schreibtisch, ohne die Mappe mit dem Angefangenen zu öffnen. (Der leere Wechselrahmen. Mörserfragmente als Briefbeschwerer.) Um den Titel auf gelbem Karton – »Verlorene Schlachten« – kritzelte ich mit dem Filzschreiber traurige Kringel. (Ach, die Torte . . . Ach, das zarte Gebäck . . . Ach, der geschlagene Schaum . . . Ach, diese freiverkäufliche Süße . . .)
Scherbaum erwachte gegen sechs. Nur meine Schreibtischlampe gab ihr begrenztes Licht. Er blieb im Halbdunkel: »Ich gehe jetzt.« Er nahm Max, der auf meinem Berber geschlafen hatte, an die Leine. Im Mantel sagte er: »Jetzt muß ich wohl Dankeschön sagen.«

Ob er zu Vero Lewand ging? (»Ich bin eine Niete. Nun sag schon, daß ich eine richtige Niete bin.«) Und ob sie ihn tröstete, unermüdlich nasal? (»Ach was, Flip. Du mußt es nur machen. Kapier das nicht. Warum machst du das nicht. Das ist doch ganz klar. Das ist doch eine Tatsache. Das geht doch weg von der Theorie. Das ist dann Praxis, Flip. Mach es doch.«) Und ob die beiden sich zwischen Veros Stofftiere legten?

Mein Zahnarzt tat mir den Gefallen und lachte nicht, als ich ihm von Scherbaums öffentlichem Erbrechen erzählte. Seine Telefondiagnose hieß: »Dieses Versagen wird Ihren Schüler in seinem Vorhaben nur bestätigen. Die bekannten Trotzreaktionen. Wollen Sie mit dem Jungen nicht zu mir kommen?«
So ist er: aufgeschlossen. Ich kann ihm erzählen, was ich will, selbst meinen unsinnigsten Vorschlag – etwa diesen: mein Schüler Scherbaum möge zur Probe einen Hund verbrennen, damit er begreift, was es bedeutet, einen Hund, selbst einen fremden, womöglich unansehnlichen Köter zu verbrennen – nimmt er gelassen auf, um ihn mit wenigen Fragen – »Welchen Hund?« – »Wer kauft diesen Hund?« – »Wo und zu welcher Tageszeit soll das geschehen?« – zu zerlegen; in so viele Bestandteile nahm mein Zahnarzt meinen Einfall (zwischen vielen Einfällen) auseinander, daß ich ihn nicht mehr zusammensetzen konnte. Er half mir, rekonstruierte den Vorgang theoretisch lückenlos, nannte ihn »im Ansatz vernünftig«, lobte meine pädagogische Erfindungsgabe – »Bewundernswert, wie unverdrossen Sie nach einem Ausweg suchen« – und strich dann alles, meinen Einfall und sein realistisches Konzept durch: »Unsinn, den wir uns aus dem Kopf schlagen sollten; denn wer beweist uns, daß dieses relativ erfolgversprechende Experiment nicht das Gegenteil bewirkt: es kann ja sein, daß Ihr Schüler die Probe besteht und mit frischgewonnener, von uns geförderter Routine die öffentliche Verbrennung des eigenen Hundes vollzieht. Ihr Vorschlag ist durchführbar, aber relativ gefährlich.«

Er hat es mit dem Wörtchen »relativ«. Alles (nicht nur den Schmerz) sieht er relativ. Als ich ihm die Szene auf dem Kurfürstendamm schilderte und – am Rande – den übertriebenen Kuchenkonsum kritisierte, unterbrach er mich: »Ich weiß gar nicht, was Sie wollen. Diese Damen sind doch, so unvernünftig Kuchen und Törtchen sie essen mögen, relativ liebenswert und als Einzelpersonen durchaus vernünftig. Man kann mit ihnen reden. Vielleicht nicht über alles. Aber mit wem kann man schon über alles reden? Meine Mutter zum Beispiel – eine preußisch nüchterne Dame, doch nicht ohne Humor und Lebensart – hatte es sich zur Gewohnheit gemacht, zweimal im Monat, nachdem sie ihre Einkäufe besorgt hatte, das Café Bristol aufzusuchen. Ich habe sie relativ selten begleitet. Leider. Nach ihrem Tod, vor zwei Jahren, machte ich mir Vorwürfe, denn am liebsten ging sie mit ihrem Sohn ins Café: ›Lästern und sündigen!‹ wie sie es nannte. Nur ein einziges Stückchen Kuchen, und zwar Bienenstich ohne Schlagsahne, hat sie gegessen. Das werden selbst Sie zugeben: diese Sünde war relativ geringfügig; im Lästern war sie weniger mäßig.«
Er erzählte, wie seine Mutter im Krieg, während der Luftangriffe, dann später, während der Blockadezeit, die Kunst des Lästerns geübt hatte:

»Doch in ihren letzten Lebensjahren bot ihr, mit Vorzug, das Stündchen im Café Gelegenheit, mit spitzer Zunge nichts zu verschonen. Ich erinnere mich: einmal war ihre Schulfreundin dabei, eine reizende alte Dame, die sich einen Hauch Mädchenhaftigkeit erhalten hatte und Zigaretten mit Bernsteinspitze rauchte. Sie hätten die beiden hören sollen. Jeder Spitzel wäre zu dem Schluß gekommen: Da sitzen zwei anarchistische Giftmischerinnen, die demnächst das Katasteramt und das Moabiter Gericht in die Luft sprengen wollen. Neinnein, mein Lieber. Ihre Verallgemeinerungen sind wenig stichhaltig. Die Gesellschaft, selbst wenn sie sich auf Caféhausterrassen drängt, ist relativ vielschichtig. Sie sollten sich mit Requisiten wie: Topfhüte, Kuchenberge, Kummerspeck nicht einen Popanz erfinden. Ihrem Schüler wird nicht geholfen, wenn Sie seine verengte Optik übernehmen.«
Mein Zahnarzt ist verheiratet, hat drei Kinder, steht mitten im Leben und übt einen Beruf aus, der zu Resultaten führt, die sich ablesen lassen. Allerlei Positives: geglückte Wurzelbehandlungen, Zahnsteinentfernungen, Korrekturen fehlerhafter Artikulation, vorbeugende Behandlung im vorschulischen Alter, das Ausbessern und Retten schon verloren geglaubter Backenzähne, Überbrückungen häßlicher Zahnlücken – und den Schmerz kann er beschwichtigen . . . (»Nun, spüren Sie noch etwas?« – »Nichts. Gar nichts mehr spüre ich.«)
Ich sagte: »Sie haben gut reden, Dokter. Sie sehen den Menschen als eine anfällige fehlerhafte Konstruktion, die der lenkenden Fürsorge bedarf; wer aber mehr will, wer verlangt, daß der Mensch über sich hinauswachse, sich seiner Ausbeutung bewußt werde, wer vom Menschen erwartet, daß er zur Veränderung der Welt und ihrer etablierten Verhältnisse bereit sei, wer, wie mein Schüler, nur dumpfe Sattheit sieht, dem wird das mechanische Kuchenfressen zum Mechanismus der kapitalistischen Gesellschaft an sich . . .«
Er seufzte und hatte wohl Lust, zu seinen Karteikarten zurückzukehren: »Ich gebe ja zu, daß diese relativ geschlossen wirkende Konsumgesellschaft einem Siebzehnjährigen unheimlich, weil unbegreiflich sein kann; Sie jedoch, als erfahrener Pädagoge, sollten sich vor einer Dämonisierung des angeblichen wie tatsächlichen Gegners hüten, gleich, ob es sich nun um kuchenessende Damen oder durchschnittliche Parteifunktionäre handelt. Wie ich nicht bereit bin, Sie innerhalb der verallgemeinernden Kategorie ›Der Lehrer‹ verschwinden zu lassen, so erwarte ich von Ihnen, daß Sie mich nicht unter dem Titel ›Die Zahnärzte‹ abbuchen; es sei denn, wir machen es uns fortan leicht, indem wir kategorisch behaupten: Alle Zahnärzte sind Sadisten. Die deutschen Lehrer versagen von Generation zu Generation. Die deutschen Frauen haben zuerst Hitler, dann Adenauer gewählt und essen vielzuviel Kuchen.«
Ich erwiderte: »Selbst wenn ich als Lehrer, wenn Sie als Zahnarzt, wenn Ihre Frau Mutter als gelegentliche Besucherin eines Cafés relativ häufige

Ausnahmen sind – wie Sie wissen, schätze ich viele meiner Kollegen – kann es dennoch sein, daß alle von Ihnen angeführten Verallgemeinerungen stimmen, wie etwa die grobe Verallgemeinerung ›Die Deutschen sind schlechte Autofahrer‹ stimmt, obgleich tausende deutscher Autofahrer seit Jahren unfallfrei fahren und die Belgier – schon wieder eine Verallgemeinerung – laut Statistik weit schlechter abschneiden.«
(Vielleicht geht das doch nicht: ein Zahnarzt und ein Lehrer. Er ist es gewohnt, schmerzlos zu behandeln; ich werte den Schmerz als Mittel der Erkenntnis, auch wenn ich Zahnschmerzen schlecht ertrage und schon beim leisesten Ziehen nach Arantil greife. Er könnte auf mich verzichten; ich bin auf ihn angewiesen. Ich sage: »Mein Zahnarzt«; er sagt allenfalls: »Einer meiner Patienten . . .«) Also hängte ich nicht ein. Ich vertraute der Sprechmuschel: »Jawohl, Dokter. So ist es. Genau so ist es!«
Mein Zahnarzt sagt nie: Sie haben unrecht. Er sagte: »Es kann sein, daß Sie recht haben. Immerhin ist die Statistik auf Ihrer Seite. Wahlergebnisse, Verkehrsunfälle, die Häufigkeit des Kuchenkonsums lassen sich aufschlüsseln und legen Folgerungen nah wie diese: Die deutsche Frau wählt Führerfiguren, ißt zuviel Kuchen und kocht den besten Kaffee der Welt, wie tagtäglich der gute Tschibo-Onkel im Werbefernsehen zu erzählen weiß. Aber damit ist nur die relative Richtigkeit der genannten Verallgemeinerungen bewiesen. Konsumwerbung und politische Propaganda begnügen sich mit solch praktikablen Halbwahrheiten und nutzen sie mit Erfolg, indem sie dem Bedürfnis nach Verallgemeinerungen entgegenkommen; aber Sie und Ihr, wie ich glaube, hochbegabter Schüler sollten sich nicht so schnell zufrieden geben. Stellen Sie sich vor: Wenn ich als Zahnarzt so redete. Schließlich habe ich tagtäglich gegen Zahnschäden zu kämpfen, die durch übertriebenen Kuchenkonsum, durch Süßigkeiten an sich verursacht oder gefördert werden. Dennoch weigere ich mich, die Schwarzwälder Kirschtorte und den Malzbonbon abschaffen zu wollen. Ich kann nur zur Mäßigkeit raten, die Schäden, falls es nicht zu spät ist, beheben und vor Verallgemeinerungen warnen, die große Bewegung vortäuschen, aber – am Ende – den Stillstand herbeiführen.«
(Später notierte ich: Die Bescheidenheit der Fachleute, wenn sie von ihren Schwierigkeiten und begrenzten Erfolgen berichten, ist der Hochmut unserer Tage. Dieses Schulterklopfen: Jadochja, wir alle sind Arbeiter im Weinberg des Herrn . . . Ihre immerwährende Aufforderung, jederzeit, selbst im Traum noch, zu differenzieren. Ihr Vermögen, selbst den größten Schrecken zu relativieren . . .)
»Und wie schätzen Sie Napalm ein, Dokter?«
»Nun, gemessen an den uns bekannten nuklearen Kampfmitteln ist Napalm noch als relativ harmlos zu bezeichnen.«
»Und was sagen Sie zu den Lebensbedingungen der Bauern in Persien?«

»Verglichen mit den Zuständen in Indien kann man, bei aller Vorsicht, von einer relativ fortschrittlichen Agrarstruktur in Persien sprechen, wenngleich uns Indien, im Vergleich zum Sudan, als reformfreudiges Land erscheinen möchte.«
»Sie sehen also Fortschritte?!«
»In Maßen, mein Lieber, in Maßen . . .«
»Etwa eine neue Heilzahnpaste . . .«
»Das nicht gerade, aber die Firma Grundig hat ein nützliches Gerät auf den Markt gebracht. EN 3. Schon mal gehört davon? Besitze es seit gestern. Mein sprechendes Notizbuch, das die Karteiführung erheblich erleichtert. Es wurde mir auf dem letzten Kieferorthopädischen Kongreß in St. Moritz empfohlen: leicht, handlich und narrensicher. Ein hübsches Spielzeug, mit dem ich übrigens unser Telefongespräch aufgenommen habe. Sie schilderten recht anschaulich, wie es zum öffentlichen Erbrechen Ihres Schülers gekommen ist. Wollen Sie mal hineinhören . . .« – »Wir hatten uns ohne Hund verabredet, aber Scherbaum brachte den Dackel mit . . .« – »Doch Spaß beiseite: Bringen Sie mir den Jungen. Ich möchte ihn kennenlernen.«

Fortschrittsgläubiger Klugscheißer. Tüchtiger Fachidiot. Umgänglicher Technokrat. Betriebsblinder Menschenfreund. Aufgeklärter Spießer. Großzügiger Kleinkrämer. Reaktionärer Modernist. Fürsorglicher Tyrann. Sanfter Sadist. Zahnklempner Zahnklempner . . .

Beiläufig, auf dem Korridor, sagte ich: »Scherbaum, mein Zahnarzt möchte Sie kennenlernen. Natürlich kann ich verstehen, wenn Sie keine Lust haben.«
»Warum nicht. Wenn es Ihnen Spaß macht.«
»Es war seine Idee. Ich sprach, ganz am Rande, von Ihrem Plan, selbstverständlich ohne Ihren Namen zu nennen. Sie wissen: Ich rate Ihnen nicht mehr ab, bin aber gespannt, was mein Zahnklempner zu raten weiß. Prophylaxe ist sein Lieblingswort. Manchmal schwätzt er ein bißchen viel.«
Auf dem Hohenzollerndamm – wir liefen die wenigen Schritte vom Elsterplatz bis zur Praxis – sagte Scherbaum, als wollte er mich wieder einmal schonen: »Hoffentlich versprechen Sie sich keine Bekehrung. Ich komm nur aus Daffke mit.«
Wir kamen gegen Ende der Sprechstunde und mußten einige Minuten ins Wartezimmer. (Bevor sie uns allein ließ, stellte seine Sprechstundenhilfe den Springbrunnen ab.) Scherbaum blätterte in den Illustrierten. Er schob mir den aufgeschlagenen Stern zu: »Ihr Reichsjugendführer.«
Ich tat, als hätte ich nicht Folge um Folge gelesen:
»Auch diese Lektüre wird ihre Liebhaber finden.«

»Mich, zum Beispiel.«
»Und? Ihr Urteil?«
»Der Mann gibt sich Mühe, ehrlich zu schwindeln – wie Sie.«
Sofort spürte ich Schmerzen unter den Degudentbrücken, obgleich ich zu Hause zwei Arantil genommen hatte.
»Das war nur eine sachliche Feststellung. Das kann ich auch zu mir sagen, wenn ich umfalle. Aber das ist nicht mehr drin seit neulich. Ich mach es.«
»Seien Sie vorsichtig, Philipp. Mein Zahnarzt versteht es, zu überzeugen.«
»Hör ich jetzt schon. Immer die gleiche Platte: Seien Sie doch vernünftig. Vertrauen Sie der Vernunft. Vernünftig bleiben. Vernunft üben. Wo bleibt denn da die Vernunft?«
Wir lachten wie Komplizen. (Seine Sprechstundenhilfe hätte den Springbrunnen schwätzen lassen sollen.)
Mein Zahnarzt wirkte locker wie immer, beinahe fröhlich. Er begrüßte Scherbaum ohne prüfenden Blick, bat mich in sein Rittergestühl, sagte: »Na, das sieht ja schon wesentlich besser aus. Die Entzündungen sind zurückgegangen. Aber vielleicht pausieren wir doch noch ein Weilchen . . .« und schickte seine Hilfe ins Labor. Beiläufig kam er zur Sache: »Ich hörte von Ihrem Vorhaben. Auch wenn es mir unmöglich wäre, so zu handeln, versuche ich trotzdem, Sie zu verstehen. Wenn Sie es tun müssen – aber nur, wenn Sie es wirklich tun müssen – dann tun Sie es.«
Dann begann er, Scherbaum und auch mir, als sei ich ein Neuling, sein Rittergestühl zu erklären: Die Kipplehne. Die Vollautomatik. Die dreihundertfünfzigtausend Umdrehungen der Airmatik. Das linkshändige Instrumententischchen. Den Wurzelheber. Die Molarenzange. Auch das bewegliche Speibecken mit Fontäne. Und eine Kollektion noch nicht montierter Degudentbrücken: »Sie sehen, überall fehlt es den Leuten an den notwendigen Beißern.«
Mit einem Nebensatz wies er auf die Funktion des Fernsehgerätes im Blickfeld des Patienten hin: »Ein kleines Experiment, das, so glaube ich, sich bewährt hat. Oder was meinen Sie?«
Ich klopfte mein Sprüchlein: »Es lenkt fabelhaft ab. Man ist mit den Gedanken ganz woanders. Und selbst die blinde Mattscheibe ist noch anregend, irgendwie anregend . . .«
Scherbaum interessierte sich für alles, also auch für die beschwichtigende, zerstreuende und lenkende Funktion des Fernsehens während einer zahnmedizinischen Behandlung. Er wollte wissen, wie es früher gewesen sei: »Ich meine, mit Betäubung und so.«
Schon befürchtete ich, seine Charité-Anekdoten – vier Mann gegen einen Patienten – hören zu müssen, da skizzierte er sachlich knapp die Entwicklung der Zahnmedizin während der letzten fünfzig Jahre und

schloß unter einem Film Ironie: »Im Gegensatz zur Politik kann die moderne Medizin auf Erfolge hinweisen, die eindeutig belegen, daß es einen Fortschritt gibt, wenn man sich streng und ausschließlich an die Erkenntnisse der Naturwissenschaften und die Ergebnisse empirischer Forschung hält. Jede Spekulation, die über die – wie ich zugeben muß, begrenzten – Erkenntnismöglichkeiten der Naturwissenschaften hinausgeht, führt, nein, verführt zwangsläufig zu ideologischen Mystifikationen oder – wie wir es nennen – zu Fehldiagnosen. Erst wenn sich die Politik, wie es die Medizin tut, weltweit auf Fürsorge beschränkt . . .«
Scherbaum sagte: »Sie haben recht. Das hab ich mir auch gedacht. Deshalb will ich meinen Hund öffentlich verbrennen.«
(So also zwingt man ihm eine Pause ab. Nicht einmal hüsteln wollte er oder »Hm hm« machen. In einer Praxis drei Köpfe, in denen es sprunghaft spekulativ zugehen mochte. Was wird er jetzt? Wie werde ich, wenn er? Wie wird er, wenn ich ihm? Was werde ich, wenn er mich? Wie soll ich, wenn beide? Summte es? Nur der Bunsenbrenner hielt seinen einen inständigen Ton. Jetzt! Jetzt!)
»Übrigens glaube ich festgestellt zu haben, daß Ihre Frontalzähne . . . Sagen Sie mal: Maßliebchen . . . Jaja. Natürlich. Sind Sie als Kind ein Lippenbeißer gewesen? Ich meine so: mit den oberen Frontalzähnen über die Unterlippe . . . Denn Sie haben einen Distalbiß . . . Darf ich mal?«

Seitdem sehe ich Scherbaum im Rittergestühl: »Kostet das was?« Wie gewinnend mein Zahnarzt lachen konnte: »Unter den Anhängern der Naturwissenschaft kommt es gelegentlich zu Gratisbehandlungen.«
Scherbaum hat doch eine gewisse Ähnlichkeit mit mir: »Aber nicht weh tun.«
Und seine Antwort, als hätte sich Gottvater im hochgeschlossenen Kittelchen und mit Segeltuchschuhen in den Dienst der Zahnmedizin gestellt: »Das ist nicht mein Beruf: Wehtun.«
Wie er sich über ihn beugte. Wie er mit seiner Mundlampe das Milieu ausleuchtete. Und wie mein Philipp folgsam sein großes Ja machte. (Ich hätte ihn um das laufende Fernsehprogramm bitten sollen: Darf ich mal kurz die Berliner Abendschau und die Werbung danach?)
»Schon mit den Milchzähnen hätten Sie zu mir kommen sollen.«
»Ist es schlimm?«
»Nunja, nunja. Wir werden ganz unverbindlich einen Status machen. Dann sehen wir weiter.«
Mein Zahnarzt nahm, assistiert von seiner durch ein Klingelzeichen herbeigerufenen Hilfe, einen Röntgenstatus aller Scherbaumschen Zähne. Mit dem handlichen Rittergerät zielte er fünfmal summend auf Scherbaums Unterkiefer, schoß er sechsmal summend in Scherbaums Oberkiefer. Jeder Schuß wurde notiert. Wie bei mir, erlegte er auch

bei Scherbaum die vier unteren Schneidezähne – zwo minus eins – eins minus zwo – mit einem einzigen Blattschuß: »Na, hat das wehgetan?«

Einen breiten Rand lassen für Zusätze, die später gestrichen werden. Erinnerungen abhaken. Noch einmal, diesmal bei Sprühregen, die Rheinpromenade zu Andernach zum Kreuzgang machen: Station für Station. Oder Material sieben:
». . . v. Dörnberg behauptet, der Angeklagte habe ihm rechtswidrigerweise zugemutet, Todesurteile nicht, wie im MStGB bestimmt, durch Erschießen, sondern durch Erhängen zu vollstrecken, wobei der Angeklagte darauf aufmerksam gemacht haben soll, daß im Bereich der 18. Armee und der Armeegruppe Narva (Grasser) bereits Todesurteile durch Erhängen vollzogen werden . . .« Vielleicht doch Schörner sagen, wenn Schörner gemeint ist. ». . . der Angeklagte habe verlangt, daß diese Erhängungen vor Frontleitstellen, Urlauberheimen und an Eisenbahnknotenpunkten erfolgen sollen, wobei den Exekutierten Schilder mit Aufschriften wie ›Ich bin ein Deserteur‹ angeheftet werden sollten . . .« – Oder den Packen liegen lassen. Oder bei Irmgard Seifert absteigen und alte Briefe durchkauen. Oder Scherbäumchens Foto in den Wechselrahmen schieben und ein Schildchen mit Tesa-Film drüberheften: »Ich bin ein Deserteur, weil ich mich in den Zahnarztstuhl gesetzt habe . . .« Ich ging, mitten im Satz.

»Ober, ein Helles!« – und hängte mich an die Theke, war nicht mehr allein. Als Scherbaum und Vero Lewand kamen, zeigte mein Bierdeckel schon das dritte Helle an.
»Wir haben bei Ihnen paarmal angerufen, und da dachten wir uns . . .«
(Man weiß also, wo ich bin, wenn ich nicht zu Hause bin.)
»Wir sind nämlich eingeladen auf eine Fete. Und da dachten wir uns, ob Sie nicht vielleicht Lust hätten . . .«
(In solchen Fällen macht es sich gut, auf den enormen Altersunterschied hinzuweisen: »Jugend gehört zu Jugend.«)
»Da gehen auch welche von der Uni hin. Assistenten und paar Professoren. Die sind auch nicht mehr neu.«
(Noch ein wenig Geziere: »Uneingeladen gehe ich ungern.«)
»Das ist eine offene Party. Man kann kommen und gehen und mitbringen, wen man will.«
(Und überhaupt: einem Stoiker ziemt der Platz an der Theke: »Ober zahlen!«)
»Dufte, daß Sie mitkommen.«
»Aber nur auf einen Sprung.«
»Wir bleiben auch nicht ewig. Vielleicht ist es doof da.«

In der beinahe möbelfreien Altbauwohnung in Schöneberg drängten sich sechzig Personen weniger sieben, die gerade gingen, plus elf, die gerade kamen oder zu kommen versuchten. Ohne Vero hätten wir es nicht geschafft. Wir blieben in Mänteln, weil die Ablage weiter hinten vermutet wurde, wo kein Durchkommen war, nur Ahnungen: da hinten geht es weiter, da ist noch was, was denn? das Eigentliche, na das. Zwischen Stehenden, Hockenden, schiebend Suchenden stand, hockte und schob sich suchend Erwartung. (Auf was? – Na auf das.) Nicht nur ich, auch Scherbaum stand fremd dazwischen. (Es wäre ungerecht, jetzt von gestauter Luft, vom Lärm, von der unbewegten, streng riechenden Hitze oder von Äußerlichkeiten, etwa von der extravaganten Uniformität der Kleidung, von Haartrachten, von einer sich übertreffenden, damit sich aufhebenden, insgesamt eintönigen Buntheit zu sprechen. Die angestrengte Lustigkeit fiel auf und eine weitausholende Gestik, die mit einer verborgenen Kamera zu rechnen schien; wie mir diese Party überhaupt als Szene eines Nachtstudio-Filmes – oder mehrerer miteinander verschwägerter Filme – vertraut sein wollte.)
»Wie heißt denn der Film?«
Doch nicht Philipp, Vero Lewand kannte den Regisseur, den Kameramann, die Darsteller: »Die stehen politisch alle ganz links. Das sind unsere Leute. Der da mit dem Castrodeckel ist der linkeste Underground-Verleger, den es gibt. Und der da kommt gerade aus Milano, wo er Leute getroffen hat, die gerade aus Bolivien gekommen sind, wo sie mit Che gesprochen haben.«
Das waren Anhaltspunkte. (Immer wieder blickte mich ein jedesmal anderer Christus an.)
»Wovon reden die denn?«
»Na von sich.«
»Aber was wollen die denn?«
»Na verändern, die Welt verändern.«
Einer vom Rundfunk (»Kirchenfunk, aber ganz links!«) wurde mir vorgestellt. Er verriet mir, daß er es eilig habe. Unbedingt müsse er zu Olaf, der bringe Nachrichten aus Stockholm. (»Unser Angola-Dossier, wissen Sie . . .«) Vero wußte, in welchem Achtel der stehenden, hokkenden, schiebenden Sechzig der Mann aus dem Norden zu finden sei: »Da hinten, noch hinter der Mantelablage.« (Mit Kielspur schwamm er davon.)
»Aber Vero, sagen Sie mir bitte, wem gehört diese Wohnung? Ich meine, wer erlaubt, daß hier eine Filmszene, die ich schon mehrmals gesehen habe, abermals abgedreht wird?«
Sie zeigte auf einen, der sich ein überseeisches Lachen eingeübt hatte und sein Glücklichsein in jede Richtung vermittelte, obgleich seine abstehenden Ohren laut, weil im Gedränge immer wieder geknickt, nach einer leeren Wohnung verlangten.

»Der wohnt hier. Aber eigentlich gehört die Wohnung allen.«
(Ich suchte und fand Stellen bei Dostojewski. Unterhalb Penny Lane und durchsuppt von All you need is love, wollte das neunzehnte Jahrhundert nicht aufhören: Yesterday Yesterday . . .)
Scherbaum wurde so still, daß ich zu befürchten begann, es könne auffallen. (Er wird doch nicht wieder kotzen müssen.) Wie um mir zu beweisen, daß ich wirklich inmitten ganz linker Leute ein Plätzchen behauptete, begannen in der Mitte des Raumes mehrere linke Leute zuerst nach Ho Tschi Minh zu rufen und, gleich nachdem man dessen Anwesenheit beschworen hatte, die Internationale zu singen. (Oder besser: Fragmente der ersten Strophe wurden, wie unter Zwang, wiederholt; die Platte mußte einen Sprung haben. Es lag wohl an mir, daß ich immer lauter, straffer und zügiger »Oh du schöner Westerwald . . .« hörte – und auch die Mädchen wollten mir nicht gefallen.) Zu alt. Du bist zu alt. Nur nicht ungerecht werden. Bist ja nur neidisch, weil die so links und lustig sein dürfen. Mach doch mit. Guck mal, der Kirchenfunkmann und der linke Verleger, und noch ein paar entlaubte Enddreißiger. Die machen mit, haben sich eingehenkelt: schunkelnde weinselige Rheinländer planschen im Jungbrunnen: »Erwacht, Verdammte dieser Erde . . .« (. . . über deine Wege pfeift der Wind so kalt . . .) Alter Miesmacher, Arrivierter Reformist. Typischer Pauker. (Nun los doch, versuch es: Ho – Ho – Ho . . .)
Dabei wollte es mir vorkommen, als beginne Philipp an meiner Seite wortlos zu altern. Wir hätten gehen sollen. Aber da sangen ihn schon zwei Mädchen an: »Isser das, Vero? Bist du der Scherbaum, von dem alle reden? Mensch is ja doll. Und direkt vorm Kempinski. Benzin rüber. Pluff. Und weg isser. Mußte uns aber Bescheid sagen, Vero, wenn er die Schau abzieht. Fantastisch, Mensch. Einfach fantastisch!«
Als aus sechzig Leuten siebenundfünfzig wurden – Scherbaum zog Vero, ich folgte – kamen uns, treppauf, sechs oder sieben entgegen.
Scherbaum ohrfeigte Vero Lewand noch im Treppenhaus. Die treppensteigenden Gäste nahmen das als vielversprechendes Zeichen: »Da muß ja was los sein oben.«
Weil Scherbaum im Hof weiterschlug (er ohrfeigte nicht mehr, er schlug drein) trennte ich beide: »Schluß jetzt! – Trinken wir noch ein friedliches Bier zusammen.«
Vero weinte nicht. Ich gab Scherbaum mein Taschentuch, weil ihre Nase blutete. Als er sie säuberte, hörte ich: »Schick mich jetzt nich nach Haus, Flip, bitte . . .«

(Überflüssig und wohl auch gemein von mir, während wir lostippelten, die Internationale zu pfeifen.) In irgendeiner Kneipe auf der Hauptstraße fanden wir Platz an der Theke. Philipp und ich sprachen über Vero hinweg, die sich an ihrer Coca-Flasche festhielt.

»Wie hat Ihnen mein Zahnarzt gefallen?«
»Nicht schlecht. Der weiß, was er will.«
»Muß er wohl auch, bei seinem Beruf.«
»Prima Idee: Fernseher in der Praxis.«
»Ja. Lenkt ganz schön ab. Werden Sie sich behandeln lassen?«
»Schon möglich. – Wenn ich das hinter mir habe.«
»Wollen Sie immer noch, Philipp?«
»Die bringen mich nicht davon ab. Die nicht. Oder haben Sie etwa gedacht, ich kneife, weil so ein paar Pißnelken, die sich für links halten, fantastisch sagen: Einfach fantastisch!?«
Den Abgang vorbereiten und noch eine Lage bestellen. Vero heulte in ihre Coca. (Ein nasales, weil durch Polypen gestautes Heulen.) Ich wartete, bis Scherbaum seinen Arm um ihre Schulter gelegt und »Komm. Hör schon auf. Ist vorbei jetzt« gesagt hatte, dann ging ich. (»Vertragt euch wieder. Eine zerstrittene Linke ist kein schöner Anblick.«)

Die Kälte hält an. Immer der gleiche trockene Zubiß. Wer eine Kneipe verläßt, befindet sich auf der Flucht. Einen runden Buckel machen. Gewohnheiten haben. (Zum Beispiel ein Streichholz im Krawattenknoten: die Reserve.) Ich habe mich umgesehen: alle nicken einander zu, bevor sie den Daumen anfeuchten. »Ober, zahlen!« meint immer die größere Zeche. Jetzt möchte ich quitt sein, die frühe Panam nehmen und in Flugrichtung denken.

Zu Hause lag unverrückt das Angefangene. Ich öffnete die Mappe, überflog das Kapitel »Schörner auf der Eismeerstraße«, strich einige Adjektive, schloß die Mappe und entwarf dann ein Gutachten, das der Verteidiger des angeklagten Schülers Philipp Scherbaum anfordern mochte, wenn es soweit war.
Schon die Anschrift machte Schwierigkeiten: An die große Strafkammer des Landgerichts Berlin? Oder: An den Generalstaatsanwalt? (Vorerst ohne Adresse.)
Ich baute um Scherbaums Tat ein Gehege literarischer Vergleiche auf, die sich aufeinander und insgesamt auf Scherbaums Tat bezogen. Ich zitierte surrealistische und futuristische Manifeste, bemühte Aragon und Marinetti als Zeugen. Ich zitierte den Augustinermönch Luther und fand Brauchbares im »Hessischen Landboten«. Das Happening nannte ich eine Kunstform. Dem Feuer (Brandopfer) sprach ich, bei aller Skepsis, Symbolgehalt zu. Das Prädikat »Schwarzer Humor« strich ich wieder, setzte dafür »verfrühter Studentenulk«, strich auch das und erhielt Hilfe von klassischer Seite, indem ich Scherbaum die Rolle des Tasso spielen ließ und dem Gericht die weltmännische Vernunft des Antonio nahelegte: »Wie sich die nüchterne Einsicht des mächtigen, von

der Ratio bestimmten Antonio zu den dichterischen Übersteigerungen des verwirrten, weil vom Gefühl benommenen Tasso verhält, so möge auch das Gericht die Gegensätze versöhnen und, im Sinn des Johann Wolfgang Goethe, zum hochherzigen Schluß kommen: ›So klammert sich der Schiffer endlich noch / Am Felsen fest, an dem er scheitern sollte.‹«
Auch wenn es mir nicht erspart blieb, als Gutachter Scherbaums Tat, die ich eine vom Opfersinn gezüchtete Verfehlung nannte, zu verurteilen, gelang mir dennoch ein liberaler Schluß: »Ein Staat, der die tätlich gewordene Verwirrung eines so hochbegabten wie übersensiblen Schülers als öffentliche Gefahr wertet, beweist seine Unsicherheit und versucht, die Wohltat demokratischer Nachsicht durch obrigkeitsstaatliche Härte zu ersetzen.«
(In der Meinung, etwas getan zu haben, ging ich zu Bett.)

Im Klassenbuch fand ich einen anonymen Wisch – »Hören Sie endlich auf, Flip zu verunsichern!« – und im Lehrerzimmer lag in meinem Fach ein Zettel, unterzeichnet I. S. – »Man sieht sich so selten. Warum eigentlich?« – Zwei Handschriften, beide eilig und der Drohung, dem Wunsch voraus. Meine Schülerin übersah ich beim Unterricht. (Diese abgenutzte pathetische Methode: Sie sind für mich Luft! – Na und?) Meine Kollegin überraschte ich mit gesprächigem Eifer. (Amüsiert überlegene Schilderung der vorrevolutionären Fete.) Dann versuchte ich mich als Motivforscher: »Vielleicht kann das ein Hinweis sein: Scherbaums Vater war während des Krieges Luftschutzwart . . .«
»Das beweist immerhin . . .«
»Ich ziele nicht auf den politischen Aspekt dieser Tätigkeit. Er löschte Brände, er wurde sogar – was Scherbaum in seinem Vater-Aufsatz ausdrücklich erwähnt – mit dem Kriegsverdienstkreuz zweiter Klasse ausgezeichnet. Er hat Menschen gerettet. Sie bemerken gewiß, worauf ich hinaus will . . .«
»Trotzdem kann mich Ihre Motivierung Luftschutzwart – Brandopfer nicht überzeugen . . .«
»Immerhin gibt der Luftschutzwart in dem Aufsatz das Schlüsselwort ab. Hier, ein Beispiel: ›Wenn wir am Wannsee oder wie vor zwei Jahren in St. Peter baden gehen, kommt mein Vater, der Luftschutzwart, immer mit, aber er zieht sich nie aus, sondern sitzt in Kleidern und guckt uns zu.‹ Nun? Was halten Sie davon?«
»Ich nehme an, Sie vermuten, Scherbaums Vater habe sich im Krieg eine Brandverletzung zugezogen und scheue sich, die womöglich großflächige Verunstaltung in der Öffentlichkeit zu zeigen.«
»Genau zu diesem Schluß bin auch ich gekommen, zumal sich in Scherbaums Aufsatz ein Satz findet, der meine Annahme bestätigen muß: ›Als ich klein war, habe ich meinen Vater einmal nackt gesehen. Ein nackter Luftschutzwart.‹«

»Dann sollten Sie mit dem Vater sprechen.«
»Das habe ich vor. Ganz im Ernst habe ich vor . . .«
(Doch ich will nicht mehr. Ich fürchte, der Vater hat einen von Brandspuren bedeckten Körper. Ich fürchte diese Zwangsläufigkeiten. Ich will nicht tiefer dringen. Ich bin nur Lehrer. Ich will, daß das aufhört . . .)
Irmgard Seiferts Vorschlag, »etwas Handfestes« essen zu gehen, gab unserem Gespräch eine andere, doch keine neue Richtung. Wir muteten uns Eisbein zu. Ich schaffte es, bei ihr blieb viel übrig, denn immerzu mußte sie die alten Briefe aus dem Fiberkoffer ihrer Mutter kramen und Satz für Satz nachbeten. (»Das hört nicht auf. Das ist Schuld, Eberhard. Das kann nicht aufhören . . .«) Bevor wir zahlten und gingen (sie lud mich ein) entschuldigte ich mich für zwei drei Minuten . . .

»Wie war denn der Status, Dokter?«
Mein Zahnarzt sprach Freundliches über Scherbaum, es müsse doch eine wahre Freude sein, solch einen Jungen unterrichten und heranbilden zu dürfen. »Glauben Sie mir. Ein wahrer Lucilius, der allerdings noch nicht seinen Seneca gefunden hat. Und was den Röntgenstatus angeht: Nur Kleinigkeiten. Aber Sie wissen ja, was aus Kleinigkeiten werden kann. Und der Distalbiß. Da wird man einiges tun müssen. – Übrigens hat der Junge schon angerufen.«
»Soll das heißen, Scherbaum ist interessiert, wie es um seine Zähne steht?«
»Wen interessiert das nicht?«
»Ich meine: denkt er weiter? Nicht nur bis zu dem Punkt. Na Sie wissen schon.«
»Ihr Schüler fragte, ob er sich in schulärztliche Behandlung begeben solle . . .«
»Wie vernünftig.«
»Ich sagte: Das steht Ihnen selbstverständlich offen. Aber genauso kann auch ich Ihnen jederzeit einen Termin einräumen.«
»Hat er zugesagt?«
»Ich wollte nicht drängen.«
»Und über den Hund kein Wort?«
»Nicht, daß er ihn direkt erwähnte. Aber er dankte mir, weil ich ihn in seiner Absicht, so sagte er, bestärkt habe. – Ihr Schüler sollte noch mehr Zuspruch bekommen. Wir sollten ihm Mut machen. Verstehen Sie? Unablässig Mut machen.«
(Während ich Irmgard Seifert in den Mantel half und ihr fürs Eisbein dankte: Er versucht sich in Pädagogik. Soll ich umsatteln und Zahnarzt werden? Lächerlich, meine Eifersucht. So oder so: Scherbaum geht mir verloren . . .)

Man stelle sich vor: Ein Zahnarzt und ein Studienrat regieren die Welt. Das Zeitalter der Prophylaxe bricht an. Allem Übel wird vorgebeugt. Da jeder lehrt, lernt auch ein jeder. Da alle dem Kariesbefall ausgesetzt sind, finden sich alle einig im Kampf gegen die Karies. Fürsorge und Vorsorge befrieden die Völker. Keine Religionen und Ideologien mehr, sondern Hygiene und Aufklärung beantworten die Frage nach dem Sein. Kein Versagen mehr und kein Mundgeruch. Man stelle sich vor . . .

Unsere Vertreterversammlung tagte zwei Tage lang im Prälat Schöneberg. Als ich in einer Tagungspause meinen Zahnarzt anrief und ihm (betont kritisch) den Verlauf der Zeremonie schilderte: Einleitende Worte, Begrüßung der Gäste, Grußbotschaften der Gäste an die Vertreterversammlung, Kassenbericht des Schatzmeisters, sechs Thesen zur Gesamtschule, einige hessische Akzente, mehrere Schwerpunkte, dann die Entschließungen zum zehnten Pflichtschuljahr, zur Neuordnung der schulpraktischen Ausbildung, zur ersten Phase der Lehrerbildung und zum Referendariat (samt Appell an das Abgeordnetenhaus) – als ich ihm schließlich die Langwierigkeit der dynamischen Schulpolitik mehr plaudernd als referierend auseinandergesetzt hatte – ich zitierte spöttisch den Kollegen Enderwitz, dessen Meinung ich eigentlich teile: »Die Gesamtschule ist das Mittel, der heutigen gesellschaftspolitischen Situation optimal zu begegnen« – als ich mit meinem Lagebericht am Ende war, begann mein Zahnarzt mir heimzuzahlen: er gab mir genauen Bericht vom Kieferorthopädischen Kongreß in St. Moritz, indem er Zitate aus dem Eröffnungsvortrag über Mißbildungen im Kieferbereich mit Landschaftsschilderungen und detaillierten Angaben über Wanderwege durch Lärchenwälder und über Alpenwiesen mischte: »Das tiefe Blau der Seen hat mich bleibend beeindruckt. Ein herrliches Fleckchen Erde!«
Mit einem Wort: wir blieben uns am Telefon nichts schuldig; durch eine Leitung sprachen wir aneinander vorbei. Was ich eigentlich hatte wissen wollen – »Und Scherbaum? Hat Scherbaum wieder?« – ging im zweistimmigen Fachsimpeln unter. Wir hängten ein. »Bis später.«
(Man stelle sich vor: Ein Zahnarzt und ein Studienrat regieren die Welt. Der eine hört auf den anderen, der andere auf den einen. Ihre Begrüßungsformel »Vorbeugen muß man!« wird, in welcher Sprache auch immer, zum Gruß für jeden und zwischen allen. Immer ist Sprechstunde. – Wie sagte er? »Rufen Sie jederzeit ungeniert an . . .«)

Als ich zu Irmgard Seifert in den Prälaten-Festsaal zurückkehrte, hatte die allgemeine Aussprache schon begonnen. Zwar wurde wenig gegen die Gesamtschule vorgebracht, doch dehnten sich Beiträge, in denen die herkömmliche Schule gewürdigt und mit Hilfe beschwörender Wortkaskaden in Erinnerung gerufen wurde: »Auch wenn wir gewisse Neuerungsbestrebungen durchaus begrüßen, dürfen wir doch niemals vergessen . . .«

Irmgard Seifert und ich deuteten »leichte Unruhe im Saal« an. (Später stand sie im Protokoll.) Wir lehnten uns betont angewidert zurück. Füßescharren und Räuspern, Nießen, das mit Gelächter rechnen durfte: Schülermethoden. Wir begannen, auf der Tagesordnung Strichmännchen zu zeichnen, und unterhielten uns mit einem Gesellschaftsspiel, das wir in unserer Assessorenzeit, während Spaziergängen rund um den Grunewaldsee, entwickelt hatten.

Sie: »Versetzungsordnung A. – Allgemeine Bestimmungen, Absatz vier?«

Ich: »Die mit ›ungenügend‹ beurteilten Fehlleistungen wirken sich in Richtung einer Nichtversetzung stärker aus als die mit ›mangelhaft‹ beurteilten.«

Sie malte mir einen Pluspunkt, ich durfte die nächste Frage stellen: »Zweite Staatsprüfung für Lehrämter, Paragraph fünf, Absatz eins?«

Sie: »Die Prüfung beginnt mit der Zulassung.«

Ein Pluspunkt für Irmgard Seifert. Sie durfte fragen: »Schulstrafen, Schulrecht V B 1, Absatz eins?«

Ich: »In den Schulen und Erziehungsstätten Groß-Berlins ist die körperliche Züchtigung verboten. – Mit anderen Worten, ich darf meinen Schüler Scherbaum nicht verprügeln; dabei überlegte ich gestern ernsthaft, ob es nicht angebracht sei, eine kräftige Schlägerei zu provozieren, in deren Verlauf ich ihm den linken Arm brechen würde: Krankenhaus, Gipsverband, Zwang zur Muße. Und das Endergebnis: Kein Hund wird öffentlich verbrannt. Ich unterwerfe mich lächelnd einem Disziplinarverfahren. Was sagen Sie jetzt?«

Aber Irmgard Seifert hatte Scherbaum für sich entdeckt. (Oder hatte sie sich in ihm entdeckt?) Jedenfalls begann sie im Prälaten, während vorne Zusatzanträge verlesen wurden, halblaut sein Liedchen zu singen; und als wir uns, noch vor Abschluß der Tagesordnung, verdrückten, fuhr sie fort, Scherbaum nach ihrem Bild zu formen: einen richtigen Schmerzensmann werkelte sie aus ihm. Er sollte leisten, was sie, als Siebzehnjährige, nicht geschafft hatte.

»Das kann nicht Ihr Ernst sein!«

»Doch Eberhard. Ich glaube an den Jungen.«

Sie sprach von ihrem »zunehmenden Scherbaum-Verständnis.« Wörtlich bestätigte sie die strategischen Richtlinien meines Zahnarztes: »Könnte ich ihm doch Mut machen. Ich möchte ihm ohne Unterlaß Mut machen . . .«

Es ist ihre flinke immer dienstbereite Sprache. Sie scheut sich nicht, vom »inneren Auftrag« zu sprechen. Ob es der Umgang mit den Zierfischen ist? Ich weiß, daß sie sich über ihr Aquarium hinweg für den

Unterricht vorbereitet. Das müssen ihr ihre Schleierschwänze und Goldbarsche geraten haben. Wer sonst? Irmgard Seifert ist, um es mit einem Wort zu sagen, einsam.

Und ich, Dokter! Und ich? – Schon wieder hat mir die kleine Lewand einen Zettel zwischengelegt: »Wenn Sie Flip nicht in Ruhe lassen, wird ihr konterrevolutionäres Verhalten Folgen haben.« Die blanke Drohung, Dokter! Und kein Mensch hilft mir. Hinschmeißen den Krempel und sich zurückziehen: Mir reicht's! Mir reicht's! und etwas Sinnloses mit viel Liebe betreiben: zum Beispiel, Wettläufe zwischen Schnecken veranstalten . . .

Während der Zehnuhrpause klemmte sie Scherbaum zwischen sich und die Rückwand des Fahrradschuppens. Dann begann sie ihm Mut zu machen: »Sie haben recht, Philipp. Was nützen Ihnen unsere Ersatzlösungen, diese tagtägliche Kapitulation der Erwachsenen.«
Mich machte sie zum Demonstrationsobjekt: »Wir – nicht wahr, lieber Kollege – sind doch seit Jahren keiner spontanen Handlung mehr fähig.« (Nur die Ohrfeige fiel mir ein. »Ich schon. Ich schon.« Das hätte ich sagen sollen. Aber ich schwieg und suchte mit der Zunge die Degudentbrücken.)
»Wie oft habe ich mir vorgenommen, vor die Klasse zu treten, Zeugnis abzulegen: So war ich, als ich siebzehn war. Das tat ich, als ich siebzehn war. – Helfen Sie mir, Philipp. Seien Sie Beispiel. Gehen sie mir, gehen Sie uns voran, damit unser Versagen nicht allgemein wird.«
Scherbaum machte ein Aprilwettergesicht.
»Ich werde bei Ihnen sein, wenn Sie Ihren schweren Gang antreten.«
Er versuchte blinzelnd und mit Hilfe schwirrender Sperlinge ihren Glanzaugen zu entgehen. Aber da war kein Loch im Maschendraht.
»Schauen Sie mich an, Philipp. Ich weiß, daß Ihre Bescheidenheit die Größe Ihrer Tat nicht wahrhaben will.«
Er rettete sich in ein Grinsen ohne Lachgrübchen. Bevor ich die Peinlichkeit mit einem Hinweis auf den Pausenschluß beenden konnte, sagte Scherbaum: »Weiß überhaupt nicht, wovon Sie reden. Interessiert mich gar nicht, was Sie mit siebzehn gemacht haben. Wird schon so sein, daß Sie irgendwas gemacht oder nicht gemacht haben. Alle haben was mit siebzehn gemacht.«
Und wie die Seifert, so benutzte auch Scherbaum mich als Demonstrationsobjekt: »Zum Beispiel, Herr Starusch. Wenn ich ihm erkläre, was in Vietnam los ist, spricht er von seiner Jugendbande und hält mir Vorträge über den Frühanarchismus der Siebzehnjährigen. Ich will aber keine Jugendbande. Anarchist ist bei mir überhaupt nicht drin. Arzt oder sowas möchte ich werden . . .«
Scherbaum ließ uns stehen. Irmgard Seifert und ich zerliefen unsere

Freistunde auf dem Schulhof. Was er nicht hatte hören wollen, mußte ich, Wort für Wort, schlucken: »Der Junge ahnt nicht, welche Größe ihm innewohnt. Nur sein Vorhaben, seine Tat sieht er und nicht den Schatten, den sie werfen wird: das Erlösende.« (Keine Schlacke in der Stimme.) Der Schulhof war leer genug, ihren Hauch: »Das Erlösende . . .« als schöngerundete Sprechblase in der Schwebe zu halten.
»Wirklich, Eberhard, seitdem es den jungen Scherbaum gibt, hoffe ich wieder. Er hat die Kraft und die Reinheit, uns – ja, ich spreche es aus! – zu erlösen. Wir sollten ihm Mut machen.«
Die nüchterne Januarkälte konservierte ihre Worte. (Bei Frost auf und ab gehen, den Mund öffnen und »Kraft Reinheit Mut« sagen.) Ich bat Irmgard Seifert, indem ich sie duzte, sachlich zu bleiben: »Du darfst Scherbaums verständliche Erregung nicht zusätzlich steigern. Es ist unfair, dem Jungen unseren privaten Ballast aufladen zu wollen. Außerdem wirst du unwahrhaftig, wenn du deine Affäre von damals heute wie einen Weihnachtsbaum aufzuputzen versuchst. Das ist verlogener Lichterglanz, meine Liebe. Schließlich ist Scherbaum kein Messias. Das Erlösende – einfach lächerlich. Es handelt sich schlicht um einen dünnhäutigen Burschen, der nicht nur naheliegendes, der auch entlegenes Unrecht spürt. Für uns ist Vietnam allenfalls das Ergebnis einer falschen Politik oder die zwangsläufige Äußerung eines korrupten Gesellschaftssystems; er fragt nicht nach Gründen, er sieht brennende Menschen und will etwas dagegen tun, auf jeden Fall etwas tun.«
»Und genau das nenne ich, wenn du erlaubst, das Erlösende seiner Tat.«
»Zu der es nicht kommen wird.«
»Warum nicht? Die Zeit ist reif . . .«
»Nimm dich zusammen. Schließlich sind wir als Pädagogen verpflichtet, ihm die Konsequenzen seines Vorhabens deutlich zu machen.«
Aber Irmgard Seifert fand Gefallen an sich und ihrer Entrückung. Nicht nur die Kälte gab ihrem Gesicht Farbe. Sie lachte und überschwemmte den Schulhof mit jener Heiterkeit, die man den frühchristlichen Märtyrern nachsagt: »Wenn ich noch fromm wäre, Eberhard, würde ich sagen: Es hat der Heilige Geist den Jungen geschlagen. Es geht ein Licht von ihm aus.«

(Und steht dabei schmal im Mantel mit schüchtern verwaschener Geste. Die Hysterie verjüngt sie. Wenn ich noch etwas warte, sie kommen lasse, wird ein überspanntes Mädchen im Frost weinen und piepsig werden: »Aber es muß doch . . . Wir dürfen doch nicht . . . Ein kleiner Schimmer nur . . . Das ist Glück, Eberhard, Glück . . .« – Was redet sie da von Glück. Froh bin ich, wenn ein Baum fehlt; aber regelmäßig stehen die leeren Kastanien.)

Als ich meinem Zahnarzt die Seelenwäsche und Schulhofquacksalberei wiedererzählte, befand er kurz und bündig: »Die Begeisterungsfähigkeit Ihrer Kollegin wird Ihren Schüler ahnen lassen, welche Art Anhänger ihm nach seiner Tat zulaufen können. Je mehr sie schwärmt, um so schwerer wird es ihm fallen, ein Streichholz zünden zu lassen. – Halten Sie mich bitte weiterhin auf dem laufenden. Nichts ärgert den Helden mehr als Beifall vor der Tat. So sind sie nun mal, die Helden.«

Nein. So ist er nicht. Kein Held. Keiner, der führen will und Anhänger sucht. Er kann nicht fanatisch gucken. Nicht mal unhöflich ist er. Nicht schroff nicht grob nicht stark. Niemals war er erster. (Denn seine Aufsätze zählen nicht.) Niemals hat er sich vorgedrängt. (Und als man ihm die Chefredaktion der Schülerzeitung antrug, lehnte er mehrmals ab: »Das liegt mir nicht.«) Dabei ist er nicht zaghaft oder gehemmt oder faul. Niemals hat er das Klassenziel nicht erreicht. Niemals ist er besonders mutig, auffallend kühn oder schwindelfrei gewesen. Sein Spott verletzt nie. Seine Zuneigung ist ohne Aufdringlichkeit. (Nie ist er mir lästig gefallen.) Er lügt nie. (Außer in seinen Aufsätzen, aber die zählen nicht.) Er ist nicht jemand, den man nicht mögen kann. Wenig tut er, um zu gefallen. Er sieht nicht besonders aus. Seine Ohren stehen nicht ab. Er spricht nicht durch die Nase, wie seine Freundin es tut. Seine Stimme verkündet nicht. Er ist kein Messias. Er bringt keine Botschaft. Er ist ganz anders.

Ich wurde Störtebeker genannt. Ich konnte Ratten mit bloßer Hand fangen. Als ich siebzehn zählte, wurde ich zum Arbeitsdienst einberufen. Da lief schon die Untersuchung gegen mich und die Stäuberbande. Meine Aussagen lagen vor. Ein Oberfeldmeister verlas beim Morgenappell mein Urteil: Frontbewährung gleich Strafbataillon. Ich habe Minen geräumt. Ich habe bei Feindeinsicht Minen räumen müssen. (Störtebeker hat das überlebt – Moorkähne ist dabei draufgegangen.) Jetzt ist Störtebeker Studienrat und steckt voller alter Geschichten.

Da ich nur Geschichten kenne, kam ich Scherbaum, der gut zuhören kann, immer wieder mit Geschichten. Ich glaube nun mal an Geschichten. Zwischen Scherbaum und seiner Tat baute ich, Steinchen für Steinchen, genau datierte, wissenschaftlich belegte, also anerkannte historische, geschichtliche Geschichten auf. Ich bat ihn, mit mir ein paar Schritte zu laufen. Wir nahmen uns, von der Siedlung Eichkamp aus, zuerst das Teufels-Fenn, dann den Trümmerberg (Mont Klamott) vor. Wir sahen dem Rodelbetrieb auf dem angeschütteten Gelände zu, umgingen die amerikanische Radar-Station, zählten uns auf, was der Weitblick hergab (Siemensstadt, das Europa-Center mit dem Mercedesstern und den immer noch wachsenden Sendeturm im Ostsektor.) Wir sagten: »Ganz schön groß, Berlin.« Und doch blieb ich bei der Sache:

»Sehen Sie, Philipp, im Grunde stellt sich immer wieder die Frage: Können Erfahrungen vermittelt werden? Wir beschäftigen uns seit einiger Zeit mit der Französischen Revolution und ihren Auswirkungen. Wir sprachen über Pestalozzis Resignation und über das tragische Scheitern des Georg Forster in Mainz. Sogar bis in meine behäbige Heimatstadt schlug die Revolution Wellen; denn die Danziger, ohnehin darauf bedacht, nicht in Abhängigkeit zu geraten – sei es von der polnischen, von der schwedischen, von der russischen Krone – befanden sich damals in preußischer Abhängigkeit. Nicht nur das einfache Volk, auch die recht selbstbewußten Bürger verfolgten die französischen Vorgänge mit Anteilnahme. Aber den Umsturz, die Gewalt, Barrikadenkämpfe, einen Wohlfahrtsausschuß, die Guillotine, insgesamt den schmerzhaften Prozeß einer Revolution wollten sie auf keinen Fall über sich ergehen lassen; denn als der siebzehnjährige Gymnasiast Bartholdy mit Hilfe einiger Mitschüler und Hafenarbeiter zumeist polnischer Herkunft – sie wohnten im Hakelwerk – in Danzig die Republik ausrufen wollte, scheiterte er, bevor er Gelegenheit fand, durch seine Tat den Anstoß zu geben. Als sich die Verschwörer am dreizehnten April 1797 in der Beutlergasse trafen – dort hatten Bartholdys Eltern, gutsituierte Handelsbürger, ihre Wohnung – wurden die Nachbarn auf die Zusammenrottung, so nannten sie es, aufmerksam. Gerichtsdiener wurden herbeigerufen. Es kam zu Verhaftungen. Bartholdy wurde zum Tode verurteilt, und nur ein Gnadenerlaß der Königin Luise, die im folgenden Jahr, an der Seite Friedrich Wilhelm des Dritten, der Stadt einen umjubelten Besuch machte, verwandelte die Todesstrafe in Festungshaft. Er soll in der Festung Torgau zwanzig Jahre Haft verbracht haben. Nicht einmal die Niederlage Preußens und die daraus resultierende Verwandlung Danzigs in eine Republik vermochten sein Schicksal zu ändern. Als Junge habe ich sein Vaterhaus in der Beutlergasse gesucht. Keine Gedenktafel gab einen Hinweis. Mehr als Kuriosität denn als geschichtliches Faktum wird sein Fall in der Stadtgeschichte erwähnt. Wir wissen nichts von Bartholdy.«
Wir liefen bergab. Scherbaum schwieg. Die Krähen über dem Trümmerberg erinnerten pathetisch an die Ursache der mittlerweile bewaldeten Aufschüttung. (Ich schlug vor, im Forsthaus Schildhorn »was Heißes« zu trinken.)
»Sie werden sich fragen, Philipp, was will er mit dieser Geschichte? Wahrscheinlich nehmen Sie an, ich versuche, wieder einmal, Ihr Vorhaben zu zerreden, ich versuche – wie mir Ihre Freundin Vero neuerdings auf Warnzetteln unterstellt – Sie zu verunsichern. Nein. Das ist vorbei. Tun Sie es, bitte, tun Sie es. Aber mir sollte es erlaubt sein, Ihre geplante Tat am historischen Beispiel zu messen. Interessiert Sie der Fall?«
»Klar doch. Ich frag schon noch, später.«
»Mein Urteil lautet: Bartholdys Versuch, die Revolution und mit ihr die

Republik auszurufen, war im Grunde eine leichtfertige Dummheit, die nicht nur ihn ins Unglück gebracht hat, sondern auch die polnischen Hafenarbeiter. (Nur seine Mitschüler, so hieß es, wurden freigesprochen.) Es mangelte Bartholdy an der Nüchternheit des Revolutionärs. Zwar konnte der Junge nicht wissen, was selbst ein Marx erst relativ spät erkannte, daß nämlich nur mit Hilfe einer Klasse, die nichts zu verlieren, aber alles zu gewinnen hat, eine Revolution gewonnen werden kann; doch Sie, Philipp, vorgewarnt, wissend, sollten erkennen, daß Ihre geplante Tat, die öffentliche Verbrennung eines Hundes, nur dann wirkungsvoll sein kann, wenn weite Kreise der Gesellschaft – ich vermeide bewußt den Begriff Klasse – Ihre Tat als auslösendes Zeichen zu begreifen bereit sind. Davon kann keine Rede sein. Sie haben erlebt, welch bloß spektakulären Sensationswert Veros Freundinnen Ihrem Vorhaben beimessen. Sie haben erlebt, wie meine geschätzte Kollegin, Frau Seifert, entschlossen ist, Sie mißzuverstehen.«
»Wie hieß denn Ihr Bartholdy mit Vornamen?«
»Selbst seinen Vornamen hat die Geschichte vergessen.«
(Da saßen wir schon im Forsthaus Schildhorn und wärmten uns mit Punsch.) Scherbaum stellte Fragen nach der wirtschaftlichen Lage der Stadt. Ich sprach vom Zurückgang des Holzhandels und von der Schuldenlast (zwei Millionen preußische Taler), die allerdings durch staatliche Zuschüsse und Subventionen im Jahre 1794 gelindert wurde. Er wollte Genaues wissen über die Truppenstärke der Garnison Danzig. Die permanente Anwesenheit von insgesamt sechstausend Militärpersonen, darunter Artillerie, Festungspioniere und Leibhusaren, beeindruckte ihn; denn dieser Besatzungsmacht standen nur sechsunddreißigtausend Zivilisten gegenüber – und die Bürgerwehr, einst gewichtiges Instrument der Handwerkergilden, hatte abrüsten müssen. Als ich meine Mappe öffnete, ihm das Material »Zum Fall Bartholdy« zeigte und aus dem überlieferten Reisebericht eines Fremden zitierte: »Frankreichs System hat hier viel Anhänger. Aber ich glaube nicht, daß sie je daran denken werden, der preußischen Regierung untreu zu werden, wenn diese es sich angelegen sein läßt, sie mit Mäßigung und Milde zu beherrschen« – gab Scherbaum meiner Geschichte recht: »Viel hat sich seitdem nicht geändert.«
»Und deswegen, Philipp, meine ich: der Fall Bartholdy darf sich nicht wiederholen.«
(Aber Erfahrungen lassen sich – selbst bei Punsch – nicht vermitteln.)
»Erstens will ich keine Revolution. Und zweitens hab ich mir das logisch ausgerechnet. Ich weiß nicht, ob Sie eine Ahnung haben von theoretischer Mathematik . . .«
»Ihre schlechten Zensuren in dem genannten Fach kenne ich.«
»Das ist nur das angewandte Zeug. Meine Formel stimmt jedenfalls. Anfangs klappte es nicht, weil ich den Sonnabend als Grundwert gesetzt

hatte. Nicht mal die Sonntagszeitungen reagierten. Und der Montag war überhaupt nicht zu schaffen. Jetzt arbeite ich mit dem Mittwochnachmittag. Und auf einmal läuft es. Schon am Donnerstag tritt das Abgeordnetenhaus zusammen. Da ich ab Freitag wieder vernehmungsfähig bin, setze ich im Krankenhaus eine Pressekonferenz an und gebe eine Erklärung ab. Es kommt zu den ersten Solidaritätskundgebungen. Nicht nur hier, auch in Westdeutschland. In mehreren Großstädten werden Hunde verbrannt. Später zieht das Ausland nach. Vero nennt das die ritualisierte Form der Provokation. Naja, irgendwie muß die Sache ja heißen. Ich zeige Ihnen die Formel, aber erst danach, wenn die Sache gelaufen ist.«
»Und wenn es nicht klappt, Philipp? Wenn man dich totschlägt?«

»Dann war die Formel falsch«, sagte mein Zahnarzt. »Sie mit Ihren Geschichten. Der Fall Bartholdy verlangt nach Wiederholung.«
»Sie meinen, er wird handeln . . .«
»Wenn das klare frostige Wetter bis nächsten Mittwoch anhält, wird sich mir keine Möglichkeit bieten, seinen Distalbiß zu behandeln und – wenn möglich – zu korrigieren.«
»Ihre Sorgen möchte ich haben.«
»Sagen Sie, mein Lieber, abgesehen von den vorbildlichen Einflüssen, die Sie als Studienrat zu vermitteln verstehen, hat Ihr Schüler ein Vorbild? – Sie wissen, wir orientieren uns immer noch an Leitbildern. Fast möchte ich annehmen, daß der Gymnasiast Bartholdy längere Zeit lang Ihre Über-Ich-Stütze gewesen ist. Stimmts?«

Wir kanalisierten Erinnerungen. (Auf der Suche nach dem verlorenen Vorbild.) Da hatte ich wieder kurze Hosen an und stand vor den Giebelhäusern der Beutlergasse. Er bestand darauf, in dem Wunderläufer Nurmi sein Vorbild gesehen zu haben. (Wir waren uns einig, daß dem Bedürfnis nach Vorbildern mit prophylaktischer Vorbilder-Vermittlung begegnet werden müsse: »Vorbeugen muß man!«) Als ich über den Umweg – Vater beim Lotsenamt, Sohn wird Störtebeker genannt – meine Konstruktion auftischte: Der Vater bekämpfte als Luftschutzwart Brände, der Sohn ist zum Brandopfer bereit, räumte mein Zahnarzt ein: »So vordergründig Ihre Motivkette geknüpft zu sein scheint, ich will dennoch nicht ausschließen, daß mutmaßliche Brandverletzungen des Vaters ein Hinweis sein könnten. Sie sollten dem Jungen mal auf die Bude steigen . . .«

Sie lebt zwischen Stoffhunden und liest die Worte des Vorsitzenden Mao. In ihrem Zimmer, das kleiner sein soll als sein Zimmer, muß, zwischen viel Gebasteltem, der Revolutionär Ernesto Che Guevara als grobkörniges Großfoto den Blickfang abgeben. Das weiß ich von ihm, der ihr Zimmer einen Kindergarten, ihre Stofftiersammlung einen Zoo nennt. Er urteilt gutmütig und überlegen: »Naja, ist Geschmackssache.« Von ihrer Kollektion abgesägter Mercedessterne will sie sich immer noch nicht trennen, auch wenn er sagt: »Das haben wir hinter uns.« Sie hängt an der Ausbeute des vergangenen Jahres: »War eigentlich 'ne schöne Zeit – Sternchenpflücken!« Er sagt: »Manchmal bekomm ich natürlich zuviel: sie liest Mao, wie meine Mutter Rilke liest.« Den düsteren Che nennt er »Veros Pin-up.« Wie aus grauer Vorzeit steigt ihm Erinnerung auf: »Früher hing da mal Bob Dylan. Hatte ich ihr geschenkt. ›He's so damn real . . .‹ hab ich ihr draufgeschrieben. Naja, das war mal.«

Auch Philipp Scherbaum hatte ein Foto zwischen die Fenster seines Zimmers gepinnt: eine kleinformatige Zeitungsseite, drei schmale Kolumnen breit. Die mittlere Kolumne wurde in doppelter Paßfotogröße von dem Bild eines etwa siebzehnjährigen Jungen unterteilt: ein festes Rundgesicht, die Haare, nach dem Anfeuchten, straff zurückgekämmt, links der Scheitel. Sauber und ernst erkannte ich unterm Fotolächeln einen Hitlerjungen, erkannte ich meine Generation: »Wer ist das?«
(Als ich Scherbaum gefragt hatte: »Darf ich Sie mal besuchen, Philipp?« war er höflich geblieben, wie immer: »Klar doch. Ich war ja auch schon bei Ihnen. Bloß Teekochen kann ich nicht.« Und als ich ihn dann besuchte – sogar Blumen für Philipps Mutter gab ich in der Garderobe ab – bekam ich Auskunft und mußte nicht zweimal fragen.)
»Der? Das ist Helmuth Hübener. Gehörte einer Sekte an. So etwas wie Mormonen. Hieß: Kirche der Heiligen der letzten Tage. Kam aus Hamburg, aber in Kiel haben sie drucken lassen. Das war eine Vierergruppe, Lehrlinge und Angestellte. Ziemlich lang haben die durchgehalten. Am 27. Oktober zweiundvierzig wurde er hier, in Plötzensee, hingerichtet und vorher natürlich gefoltert.«
Scherbaum erlaubte mir, den Artikel von der Wand zu nehmen, damit ich auch die Rückseite lesen und das Foto der offiziellen Bekanntmachung seiner Hinrichtung sehen konnte. (Ein Artikel zwischen Artikeln. Rechts, auf der Rückseite, schloß die Rubrik »Kurz berichtet« an mit einer Nachricht über den Wettbewerb »Jugend forscht«.) Neben der Paginierung las ich: Deutsche Post. – »Seit wann lesen Sie Gewerkschaftszeitungen?«
»Unser Postbote wirbt für das Blättchen. Ziemlich langweilig, aber kostet nix. Immerhin: Von dem Hübener hatte ich vorher keine Ahnung.« Ich erinnerte mich ungenau, in einem Aufsatz – »Zeugnisse des Widerstands« – den mir Irmgard Seifert geliehen hatte, etwas über den siebzehnjährigen Verwaltungslehrling und seine Widerstandsgruppe gelesen zu haben. (Warum hatte ich nicht im Unterricht? Warum immer diese verspätete Offiziersgeschichte? Warum den verworrenen Unsinn aus meiner Stäuberbandenzeit?)

Scherbaum ließ mich nicht lange im Oberstübchen kramen. Weil ich still hielt, schlug er zu: »Das hat es gegeben. Da ist Ihre Jugendbande nix gegen. Über ein Jahr lang haben die Flugblätter gedruckt und verteilt. Und zwar an verschiedene Adressen. Erstens an Hafenarbeiter. Zweitens an französische Kriegsgefangene, übersetzt natürlich. Und drittens an Frontsoldaten. Schon als Sechzehnjähriger fing er damit an. Mit Kirchendemolieren und so hat der sich nicht abgegeben. Nix von Frühanarchismus. Das war auch nicht so ein Anfänger wie Ihr Bartholdy. Der konnte stenographieren und sogar morsen.«
(Und ich Narr hatte gehofft und befürchtet, ich, mit meiner Bandenführer-Vergangenheit, könnte sein Vorbild sein; oder der Vater und Luftschutzwart mit seinen unbewiesenen Brandwunden.) Zwar suchte ich noch im Zimmer nach Beweisen meiner Motivkonstruktion, nach Ruinenfotos oder Aufnahmen, die den Vater im Einsatz zeigten, auch erinnerte ich ihn, daß ich als Siebzehnjähriger in ein Strafbataillon gesteckt wurde – »Wissen Sie, was das heißt, Minenräumen ohne Feuerschutz?« – aber Scherbaum ging unbeirrt bei dem Verwaltungslehrling Hübener in die Lehre: »Der hat die Nachrichten des Londoner Rundfunks mitstenographiert. Übrigens habe ich einen Stenographiekurs belegt. Wenn ich die Sache mit Max hinter mir habe, werde ich Funken und Morsen lernen.«
(Ich kann beides nicht. Dabei hat man mir im Herbst dreiundvierzig in einem Wehrertüchtigungslager, nahe Neustadt/Westpreußen, das Morsen beibringen wollen. Vielleicht konnte ich sogar morsen mit siebzehn. Siebzehnjährige können oft Sachen, an die sie sich – wie Irmgard Seifert – mit Vierzig kaum mehr erinnern. Scherbaum ist musikalisch: Das Morsen fiele ihm leicht.)
Nachdem ich die Seite aus der Gewerkschaftszeitung wieder an die Wand gepinnt hatte, schwiegen wir. Philipp spielte mit seinem Dackel. Ein freundliches Zimmer, mit leichter Hand aufgeräumt: Scherbaums verspielte Ordnung. (»Stimme der Jugend« hieß die Rubrik. Ich merkte mir den Journalisten, Sander, wollte ihn anschreiben.) Philipps linke Hand kämpfte mit dem Langhaardackel. Ich machte mir Notizen. Nach der Urteilsverkündung soll Hübener den Richtern des Volksgerichtshofes einen Satz hinterlassen haben: »Wartet, ihr kommt auch noch dran!«
Später brachte uns die Hausgehilfin Tee und Gebäck. Zwischen zwei Schlucken rechnete Scherbaum mit den Fingern: »Wie alt war die Silberzunge eigentlich, als Helmuth Hübener hingerichtet wurde?«
»Dreiunddreißig trat er in die Partei ein, da war er neunundzwanzig.«
»Und der ist jetzt Kanzler.«
»Man sagt, er habe eingesehen, inzwischen . . .«
»Und der darf jetzt wieder . . .«
»Man hatte keine Bedenken . . .«
»Der, genau der . . .«

Scherbaum begann leise zu explodieren. Zuerst saß er, dann sprang er auf, aber seine Stimme nahm nicht zu: »Den will ich nicht. Der stinkt doch. Wenn ich den sehe, im Fernsehen und so, könnte ich kotzen wie vor dem Kempinski. Der, genau der hat den Hübener umgebracht, auch wenn der anders hieß, der ihn umgebracht hat. Ich mach es. Benzin hab ich schon. Und ein Sturmfeuerzeug. Hörst du, Max! Wir müssen . . .« Philipp griff in das Langhaarfell. Fast sah es aus, als spielten sie wieder.

Auch wenn er nichts tut, unseren Dreck hat er aufgewühlt. Ich werde den Schuldienst quittieren müssen. Und ähnliche Vorsätze. Als könnte jemand, der schon lange hinter dem Komma steht, wieder bei Null anfangen. Der Wunsch, die Tapete zu wechseln, bringt zwar Bewegung ins Geschäft, aber was ist schon Bewegung. Ihre Zierfische bewegen sich auch inmitten immer des gleichen unzulänglichen Spielraums. Ein äußerst verkehrsreicher Stillstand.

Nicht ich rief ihn an, er wählte meine Nummer: »Ich bin in einer schwierigen Lage . . .«
(Streikt etwa seine Airmatik? Hat ihm ein Patient in den Finger gebissen? Will seine Sprechstundenhilfe kündigen?)
»Ihr Schüler verlangt etwas von mir, was ich als Arzt nicht verantworten könnte . . .«
(Jetzt laut lachen dürfen: »Was, Dokter? Ganz schön anstrengend der Junge.«)
»Ich kann mir schlecht vorstellen, daß Ihr Schüler von sich aus auf diese Idee gekommen ist. Haben Sie ihm das vorgeschlagen?«
(Engelhaft ohne Ahnung sein: »Wie Sie gemerkt haben müssen, besitze ich schon seit langem nicht mehr Scherbaums Vertrauen.«)
»Oder haben Sie in einem Nebensatz durchblicken lassen, daß diese Möglichkeit, rein theoretisch natürlich, besteht?«
(»Was denn, Dokter, was?!« Was verwirrt ihn so nachhaltig? Was nimmt dem Praktiker die fröhliche Selbstsicherheit? »Wo fehlt es denn, Dokter? Wenn ich irgendwie helfen kann . . .«)

Mein Schüler – oder sage ich besser: der beinahe-Patient meines Zahnarztes? – hat ihn um eine Betäubung oder um eine teilweise Betäubung seines Langhaardackels Max gebeten. Er soll gesagt haben: »Sie haben doch Spritzen gegen Schmerzen. Es muß doch auch welche geben, die bei einem Hund wirken. Ich meine, damit er nichts merkt. Sie kennen doch sicher einen Tierarzt. Oder vielleicht bekommen Sie die auch so, einfach in der Apotheke.«
»Ich nehme an, Sie haben dem Jungen, trotz gewisser Bedenken, die kleine Hilfe nicht verweigert. Denn Sie wollten ihm ja Mut machen, unausgesetzt Mut machen.«

»Vorstellungen haben Sie!«
»Ist doch kaum die Rede wert. Das bißchen Lokalanästhesie.«
»Haben Sie eine Ahnung!«
»Also was nun! Helfen Sie ihm oder nicht?«
»Natürlich habe ich nein sagen müssen . . .«
»Natürlich . . .«
»Der Junge machte einen verzweifelten Eindruck. – Er lispelte leicht.«
»Soviel enttäuschtes Vertrauen . . .«
»Um so höher müssen wir sein Verständnis bewerten. Er sagte: ›Ich kann Sie verstehen. Als Arzt müssen Sie immer Arzt bleiben, ganz gleich, was geschieht.‹ Wirklich erstaunlich, der Junge. Und vorbildlich beispielhaft.«

Mein Scherbäumchen hat in Watte gebissen. (So unnachgiebig sind hier die Widerstände.) Soll etwa ich ihm die Spritzen besorgen? Aber ich will nicht mehr. Ich lasse die Vorhänge runter. Und krieche rückwärts, bis ich auf Bims Traß Zement stoße. Da, da! Da steht sie. Zwischen den enggestapelten Hohlbausteinen . . .

Oder eine Schildkröte kaufen und betrachten. Wie macht sie das: zurückgezogen leben? Wieviel Wehleidigkeit muß zu Fleisch werden, damit ein Panzer wächst: nicht mehr zu kränken? – So entstand der Luftschutzbeton. Die sichere Massivdecke. Auch das sogenannte Beton-Ei, ein Kleinstbunker für nur eine Person, der nach Konstruktionsskizzen eines französischen Kriegsgefangenen im Jahre 1941 weiterentwikkelt und in Massen hergestellt worden ist . . .

Oder das Angefangene umschreiben: Am 28. Januar 1955 wurde er aus der sowjetisch besetzten Zone in die Bundesrepublik abgeschoben. Zwei Jahre später wurde vor dem Schwurgericht beim Landgericht München I gegen ihn verhandelt. (Erschießungen und Erhängungen von Soldaten ohne kriegsgerichtliches Verfahren.) Der Staatsanwalt beantragte acht Jahre Zuchthaus. Das Urteil lautete: viereinhalb Jahre Gefängnis. Nachdem seine Revision verworfen wurde, hat Schörner diese Strafe im Gefängnis Landsberg am Lech abgesessen. Heute, siebzigjährig, lebt er in München. – Soweit die Tatsachen. (Oder was man Tatsachen nennt.)

Scherbaum kam auf mich zu: »Ich will Sie nur warnen. Vero hat was vor. Und die macht das.«
»Danke Philipp. Und sonst?«
»So ein paar Schwierigkeiten. – Aber ich sag Ihnen, die macht das, wenn sie es vorhat.«
»Sie sollten mal ausspannen. Ruhig eine Woche lang krank feiern und sich zurückziehen . . .«

»Auf jeden Fall wissen Sie nun Bescheid. Ich bin dagegen, daß sie das macht.«
(Müde sieht er aus. Keine Lachgrübchen mehr. Und ich? Wer fragt nach mir und meinem Aussehen? Die kleine Brandwunde an der Unterlippe ist abgeheilt, sagt meine Zunge.)
Die dritte Drohung fand ich als Lesezeichen in meinem Band zwei: »Briefe an Lucilius«. Sie faßte sich immer kürzer: »Wir fordern: Schluß machen mit dem Abwiegeln!« Den zweiundachtzigsten Brief, Gegen die Todesfurcht, hatte sie lesenswert gefunden: »Ich sorge mich nicht mehr um dich . . .« – Wenn der Frost nur ein wenig den Biß lockern wollte, wenn wieder Schnee fiele auf alle Bezirke der Stadt, wenn es ein Deckmäntelchen gäbe, weit genug geschneidert für alle und alles, wenn endlich Schnee, der lautlose Abwiegler, jeder Drohung ein Mützchen aufsetzte.

Unangemeldet kam sie, nein, besetzte sie meine Wohnung: »Ich muß Sie sprechen, unbedingt.«
»Wann bitte?«
»Jetzt gleich.«
»Das geht leider nicht . . .«
»Ich geh nicht eher weg, bis Sie . . .«
Also unterbrach ich die Arbeit am Angefangenen, nein, hastig deckte ich das Manuskript zu; denn wenn mich die Freundin meines Schülers sprechen will – »unbedingt« – muß ich mich in ein großes pädagogisches Ohr verwandeln: »Was gibt's denn, Veronika. Vielen Dank übrigens für Ihre kurzgefaßten und so hübsch eindeutigen Mitteilungen.«
»Warum stehen Sie Flip im Wege? Merken Sie nicht, daß er das tun muß, unbedingt? Müssen Sie alles kaputtmachen mit Ihrem ewigen Einerseits-andererseits.«
»Das las ich schon einmal treffender: Ich bin ein Abwiegler.«
»Zum Kotzen, dieses reaktionäre Getue!«
Sie setzte sich. Bei aller Geduld unsicher, breitete ich noch einmal meine Argumente aus, die – mir blieb keine Wahl – einerseits gegen Scherbaums Vorhaben sprachen und ihm andererseits bedingt recht gaben. So stapelte sich unser Gespräch: wenn sie unbedingt sagte, ritt ich das Wörtchen bedingt: sie sah klar, ich reihte mehrere, einander widersprechende Standpunkte, ohne beim Aufzählen Mangel zu leiden.
»Das ist doch sonnenklar, daß dieses kapitalistische Ausbeutersystem abgeschafft werden muß.«
»Es kommt auf den jeweiligen Standpunkt an und auf die mehr oder weniger berechtigten Interessen der verschiedensten Gruppen und Verbände. Wir leben nun mal in einer Demokratie . . .«
»Sie, mit Ihrer pluralistischen Gesellschaft.«
»Auch die Schüler sollten ihre partiellen Interessen deutlicher artikulie-

ren. Zum Beispiel in der Schülerzeitung . . .«
»Das ist doch Kinderkram!«
»Haben nicht Sie Philipp zum Chefredakteur vorgeschlagen?«
»Früher hab ich Sie mal für links gehalten . . .«
»Und sogar eine Rede gehalten?«
». . . aber seitdem Sie versuchen, Flip zu verunsichern, weiß ich, daß Sie ein richtiger Reaktionär sind, und zwar einer von der Sorte, die das nicht mal merkt.«
Sie saß in ihrem halblangen Kapuzenmantel. (»Wollen Sie nicht ablegen, Veronika?«) Sie saß nicht geschlossen, wie Mädchen sitzen, sondern in zinkgrünen Strumpfhosen offen, wie ein Junge sitzt. Weil sie durch die Nase sprach, quengelte sie, auch wenn sie vorhatte, mit mir ganz groß abzurechnen. (Bitte nach links orientieren: wenn ich links von meinem Zahnarzt stehe – »Nicht wahr, Dokter, das geben Sie zu« – steht Scherbaum links von mir, doch neuerdings, wenn er nicht doch noch handelt, rechts von Irmgard Seifert, die aber nicht links von Vero Lewand steht, sondern wo eigentlich?) Auch wenn Vero alleine saß, ihre Gruppe stand hinter ihr: »Wir verlangen, daß Sie ab sofort Flip in Ruhe lassen.«
Ich sprach gegen die Gummiprofile ihrer aufgestellten, nein, gegen mich gestellten Schuhsohlen an: »Seien Sie doch vernünftig. Man wird ihn erschlagen. Die Berliner werden ihn erschlagen.«
»In bestimmten Situationen können Opfer nicht vermieden werden.«
»Aber Philipp ist kein Märtyrer.«
»Wir verlangen, daß Sie ab sofort mit dem Verunsichern aufhören.«
»Aber es kann gut sein, daß Sie ihn als Märtyrer sehen wollen.«
»Damit Ihnen auch das klar ist: ich liebe Flip.«
(Und ich hasse Bekenntnisse, ich hasse Opfer. Hasse Glaubenssätze und ewige Wahrheiten. Ich hasse das Eindeutige.)
»Aber liebe Veronika, wenn Sie Ihren Philipp, wie Sie soeben dankenswert offen sagten, wirklich lieben, dann sollten gerade Sie ihn hindern, das zu tun, was er vorhat.«
»Flip gehört nicht nur mir.«
»Sie erinnern sich an die Stelle in Galiläi, wo Brecht von jenem beklagenswerten Volk spricht, das auf Helden und Heldentaten angewiesen ist.«
»Jadoch. Klardoch. Alle Stellen kenne ich. Flip kloppt ja auch schon Ihre Sprüche. Manchmal glaub ich, er will gar nicht mehr. Heut ist Mittwoch vorbei und wieder nichts. Jetzt will er den Hund mit Spritzen betäuben. Das nimmt doch die halbe Wirkung. Sie haben ihn umgekrempelt. Der Junge ist fertig. Zweifelt auf einmal. Womöglich fängt er zu heulen an.«
Ich bot Philipps Freundin eine Zigarette an. Den Kapuzenmantel wollte sie auf keinen Fall ablegen. Also begann ich mit dem Aufundabgehen,

mit dem Geschichtenerzählen, mit dem Eswareinmal. Ich erzählte von mir natürlich. »Das sagte auch ich mal: Die große Weigerung führt zum Ende der Autorität.« Ich sprach vom Scheitern, von der Hölle, Strafbataillon genannt, vom Minenräumen ohne Feuerschutz. »Auch wenn ich überlebte, die Zeit schaffte mich. Ich paßte mich an. Ich suchte den permanenten Ausgleich. Ich klammerte mich an die Vernunft. So wurde aus einem radikalen Aufrührer ein gemäßigter Studienrat, der sich, trotzdem und dennoch, für fortschrittlich hält.«
Ich erzählte gut, weil sie gut zuhörte. (Mag sein, daß ihr Mundatmen den Eindruck der Aufmerksamkeit, ja, des Lauschens verstärkte.) Es entstand in meinem Arbeits-Wohn-Schlafzimmer eine Stimmung, trübe gemischt aus wohldosiertem Selbstmitleid und männlicher Melancholie. (Die Müdeheldensoße.) Schon wollte ich einige Danton-Zitate spazieren lassen, schon wollte ich ein paar Sprechblasen mit meinem Bedürfnis nach zärtlichem Verstehen füllen, schon war ich bereit, meine Einsamkeit zum Abbruch anzubieten; doch als sich Vero Lewand in ihrem Kapuzenmäntelchen vom Stuhl auf meinen Berberteppich fallen ließ, blieb ich stocksteif. (Die dreieinhalb Meter Distanz waren wohl zu viel.)
Sie wälzte sich komisch und ungelernt auf dem Teppich und sagte drollige Sachen: »Wollen Sie nicht auch, Old Hardy? Sie trauen sich ja nicht? Das ist aber ein prima Teppich . . .«
Mir fiel das Übliche ein: »Was soll der Unsinn? Wollen Sie nicht wieder vernünftig sein, Vero?«
(Und meine Brille nahm ich ab, um sie zu putzen, solange auf meinem Teppich geturnt wurde. Dieses verlegene Hantieren und Behauchen der Gläser, das ich oft genug an anderen Kollegen beobachtet hatte; wahrscheinlich verfügen Studienräte über keinen Halt, also greifen sie nach ihren Brillengestellen.)
Veronika Lewand lachte. (Die Wucherungen in ihrer Nase geben ihrem Gelächter etwas blechern Schepperndes.) Sie kugelte sich: »Na los doch, Old Hardy! Oder können Sie nicht?«
Bevor sie ging, pflückte ich einige Flocken meines fusselnden Berbers von ihrem Kapuzenmäntelchen.

Aufgeben draufstecken quittieren. Sich in sich zurückziehen. Sich heraushalten. Nur noch der reinen Anschauung leben. In Betrachtung versunken. Und ohne Aufbegehren. Es ist ja nicht mal ein Strom da, gegen den zu schwimmen sich lohnte; vielmehr stinken mehrere stehende und von mir aus fischreiche Gewässer, ferner Kanäle, deren Verkehr reguliert wird. Ich übersehe das nicht mehr; ich übersehe das zu genau. Mittlerweile weiß ich, warum das Wasser hier fällt, wenn es dort steigt. Also Schleusen sprengen. (Man wird erklären, man habe ohnehin vor, auf Bahnverkehr überzugehen: der Transport lasse sich umleiten. »Wir möchten Sie bitten, im Verlauf der von Ihnen geplanten Ausschreitungen – auch Revolution genannt – mit Vorzug jene Institutionen und Industriekomplexe zu zerstören, die innerhalb unserer langfristigen Planung ohnehin stillgelegt werden sollen. Viel Spaß bei der Arbeit. Es wird anstrengend werden.«) Oder Scherbaum brechen, bevor er zerbricht. Die große Vorbeuge: Stoppt Scherbaum jetzt!

»Hören Sie, Philipp. Es ließ sich nicht vermeiden: ich habe mit Ihrem Mädchen auf meinem Berberteppich geschlafen. Solch ein Schwein bin ich. Nehme mir, was sich bietet. Denn das Angebot kam von ihr. Ehrenwort. Sie sollten sich mehr um das Mädchen kümmern. Es genügt Vero nicht, wenn Sie immer nur von Ihrem Dackel sprechen, der irgendwann mit Benzin übergossen und verbrannt werden soll. Sie müssen sich endlich entscheiden: entweder der Hund oder das Mädchen!«
(Aber was läge mir an Scherbaums Abwinken: »Was gehen mich Ihre Teppichgeschichten an. Stenographie ist interessanter.«)

Auf dem Schulhof sprach ich mit Scherbaum über die zunehmenden Anti-Vietnam-Demonstrationen: »Morgen schon wieder. Auf dem Wittenberg-Platz.«
»Naja. Und hinterher läuft alles auseinander.«
»Man rechnet mit fünftausend Demonstranten.«
»Das ist nur das übliche Luftablassen.«
»Wir könnten gemeinsam hingehen. Ich hatte ohnehin vor . . .«
»Kann nicht. Hab Steno morgen.«
»Dann muß ich wohl alleine . . .«
»Würde ich machen an Ihrer Stelle. Schaden kann es bestimmt nicht.«

Auch Scherbaum wird zu einem stehenden Gewässer. Da ihn die Welt schmerzt, geben wir uns Mühe, ihn örtlich zu betäuben. (Am Ende werden der Elternrat und das Lehrerkollegium den Schülern eine Raucherecke bewilligen, genau abgezirkelt hinter dem Fahrradschuppen.) Es bleibt dabei: Aufgeben draufstecken quittieren – oder Seneca an Lucilius lesen, mit meinem Zahnarzt telefonieren: Stoiker unter sich.
»Hören Sie, Dokter, der alte Rauschebart sagt: ›Außerdem befindet sich der Weise nicht außerhalb des Staates, selbst wenn er in Zurückgezogenheit lebt.‹ – Ich verspüre nicht wenig Lust, demnächst zu privatisieren.«
Mein Zahnarzt nannte meine Rücktrittsgesuche »sophistische Spitzfindigkeiten«. Hinweise auf sein volles Wartezimmer knüpfte er mit Senecas Anrufung der flüchtigen Zeit. Die Zahl seiner wartenden Patienten bewies ihm die Nützlichkeit seines Tuns. Meine Melancholie (die sich in der Tat betrug, als hätte sie ein mürrisch betriebener Koitus

gefördert) nannte er eine altmodische Albernheit. (»Sie sollten Ihre Spaziergänge um den Grunewaldsee wieder aufnehmen, oder wenigstens Tischtennis spielen . . .«) Seine Telefon-Lektion hieß: »Es wird Ihnen bekannt sein, daß die Lehre der Stoa die Welt als den größeren Staat begriffen hat; Niederlegung der Staatsämter hat immer geheißen: freiwerden für die Welt als die größere Verpflichtung.«
Gegen mein unermüdliches Maulen: »Ist ja doch alles gleichgültig. Was bewegen wir schon: Stundenplanänderungen!« – setzte er eine Sentenz des einundsiebzigsten Briefes: »Bleiben wir also bei unserem Vorhaben und führen wir es beharrlich durch!«
Ich erinnerte ihn daran, daß schon der Durchhalte-Schörner an der Murmanskfront seine halberfrorenen Soldaten mit Seneca-Sprüchen gefüttert habe: »Arktis ist nicht!«
Er ließ seine Patienten warten: »Kein Philosoph ist vor falschem Beifall geschützt. Das kümmert den Weisen nicht. Am Tage seiner Wahlniederlage, als durchgefallener Prätor, spielte Cato auf dem Marsfelde Ball. Und Seneca sagt . . .«
»Nein. Kein Zitat mehr! Ihr Seneca hat die längste Zeit dem Bluthund Nero die Regierungsgeschäfte geführt und ihm blumige Reden geschrieben. Erst als Greis, keiner Lust mehr fähig, wurde er weise. Da mag es leicht fallen, mit dürrem Penis den Freitod zu wählen und die Tugend wäßrig ausbluten zu lassen. Übet Muße und schaut dem Elend der Welt ohne Wimpernschlag zu. Nein, Doktä! Ich lasse mir meinen Schüler nicht zusammenschlagen. Zum Teufel, Doktä, mit aller stoischen Gelassenheit!«
Da lachte mein Zahnarzt durch die Leitung: »So gefallen Sie mir schon besser. Übrigens hat mich der Junge vor knapp zwei Stunden besucht. Kein Wort mehr über Injektionen für den Hund. Auf mein Anraten hin hat er sich die Briefe an Lucilius vorgenommen. Was meinen Sie, was sich der Bengel herausgelesen hat. Na? Was meinen Sie? Ihr Schüler stellt Übereinstimmung fest bei Seneca und Marcuse in der Beurteilung der spätrömischen wie spätkapitalistischen Konsumgesellschaft. Sie erinnern sich. Im fünfundvierzigsten Brief heißt es: ›Man erklärt Dinge für notwendig, die größtenteils überflüssig sind.‹ – Ich habe dem Jungen geraten, seinen Marcuse weiterhin in den Schriften des alten Stoikers zu suchen . . .«
Nach dem Auflegen mit einer Frage alleine bleiben: Hat er schon aufgegeben? Und die leichte Verstimmung notieren: Nichts als Theaterdonner. Dafür regt man sich auf, redet bittet strengt man sich an. Bin ich enttäuscht? Wenn er wirklich – was ich nicht glauben kann – umfällt, wenn er – was immerhin möglich wäre, aber doch unwahrscheinlich ist – einfach klein beigibt, wenn er kneift – was ich nicht hoffe, aber verständlich fände – werde ich mich bemühen, nicht enttäuscht zu sein: »Bewundernswert, Philipp. Aus Gründen der Vernunft auf eine mutige

Tat zu verzichten, das nenne ich den größeren Mut haben, das größere Opfer bringen.«

Scherbaum stellte mich nach dem Unterricht: »Vero ist bei Ihnen gewesen. Ich hab Sie gewarnt.«
»Nicht die Rede wert, Philipp. Sie wollte mich, wie sie sagte, unbedingt sprechen!«
»Sie verlieren schon genug Zeit mit mir, weil ich mich nicht entschließen kann.«
»Wir ringen alle um den richtigen Entschluß. Deshalb sollte auch Ihre Freundin die Möglichkeit haben, meinen Rat zu hören.«
»Und? Hat sie ihre große Nummer abgezogen?«
»Ruppig wurde sie, aber das bin ich gewohnt.«
Scherbaum machte unregelmäßige Schritte neben mir. Ich spekulierte zwischen Baum und Baum: Hat sie geplappert? Irgendwelche Pißnelkengeschichten? Hat mir zwischen die Beine . . . Wollte mir unbedingt zeigen, wie groß . . . Zuerst hat er mir Schnaps und Coca-Cola gemischt, dann hat er mir meine Strumpfhosen . . . ich malte mir schulische Konsequenzen aus: Nötigung von Abhängigen und Minderjährigen. Schon formulierte ich Schlagzeilen für die Bild-Zeitung: »Unterricht auf dem Berberteppich!« – »Studienrat liebt zinkgrüne Strumpfhosen!« – »Immer wenn sie durch die Nase sprach!« – Schon bastelte ich an einer Erklärung meinem verlegenen Direktor gegenüber, da blieb Scherbaum stehen. (Er sah mitgenommen aus. Fahrige Gesten. Er, der nie fror, fröstelte. Und dieses Lispeln, von dem schon mein Zahnarzt gesprochen hatte.)
»Vero will Sie fertig machen. Die geht mit Ihnen ins Bett, damit Sie aufhören auf mich einzureden. Das macht die.«
(Sagte ich etwas? Ich griff wohl wieder nach meiner Brille. Dieser lächerliche Reflex, als könnten gradlinige Sätze die Gläser trüben.)
»Natürlich hab ich versucht, ihr den Quatsch auszureden. Denn erstens ist Vero bestimmt nicht Ihr Typ, und zweitens hätten Sie Schiß, sich mit einer Minderjährigen einzulassen – oder?«
(Er grinste. Mein Scherbäumchen, das sonst allenfalls feixte, grinste anzüglich.) Ich rettete mich in amüsierte Überlegenheit, indem ich offen ließ, ob mir Vero Lewand in gewissen Situationen gefallen könnte, sprach, immer noch scherzhaft, von den Gefahren, in denen ein Lehrer gelegentlich schwebe – »Es fällt nicht immer leicht, Philipp, bei tugendhafter Beleuchtung im Glashaus zu sitzen« – und fragte dann Scherbaum direkt, gestützt auf den üblichen pädagogischen Ernst: »Doch wenn wir schon so offen miteinander sprechen: unterhalten Sie mit Ihrer Freundin Geschlechtsverkehr?«
Scherbaum sagte: »Wir kommen nicht mehr dazu. Die Sache mit Max lenkt einfach zu sehr ab. Außerdem war das nie die Hauptsache für uns.«

Dann blieb er stehen und guckte in die leeren Schulhofkastanien: »Ich komm da nicht klar mit. Wahrscheinlich müssen Frauen das ziemlich regelmäßig haben, sonst fangen sie an zu spinnen.«
»Also Philipp, um Ihre Freundin müssen Sie sich keine Sorgen machen, auch wenn sie mich wieder ›unbedingt‹ sprechen will. Ich bleibe eisern.«
Aber Scherbaums Sorgen hießen anders: »Das ist es ja nicht. Wenn Sie unbedingt mit ihr müssen, na schön. Ist nicht mein Bier. Nur möchte ich nicht, daß der blöde Quatsch irgendwas mit Max zu tun hat. Das sind ganz verschiedene Sachen. Das kann man nicht mixen.«

Zugegeben: ich wartete. Übertriebener Fleiß hinter dem Manuskript verdeckte mein Lauern. (Knobeleien mit elektromechanischen Spitzfindigkeiten des Elektrikers Schlottau bei der Zurücknahme des Eckpfeilers Rshew, die Büffelbewegung.) Zwischendurch übte ich kleine Sätze: Wollen Sie nicht ablegen, Vero? – Wie schön, daß Sie da sind und meine Einsamkeit aufbrechen. – Ich muß Ihnen gestehen, daß ich, so groß mein Verlangen sein mag, weiterhin gewillt bin, Ihrer verwirrenden Unmittelbarkeit zu widerstehen, wenngleich ich nicht abgeneigt wäre, aber das kann soll darf wohl nicht sein. – Wir sollten gemeinsam versuchen, Verzicht zu leisten. – Darf ich Ihnen etwas vorlesen? – Hier, einige Briefe des bedeutenden und tragisch gescheiterten Georg Forster an seine Frau, die ihn zu jenem Zeitpunkt – er lag krank in Paris – schon abgeschrieben hatte; sie teilte mit einem anderen das Bett. – Nicht vorlesen? Lieber erzählen? Weil meine Stimme so angenehm? Etwa vom Krieg? Wie ich ganz allein und abgeschnitten in einem Waldstück hinter den russischen Linien? Nicht vom Krieg? Soll ich aus meiner Verlobungszeit? – Übrigens erinnern Sie mich mehr und mehr an meine Ehemalige. Zwar war sie keine Mundatmerin, hätte aber eine sein können. So zielstrebig engäugig direkt. Zum Beispiel hatte sie sich mit dem Betriebselektriker eingelassen, weil sie, indem sie ihn zwischen Hohlbausteinen im Stehen bediente, erfuhr, was ihr Vater, der während des Krieges an der Murmanskfront, später in Kurland, nachdem er die südliche Ukraine . . . Achja, wir wollten ja nicht vom Krieg. – Vielleicht eine Zigarette? Und dieser Betriebselektriker hatte für eine große Sandkastenanlage das elektromechanische Schaltwerk gelegt. – Sie sollten sich nicht auf den Teppich setzen. Er fusselt, Vero. – Und zwar mit allen Raffinessen. Verstehen Sie etwas von Abhängigkeitsschaltungen, vom Zustimmungsstellwerk, von Befehlshebeln und Festlegelampen? – Aber das sollte unter uns bleiben, Vero. Hörst du? Und muß ich wirklich nicht vorsichtig sein?

Irmgard Seifert kam gegen Abend. Auch sie wollte mich ›unbedingt‹ sprechen. Auch sie wollte nicht ablegen. Sie sprach im Mantel: »Eine Schülerin – ich muß wohl keinen Namen nennen – hat mir gegenüber

Andeutungen gemacht, die ich mir verbeten habe, dennoch möchte ich Sie bitten. Eberhard, mir zu erklären, wie solche Zweideutigkeiten . . .« Woher meine Ruhe? »Liebe Irmgard. Ich nehme an, die in Andeutungen plappernde Schülerin ist das Fräulein Lewand gewesen. Was gab es denn anzudeuten? Warum setzen Sie sich nicht?«
Irmgard Seifert musterte meinen Berber: »Das dumme Ding fing mich nach Schulschluß regelrecht ab. Mit diesem nöligen Tonfall, wissen Sie: ›Wie gefällt Ihnen eigentlich Herrn Staruschs Teppich, den er vor seinem Schreibtisch liegen hat?‹ – Als ich Ihren Teppich einen Berberteppich und obendrein ein schönes Stück nannte, bekam ich zu hören: ›Aber fusseln tut er.‹ – Damit ich's auch glaubte, zupfte sie sich einige Wolle vom Mantel, die immerhin von Ihrem Teppich hätte sein können. Wie stellen Sie sich dazu?«
(Sie hat dich gelegt. Wie einen geilen Onkel hat sie dich scharfgemacht – und dann fallen lassen. »Schmatz! Schmatz!« – »Plops! Plops!«)
Ich begann mit Gelächter, denn komisch war es schon, wenn ich an das Brilleabnehmen Brillebehauchen Brilleputzen denke: »Das Mädchen ist erstaunlich konsequent. Mag sein, daß ihre Familienverhältnisse, daß ihre Art milieubedingter Selbständigkeit so imponierend rabiate Entschlüsse fördert. Deshalb also hat sie sich auf dem Teppich gewälzt!« – Kopfschütteln. – »Sie kam her. Vorgestern. Unangemeldet. Wollte mich unbedingt sprechen. Ließ sich nicht abweisen. Saß dort, wie Sie im Mantel. – Wollen Sie nicht doch ablegen, Irmgard, und sich setzen? – Und stellte mich zur Rede, ja, beschimpfte mich regelrecht. Ich solle ihren Flip in Ruhe lassen. Ich sei ein reaktionärer Abwiegler. Stellen Sie sich vor, Irmgard, sie hat Abwiegler gesagt . . .« – Gelächter und mehrmalige Wiederholung der Jargonprägung. – »Und so weiter, und so weiter. Am Ende warf sie sich auf den Teppich. Ich sah gelassen zu. Bot eine Zigarette an. Rauchte gleichfalls. Denn wie die Verhaltensforscher sagen, vermag gemeinsames Rauchen den Aggressionstrieb zu beschwichtigen. Zu reden gab es nichts mehr. Und als sie ging, machte ich sie nichtsahnend darauf aufmerksam, daß mein Berber unter ihrer Wut einige Federn gelassen hätte, man sähe es ihrem Kapuzenmäntelchen an. – Das ist alles.«
Irmgard Seifert entschloß sich, mir zu glauben. Sie legte den Mantel ab, wollte sich aber immer noch nicht setzen. »Stellen Sie sich vor, Eberhard, das dumme Ding hat mich gefragt, ob ich mich auch schon mal auf Ihren fusselnden Berber gelegt hätte.«
Gleich darauf saßen wir auf der Couch und rauchten. Der Abend mündete, bei unterlegter Schallplattenmusik (Telemann, Tartini, Bach) in eine langatmige Vergangenheitsbeschwörung, die uns dennoch nicht in Siebzehnjährige zu wandeln vermochte. Bei allem Händchenhalten und Handtellerwalken wurde die Distanz zwischen uns immer größer; sie stellte die Ausmaße der Couch in Frage.

Ich reihte Episoden meiner Stäuberbandenzeit, sie schrieb die Denunziation des Bauern im Harz immer wieder neu und in Schönschrift; ich verlor mich in die Details einer Altardemontage im Seitenschiff einer katholischen Kirche und versuchte, ihr die Eisenarmierung im Inneren einer neugotischen Gipsmadonna zu erklären, sie bestand darauf, die zweite Denunziation – oder die Mahnung wegen mangelnder Reaktion auf die erste – als eingeschriebenen Brief nach Clausthal-Zellerfeld geschickt zu haben; ich erinnerte mich meiner personellen Schwierigkeiten als Chef einer Jugendbande und wies nach, daß die Mitgliedschaft eines Mädchens den späteren Verrat gefördert hat, sie unterrichtete mich über die Bedienungsvorschriften für die Panzerfaust und konnte und wollte nicht begreifen, daß sie es gewesen war, die vierzehnjährige Buben an dieser Nahkampfwaffe ausgebildet hatte; und als ich versuchte, den Kranz immergrüner Erinnerungen fallen zu lassen, indem ich beinahe tollkühn auf Vero Lewand und meinen fusselnden Berberteppich zu sprechen kam, hob Irmgard Seifert, nachdem sie Veros frühe Teppicherfahrungen als Spintisiererei abgetan hatte, das Kränzlein wieder auf: »Glauben Sie mir, Eberhard. Ich werde vor die Klasse treten, mich offenbar machen müssen. Denn wie soll ich mit dieser Existenzlüge hinter der Stirn weiterhin lehren können. Noch bedarf es des Anstoßes. Ich gebe zu, schwach zu sein. Doch sobald der junge Scherbaum sein Beispiel gesetzt hat, werde ich folgen, werde ich ihm ganz bestimmt folgen. Das muß ein Ende haben.«
Ich goß Mosel nach und legte eine Platte auf. Als ich nach einigem Hinundhergehen, wobei ich den Berberteppich vermied, die erredete Distanz direkt und wortlos zu überwinden versuchte – ich setzte mich übergangslos neben die Seifert, griff zu und versuchte mit dem rechten Knie ihren geschlossenen Sitz zu öffnen – sägte sie meinen halben Vorsatz knapp über der Wurzel ab: »Bitte Eberhard. Ich glaube Ihnen auch so, daß Sie das können.«
Und wenig später, aus kleinem Lachen, nein, aus mädchenhaftem Girren heraus hörte ich: »Wenn ich jünger wäre, und wenn ich als Pädagogin nichts von dieser Sperre wüßte, wenn ich frei und erheblich jünger wäre, glauben Sie mir, Eberhard, ich würde mir den Philipp nehmen, würde ihm in der Umarmung Mut machen, würde ihn lieben, heiß lieben! – Ach, hätte ich seinen unverbogenen Glauben, wie wollte ich dann die Wahrheit nackt und laut umhergehen lassen.«

(Sie saugen sich fest. Sie haben die Wände ihres Aquariums besiedelt. Sie leben von anderen und verbreiten sich. Auch die immergrüne Mistel mit ihren glasigen Beeren, die, quetscht man sie, glasigen Schleim erbrechen, auch die Mistel, ein frommer Haussegen, über die Tür zu hängen, ist ein Schmarotzer.)

Sie blieb bis kurz nach Mitternacht. Am Ende mußte ich Arantil nehmen. Über meine zurückliegende und über meine bevorstehende zahnärztliche Behandlung wollte Irmgard Seifert nicht mit mir sprechen. Sie küßte mich in der Tür: »Und sei mir bitte nicht böse wegen vorhin.«

(»Nicht die Rede wert. Werde noch bißchen arbeiten.«) . . . Als es zum Prozeß kam, blieben von sechsundsechzig Anklagepunkten zwei übrig: die mißlungene Anstiftung zur Tötung des Obersten Sparre und des Majors Jüngling, kurz der Fall Festung Neiße genannt, und die Erschießung des Obergefreiten Arndt, den Schörner im Lkw schlafend angetroffen hatte. Der Angeklagte berief sich auf den sogenannten Katastrophenbefehl, Führererlaß Nr. 7 vom 24. Februar 1943: »Wer beherzt durchgreift, wird auch dann nicht bestraft, wenn er das gebotene Maß überschreitet . . .« Bei seiner Rückkehr aus sowjetischer Gefangenschaft verließ Schörner, auf Anraten der Polizei, den Schnellzug Hof–München schon in Freising, wo ihn seine Tochter Anneliese erwartete. Auf dem Münchener Hauptbahnhof kam es zu Zusammenrottungen ehemaliger Wehrmachtsangehöriger . . .

Ich will nicht mehr. Vorgeschmack überlappt den Nachgeschmack. Alles schmeckt gleichzeitig und widerspricht sich. Ich kenne meine Taschen. Die Worte rasten ein und öffnen Kästchen, in denen Worte liegen, die darauf warten, Kästchen zu öffnen, indem sie einrasten. Ich verstehe alles. Bevor die Satzaussage auftritt und geschwollen die Rampe besetzt, nicke ich: Jadoch. – Jetzt gehe ich schlafen. Ekelhaft, dieses Bett.

Erwachen und einen Bleistift finden: Die Unempfindlichkeit bei peniblem Verständnis aller Schmerzen und Schmerzableger. Den Vorwurf der apatheia macht Epikur den griechischen Stoikern, besonders Stilpon, während ja Seneca, ein Bewunderer Epikurs (und wahrscheinlich ein heimlicher Epikuräer) immerhin zugibt, daß er das Unglück empfindet, auch wenn ihn Weisheit und nicht etwa impatientia, die Leidensunfähigkeit der Kyniker, befähigt, jedes Unglück zu überwinden; während ich bei leisestem Zahnschmerz nach Arantil greife: Unglück gleich Zahnschmerz! – Könnte es sein, daß Nero, als konsequenter Schüler des Seneca, Rom in Brand stecken ließ, weil Zahnschmerz ihn trieb?

Also nicht im Bett, auf dem tierischen Teppich schlafen. Den Schlaf wie etwas Handliches suchen: Sagen Sie, Vero. Sie können sich doch nicht einfach auf meinen Berber legen. – Warum nicht? – Weil er nach Schafsbock riecht. – Das sagt mir gar nichts. Ich habe Polypen. – Und wenn ich mich auch auf die Wolle? – Dann stinkt es doppelt. – Aber ich warne Sie. – Wovor denn? – Vor mir auf dem Teppich. – Aber das

dürfen Sie gar nicht. – Wer sagt das? – Ich bin nämlich minderjährig und abhängig. Meine Eltern leben getrennt. Immerzu muß ich pendeln. Außerdem schrei ich und erzähl alles dem Erzengel. Sie dürfen das nicht! Das dürfen Sie nicht!
(Auf meinem Teppich darf ich alles. Sogar allein liegen, Schlaf suchen und eine abgetakelte Verlobte finden, die zu fettigen Staubkügelchen zusammenschnurrte und sich im Bocksfell verfilzt hat. Komm schon komm!)
Nur hätte ich niemals erlauben dürfen, daß du den Mantel dabei anbehältst, denn mein Berber ist zu neu, um nicht zu fusseln. Jetzt wissen es alle, und Frau Seifert sagt: Wollen Sie sich bitte äußern, Kollege Starusch. Ich möchte nicht abermals eine Meldung machen müssen; denn schon als Siebzehnjährige sah ich mich kurz vor Kriegsende gezwungen, einen Bauern, der sich an mir hatte vergreifen wollen, anzuzeigen, bei den zuständigen Behörden anzuzeigen . . . – Sagen Sie, Vero. Warum tragen Sie immer und überall zinkgrüne Strumpfhosen? – Damit ich Sie besser hören kann.

Auch Minensuchen im offenen Gelände. Und herumirren zwischen Basaltbrocken auf dem Mayener Feld. Auch rosa Modellgips und auf der Mattscheibe ich, die Maulsperre gefüllt mit rosa Modellgips. Auch ein Begräbnis auf dem Waldfriedhof Zehlendorf. Scherbaums Vater und ich führen Scherbaums Mutter am Arm hinter dem Sarg her. Und im Rücken ein Flüstern: Da vorne sein Lehrer, das war sein Lehrer . . . Am Ende fand ich Schlaf auf meinem Berber, immerhin Schlaf.

Am Morgen, beim Rasieren: Soll er doch machen. Ich sehe dem wortlos zu und halte mich kühl.
Am Morgen schabte ich mit dem nachgewachsenen Bart alle über Nacht nachgewachsenen guten Vorsätze, da rief mein Zahnarzt an: »Es ist soweit. Ihr Schüler verzichtet.«
(Eine faule Auster: ausspeien. Und fröhlich in die Sprechmuschel jubeln: »Na Gottseidank! Ehrlich gesagt, ich habe nichts anderes erwartet als das übliche Kleinbeigeben.«)
»Auf Ihre Kosten verzichtet er. Machen Sie sich nichts draus. Der Junge sagte, er wolle nicht wie Sie, später als Vierzigjähriger, mit den Taten eines Siebzehnjährigen hausieren gehen, denn das täten Sie, sagte er.«
(Ich hielt mich an Seneca, bekam Zitate zurück und urteilte abschließend: »Jetzt ist er erwachsen, also gebrochen.«)
»Aber nein doch! Voller Pläne steckt er. Pläne, die, wie ich gerne zugebe, auf Grund meiner vorsichtigen Ratschläge gedeihen konnten. Er will die Schülerzeitung in die Hand nehmen. Aufklärende Artikel! Böse Glossen! Manifeste womöglich!«
(»Ein an sich lobenswerter Entschluß. Unser heruntergekommenes

Blättchen läßt sich nur noch mit einer Bierzeitung vergleichen.«)
»Welch eine Aufgabe, nein, welch ein Auftrag!«
(»Die einzige Initiative seit Monaten wirft die Frage auf, ob und wo Schüler während der Pause rauchen dürfen.«)
»Ihr Schüler will seine Zeit sorgsam verwenden und sein Bewußtsein bilden.«
(»Wie sagte der Erzieher des kleinen Nero: ›Recht so, Lucilius! Widme Dich Dir selbst, sammle geradezu Zeit und geize mit ihr!‹«)
»Übrigens werde ich dem Jungen eine Dehnungsvorbißplatte einsetzen müssen. Schon morgen beginnt die Behandlung. Der Erfolg einer Distalbiß-Spätbehandlung ist ja niemals gesichert. Es bedarf der Disziplin des Patienten. Das sagte ich ihm: Wir werden nur erfolgreich sein können, wenn Sie sich mit den Fremdkörpern in Ihrem Mundmilieu sozusagen befreunden. Er versprach mir, durchzuhalten. Mehrmals versprach er mir, durchzuhalten.«
(»Er wird aufgeben, Dokter. Kein Stehvermögen. Hat sich doch jetzt bewiesen. Und auch die Schülerzeitung. Das hält er nicht durch. Nach drei Nummern – wetten Dokter? – dreht es sich wiederum nur um die Raucherecke.«)
Mein Zahnarzt sagte »Wir werden sehen!« und erinnerte mich an meine obere Bißlage: »Auch wir wollen demnächst wieder. Die kleine Pause wird Ihnen gutgetan haben. Übrigens amüsant, wie extrem konträr sich der Distalbiß des Schülers zur echten, weil angeborenen Progenie des Lehrers verhält.«
Er ist richtig. Er hat das Maß in der Tasche. Seine Prognosen müssen nicht stimmen. Sein Irrtum heißt Teilerfolg. Seiner Sache ist er relativ sicher. Er läuft Ski, spielt Schach und ißt gerne Rinderbrust. Seine mäßig besuchten Vorträge an den Volkshochschulen Steglitz, Tempelhof, Neukölln bereitet er gründlich vor. Jemand, den Niederlagen nicht umwerfen. Freundlich und der gleichbleibenden Nachfrage sicher, sagt er: »Der Nächste, bitte.«

Nach der Konferenz – es ging ermüdend um Lehrmittelbeschaffung – informierte ich Irmgard Seifert: »Scherbaum hat übrigens aufgegeben. Er übernimmt die Schülerzeitung.«
»Also hat wieder einmal die sogenannte Vernunft gesiegt. Bravo!«
»Und wen hätten Sie gerne als Sieger gesehen?«
»Ich habe Bravo! gesagt. Es lebe die Schülerzeitung!«
»Haben Sie etwa erwartet, daß Scherbaum jenen Mut beweist, der mir und Ihnen, jawohl, auch Ihnen fehlt?«
»Dabei hatte ich schon beschlossen, neu anzufangen.«
»Etwa bei Null?!«
»Vor meine Klasse wollte ich treten und diese entsetzlichen Briefe Satz für Satz verlesen. – Aber das lohnt nicht mehr. Auch ich gebe auf.«

»Warum denn so verzweifelt. Stiften sie die Briefe dem Chefredakteur Scherbaum. Er wird sie in der Schülerzeitung abdrucken. Als Knüller sozusagen.«
»Sie wollten mir wehtun. Nicht wahr? – Sie haben mir wehgetan.«

Sie leidet zu gerne, zu leicht, zu laut. Muß ich mich jetzt entschuldigen: »Ein unbedachtes Wort, das wir vergessen sollten . . .« Neulich hörten wir bei ihr Gregorianische Choräle. Nach einem Alleluja-Vers sagte sie: »Es ist wie das Aufleuchten des Grals. Tiefstes Ostergeheimnis wird hier transparent. Nicht wahr, Eberhard, so hätte aus dem Blut des Lammes unsere Erlösung erblühen können . . .« Sie war erstaunt und verletzt, als ich die Langspielplatte vom Teller nahm und mit dem Bierflaschenöffner zerkratzte: »Erzählen Sie das Ihren Zierfischen jeweils kurz vorm Krepieren.« – »Ja«, sagte sie, »ich werde das Wasser erneuern müssen.«

Scherbaum setzte die erste Redaktionskonferenz an. Man wollte auf Anzeigen verzichten, um unabhängig bleiben zu können. Die Schülerzeitung sollte umbenannt werden.
»Na, Philipp. Wie wird denn das Blättchen heißen?«
»Ich habe ›Morsezeichen‹ vorgeschlagen.«
»Verstehe.«
»Mein erster Artikel wird sich mit Helmuth Hübeners Widerstandsgruppe befassen. Ich will Hübeners und Kiesingers Tätigkeit im Jahr zweiundvierzig miteinander vergleichen.«
»Und wie geht es Max?«
»Wieder besser. Er muß irgendwas gefressen haben. Bekam ihm nicht. Aber nun frißt er wieder.«
»Und Ihr Distalbiß?«
»Ich bekomm einen Apparat eingebaut. Ziemlich kompliziert. Aber ich steh das schon durch. Bestimmt.«
»Klar doch, Philipp. – Morgen bin ich wieder dran. Sechs Hauer will er mir abschleifen. Zweite Runde.«
»Na viel Vergnügen!«
(Wir versuchten, gemeinsam zu lachen. Es gelang uns.)

Was heißt hier Beton! Sich aus tiefgestaffelten Büchern ein uneinnehmbares System bauen. Vaubans Idealfestung kopieren. Das Angefangene bewegen oder meine Forster-Studien wieder aufnehmen. (Zwischen Nassenhuben und Mainz . . .) Bücher und ähnliche Mausefallen.

Warum kaufte ich die beiden Bände nicht in Friedenau? Warum fuhr ich bei naßkaltem Wetter in die Stadt und versuchte es auf dem Kudamm? (Nur ein Buch war greifbar, das andere mußte bestellt werden.) Bei Wolff hätte ich beide bekommen.

Nach dem Einkauf bewegte ich mich gegen Widerstand in Richtung Kempinski. Nach langem trockenem Frost nieselte es. Wenig Betrieb auf dem Vorplatz, und wer ihn kreuzte, hatte es eilig. Unter einem Zwang, den ich als sentimental erkannte, aber nicht ablegen konnte, nahm ich an der Stelle, die Philipp als Tatort errechnet hatte, eine wartende Position ein. (Jemand in einem Tweedmantel.) Den Kragen hochgestellt, mit Blicken auf die Armbanduhr täuschte ich – wem? – eine Verabredung vor. Tauwetter und schlackiger Regen hatten die Schneehaufen am Straßenrand des Vorplatzes abgebaut durchlöchert geschwärzt. Das Pflaster gab nichts her. Nässe, die in die Schuhsohlen schlich. Hatte ich erwartet, Spuren zu finden: Hier erbrach sich im Januar des Jahres 1967 der siebzehnjährige Gymnasiast Philipp Scherbaum angesichts kuchenessender Damen?
Die Terrasse war mäßig besetzt. Nichts wollte stimmen: nur wenige ältere Damen, zwei oder drei einzelne Herren, im Hintergrund ein Kränzlein Krankenschwestern und vorne, als Blickfang, ein Inder mit Frau in exotischer Seide. Beide tranken Tee und aßen keinen Kuchen. Aber Vero Lewand aß Kuchen.
Sie saß in ihrem Kapuzenmantel, streckte zinkgrüne Beine und aß Nuß-Sahnetorte gleichmäßig rasch, Löffel um Löffel. Wir sahen uns beide: ich sah, wie sie aß – sie sah, wie ich sah, daß sie aß. Sie hörte nicht auf zu löffeln, weil ich ihr beim Löffeln zuschaute. Auch löffelte sie nicht schneller oder unregelmäßig. Ich nahm nicht meine Brille ab, behauchte, putzte sie nicht. Sie aß aus Protest. Ich sah, daß sie aus Protest Nuß-Sahnetorte aß. Die älteren Damen am Nebentisch tranken Kaffee und aßen keinen Kuchen. Keine der Damen hatte einen Hund bei sich. »Schmeckt es, Veronika?«
»Alles, was teuer ist.«
»Aber das kann doch nicht schmecken.«
»Wollen Sie auch ein Stück?«
»Wenn es sein muß.«
»Ich lade Sie ein.«
Ich entschied mich für Schwarzwälder Kirschtorte. Vero Lewand bestellte nach: »Baiser mit Schlagsahne.« Dann schwiegen wir in verschiedene Richtungen. Als Torte und Baiser kamen, löffelten wir schweigend. Es ließ sich nicht leugnen: die Torte schmeckte. Ihr Kapuzenmantel verriet nichts mehr. Die Inder zahlten und gingen. Hinter uns lachten nach unregelmäßigen Pausen, aber immer gemeinsam, die Krankenschwestern. Westdeutsche Besuchergruppen unter durchsichtigen Regenhäuten zögerten auf dem Vorplatz, zogen weiter und sparten ihr Geld. Die Heizkörper unter dem Terrassendach waren noch auf Frostwetter gestellt. Drei Tische links von uns setzte sich ein Neger in einem Kamelhaarmantel unter die lastende Oberhitze. Sein Deutsch reichte aus: »Schwarzwälder Kirschtorte.«

»Wie ist es, Vero? Soll ich nachbestellen?«
»Das langt.«
»Auch nichts Leichtes mehr? Mürbekuchen?«
Wieder einmal blieb nichts, als Vero eine Roth-Händle anzubieten. Sie rauchte an mir vorbei. Ich rauchte an ihr vorbei. Pausen warfen geräumige Sprechblasen, die für Dialoge auf der windigen Rheinpromenade zu Andernach Platz boten. (Daß meine ehemalige Verlobte an allem teilhat, wird ihr gutes Recht sein; wenn ich nur wüßte, wie oft ich, ungebeten, bei ihr zu Tisch sitze.)
»Sagen Sie, Vero. Waren Sie schon mal in Andernach am Rhein?«
»Waren Sie schon mal in Haparanda, Herr Studienrat Starusch?«
(Ihre Stimme ist nicht vom Wetter abhängig; es handelt sich nicht um Schnupfen.)
»Sagen Sie, Vero. Warum lassen Sie sich eigentlich nicht die Polypen entfernen?«
»Warum lassen Sie sich keine wachsen?«
(Jetzt spielt sie mit dem Silberlöffel; gleich wird er verschollen sein.)
»Übrigens hat mich Frau Seifert darauf aufmerksam gemacht, daß mein Teppich fusselt.«
»Wußten Sie das nicht vorher?«
(Später, viel später schenkte sie mir den Löffel.)
»Ich darf wohl zahlen. Einverstanden?«
Auf dem Tisch blieb ein Flugblatt: »Es brennt!« –
Wir gingen mit kalten Füßen und süßem Nachgeschmack.

3

Danach blieb vom Fisch die Gräte. Luftige Zwischenräume, leicht zu besiedeln. Danach wurden Andenken verkauft. Etwas sollte geschehen und hat später, wenn auch an anderem Ort, teilweise stattgefunden. Danach kamen Rechnungen ins Haus. Keiner will es gewesen sein. Danach wurde die Prophylaxe fortgesetzt. Schon im Davor beginnt das Danach.

Der Eingriff in meine obere Bißlage verlief ähnlich dem Eingriff in meine untere Lage. Auch heute noch, da alles abgeklungen und bezahlt ist, gibt mir mein Zahnarzt Antwort; und als ich ihn gestern fragte, ob ich nicht zugeben solle, daß er, bei aller Freundlichkeit, doch ziemlich kurz angebunden, ja, wortkarg sei, antwortete er weitschweifig: »Es ist ja relativ unwichtig, ob wir wortwörtlich sprachen. Nur keine Skrupel. Ich sagte nicht, was Sie hören wollten, sondern erlaubte Ihnen, mich sagen zu lassen, was ich als richtig erkannt und so gut wie ausgesprochen hatte. Selbst Ihre nachträglich gesetzten Korrekturen – Sie ändern ja gerne – sind meine mißverstandenen Einfälle. Nun lachen Sie schon!« Ich bat ihn, zu bedenken, daß die Vielzahl seiner Patienten, die ihm alle Rede und Antwort zu stehen hätten, Verwirrung gestiftet und sein Gedächtnis getäuscht haben könne.
»Sie vergessen meine Kartei. Ihr Kärtchen liegt vor: Nach längerer Pause – und nachdem Ihre Schwierigkeiten mit Ihrem Schüler behoben zu sein schienen – als wir, um genau zu sein, vom 7. bis 13. Februar die Bißlage Ihres Oberkiefers veränderten und Ihre Progenie wenn nicht völlig ausglichen, so doch milderten, zu einem Zeitpunkt, da ich mit der Distalbiß-Spätbehandlung Ihres Schülers Scherbaum schon begonnen hatte, sagte ich beim Abschleifen des ersten Molar: Mein lieber Studienrat Starusch. Nachdem Sie durch den, gottlob, vereitelten Plan Ihres Schülers ein wenig gerüttelt worden sind – der Junge hat es verstanden, auch mich nachdenklich zu stimmen – sollten Sie Ihre krausen Fiktionen aufgeben: Ihr Krings – oder wie immer er geheißen haben mag – ist, dem Typ nach, ein zu kurz gekommener Oberst, der, wie viele Militärs ohne rechte Berufsausbildung, in der Industrie Fuß zu fassen versuchte. Wir kennen vergleichbare Fälle. Überall kringst es. Und Ihrem Krings wollten die wirtschaftlichen Erfolge nicht genug sein, deshalb liebte er es, im Kreis seiner Familie auf der Tischplatte Schlachten zu gewinnen, die seine Vorgesetzten verloren hatten. (Mein Friseur, ein ehemaliger Hauptmann, phantasiert ähnlich siegreich gegen den Spiegel.) Und solcher Großsprechereien wegen kam es gelegentlich zum Wortwechsel zwischen dem Oberst und seiner Tochter, die Sie sich als Monstrum neu erschaffen wollen; während ich mir Ihre Verlobte als ein nüchternes, doch nicht liebloses Mädchen vorzustellen versuche, dem die hektisch häufigen Seitensprünge ihres Verlobten mehr und mehr mißfielen . . .«
(Sechs Zähne hat er mir konisch zu Brückenpfeilern geschliffen. Im

Fernsehen lief, wenn nicht gerade die Vorstellungen meines Zahnarztes den Bildschirm besetzten, eine Unterhaltungssendung des Senders Freies Berlin: »Rendezvous mit Rudolf Schock«. Zwar sah ich den Kammersänger singen, aber flüstern hörte ich ihn.)

»Falls Sie sich erinnern wollen: Sie fuhren damals einen in der Voreifel vielbestaunten Mercedes mit Klappverdeck, Baujahr zweiunddreißig. Ein rechter Snob waren Sie, der seinen geschniegelten Oldtimer gern in die Sonne stellte und sein progenes Profil daneben. Wer wollte es der törichten Frau Schlottau verdenken, wenn sie sich in das Kabriolett und seinen Chauffeur samt Wildlederhandschuhen und Ducekinn vergaffte. (Damals hatten Sie ein gewisses Etwas.)

Da begab es sich, daß Sie an einem heiteren Aprilmorgen die Ortschaft Kretz durchfuhren und Ihr Sonnengefährt vor dem noch unverputzten Einfamilienhäuschen der Schlottaus parkierten. Scharfes Bremsen ließ Pfützen springen und Hühner aufflattern. (Kein Wölkchen wollte den Lackglanz eintrüben.) Der Ehemann Schlottau, ein biederer Lastwagenfahrer, der für ein Andernacher Bauunternehmen, das mit den nahegelegenen Zementwerken geschäftlich verquickt war, Naßbeton zu einer Großbaustelle in Niedermendig fuhr, war unterwegs, als Sie bei Lotte Schlottau einkehrten; denn hätte der Lastwagenfahrer an jenem Aprilmorgen nicht seinen Führerschein zu Hause vergessen gehabt, wäre Ihnen, wieder einmal, eine Selbstbestätigung gelungen. Schlottau vermißte kurz hinter Kruft die Papiere, wendete, erreichte die Ortschaft Kretz, sah das parkierte Sonnengefährt zwischen seinen Hühnern und vor seinem unverputzten Häuschen, bremste (wenn auch weniger scharf), bestaunte nicht etwa umständlich und fachkundig den Mercedes, kehrte vielmehr rasch ein, fand sein Ehebett besetzt, wurde nicht zum Schlagetot, zerwarf nichts Zerbrechliches, verfiel keinem Röcheln, Ochsengebrüll und Außersichsein, machte maulfaul auf der Stelle kehrt, ließ dem Pärchen das verbockte Bett, sprang, die Hühner scheuchend, in seinen schwerbeladenen Laster, ließ den tüchtigen Motor anspringen, fuhr ein wenig vorwärts, schlug dabei nach rechts ein, schaltete, suchte und fand im Rückwärtsgang eine Position, die es ihm erlaubte, aus sicherem Stand einundeinehalbe Tonne Naßbeton in den offenen Mercedes, in das schwarzsilberne Sonnenmobil, in den schnellen, zwischen Mayen und Andernach bekannten Stolz, in die Bockskutsche des Betriebsingenieurs Eberhard Starusch zu kippen.

Während die hydraulische Kippvorrichtung den Lastraum in die notwendige Schräge brachte, kletterte Schlottau aus seinem Fahrerhäuschen und sah zu, wie der langsam nachrutschende Beton das Kabriolett füllte, überfüllte, den Kühler samt Mercedesstern, die schöngeschwungenen Kotflügel, das Klappverdeck und den Gepäckraum mit draufgeschnalltem Ersatzreifen grau und folgsam einbettete. Auch die vier

schnellen Räder bekamen einen Betonmantel. Selbst für den Raum zwischen Autowanne und Schlottaus Grundstück war noch genug da. Die Hühner hielten die Köpfe schräg. Schlottaus einzige Reaktion war ein distales Beißen der Unterlippe.
Gab das einen Betonklotz! Zeitungsglossen forderten auf, die bizarre Versteinerung im völkerkundlichen Museum zu Mayen aufzustellen. Im Vorhof der vielbesuchten Genofevaburg, zwischen römischen und frühchristlichen Basaltklamotten sollte der Brocken bestaunt werden. Schulklassen besuchten das Denkmal Ihrer Niederlage, bis es mit Preßlufthämmern bearbeitet und endlich (auf Ihre Kosten) abgeschleppt wurde. (Sogar Ihre Wildlederhandschuhe im Handschuhfach hatte Schlottaus Beton unter Verschluß genommen.)
Und obendrein – doch das kann niemand verbürgen – sollen Sie mit Ihrem Bocksgeschäft nicht einmal fertig geworden sein. Das erzählte man sich in der Voreifel. Ein unüberprüfbares Gerücht. Gewiß. Doch dieses ist die Tatsache: Sie wurden gekündigt. Ihre Verlobung ging in die Brüche. Und nur weil Sie unverschämt genug waren, mit dem Arbeitsgericht zu drohen, fürchtete Ihre Firma um ihr Ansehen und sprach Ihnen, obgleich die Zementwerke den Prozeß gewonnen hätten, eine Entschädigung zu, an der sich auch der Vater Ihrer Verlobten beteiligte: man wollte Sie loswerden, rasch und – soweit das noch möglich war – unauffällig loswerden. Koste es, was es wolle. So wird man Studienrat. Doch nun spülen Sie mal . . .«

Wer kann schon lachen, wenn ihm, mauloffen, mit dem Speichelabsauger behängt und bei schwindender Zahnsubstanz, Komisches in den Blick fällt. (Laß ihn doch quatschen.)
Ich ließ mir die Einfälle meines Zahnarztes gefallen und korrigierte dann einige Details: »Hübsch, Ihre Erfindung. Aber nicht ich, Krings fuhr ein Mercedes-Kabriolett. (Mir ließ man den Borgward.) Und nicht mir, dem alten Krings wurde der Wagen zum Betonklotz verwandelt. Nicht wegen irgendwelcher Bocksprünge (die dem Alten womöglich gelungen wären), aus Rache haben ehemalige Landser den Naßbeton zweckentfremdet. Schlottau war, wie ich immer noch annehme, unbeteiligt. (Der fraß ja dem Alten aus der Hand.) Das passierte auf einer Großbaustelle in Koblenz. (Eine dieser verglasten Zigarrenkisten der mittfünfziger Jahre.) Jedenfalls Richtfest. Wir, als Zement- und Baustofflieferanten, waren geladene Gäste. Sogar Tante Mathilde hatte ihr Schwarzseidenes angezogen. Linde und ihre Freundinnen in gestreiften Sommerkleidern. Dabei war es schon September. Selbst Schlottau, der den Alten im Mercedes chauffiert hatte, wirkte im dunkelblauen Einreiher als geladener Gast. Auf dem Flachdach, über dem zwölften Stock, wehte ein Lüftchen. Die Richtkrone mußte festgezurrt werden. Flaschenbier wurde gereicht. Die Mädchen fröstelten in ihren Sommerfähnchen.

Einmal stand ich mit Schlottau abseits. Die Rede des Maurerpoliers, vom Wind zerschnipselt, wollte kein Ende nehmen. Und der Mistbock sagte zu mir: ›Ihre Verlobte, alle Achtung, die gefällt mir. Ehrlich, Herr Betriebsingenieur. Gute Schule. Muß ich Ihnen lassen.‹ – Und einmal gelang es mir, dicht neben Linde zu stehen, die sich über die Brüstung lehnte. (Unten lagen unsere Bimsbetondecken und eisenarmierten Steg- und Kassettenplatten.) Aber ich dachte nur und tat nichts. Dabei keine Zeugen, denn alle hörten Krings zu, dem die Weitsicht vom Neubau eine Rede eingab. In Richtung Ehrenbreitstein hörte ich ihn gegen den Wind siegen. Er sprach vom Verrat bei Kursk. Von der nichtseienden Arktis. Von der roten Flut, der ein stoisches Bollwerk erwachsen müsse. Und zum Schluß fiel das Wort Stalingrad. Einem Seneca-Zitat draufgepfropft, wirkte es artig und siegverheißend: ›Dieser Kampf ist noch nicht entschieden!‹ Weil niemand klatschte, hörte ich Linde: ›Zum Paulus werd ich dich machen, zum Paulus!‹
Unten, neben unseren Einheitshohlblocksteinen, fanden wir den Mercedes unterm rasch anbindenden Beton. (Schauen Sie, Dokter: Krings lacht.) Er ist nicht zu treffen: ›Großartig! Großartig! Na, Schlottau? Ist wohl Ihre Inszenierung, was? Kleine Rache am Vormittag. Aber jetzt sind wir quitt, oder?‹ (Und schauen Sie, Dokter, schauen Sie!) Nicht nur Schlottau, der womöglich doch Anstifter der Betonaktion gewesen ist, auch die mitbeteiligten Landser in ihrer Maurerkluft bilden den großen, einstimmigen Mund: ›Jawoll, Herr Generalfeldmarschall!‹
Soviel über den betonierten Mercedes. Doch vielleicht fällt Ihnen, während ich spülen darf, eine dritte Möglichkeit ein. Was halten Sie davon: Linde sitzt am Steuer des Mercedes, der hinter einem Laster voller Naßbeton warten muß, weil vor meinem Laster und ihrem Mercedes die Eisenbahnschranke geschlossen ist . . .«

Der erste Behandlungstag verlief unentschieden. Von Zahn zu Zahn und zwischen den Zähnen reihten Arzt und Patient ihre einander widersprechenden Geschichten und Theorien. Manchmal erholten sie sich bei Betrachtungen allgemeiner Art über das Pädagogische und über vorbeugende Zahnmedizin im Vorschulalter. Auch über den Fall Scherbaum wurde gesprochen. »Stellen Sie sich vor, Dokter, er spricht neuerdings im Plural: ›Wir haben einstimmig beschlossen . . .‹, und der Entwurf seines ersten Artikels ›Was tat König Silberzunge?‹ beginnt etwa so: ›Wir sind Schüler. Wir sind ganz gut in der Schule. In uns kann man Hoffnungen setzen. Manchmal wollen wir über das Ziel hinaus. Man kann das verstehen. Schüler dürfen das noch. Manchmal wollen wir überhaupt nicht mehr, weil es stinkt. Auch das kann man verstehen, weil es wirklich stinkt und weil wir Schüler sind: Schüler dürfen das, aufhören wollen, nur weil es stinkt. Es war einmal ein König, den nannten die Schüler: König Silberzunge . . .‹«

Aber mein Zahnarzt wollte nur über Scherbaums Distalbiß sprechen. Als ich versuchte, ihn für den Fall der Schülerin Vero Lewand zu interessieren, winkte er ab: »Etwas für Hals- Nasen- Ohrenärzte . . .« Der Kammersänger Rudolf Schock sang: »Liebe zu suchen, zwingt Liebe mich . . .«

In Scherbaums erstem Artikel (der nicht gedruckt wurde) stand zu lesen: »Wir sind ein guter Jahrgang. Man sagt, aus uns wird mal was. Manchmal wollen wir nichts werden. Das kann man verstehen: Schüler, die nichts werden wollen, werden bestimmt was. Auch König Silberzunge wollte nichts werden und wurde dann was . . .«

Heute fällt es mir schwer, von der Stiftung der Bunkerkirche gradlinig zu erzählen. Zu vieles spricht dazwischen. (Nicht nur der Kammersänger und mein Zahnarzt.) Scherbaum benutzt mich als Ablage seiner Niederlagen. Irmgard Seifert geht bei mir ein und aus. Eine Schülerin wälzt sich auf meinem Berberteppich und zwingt mich, die Brille abzunehmen, zu behauchen, zu putzen.
Wenn ich jetzt sage: »Frau Mathilde Krings, Schwester des Generalfeldmarschalls und Tante meiner ehemaligen Verlobten, Sieglinde Krings, stiftete den Ausbau der Bunkerkirche in Koblenz . . .« sage ich gleichzeitig: »Als mein Schüler Philipp Scherbaum die Redaktion der Schülerzeitung ›Morsezeichen‹ übernahm, gelang es ihm nicht, seinen ersten Artikel, der die Tätigkeit des Nationalsozialisten Kurt Georg Kiesinger mit der Tätigkeit des Widerstandskämpfers Helmuth Hübener im Jahre 1942 vergleichen sollte, ungekürzt zu veröffentlichen, obgleich er Kiesinger, vorsorglich, unter einem Spitznamen eingeführt hatte . . .«
Und wenn ich jetzt sage: »Während dem Beton-Großbau die Fenster gebrochen wurden (und der Kammersänger etwas aus der Operette ›Die Fledermaus‹ sang), sagte Mathilde Krings, die mit uns, zwischen hoher Geistlichkeit, die Baustelle besichtigte: ›Wie findest du die Akustik, Ferdinand?‹« höre ich gleichzeitig Vero Lewands Satz: »Na los doch, Old Hardy! Du kannst wohl nicht . . .« und das Geständnis meiner Kollegin Irmgard Seifert: »Ich liebe Sie, Eberhard . . .« sogar ihr Nachsatz: »Nun sagen Sie bitte nicht, daß auch Sie mich lieben . . .« findet noch Platz.
Die Stiftung und die Selbstzensur, die Verlockung und die Liebeserklärung widersprechen einander nicht. So laut Vero Lewand ihren ehemaligen Freund einen »manipulierten Kompromißler« nennt, so eindringlich mir Scherbaum zu erklären versucht, warum er den Einwänden seiner Mitredakteure nachgeben mußte, so selbstlos Irmgard Seiferts Liebe sich rund um den Grunewaldsee aussprechen will und Worte wie »dienend schmerzlich verzichtbereit« findet, ich lasse Krings die Akustik der Bunkerkirche erproben, nachdem sie der Kammersänger erprobt hat.
Krings zitierte seinen Seneca: »Erziehen wir uns zu der seelischen

Haltung, selbst zu wollen, was die Lage erfordert!«
Dann sprach er sein »Arktis ist nicht!« in den von fünfzigtausend Kubikmeter Stahlbeton umspannten Raum, der einst Schutz geboten hatte gegen die Inhaber der Lufthoheit über dem Reichsgebiet.
Was Krings in mittlerer Lautstärke von sich gab, steigerte der Raum zu siegreichen Berichten über die Lage bei Stalingrad, gleich nachdem Krings Paulus abgelöst und den Oberbefehl übernommen hatte: »Das Gesetz des Handelns liegt wieder bei uns!«

Heute fiele es mir leicht, meinen Schüler Scherbaum in den sakralen Stahlbetonbau zu stellen und seine Beichte öffentlich zu gestalten: »Die Silberzunge mußte ich streichen. Die sagten: Das ist zu polemisch für die erste Nummer. Wenn man Kiesinger angreift, muß man auch Brandt angreifen. Der soll damals sogar norwegische Uniform getragen haben. Da hab ich gesagt: Ich scheiß auf euren Kiesinger. Aber der Teil über Hübener bleibt, oder ich trete zurück . . .«
(Zu Linde sagte ich während der Besichtigung der Baustelle: »Wenn wir mal heiraten, dann nur hier . . .«)

Während von allen sechs abgeschliffenen Zähnen Kupferringabdrücke genommen wurden, während alle sechs Kronenstümpfe mit einer gewebefreudigen Tektor-Flüssigkeit eingepinselt und mit Zinnkappen gegen äußere Einflüsse geschützt wurden, hielt ich mich nur an das endlos muntere Schock-Rendezvous, eine hundertachtundfünfzigtausend Mark-Produktion, wie ich später errechnet habe. Herr Schock erhielt runde zehntausend, der Dirigent, Eisbrenner mit Namen, durfte dreitausend verbuchen. Die Maske gab für Haarteile, Perücken und Schminkmaterial viertausenddreihundert aus. Ein Oberbeleuchter und zehn Beleuchter verdienten an sechs Drehtagen fünftausendsechshundertneunundachtzig DM. Ich habe das aufgereiht. Ausstattungskosten für Fächerpalmen, gekaufte altgeliehene neugeliehene angefertigte Kostüme, Backgrounds, ein Feuerwehrmann, ein SFB-Dolly kostenlos. Das alles sagt wenig über meinen Zustand, während mir die sechs Zinnkappen gesetzt wurden. Denn eigentlich besetzte mich, solange die Sendung lief und immer teurer wurde, das Wort »verkrümeln«.
Sich verkrümeln wollen. Kein Ziel mehr bieten. Sich kleiner als sichtbar machen. Wie gewisse Leute, die mal kurz um die Ecke verschwinden (paar Zigaretten ziehen) und dann nie mehr habhaft sind, weil sie sich eigenhändig (wohin denn?) verkrümelt haben. Verkrümeln ist mehr als verduften. Ein Radiergummi etwa, der sich freudig am Irrtum aufreibt; wie ich mich rasch und bis zur Unansehnlichkeit an der Schulfront aufreiben werde, nur noch in Partikeln erkennbar: Das, nein das, nein dieser Krümel ist typischer Starusch. Er hat sich an seinem Schüler aufgerieben. (Jetzt macht mich Scherbaum für sein Versagen verant-

wortlich.) Ein Studienrat, der ganz in der Sache aufgeht und alles gleichzeitig tun möchte. Aber das lohnt nicht mehr. (»Ich bin enttäuscht, Philipp, bestürzt und enttäuscht . . .«)

Während fortschreitender Behandlung, als er mir drei Tage später die Zinnkappen wieder abnahm, als er die Rohbrücken anprobierte und als der rosa Modellgips gespachtelt wurde, versuchte ich, meinen Zahnarzt zu hassen.

(Das laufende Fernsehprogramm bot eine Feature: »Der politische Mord – Malcolm X.«)

Als der Gips in meinem Mundmilieu anzuziehen begann, sagte er: »Die Hemmungen Ihrer Kollegin gegenüber sind erklärbar: der Schlottau hat Sie zu einem Versager gemacht.«

Schichtweise begann ich ihn aufzudecken: Er, der vorgibt, die Welt durch eine weltweite Krankenfürsorge befrieden zu wollen, er, der sich ständig im Kampf gegen den Vormarsch der Karies sieht, er, der lauthals die regelmäßige Zahnkontrolle im Vorschulalter predigt, er: genau er verdrückt sich mehrmals während der Sprechstunde und verschwindet auf der Toilette. Ihn zeigte ich, wie er dort rasch, süchtig, infantil und hemmungslos Unmengen klebriger Süßigkeiten in sich hineinschlingt. Auf kleinstem Raum nascht er im Stehen, laut, hastig, mit verschwimmendem Blick. Und manchmal, zwischen Patient und Patient, hockt er ab und frißt dennoch in sich hinein. »Sie!« sagte ich, »Sie wollen mir Hemmungen, womöglich Potenzschwierigkeiten einreden und hocken – Da! – auf dem Klo, sükkeln glanzäugig Sahnebonbons, mampfen geil cremegefülltes Konfekt, sabbern Zuckerguß, sind außer sich, weil das Tütchen leer ist und greifen – Da! – sogleich nach der Orgie zum mitgeführten Aqua-Pik-Gerät, um die Spuren der übersüßen Schweinerei mit pulsierenden Wasserstößen zu vertreiben – Sie wollen Arzt sein?«

Als mein Zahnarzt versuchte, den Exzeß auf der Toilette als wissenschaftliche Erprobung des Aqua-Pik-Gerätes zu erklären, kicherte sogar seine Sprechstundenhilfe. Dann sprach er von gewissen Zwangsvorstellungen, die, bei längerer Behandlung, vom Patienten auf den Arzt übertragen werden: »Es handelt sich um eine psychische Infizierung; denn was taten Sie vor etwa einer Woche, als das Verhältnis zwischen Ihrem Schüler und Ihnen schmerzlichen Zerreißproben ausgesetzt war? Nun, wie begegneten Sie dem Schmerz?«

Da gab ich zu, unglücklich, wie ich gewesen war, in meinem Unglück alleingelassen und ehrlich verzweifet, zwei Tafeln Vollmilchschokolade innerhalb fünf Minuten gegessen zu haben.

»Sehen Sie«, sagte er, »Ihr Unglück steckt an«, und brach mir, unterstützt von seiner Hilfe, den rosa Spezialgips aus dem Mundmilieu.

Heute verkehre ich mit meinem Zahnarzt, als sei nichts geschehen, per Telefon: »Und wie macht sich Scherbaum?«
Er berichtet sachlich über die Langwierigkeit einer Distalbiß-Spätbehandlung und lobt die Ausdauer meines Schülers: »Solch eine Dehnungsvorbißplatte, mit dem häßlichen Vorbißwall, ist, besonders für einen bald Achtzehnjährigen, ein lästiger Fremdkörper und auf die Dauer eine psychische Belastung, der nicht jeder gewachsen ist.«
Ich berichtete ihm von Scherbaums Tätigkeit als Chefredakteur: »Nach all den Kompromissen kann er jetzt, immerhin, einen kleinen Erfolg verbuchen. Er, ausgerechnet er hat die Bewilligung der Raucherecke durchgesetzt: ›Nun dürfen sie paffen!‹ Sogar Irmgard Seifert stimmte dafür. Dabei ist Scherbaum Nichtraucher, leidenschaftlicher Nichtraucher.«

Manchmal ein Brief mit Zeitungsausschnitten. Rotangestrichenes. Zwei drei Anrufe in der Woche. Einmal besuchten wir gemeinsam eine Ausstellung im Hansa-Viertel. Einmal trafen wir uns zufällig auf dem Kurfürstendamm und tranken einen Tee im Bristol. Zweimal war er bei mir, meine keltischen Scherben und römischen Basaltfragmente angukken. Aber zu sich lädt er nie ein.
Vorsichtig gehen wir miteinander um. Auch die politische Unruhe in der Stadt, den Rücktritt des Regierenden Bürgermeisters und die Übergriffe der Polizei kommentieren wir distanziert: »Das hat ja so kommen müssen.« Allenfalls höre ich leichte Anspielungen: »Gewisse Hemmungen sollen neuerdings auf der Straße gelockert werden.« Nur mit ironischen Umschreibungen deuten wir die Zeit der Behandlung an, als wir uns bloßlegten, uns viel zu nah kamen.

»Ich gebe ja zu, Dokter, daß dieser erste Versuch, mit Irmgard Seifert auch geschlechtlich zu verkehren, nach zwei Stunden Mühe gescheitert war. Und trotzdem sagte sie, als wir wieder rauchten: ›Das wird mich nicht hindern, dich zu lieben. Wir müssen Geduld miteinander haben.‹ – Haben wir auch. Haben wir auch. Es ist wegen der vielen Schnitte. Immer schiebt sie sich dazwischen, na sie, und zwingt mich mit ihren militärwissenschaftlichen Details, einen Vortrag über Traßzement und seine Eignung für Unterwasserbauten zu halten. Selbst der kargen, wenn auch filmisch reizvollen Häßlichkeit der Voreifellandschaft, dem zernagten Bimsabbaugebiet und den beiden tätigen Kaminen der Krings-Werke ist unser Verhältnis nicht gewachsen; zumal ich seit einiger Zeit in den stillgelegten Basaltgruben nicht nur meiner ehemaligen Verlobten begegne, sondern auch der Schülerin Veronika Lewand. Linde und Vero planen etwas gemeinsam: Aktionen gegen mich . . . Da, Dokter, sehen Sie?«

Mein Zahnarzt sprach beiläufig über das Malcolm X-Feature – »Die Gewalt scheint Zukunft zu haben« – und sagte dann: »Lassen wir mal Ihre durchaus normalen Triebstörungen beiseite und sprechen wir vom Zement. Ich habe mich unterrichtet. Von Krings-Werken kann keine Rede sein. In Kruft befindet sich die Tubag-Traß-, Zement- und Steinwerke AG, die zu hundert Prozent eine Dyckerhoff-Tochter ist. Dieses 1922 als Steinmetz-Großbetrieb gegründete Unternehmen weist heute, innerhalb der Dyckerhoff-Familie, das vielseitigste Produktionsprogramm auf; verglichen mit dem Schwesterwerk in Neuwied ist der Zementversand der Tubag allerdings relativ klein. Doch das nur nebenbei, um die Besitzverhältnisse zu klären. Eine Anfrage beim Andernacher Arbeitsamt hat ferner ergeben, daß Sie während der Semesterferien vierundfünfzig und fünfundfünfzig in den Listen der Tubag namentlich als Werkstudent eingetragen sind; von Betriebsingenieur keine Rede.«
Mein Zahnarzt präparierte die Zinnkappen auf dem Instrumententischchen und wartete ab, ob ich Einwände wagen wollte. Mir fiel nur hilfloser Spott ein: »Sie sollten zur Kripo gehen. Wirklich, Sie sollten zur Kripo gehen.«
Er lächelte. (Vielleicht arbeitet er für die Kripo.) »Es war relativ einfach, an diese Unterlagen heranzukommen. Sie sehen, ich habe sie fotokopieren lassen. Wir Zahnärzte arbeiten recht gut zusammen. Und ein Andernacher Kollege – Dr. Lindrath – hat mir verraten, daß sich eine seiner Töchter, die heute als Kinderärztin in Koblenz verheiratet ist, an einen Studenten Ihres Namens, wenn auch nur dunkel, erinnert. Aber das mag Zufall sein. Außerdem lautet ihr Vorname Monika. Na? Sagt Ihnen das was? Monika Lindrath? Hier im Profil? Hier en face? Hier mit Freundinnen auf der Andernacher Rheinpromenade? Immer noch nicht? – Eine hübsche Person.«
Als ich unbewegt blieb, gab er das Verhör auf und faßte die erste Zinnkappe mit der Pinzette: »Auch gut. Will Ihnen ja gerne glauben, daß es, wenn nicht in Andernach, dann in Mayen irgendeine Sieglinde gegeben hat. Verlobt sind wir schließlich alle mal gewesen. Es liegt nicht in meiner Absicht, Ihre Erfindungsgabe einzuengen. Wollten Sie mir nicht, während ich die Schutzkappen aufsetze, vom großen Stalingradspiel der Tochter Krings gegen den Vater Krings berichten?«

Ach, wie ist das Gold so gar verdunkelt. – Ich sollte meine 12 a über dieses Jeremias-Zitat oder nur über das Wörtchen ach einen Aufsatz schreiben lassen. Über das ach ja – ach so – ach nein. Über Achgott und über das Ach- und Wehgeschrei. Über das erstaunte gehauchte ärgerliche Ach. Über das Ach bei Kleist und das ironische Ach bei Mann. Über das Ach der Kinder und über das Ach gebrechlicher Greise. Wie unterscheidet sich das Ach einem besonders gelungenen Sonnenuntergang gegenüber von einem Ach angesichts des Meeres? Das Ach im Lied: »Ach ich habe sie verloren . . .« Und das Ach in der Politik: »Ach, lieber Kollege Barzel . . .« Natürlich das Ach in der Werbung: »Ach so, Sie spülen mit Pril . . .« Und das Ach der Frauen, das Ach-ach-ach-ach – von dem Scherbaum schon weiß. (Und das Ach vor dem Rufnamen: »Ach, Irmgard, wir sollten . . .« – »Ach, Vero, ich möchte . . .« – »Ach, Lindelindelindelinde . . .«)

Während er die Zinnkappen setzte, zeigte ich die Generalprobe der Schlacht um Stalingrad und meine Aktion vor dem Hotel Kempinski. In der Zementbaracke D gewann Krings im Sandkasten. Ecke Kudamm/Fasanenstraße lief Nachmittagsbetrieb. Linde reagierte lustlos. Ich hielt den weißen Spitz knapp an der Leine. Sie ließ »Wintergewitter« passieren – die Café-Terrasse war voll besetzt – obgleich die Spritlage im Kessel keine offensive Bewegung erlaubt hätte. Der Spitz hielt still, als ich das Benzinfläschchen in sein Fell entleerte. Schlottaus elektromechanisches Schaltsystem lief reibungslos und gab optisch einiges her. Weil ich den Spitz mit Valium präpariert hatte, blieb er ruhig. Zum Beispiel bei gleichzeitigen Gegenangriffen. (Jemand, der zuguckte, sagte: »Ist das gegen Flöhe?«) Nach gewonnener Generalprobe verlas Krings die Einladung; und in die Verlesung der Einladungsliste, wie in die Verlesung meines Flugblattes »Es brennt!« blendete ich die Ankunft der ersten Gäste und das Zünden meines Sturmfeuerzeugs ein. Es kamen höhere Regierungsbeamte aus Mainz, Offiziere der Bundeswehr, ein pensionierter Oberstudienrat, Journalisten, die üblichen Generaldirektoren. Die Stichflamme verbrannte meinen linken Handteller, sengte meinen Tweedmantel an und ließ einen Feuerball an der Hundeleine springen. In der Zementbaracke begann zwanglos eine Stehparty. (In den Handteller blasen.) Die angeschnittenen Gespräche ließen wenig von dem bevorstehenden Sandkastenspiel ahnen, und auch die Passanten vor der Kempinski-Terrasse wollten zuerst nicht begreifen. (Brandsalbe hätte ich vorsorglich mitnehmen sollen.) Es ging um Berufsinterna der Gäste: Wirtschaftsprognosen, Personalfragen, Witze über das Amt Blank und Urlaubserinnerungen überwogen. Sogar Gelächter anfangs: »Soll wohl ein Happening sein.« Zivilisierte Heiterkeit gab in der Zementbaracke den Ton an. Ich mußte die Leine loslassen: mein Handteller. (Jemand parodierte den Bundespräsidenten.) Der Spitz wälzte sich, sprang auf die Tische zu mit dem Kuchen drauf. Ein Tisch wurde umgestoßen. Linde in einem beigefarbenen Cocktailkleid und Tante Mathilde in ihrem Schwarzseidenen waren die einzigen Damen. Originalgeräusche: »Der da! Hab ich gesehen. Mit der Brille der . . .« Mit Hilfe eines Mietkellners sorgten sie für Getränke. Jemand warf eine Tischdecke über den glimmenden, nur noch zuckenden Spitz. Linde goß die Gläser zu voll. Ich wurde gestoßen und (als ich begann, die Flugblätter zu verteilen) geschlagen. Schlottau prüfte das Lampensystem. Ich verlor meine Brille. Wie während der Generalprobe, verlief die Premiere der Kringsschen Offensive planmäßig erfolgreich. Sie schlugen mit Regenschirmen Fäusten Aktentaschen. Er vereinigte sich mit Hoth und schuf die Basis für den Vorstoß auf Astrachan. (Die wachsende Brandblase in meinem Handteller.) Kurz vor Mitternacht gingen die letzten Gäste. Ich schrie: »Lesen Sie erstmal meine Flugblätter . . .« Auch Tante Mathilde zog sich zurück. Auf dem Kurfürstendamm blutete ich (meine rechte Braue war aufgeschlagen) und in der Zementbaracke D war ich mit Schlottau Zeuge, wie Linde ihren Vater im Sandkasten besiegte. »Das ist Benzin und kein Napalm!« schrie ich. Linde wies Krings nach, daß er Verbände als Angriffsspitze einsetzen wollte, die schon seit »Donnerschlag« aufgerieben waren: »Kapitulierst du nun?« Als ich versuchte, zur Fasanenstraße durchzubrechen, wurde ich niedergeschlagen. »Niemals!« (Ich hatte Angst.) Krings wiederholte das Wort: »Niemals!« Auf dem Pflaster (ich schrie immer noch) fand ich meine Brille. Sie war heil geblieben. Sieglinde legte ihrem Vater eine deutsche Armeepistole (08) auf den Rand des Sandkastens: »Dann sei konsequent.« Auf dem Vorplatz vor der Café-Terrasse des Hotels Kempinski war ich froh, als ich die Polizeisirene hörte. (Denn die hätten mich.) In der Zementbaracke D standen Schlottau und ich: zwei Säulen. Auch die Bullen schlugen drauf. (Dabei keine Gegenwehr meinerseits.) Die Transformatoren der elektromechanischen Sandkastenanlage summten. Jemand schrie: »Totschlagen müßte man den . . .« Krings nahm die Nullacht auf und sagte: »Laßt mich jetzt allein.« Ich hielt meine Brille fest. Linde ging sofort. Bevor sie mich abschleppten, schrie ich noch paarmal. Schlottau wollte Einwände machen. Die lachten: »Wissen wir schon.« Krings winkte ab. Und auch im Kastenwagen schrie ich: »Napalm!« Nicht mal ein Seneca-Zitat bekam er zusammen. Dann wurde es schwarz. (Meine Verlegenheit.) Ich war ganz heiter. Vor der Baracke rauchten Schlottau und ich zwei Zigaretten. Erst auf dem Polizeirevier war ich wieder da. (Ich hatte Streichhölzer.) Mein Handteller. Es fiel kein Schuß. Als ich, nach dem Beruf befragt, »Studienrat« sagte, schlug mir ein Polizist die Brille aus dem Gesicht. Wir gingen. (Jetzt erst war die Brille hinüber.) Schlottau wünschte mir eine Gute Nacht.

»Das«, sagte ich zu meinem Zahnarzt, »ist aber nicht das Ende.«
(Auf dem Bildschirm lief Werbung; wir hatten die Ermordung des Malcolm X verpaßt.) Aber die sechs Zinnkappen saßen.
»Es fehlen noch ein paar Details: Scherbaum besucht mich im Krankenhaus, bringt mir irgendwas mit: Schokolade, auch Zeitungen, und Krings soll, je mehr die Niederlage auf ihn zukommt, um so ungehemmter mit cremegefüllten Dragées seine beginnende Depression bekämpfen.«

Mein Zahnarzt verstand: »Ach ja, der Schmerz! – Doch wir wollen bei Arantil bleiben. Zwei noch rasch auf den Weg . . .«

Und das noch und das. (Und ich und ich.) Und die Leichtigkeit danach und das Luftschnappen danach. Und über das Wetter und was aus dem Spitz wurde. Und jemand schrie: »Soll er sich doch selber verbrennen!« Und ein Beamter aus Mainz fragte: »Sind denn die Wolgabrücken intakt?« Und Überschneidungen und Ortswechsel. Schlottau schlägt zu, und ich finde meine Brille zwischen Hoths Panzerspitzen. (Und hier und hier.) Stichflammen aus den Transformatoren und die Kempinski-Terrasse im Sandkasten. Und Beifall und Zustimmung. So hätte es laufen müssen, und endlich einer, der Mut hat. Im Mai und im Januar. Ausgesternt war der Himmel, und sonnig war es, frostig und klar . . .

»Sagen Sie, Scherbaum, sind Sie nicht froh, daß es nicht dazu gekommen ist?« – »Ich weiß nicht.« – »Aber wenn Sie sich heute fragen müßten: Soll ich?« – »Ich weiß nicht.« – »Und wenn was anderes an einem anderen Ort?« – »Keine Ahnung, wie ich.« – »Und wenn ich, vielleicht nicht das, aber eine andere Tat?« – »Sie machen doch nie was.«

Drei Wochen nach der Behandlung, drei Wochen, nachdem ich, bei korrigierter Bißlage, auch sonst einige Veränderungen an mir wahrzunehmen versuchte – es gelang mir zum ersten Mal, mit Irmgard Seifert auf eine Weise zu verkehren, die für beide relativ befriedigend zu sein schien – drei Wochen nach dem Eingriff und wenige Tage, nachdem ich aufgehört hatte, Arantil zu nehmen – die Entwöhnung fiel schwer und wirkte sich auf den Unterricht aus – Anfang März, genau am vierten, trug ich Irmgard Seifert die Verlobung an.
Da ich unseren Trott einmal rund um den Grunewaldsee als Anlauf benutzte, fiel das entscheidende Wort auf dem Holzbrückchen über die nunmehr eisfreie Verbindung zum Hundekehlesee. »Ich hätte nicht wenig Lust, liebe Irmgard, zum Juwelier zu gehen und zwei verschieden große Ringe zu kaufen . . .«
Irmgard Seifert bat um eine Zigarette: »Da Sie mir vor Wochen, an eben dieser Stelle, eine Ohrfeige verabreicht haben, muß ich wohl annehmen, daß du es ernst meinst.«
Ich war ihr für den spöttischen Tonfall dankbar: »Liebe Irmgard, die Ohrfeige war die Einleitung unserer Verlobung, doch wenn Sie jetzt nein sagen, schlage ich zweihändig, verzichte auf die Verlobung und heirate dich sofort und zur Strafe.«
Sie zog an der kaum angerauchten Zigarette und warf weg: »Um Schlimmeres zu verhüten, sage ich also halblaut und unfeierlich ja.«
Wir verzichteten auf eine Feier, obgleich es mich einige Tage lang gejuckt hatte, ein Fest zu geben; sogar meinen Zahnarzt wollte ich

einladen. Wir verschickten Kärtchen. Er gratulierte und schenkte die Schmeckelsche Erstausgabe über die »Mittlere Stoa«.
Meiner 12 a sagte ich es mit einem »Übrigens . . .« an. Am nächsten Tag schob mir Vero Lewand (wortlos) einen silbernen Kuchenlöffel zu, dessen Gravierung auf den vormaligen Besitzer hinwies. (So kommt man zu Andenken.)

In der Aprilnummer der Schülerzeitung »Morsezeichen« fand sich von Scherbaum eine Glosse: »Was geloben sich die Verlobten?« Mit seinen knappen Sätzen hetzte er das Wort Verlöbnis über absurdes Gelände: »Ein Verlöbnis findet statt. Einem aufgelösten Verlöbnis liegt ein Verlöbnis zu Grunde, das stattgefunden hat. Wenn man ein aufgelöstes Verlöbnis wieder stattfinden lassen will, muß man die Auflösung des Verlöbnisses vorher auflösen. Aufgelöste Verlöbnisse kosten mehr als stattfindende...«
Irmgard Seifert nannte die Glosse »ziemlich geschmacklos«. Sie bat mich, eine Konferenz zu beantragen, auf der die Beschlagnahme der Aprilnummer erwogen werden sollte. Ich bat Scherbaum, sich bei ihr zu entschuldigen: »Sie müssen verstehen, Philipp, daß Frau Seifert auf Ihre manchmal anzüglichen Wortspiele nicht wie ein junges Mädchen reagieren kann.« Scherbaum hatte sich auch als Chefredakteur seine Art, mich zu schonen, erhalten: »Klar doch. Mach ich. Liegt überhaupt nicht in meiner Absicht, daß Sie Ärger mit ihr bekommen.«

Wir sind immer noch nicht entlobt. In der Mainummer der Schülerzeitung fanden sich unter der Rubrik »Kurz gemorst« zuerst ein Hinweis auf den durchschnittlichen Zigarettenkonsum in der »legalen« Raucherecke, danach die Ankündigung eines Staatsbesuches: »Der Schah von Persien kommt nach Berlin. Wir haben ihn nicht eingeladen« – und vor einer Anzeige der Tanzschule Antoine stand unter »Bekanntmachung« der nicht unrichtige Satz: »Frau Seifert und Herr Starusch sind immer noch verlobt.«
Auch Irmgard versuchte zu lachen: »Ich nehme an, daß nicht Scherbaum, sondern die kleine Lewand diese Sticheleien lanciert. Was meinst du, Eberhard?«

(Sie war es und stichelt immer noch. Sie ist im Kommen. Im Schülerausschuß der SMV hat sie die Mehrheit hinter sich. Einen Mißtrauensantrag gegen Scherbaum hat sie eingebracht. Sie will ihn absägen. Gleich nach dem Schahbesuch begann sie mit ihrer Gegenzeitung: »Wir haben beschlossen, uns auf keine Kompromisse mehr einzulassen . . .« Sie ist ganz vorne. Und mehrmals sah ich sie schon in der Zeitung, eingehenkelt, im Laufschritt, ganz vorne . . .)

Der Gedanke, mich mit Irmgard Seifert zu verloben, kam mir am letzten

Behandlungstag. Noch einmal gab er seine Signale – »Jetzt kommt der kleine häßliche Pieks« – »Nun spülen Sie mal« – noch einmal kam es zum inneren Dialog, der auf dem Bildschirm Sprechblasen warf. Mein Zahnarzt und ich, wir schritten den Weltkreis ab. Unsere Modelle einer umfassenden Ordnung – sein medizinisches, mein pädagogisches Fürsorgeprinzip – steigerten sich gegenseitig und hoben einander auf. Wir waren kühn radikal und absolut wahrhaftig. Wir bewässerten die Sahara. Wir legten die überlieferten Sümpfe trocken. Er schläferte den Aggressionstrieb ein: »Man wird innerhalb weltweiter Fürsorge die Gewalttätigkeit, das heißt, ihre Rezeptoren stillegen oder – um es populär zu sagen – örtlich betäuben . . .« – Ich befriedete pädagogisch: »Man wird mit Hilfe der Massenmedien, innerhalb eines weltweiten Lernprozesses, den Schülerstatus bis ins Greisenalter verlängern . . .« Aber so fleißig wir uns im Stabhochsprung steigerten, ein Rest Erdenschwere verführte uns immer wieder zum kräftemessenden Fingerhakeln.

Im ersten Programm lief ein Film für Skiläufer und solche, die es werden wollen: »Vom Telemark zum Wedeln.«
Weil er mich wie eine Zwiebel behandelte, die, Haut weniger Haut, immer kleiner und glasiger wurde, verdrängte ich Pulverschnee und schnelle Pisten durch einen Dokumentarbericht über eine spiritistische Sitzung, an der auch mein Zahnarzt und seine Hilfe (als Medium) teilnahmen: das übliche Tischrücken.
Kaum hatte er meine vier Spritzen gesetzt, zeigte das Raumbild mehr als unser eingespieltes Trio: Andrang herrschte in der Praxis. Mal fließende, mal kompakte Erscheinungen: sensitive Astralkörper, die sich mit der landläufigen Vorstellung von Nachthemdgespenstern enttäuschend deckten, gaben sich ein telepathisches Stelldichein.
Auch mein Muttchen war anwesend. Ich fragte sie, ob es klug sei, abermals eine Verlobung einzugehen, und erhielt den mütterlichen Rat, zuerst klare Verhältnisse zu schaffen. Nach mehrmaliger, durch das Medium Sprechstundenhilfe vermittelter Wechselrede erfuhr ich, daß mein Muttchen über alles, was Irmgard Seifert anging, auf dem laufenden war: »Mach mä nuä kaine Dummhaiten nech. Ärstmal missen die dammlichen Briefe wäg. Denn da mecht kain Friede nech sain meegen, wenn se emmer von damals mecht reden ond wie jewesen is daamals . . .«

Drei Wochen später folgte ich dem Ratschlag meiner Mutter und bat Irmgard Seifert, kaum hatten wir uns zur Verlobung entschlossen, um das Bündel alter Briefe.
Sie sagte: »Du willst sie vernichten, nicht wahr?«
Obgleich ich sie eigentlich nur hatte wegschließen wollen, sagte ich: »Ja. Ich will dich davon befreien.«

Schon auf unserem nächsten Weg um den Grunewaldsee gab sie mir das Bündel. In einer Mulde, am sandigen Ostufer, schichtete ich die Briefe. Sie brannten rasch weg.
Auf dem Heimweg machte mich Irmgard Seifert auf ein bezügliches Verbotsschild aufmerksam: »Wir haben Glück gehabt, daß uns kein Forstarbeiter erwischt hat . . .«

In der telekinetisch erweiterten Praxis meines Zahnarztes gab mir mein Muttchen, noch bevor die Zinnkappen entfernt wurden, weitere Ratschläge, während es auf dem Bildschirm, womöglich bedingt durch den unterlegten Skiläuferfilm, bewegt milchig, geisterhaft zuging. (Die Astralleibchen wedelten).
Mein Muttchen ermahnte mich, weniger Bier zu trinken und die Wäscherei zu wechseln; der Zustand meiner Hemden konnte ihr nicht gefallen. Wörtlich ließ sie mir ausrichten: »Bekiek diä doch mal de Äcken. Die kennen heut kaine Kragen nech plätten.«
Dann bat sie mich, auf einen meiner Schüler besonders achtzugeben, weil er ab Frühsommer, im Zusammenhang mit einem bevorstehenden »hohen Besuch«, in Gefahr geraten könnte. »Waißt, Jongchen, der is wie du best jewesen. Emmer vornwäch ond laichtsennich auf Deiwelkommraus. Was hab ech miä Sorjen jemacht . . .«
Ich bat mein Muttchen um Verzeihung und versprach, auf Scherbaum aufzupassen. (Es ist ihm auch nichts passiert vor der Oper, aber Vero Lewand konnte Platzwunden und Blutergüsse vorweisen.)

Mein Zahnarzt nahm mir die Zinnkappen ab. Ich versuchte weitere Gespräche mit Verstorbenen: »Aber die leben noch alle, Dokter. Denn Krings nahm zwar den Armeerevolver, den seine Tochter ihm auf den Rand des Sandkastens gelegt hatte, doch wie Paulus zog er es vor, sich nicht zu erschießen. Am nächsten Morgen rief er die Familie, also auch Schlottau und mich, in sein Arbeitszimmer, gab seine Niederlage zu und machte uns, nachdem er den Freitod des Philosophen Seneca und die Nichtigkeit des Todes erwähnt hatte, mit seinen Entschlüssen bekannt: ›Ich bin entschlossen, die siegreiche Wende auf einem anderen Feld einzuleiten; in die Politik werde ich gehen.‹
Danach kam ich zum Entschluß: ich kündigte meine Verlobung mit seiner Tochter auf. Er akzeptierte und ließ durchblicken, daß diese Entscheidung in seinem Sinn sei. Und Schlottau, ungefragt, sagte: ›Das ist vernünftig.‹
So löste sich dieses militärisch-familiäre Planspiel; doch wenn Sie erlauben, Dokter . . .«

Mein Zahnarzt war gegen Varianten und wollte keine letzte Aussprache mit Linde dulden: »Sie sind am Ende, mein Lieber. Schluß, Vorhang

und keine Zugabe. Als Zahnarzt höre ich täglich ähnliche Dreiecksgeschichten, die sich historisch oder gegenwartsnah kostümieren. Wirtschaftstheoretische, religiöse, kriminalistische und manchmal sogar steuerrechtliche Verkleidungen müssen das immer gleichbleibend dürftige Dreieck wärmen. Bevor Sie uns zum Zeugen der Hochzeit Linde-Schlottau machen wollen, schauen wir uns lieber die Skiläufer an: das lebt, wedelt, läßt aufstäuben, macht Spuren, lacht und trinkt am Ende seine Ovomaltine. Kurz: Haben Sie nun endlich Ihre ehemalige Verlobte begraben?«
»Es ist mir gelungen, wie seinerzeit der Maler Anton Möller, der in meiner Heimatstadt die ihm versprochene Tochter des Bürgermeisters . . .«
»Also doch noch eine Geschichte?«

»Umfunktionieren« nennt Vero Lewand den Vorgang. Solange er mit dem Anrichten des Spezialzements, dem Warmlufttrocknen der abgeschliffenen Zähne und dem Versetzen der beiden Brücken beschäftigt war, belebte ich die Mattscheibe mit dem Gleichnis vom Maler Möller. Doch breitete ich nicht nur die klassische Dreiecksgeschichte aus (die mein Zahnarzt gerne dem Fortschritt geopfert hätte) ich erlaubte mir gleichzeitig Anspielungen auf seine dreieckige Situation; denn wem ist verborgen geblieben, daß mein Zahnarzt zwischen seiner Ehefrau – der Mutter seiner Kinder – und seiner Sprechstundenhilfe den typisch altmodischen Dreieckspartner abgibt?
»Und so erging es meinem Landsmann, dem begabten Anton Möller, der im Jahre 1602 für die Danziger Ratsherren ein Jüngstes Gericht malen sollte: eine Auftragsarbeit, die der bis dahin in manieristischen Allegorien schwelgende Künstler seinem zukünftigen Schwiegervater, dem Bürgermeister der Stadt, verdankte. Die Tochter des Patriziers sollte geheiratet werden, sobald das hanseatisch angemessene Honorar für das Jüngste Gericht fällig sein, ausgezahlt werden würde.
Den paradiesisch langweiligen Teil der Tafel hatte Möller schnell – um ihn hinter sich zu haben – nach der Mode der Zeit verfertigt. Er freute sich auf das Fegefeuer und auf den Höllensturz, den er, als Sohn einer Hafenstadt, per Schiff stattfinden lassen wollte. Die Sünder sollten in Frachtkähnen, Schaluppen und eleganten Nachen bergab auf einem Fluß schwimmen, dem die Mottlau, ein Nebenfluß der Weichsel, Modell fließen mußte. Und in einem der Nachen wollte er ein nacktes Weib – die Sünde schlechthin – zu Tale fahren lassen; er war nun mal den Allegorien verhaftet.
Doch auch die Sünde ließ und läßt sich ohne Modell nicht darstellen. Die Tochter eines Flößers – ein üppig gewachsenes Flissackenkind – hielt still auf Spiel- und Standbein, lieh ihm ihre Masse und galt, als des Malers Verlobte die fortgeschrittene Höllenfahrt in Augenschein nahm, so-

gleich als die anrüchige Position eines Dreiecksverhältnisses, das Sie, lieber Dokter, als überfällig und – obgleich selber ein Dreieckspartner – überholt ansehen wollen; dabei hat es dem Maler Möller zur Kunst verholfen.
Seine Verlobte schlug Krach. Den Vater, ja, den Rat und die Schöffen der Stadt wiegelte das hübsche, doch für die Darstellung der Sünde zu wenig üppige Mädchen auf. Möller sollte gezwungen werden, seine Kunst zu verleugnen. Man stellte ihn vor die Wahl, entweder das stadtbekannte Flissackenkind unkenntlich zu machen – oder auf das Honorar und des Bürgermeisters Töchterlein zu verzichten.
So kam es zu jenem ersten künstlerischen Kompromiß, den ich meinte, solange ich von Ferdinand Krings zu sprechen versuchte, während das Original sich nicht scheut, mit Vornamen gleichfalls Ferdinand zu heißen. Möller malte dem Flissackenmädchen ein neues Gesicht, das dem seiner Verlobten glich; wie anders hätte er die Sünde dreinschauen lassen sollen, da man ihm die lachlustige Miene der Vorstadthure – die Flissacken wohnten um Sankt Barbara in der Niederstadt – verboten hatte?
Das Geschrei wegen der öffentlichen und sündhaften Darstellung einer Bürgermeisterstochter hat sich sogar in der Chronik der Stadt niedergeschlagen: die Zünfte und Gewerke, auf Möllers Seite, stimmten ein großes Gelächter an und sangen Spottlieder. Schon lag politischer Streit in der Luft. (Es ging um Braurechte und Fischereipacht.) Da vergaßen die Ratsherren das Drohen und legten sich, angeführt vom Bürgermeister, auf's Bitten.
So kam es zu jenem zweiten künstlerischen Kompromiß, der auch mich bestimmt hat, als ich den Kringsvater und die Kringstochter zwischen Zement, Bims, Traß und Tuff stellte; Möller malte nicht um den Leib des Flissackenkindes, doch um die hübsch dümmliche Larve seiner Verlobten eine reflektierende Glasglocke, die uns noch heute das Rätsel aufgibt: Was hat das zarte, eher ziegenhafte schmale und hinter dem Glas mystisch verschwimmende Köpfchen auf soviel griffig gerundetem Fleisch zu suchen? (Schauen Sie nur, welcher Reflexe die Glasglocke fähig ist: alles spiegelt sich, alles – die Welt und ihre Widersprüche . . .)
Und Möller, einmal am Zug, malte in eben den Nachen, der die Sünde in die Hölle schiffen sollte, alle Ratsherren und auch den Bürgermeister: peinlich ähnlich und nicht hinter Glas.
So kam es zu jenem dritten künstlerischen Kompromiß, dem auch ich mich beugen werde; denn wie ich mich scheue, Sie und Ihre Sprechstundenhilfe beim Namen zu nennen – was würde wohl Ihre Frau dazu sagen? – so war auch der Maler Möller nicht bereit, die Ratsherren, samt Bürgermeister und Töchterlein, zur Hölle fahren zu lassen: er malte sich in die zum Hades erhobene Mottlau. Kräftig stemmt er sich gegen den Nachen und guckt dabei uns an: Wenn ich nicht wäre, ginge es prompt bergab.

Der Künstler als Retter. Er erhält uns die Sünde. Er gibt das Dreieck nicht auf. Wie ja auch Sie heimlich am Trigon hängen. Stimmts, Dokter? Ehrlich? Stimmts?«

Da saßen die Brücken, und mein Zahnarzt stellte das Fernsehen ab. Seine Sprechstundenhilfe hielt mir den Spiegel vor. »Was sagen Sie jetzt?«
(Damit kann ich mich sehen lassen. Das schnappt zu. Mit schließender Bißlage läßt sich neu anfangen. Damit lacht es sich lustiger. Das macht hungrig und will in Äpfel beißen. Damit verlobe ich mich. Ja. Sag mal ja. Ja. Sag mal ja. So viele Zähne – und alle stehen für mich. Damit gehe ich auf die Straße . . .)

Mein Zahnarzt – und nicht seine Hilfe – half mir in den Mantel: »Sobald die Betäubung nachläßt, wird Ihre Zunge die alten Lücken suchen. Das gibt sich dann.«
Und als ich schon in der Tür stand, gab er mir das Zettelchen: »Ich habe Ihnen vorsorglich eine Doppelpackung aufgeschrieben. Das wird wohl reichen. – Sie waren mir ein angenehmer Patient . . .«

Draußen war wirklich der Hohenzollerndamm. Auf dem Weg zum Elsterplatz kam mir Scherbaum entgegen: »Na, Philipp? Ich bin erlöst und beiße jetzt vollzählig.«
Ich zeigte erklärend meine gemilderte Progenie; Scherbaum zeigte mir seinen spätbehandelten Distalbiß: »Das ist der Vorbißwall. Ziemlich lästig.«
Immer noch sprach ich gaumig: »Viel Spaß also!«
Scherbaum sagte: »Ich halt das schon durch.«
Wir lachten wegen nichts. Dann ging er, dann ging ich und biß vor mich hin in die Luft . . .

Lindelindelindelinde . . . (Mordanschläge auf Vorrat.) Nachgereist bin ich ihr. Januar 65: mit ihrem Gatten und ihren Kindern will Frau Schlottau den Winterurlaub auf Sylt verbringen, so hat der Arzt geraten. Tägliche Wanderung durch die windgeschliffenen Dünen. Mit geschlossenem Mund gegen den porenweitenden Wind durch das einsame List-Land. Jod einatmend um den Ellenbogen herum oder auch um die Hörnumspitze, wo sich Watt und Meer strudelbildend verquicken. Vater steckt täglich die Wanderkarte ab. Seht die Familie: die Buben in Gummigaloschen voraus, im Anorak hält Mutter das Mittelfeld, Vater als Nachhut, fernglasbestückt. So sieht man sie Muscheln, Gesundheit suchen, strandauf strandab.
Und ich auf der Lauer: die Zunge gegen nachwachsenden Zahnstein gelehnt, platt im sirrenden Strandhafer, kichernd, weil die Buben nur

Glühbirnen finden, die das Meer großzügig abwarf. Heil, als könnten sie noch, scheucht sie der Wind mit bibbernd flockendem Schaum über den Ebbestrand. »Mitnehmen!« – »Vatti, mitnehmen!«
(Gestern kommt wieder und legt die Lichtrechnung vor.)
Als Dozent an der Kölner Sporthochschule hatte ich mich während der Semesterferien als Bademeister verdingt. Ich bediente die Wellenmaschine des berühmten Meerwasser-Wellenbades. In Segeltuchschuhen schlurfte ich über die lauen Kacheln. Meine verhuschten Blicke zum Wellenbadrestaurant über den Duschräumen und Kabinen, wo sich ältere Kurgäste und einheimische Nichtschwimmer hinter der Glasfront Appetit machten; auch ein zwei Familien, doch keine Schlottaus.
Wann kommt sie, Familie im Kielwasser? Breiter um die Hüften, aber immer noch die zähe Bergziege, streng und sperrig in Stallnähe und nur auf Abhängen anmutig. Wann kommt sie, kleine Befehle im Herzen: »Ulli, du gehst mir nur baden, wenn ich jetzt gehen wir baden sage.« – »Nun starr doch nicht so auf die Leute, Vatti.« – »Es wird nicht getaucht, Wölfchen, hörst du? Es wird nicht getaucht.«
Noch wandert der Clan in Gummistiefeln, sucht Kampen heim, Keitum, Morsum. Man will sich – das hat der Arzt geraten – zuerst einmal akklimatisieren. Noch begaffen sie reetgedeckte Friesenhäuser. Noch zeigen sie sich Schiffchen am Horizont. »Guckmal der Leuchtturm! Guckmal die Düsenflieger! Guckmal die Möwen auf dem kaputten Bunker . . .«
Man speist, was das Meer zu bieten hat: Heil- und Steinbutt, Schollen und Seezungen. Vatti will Aal – Mutti ändert auf Kabeljau. Ihn verlangt es nach Miesmuscheln – sie befindet, heut keine Suppe. Die Kinder futtern halbe Portionen, meistens, weil ohne Gräten, Rotbarschfilet. Und das umschichtig: mal schmackhaft und teuer bei Kiefer; mal lasch in der Pension: Kalbsfrikassee in Mehlschwitze. Und als Nachtisch: Grießpudding mit Himbeersaft.
Rasch hat sich die Familie im fremden Milieu eingelebt. Ohne Kino erholen sie sich. (Vatti und Mutti schreiben Postkarten mit Möwen und Seehunden drauf an Großvatti und Tante Mathilde.) Die Ehe klappt. Am Abend, bevor sie sich langlegen, liest sie – was liest sie denn? (Fortsetzungsromane aus zerlesenen Illustrierten und nicht mehr Clausewitz, Schramm, Liddell Hart.)
In seiner Kombüse, neben dem Schaltbrett der Wellenmaschine, läßt der falsche Bademeister seinen Marxengels im Täschchen und raucht Nietzsches Nachlaß Seite um Seite auf Lunge.
Jetzt drängeln die Kleinen: »Mutti, wann gehen wir Wellenbaden.« – »Du hast versprochen, Vatti. Wann gehen wir Wellenbaden, gehen wir Wellenbaden . . .« Soeben noch träge, reibt sich die Zunge des Bademeisters am neuen, immerzu neuen Zahnstein. (Nun kommt schon, kommt!) Unruhig streunt sie, beweist sie ihm pelzigen Schmelz

und windige Lücken zwischen den freigelegten, Kälte und Hitze fürchtenden Zahnhälsen. Wenn der Hausherr will, daß sich die Zunge träge bettet, steht sie auf, ist sie unterwegs und will diesen einen, durch schwindendes Zahnfleisch anfälligen Eckzahn mit schmeichelnden Stößen, durch sanftes Anrempeln mehr und mehr erschüttern.
Jetzt, durch Männer- und Frauentür, vorgebadet mit Seife und leicht irritiert von den vielen Badevorschriften, sind sie in seiner Hand.
So etwas Simples wie eine Wellenmaschine: zwei Kolben, die das auf zweiundzwanzig Grad vorgewärmte Meerwasser wechselnd unter Druck setzen. (Nach zwanzig Minuten Windstille folgt zehn Minuten lang Sturm). Das naive, ins Technische übersetzte Brandungssystem. (Allzu starker Sog wird durch die verschiedenen Tempi der steigenden fallenden Kolben gemildert.) Womöglich hat der Erfinder Kindern zugeschaut, als sie mit Steinwürfen einem Tümpel Wellen beibrachten. Nun funktioniert die leicht zu bedienende Maschine. Knopfdruck genügt: Wellenbaden! Wellenbaden!
Wie sich das Jauchzen zwischen gekachelten Wänden bricht. Körperbewußte ältere Herren, überbordende Damen, ein Dutzend Bundeswehrrekruten aus der Hörnumer Ecke (sie waren angemeldet und mußten auf Sammelschein weniger zahlen) – auch Westerlands Jugend, die jetzt im Januar ohne Kurkarte, doch gegen Ausweis billiger mitbaden darf. Und zwischen allen: sie sie sie. Ums Becken Glucke und oben Mädchen. Sie mit der Brut, die mal erben soll. Sie mit ihrem schon feisten Stößer.
Nun steigen sie, Glucke voran, ins Bad. Anfeuchten lassen, jauchzen lassen.
»Au, ist das fein, Mutti, Wellenbaden!«
Und die Zunge vom Zahnstein weg, damit sie Anlauf gewinnt.
»Nicht tauchen, Wölfchen. Ulli, bei Vatti bleiben!«
Die mäßigen Brecher des ersten Ganges spazieren aus ihrem Gatter und halten geordneten Abstand.
»Schön vorn bei Mutti bleiben. Sonst müßt ihr raus beide und dürft nie wieder . . .«
Jetzt erst schaltet der Dozent aus Köln mit kleinem Finger vom ersten auf den zweiten Gang um, denn seine Wellenmaschine hat drei Gänge. (Nachblättern und finden: Alles Geschehen aus Absichten ist reduzierbar auf die Absicht der Mehrung von Macht.)
Darum rasch, bevor Badelaune in Angst und Flucht auf die Kacheln der Beckenbrüstung umschlagen kann, den dritten Gang und beide Kolben auf gleiches Tempo schalten, damit der Sog zu seinem Recht kommt. Schwere See – Sturzsee. Denn diese vorgebadete Gesellschaft mit ihren Messingnümmerchen am Handgelenk, die Damen fett und Herren graumeliert, die Bundeswehrrekruten samt Westerländer Jungvolk und sie mit ihrem Clan: alle werden geprüft.
Schon der erste, vom zweiten Gang befohlene Brecher wirft sie, das

schmerzt, auf die gekachelten Stufen zum Bad. Wehgeschrei. Zurück nimmt sie der Sog. Zuverlässig faßt sie der dritte Gang, trägt sie über die Stufen und knallt sie gegen die Stirnwand des erst vor Jahresfrist eröffneten Wellenbades. Nein, nicht die glasierten Klinker brechen, die Rippen knicken.

(Soeben noch suchte und fand er im Nachlaß der achtziger Jahre diesbezügliche Stellen, und jetzt, aus dem Buch heraus, springt ein Blick des Bademeisters die Glasfront des Wellenbadrestaurants an: dort drükken sie sich die Nasen platt.)

Denn schon will der Sog zurücknehmen und beschwichtigen, was der Brecher getan hat; doch der hat einen großmäuligen Bruder: Nichts wird zurückgenommen! Entlobt ist entlobt! (Zahnstein: versteinerter Haß.)

Nach dem vierten, die Stirnwand berennenden Brecher treiben die Kinderchen knochenlos. Einmal noch ihre steile Stimme: »Wölfchen, Ulli, Ohgott!« – nach Vatti wird nicht gefragt – danach will kein Mucks und kein Wehgeschrei mehr die Sturzsee aufhalten und himmlisch wogenglättende Güte anrufen.

Sogar im Wellenbadrestaurant verhält man sich andächtig hinter der Glasfront: Schlimm sieht es im Aquarium aus, schlimm. Die Kellner lassen den Punsch erkalten. Einige Gäste fotografieren. Der Bademeister legt seinem Buch ein Lesezeichen ein und betrachtet die Wirklichkeit. Er lehnt das Zünglein gegen den einen, schon lockeren Eckzahn: Wie der federt und nachgibt. Raus aus dem Tempel will er sie fegen. Schon zittert die Klinkerwand, halbsteingemauert. Denn weder der Architekt noch der Kurausschuß hatten, als dieser Bau bewilligt, als diese Wand geplant wurde, mit solchem Sturm gerechnet. Nun rächt sich die Bauweise: Mörtel gibt nach, gibt auf. Schon quillt der letzte Brecher breitschultrig aus dem verbogenen Gatter. Er überspringt den unterschwelligen Sog, nimmt, im Vorbeigehen, die treibende stumme Gesellschaft in seinen Arm und wirft sie, die Mauer brechend, hinaus in den frühen Januarnachmittag. Ein Wurf klatscht sie, salzig umspült, auf die Fliesen des Vorplatzes hinter der Kurpromenade. Die leichten Kinder trägt es bis vor das Aquarium, in dem die niedlichen Seehunde von neuen und immer neuen Heringen träumen. (»Mutti, wann gehen wir Seehunde füttern, Seehunde füttern . . .«) Schon, mit dem Wind, kommen die Möwen. Später die Fotografen. Noch dreiviermal ergießt sich die klaffende Stirnwand. Dann ist das Becken leer. Neugierig wagen sich die Beschließerinnen aus der Männer- und Frauenabteilung in die zugige Halle. Im Restaurant, hinter der blindgeatmeten Glasfront, wird gezahlt. Im Leerlauf, immer noch hungrig, toben die Kolben der Wellenmaschine. Der falsche Bademeister schaltet ab. Müde, teilweise befriedigt packt er seine Bücher zusammen, sucht er seine Kabine auf, bemüht er sich, traurig zu sein.

Ein wenig enttäuscht, weil alles so rasch ging, verließ ich bald darauf – noch bevor die Behörden eingriffen und den Tatort absperrten – den Sommer- und Winterkurort: der D-Zug nach Hamburg-Altona nahm mich mit über den Hindenburgdamm . . .

Auf meinem Schreibtisch fand ich das Angefangene: Die Geste des Durchhaltens – oder der Fall Schörner. – Zwei Jahre später verließ Vero Lewand die Schule und heiratete (kurz vor dem Abitur) einen kanadischen Linguisten. Scherbaum studiert Medizin. Irmgard Seifert ist immer noch verlobt. Und bei mir bildete sich unten links ein Herd. Die Degudentbrücke wurde durchgesägt. Minus sechs mußte gezogen werden. Der Herd wurde ausgekratzt. Mein Zahnarzt zeigte mir ein an der Wurzelspitze hängendes Säckchen: eitrig-wässriges Gewebe. Nichts hält vor. Immer neue Schmerzen.

Geschichten aus der Geschichte der Bundesrepublik Deutschland 1949–1979

Sammlung Luchterhand

Alfred Andersch . Heinrich Böll . Nicolas Born
Hans Daiber . F. C. Delius . Günter Eich
Ludwig Fels . Günter Bruno Fuchs
Ernst Glaeser . Oskar Maria Graf . Günter Grass
Max von der Grün . Peter Härtling . Rolf Haufs
Marianne Herzog . Heinz Huber . Uwe Johnson
Horst Karasek . Marie Luise Kaschnitz
Alexander Kluge . Arthur Knoff
Wolfgang Koeppen . Fitzgerald Kusz
Siegfried Lenz . Reinhard Lettau
Hans Lipinsky-Gottersdorf . Helga M. Novak
Hans Werner Richter . Erika Runge
Arno Schmidt . Peter Schneider
Robert Wolfgang Schnell . Hannelies Taschau
Jürgen Theobaldy . Martin Walser . Ror Wolf
Wolf Wondratschek . Peter Paul Zahl . Jochen Ziem

Herausgegeben von Klaus Roehler
Sammlung Luchterhand Band 300

Im Mai 1979 wurde die Bundesrepublik Deutschland dreißig Jahre alt: eine kurze Zeitspanne in der Geschichte, fast das halbe Leben für mehrere Generationen. Aufgenommen wurden Texte, die von den alltäglichen Verhältnissen in der Bundesrepublik und den Veränderungen im Lauf der Jahre erzählen. In jeder Geschichte ist Zeit auf den ersten Blick eindeutig, sind Zusammenhänge und Abhängigkeiten kenntlich.
Eine Zeittafel, Geschichte der Bundesrepublik 1948 – 1980 in Stichworten, dazu Hinweise auf Taschenbuchausgaben, umfangreichere Erzählungen und Romane zum Thema ergänzen den Band.

Luchterhand

Klassenbuch
Ein Lesebuch zu den Klassenkämpfen in Deutschland 1756 – 1971
Herausgegeben von Hans Magnus Enzensberger, Rainer Nitsche, Klaus Roehler und Winfried Schafhausen
Sammlung Luchterhand 79, 80, 81.
Gesamtauflage 120.000 Exemplare

Kein Zweifel, nicht nur aus der Misere der Lesebücher haben die Herausgeber des „Klassenbuchs" radikale Konsequenzen gezogen. Herausgekommen ist dabei kein weiterer, auf Repräsentanz bedachter Entwurf, sondern eine vorläufig unersetzbare, vorbildlich angeordnete und dokumentierte Sammlung von Materialien zu einer Sozialgeschichte, die so schnell nicht geschrieben werden wird.
Lothar Baier, Frankfurter Allgemeine Zeitung

Es gab ein paar Vorarbeiten, die den Herausgebern zu Hilfe gekommen sind, solche aus der BRD und solche aus der DDR, aber den größten Teil der Arbeit haben sie selber durch jahrelanges Suchen leisten müssen. Sie haben sich Zeit gelassen, und so ist bei ihnen wirklich ein Muster dieses Landes und seiner Klassengegensätze zustande gekommen, von dem sich die Mehrheit bisher kaum ein Bild gemacht hat. Sie haben viele Rücksichten auf ihre Leser genommen, Fremdwörter und historische Zusammenhänge erklärt, Kontext direkt und indirekt hergestellt und auch ihrerseits eine Anthologie zusammengestellt, wie sie das Publikum, auf das sie zielen, sich nicht besser wünschen kann.
Walter Boehlich, Die Zeit

Luchterhand